国学经典精神家园丛书

U0128514

古诗三百首

陈伉◎编著

远方出版社

图书在版编目 (CIP) 数据

古诗三百首 / 陈伉编著 . —— 呼和浩特 : 远方出版社，2018.1

（国学经典精神家园丛书）

ISBN 978-7-5555-0555-6

Ⅰ . ①古… Ⅱ . ①陈… Ⅲ . ①古典诗歌 – 诗集 – 中国

Ⅳ . ① I222.72

中国版本图书馆 CIP 数据核字 (2017) 第 313182 号

古诗三百首
GUSHI SANBAISHOU

编　　著	陈　伉	
责任编辑	云高娃	
责任校对	云高娃	
装帧设计	晓　乔　韩　芳	
出版发行	远方出版社	
社　　址	呼和浩特市乌兰察布东路 666 号　邮编 010010	
电　　话	（0471）2236470 总编室　2236460 发行部	
经　　销	新华书店	
印　　刷	内蒙古爱信达教育印务有限责任公司	
开　　本	170mm × 240mm　1/16	
字　　数	320 千	
印　　张	20	
版　　次	2018 年 1 月第 1 版	
印　　次	2018 年 6 月第 1 次印刷	
印　　数	1—3 000 册	
标准书号	ISBN 978-7-5555-0555-6	
定　　价	46.80 元	

如发现印装质量问题，请与出版社联系调换

江河奔流，群峰争秀

——先秦两汉魏晋南北朝诗歌概览

如果说长江和黄河象征着中华民族，同时又象征着国魂中两种最本质的精神的话，那么《诗经》和《楚辞》则是这种象征的文学体现。所不同的是，《诗经》是群众性的集体创作，是现实主义的反映；《楚辞》则完全是屈原个人的创作，是浪漫主义的结晶。

先秦的纯文学作品，流传于后世的，只有《诗经》和《楚辞》。《诗经》代表北方中原之音，《楚辞》则代表南方江淮之音。这两大艺术大潮是成为秦汉以降韵文的主要源流，在中华民族的文学史上处于原始基因型的位置。此外还有从上古辗转传译下来的民间歌谣，如《击壤歌》《南风歌》等。从纯文学的观点来看，能保持原始词汇音义，比较完整的只有《诗经》与《楚辞》。

《诗经》是我国文学史上的第一部诗歌总集，也是儒家"六艺"之一。它所收集的305篇诗作，就时间而言，纵贯西周初年（公元前11世纪）至春秋中叶（公元前6世纪）约500年；就地域而言，横括春秋战国时代长江、黄河区域等15个国家。《诗经》以体例、风格之不同分为风、雅、颂三大类。这些文学作品可以说是这段时间整个社会生活的一面镜子。

楚辞作为专用名，始自刘向。《楚辞》本名"骚"，来源于屈原的《离骚》，这原是楚人用南方方言创作的一种韵文。秦汉之际，这种南方的歌词颇为风行。《楚辞》流行的时间和区域，虽不及北方《诗经》广，却是"汉赋"与

"乐府"的来源。《诗经》的风格淳厚平雅，而《楚辞》则侈丽宏阔，流而变之为"汉赋"。后世一般都认为赋是两汉文学的代表，称之为"赋的时代"。

屈原是秦楚争霸时被卷入斗争漩涡的中心人物。他因政治斗争的失败而产生的悲愤沉痛，郁结成缠绵悱恻而又具有浓厚的浪漫主义色彩的以《离骚》为代表的诗集《楚辞》。屈原是《诗经》后推动文学到最高境界，使文学创作个性化的伟大诗人。他的创作强烈地抒发了忧国忧民、抨击邪恶的爱国精神。他运用南方大量的神话传说，开创了古代浪漫主义的先河。

推考东周春秋战国时代，必有很多不同的地方方言文学和民俗文学作品，到了秦朝的"书同文"的大一统时期，都被消灭而失传了。秦与两汉三国的文学，如从文章的性质来说，可分作庙堂文学、民间文学与抒情文学等，简而言之，依体例可分散文和韵文两类。韵文包括辞赋和诗歌。

西汉的韵文除赋与乐府外，一般的诗歌，就是继《诗经》后起的五言和七言诗，统称为古诗。《古诗十九首》为最早的五言诗之代表作。自从有了五言诗，便开始在东汉时期盛行开来。东汉末年出现了两篇最著名的五言长诗，后人将之当作史诗看待，那就是《孔雀东南飞》和蔡琰的《悲愤诗》。

西汉著名的韵文家有司马相如、东方朔等，差不多都集中在汉武帝的时代。东汉时的班固也以史学家兼文学家著名，其地位与司马相如相颉颃，被推为汉代文学两泰斗。与班固齐名的有张衡。其他东汉作家有桓谭、马融、蔡邕、孔融等。这时还出了两位女文豪，一位是班固的妹妹班超，人称曹大家；一为蔡邕之女蔡琰，即蔡文姬。

先秦两汉文学的真正精彩部分是在《乐府》，即民歌。由于我国史官传统的使命感和儒家"文以载道"的责任感，为后世搜集保存下大量流传在民间的歌谣谚语。秦代之前尚有许多谣谚，它们同样反映了古代诗歌的发展轨迹。远在文字出现之前，歌谣就已在民间以口头形式流传着。如原始歌谣《弹歌》只有八个字："断竹，续竹，飞土，逐肉。"生动地反映了先人制造弹弓，射杀禽兽的狩猎生活。

引用记录古谣谚较多的古籍是《论语》《孟子》《荀子》《礼记》等。清代杜文澜汇编成集的《古谣谚》是宋以后同类书中集大成之作。

国学经典精神家园丛书

乐府本意是指政府设置的采集民间歌谣的音乐机关，后来凡是采集来配乐的诗歌也称乐府，逐渐成为一种特殊风格诗体的代称。宋元以后的词曲因配合音乐歌唱，有时也称为乐府。

　　班固在《汉书·礼乐志》中说，乐府是汉武帝时建立的。根据1977年陕西临潼县秦始皇墓附近出土的秦代编钟上刻有秦篆"乐府"二字，证明乐府机关古已有之。秦代虽然设有乐府官署，但秦始皇的专制制度是不会允许采集批评它的民间歌谣的。乐府民歌实际上在先秦之前就已经在民间广泛流传开了，只不过没有形诸文字。汉武帝重新把采风当作一种制度，乐府民歌才得以成为艺术殿堂中的奇葩。宋人郭茂倩《乐府诗集》将唐代以前的乐府歌谣收录殆尽，是最为完备的总集。

　　乐府是一种与音乐紧密结合在一起的供歌唱的诗，起初是民间的歌谣，来源可能很早。汉高祖刘邦的《大风歌》，令小儿百二十人合乐而歌，已有乐府的形式，但其名称的正式成立是在汉武帝时。乐府的组织庞大，歌者与官属多至八百余人，采集编制的乐章，仅民歌一项，据《汉书·艺文志》载，已有百三十八篇之多。乐府所编订的歌舞辞即名为《乐府》。《乐府》实与古诗仿佛，体例也无一定，所不同者只在于《乐府》合乐，古诗不合乐而已。乐府歌谣流传到今天的可分为三大类八小类：一是贵族庙堂之乐（郊庙歌辞、燕射歌辞、舞曲歌辞）。二是军乐（鼓吹曲辞、横吹曲辞）。三是民间歌乐（相和歌辞、清商曲辞、杂曲歌辞）。其中军乐都是从西域和匈奴传入的。

　　汉代的乐府是独具风格的一种诗歌，其中有很多极朴实的民间作品，从这些歌谣里可以看出当时的社会民生、人情风俗，如《薤露歌》《陌上桑》等。

　　继先秦民歌和汉乐府民歌之后，以比较集中的形式出现的又一批民间口头创作，是南北朝民歌，又称"新乐府民歌"。它不仅反映了新的社会现实，而且创造了新的艺术形式和风格。

　　这个时期由于南北对峙的政治局面以及地理环境、民情风俗的不同，民间创作也表现出不同的特色。南方，自东晋偏安江左，定都建业，经济生活和文化氛围都有较大的发展，民间歌谣的创作和演唱十分活跃。其内容大多是爱情题材，风格艳丽缠绵。南歌以吴声歌曲为主，如《子夜歌》《西曲歌》等皆是。而北方由于战乱频仍，环境严峻，民风尚武剽悍，其歌谣创作风格也显得刚健雄浑。北歌以清商曲辞、横吹曲辞为主，如《陇头歌》《折杨柳》等皆是。南歌的抒情长诗《西洲曲》和北歌的叙事长诗《木兰诗》尤为卓绝千古。

魏晋时代是动荡不安的时代，是战乱频仍的时代。整整三个世纪的混乱局面引发了哲学领域的活跃。我们说，魏晋是中国诗歌发展的重要时期，便与这一历史背景和文化氛围息息相关。两汉时期，文坛上占重要地位的是辞赋，诗歌大多是乐府民歌，文人创作并不多。到了三国曹魏之后，文人创作的重点转向了诗歌。魏晋的诗歌创作曾出现过几次高潮，较显著的是三国时期的建安，三国后期的正始，尤以建安最盛，成就也最大。当时代表人物曹操与曹丕、曹植父子三人都是大文豪，尤其经曹操与曹丕的特别奖励，许多文学家都集中于邺城和洛阳，有所谓建安七子。

建安诗歌既吸取了汉乐府民歌长于叙事的传统，又发展了古诗在抒情方面的优点，使诗歌的发展更趋于全面完整。

五言诗在这一时期进入了全盛阶段，其中尤以曹植的作品最为纯熟。文人七言诗也兴起于建安时期，曹丕的《燕歌行》就是一篇在诗歌史上比较完整而成熟的七言作品。

建安文学又是文人乐府诗的发达时期，沈德潜说："借古乐府写时事，始于曹公。"曹操今存诗全部是乐府体。建安七子和曹丕兄弟都写有大量乐府诗。

随着玄学清谈之风的兴盛，玄言诗应运而生，这就是魏齐王正始年间的所谓正始体。主要作者是阮籍、嵇康等。他们继承了建安时期重现实的传统，但由于客观政治处境的限制，往往采用曲折隐讳的方式表示对现实的不满和反抗。

西晋东晋之交，还有所谓太康体，主要人物有三张（张华、张载、张协）、二陆（陆机、陆云）、二潘（潘岳、潘尼）等，他们在艺术表现上大多追求辞藻之华美。太康诗人成就最高的是左思，他的《咏史诗》骨力苍劲，甚为后世称道。

这时还出现了以郭璞为代表的游仙诗，这些可以说皆为建安、正始之余绪。

东晋陶渊明的出现，才使诗坛大放异彩。他的诗作表现了对官场污浊的憎恶和对田园劳动生活的赞美。在艺术风格上，他的诗自然纯朴，言近意远，平淡而有致。这些都使陶渊明成为诗歌史上最优秀的诗人之一。

南北朝时期，主要作家多在南方。宋、齐、梁、陈四代，诗歌远比北方繁荣。南朝这一时期的诗歌所反映的社会现实虽然比较狭窄，然而在艺术形式和技巧方面却有重要进展，为唐代的诗歌大繁荣打下了基础。

南朝诗歌发展约分三个阶段。第一阶段是刘宋时期诗歌从东晋玄言诗中的解脱，所谓"老庄告退，而山水为滋"，代表作家是"元嘉三大家"——谢灵运、颜延之和鲍照。谢灵运是山水诗的大师，他善于从古代诗歌中吸取营养，以华丽的辞藻、富有色泽和光彩的笔墨，模山范水。对诗歌发展贡献最大的是鲍照，七言和杂言诗到他手里才臻于成熟。除此三人外，像谢惠连、谢庄、汤惠休等也有优秀之作。

第二阶段即南齐和南梁以谢朓、沈约等号称"永明体"为代表的诗歌创作。其主要特征是强调诗歌的声律。当时的音韵学家周颙提出了"平上去入"四声之分，沈约把它运用到诗文的格律上来，倡为"四声八病"之论。这种声律说的提出，为唐代律诗的格律奠定了理论基础。永明体诗成就最高的是谢朓。李白平生最推崇谢朓。

第三阶段从梁中叶到陈，诗风与永明体又有所不同。其时以梁简文帝萧纲、梁元帝萧绎的"宫体诗"为代表，内容多写宫廷生活，特别是贵族的淫乐柔媚，为历代论者所不齿。但有些宫体诗是学习当时南方流行的吴声歌或西曲歌而作，具有浓郁的民歌情调。同一时期由徐摛、徐陵和庾肩吾、庾信开创的所谓"徐庾体"，基本格调其实和宫廷体差不多。

梁陈之后，由于北方文学兴起和庾信、王褒、颜之推等人迁入北方，使北朝诗歌得以发展，南朝诗歌则趋于衰落。

北朝的文人诗兴起较晚。在孝文帝元宏之前，作家极少，在内容与艺术方面也不成熟，有所谓"学者如牛毛，成者如麟角"之喻。北魏末年分裂为东魏和西魏，以后又演变为北齐和北周的对峙。这时较著名的诗歌作者有温子升、魏收等。北朝文人诗的发展与南方因"侯景之乱"后一些文人的北逃有关。北齐诗人中像萧悫就是梁朝的宗室。另一个是由梁入齐的颜之推。后期出现的卢思道、薛道衡则生活和创作于隋时。到了北周时期，由于其创建者宇文泰攻占四川、湖北等地，得到了庾信、王褒等南方诗人，他们把南朝繁荣发达的文化包括诗歌创作带到了北方，所以现存北周诗歌的数量超过了以往任何时期。

东晋至陈末的乐曲歌辞，可分为民歌和文人创作两类。南朝乐府一般是指这一时期的民歌。今天所能见到的南朝乐府民歌约近五百首，全部录存在宋代郭茂倩所编的《乐府诗集》中，其中绝大多数归入清商曲辞，所收主要为吴歌曲辞的"西曲歌"。吴声歌曲是长江下游以建业即今南京为中心的民歌，以《子夜歌》《华山畿》等为代表；西曲则是长江中游和汉水流域的民歌。

今存的南朝民歌与文人的作品混杂在一起，现在已经无法将其厘清。如《碧玉歌》，或言孙绰作，或言梁武帝作。除去这些无法确考的作品，其余民歌多作女性口吻，作者身份有商妇、贫民、船户、妓女等。这些情歌所表现的，大多为不合道德规范所认可的男女之情。歌辞中所表现的感情是坦率而健康的，其中最能见出民歌特色的是那些痴情而天真的描写。特别是《西洲曲》，是南朝民歌中罕见的长篇，是这一时期民歌中最成熟、最精致的杰作。

南朝乐府的艺术风格与汉乐府民歌的质朴和北朝民歌的刚健迥然不同，以清新婉转、本色自然见称。在艺术手法上，最明显的特点是谐音双关隐语的运用。如以"丝子"谐音"私子"，以"莲"谐"怜"等。

南朝不少文人喜欢创作乐府歌辞，作品比较多的有谢灵运、鲍照、谢朓等人，帝王中则有梁武帝、简文帝、梁元帝父子和陈后主。其中以鲍照成就最高。

北朝乐府一般是指《乐府诗集》中所收的梁鼓角横吹曲。北魏宫廷和贵族邸宅中所用的乐歌，原先有不少是鲜卑族和其他少数民族的歌曲，但大多数都散失了。就其为数不多的北朝民歌而言，其风格比南朝民歌质朴，反映的生活面也较广阔。南歌偏重于抒情，北歌则偏重于叙事。著名的叙事诗《花木兰》，多数研究者认为产生于北魏。它可能原是一首鲜卑族的民歌，后来经南方文人翻译和加工。有些北朝民歌未被收入梁鼓角横吹曲，如《敕勒歌》等。

目　录

国学经典精神家园丛书

诗　经

　　《诗经》是我国文学史上的第一部诗歌总集，也是儒家"六艺"之一。它所收集的三百零五篇诗作，就时间而言，纵贯西周初年（公元前11世纪）至春秋中叶（公元前6世纪）约五百年；就地域而言，横括春秋战国时代长江、黄河区域等15个国家。《诗经》以体例、风格之不同分为风、雅、颂三大类。据秦汉间典籍所载，其诗主要来源有二：一是周王朝派遣到民间采风的官员得之于诸侯各国；二是周朝设有"献诗"制度，其中的"雅"诗就是公卿士大夫呈献给天子的文人创作。

　　历来承司马迁之说，认为《诗经》由孔子选编删定。实际上在孔子出生之前，《诗经》即已编定，孔子曾多次说过"诗三百"，可见他当时所看到的与现存的已大体相同。孔子说"吾自卫返鲁，然后乐正，雅、颂各得其所"，这只说明孔子整理校订过舛误的《诗经》乐曲。西周和东周立国共八百余年，诸侯千八百，国风仅有十五。司马迁说："古者诗本三千余。"可见《诗经》所存仅是其十分之一而已。

　　《诗经》的内容广泛而深刻，三大类诗从各方面表现了当时的社会状况和某些重大历史事件，尤以《诗经·国风》所表现的民情民意丰富感人。其语言朴素优美，韵律和谐，写景抒情都极富艺术感染力。《诗经》为中国诗歌举行了奠基礼，对我国后世文学创作影响至深至大。

关　雎

关关雎鸠[1]，在河之洲。
窈窕淑女，君子好逑[2]。

参差荇菜^{〔3〕}，左右流^{〔4〕}之。
窈窕淑女，寤寐^{〔5〕}求之。

求之不得，寤寐思服^{〔6〕}。
悠哉悠哉^{〔7〕}，辗转反侧。

参差荇菜，左右采之。
窈窕淑女，琴瑟友之^{〔8〕}。

参差荇菜，左右芼^{〔9〕}之。
窈窕淑女，钟鼓乐之。

【注释】

〔1〕"关关"句：关关：雌雄二鸟之互鸣声。雎（jū）鸠："鸠"在《国风》中都是比喻女性的。相传这种鸟雌雄情意专一，其一死，配偶则忧思不食，憔悴而亡。故诗人以此起兴，比喻淑女之宜配君子。

〔2〕逑：配偶。

〔3〕荇（xìng）菜：一种水生植物，可食。

〔4〕流：顺着水流采摘。此句以或左或右采摘荇菜来隐喻君子坚持不懈地追求淑女。

〔5〕寤寐："寤"是醒着，"寐"是入睡。

〔6〕思服：思念。

〔7〕悠哉：形容思念深长状。

〔8〕友之：弹奏琴瑟以亲近淑女。

〔9〕芼（mào）：择取。

【赏析】

《诗经》是我国文学创作之首章，而《关雎》又是首章之首篇。言之者众，无过于此，聚讼纷纭亦不待言。《毛诗序》推之为"风天下而正夫妇"的道德典范，并由此引申出文学史上最早的关于诗歌创作之理论，几成后世诗论之滥觞。

当初编纂《诗经》的人为什么要把这样一篇婚恋嫁娶的诗放在这部诗集的首位呢？孔

子的说法是"《关雎》乐而不淫，哀而不伤"。由此便可窥测到我们先民的一个基始性的伦理观：夫妻为人伦之始，整个社会道德之建树、社会之和谐稳定，都必须从夫妻之道开始。再者，夫妻之德亦即广义的男女情感能否和美，涉及双方文化道德之素养。《关雎》所歌颂的固然是情爱，但其情感的表达相当克制，相当美善，而这正是所有情爱与婚姻能够美满持久的基础。《诗经》把如此重大严肃的社会伦理问题作为诗集之首章，不是非常契合人学与社会学之关窍吗？

少男少女怀春钟情，全人类自古至今，莫不如此，自然也成了古往今来歌咏的永恒题材。德国大诗人歌德也有一首赞颂少年男女怀春的名诗《维特和绿蒂》。请看他是怎么写的："青年男子谁个不善钟情？妙龄女人谁个不善怀春？这是我们人性中的至圣至神。啊，怎么从此中会有惨痛飞迸？"

同样的主题，艺术构思和表现手法竟然如此不同。更重要的是，《关雎》通过青年男女怀春的艺术表现，终极的诉求是人伦礼教，而歌德的意趣却是在对人性的赞美。通过两首诗的比较鉴赏，你不难对中西文化的差别有粗浅的感性认知。

【名家评点】

子曰："诗三百，一言以蔽之，曰：'思无邪。'"

——《论语》

《关雎》，后妃之德也，风之始也，所以风天下而正夫妇也，故用之乡人焉，用之邦国焉。风，风也，教也，风以动之，教以化之。

——《毛诗序》

桃　夭

桃之夭夭[1]，灼灼[2]其华。
之子于归[3]，宜其室家[4]。

桃之夭夭，有蕡[5]其实。
之子于归，宜其家室。

桃之夭夭，其叶蓁蓁[6]。

之子于归，宜其家人。

【注释】

〔1〕夭夭：茂盛，生机勃勃的样子。

〔2〕灼灼：桃花盛开，色泽鲜艳貌。

〔3〕"之子"句：之子：这位姑娘。于归：出嫁。

〔4〕室家：家庭。

〔5〕有蕡（fén）：有字为语气助词，无实义。蕡是肥硕的意思。

〔6〕蓁蓁（zhēn）：枝叶茂盛状。

【赏析】

这是诗人以桃花起兴，为新娘唱的一首赞歌。诗人反复用"桃之夭夭"赞叹新娘美艳之余，又反复用一"宜"字，来赞叹新人与夫家和睦相处的美德，喜庆之悦如见。

"宜室宜家"作为贤妻良母的形容词，已然成为传统之伦理深入国人心中。诗以层层递进的修辞手法，每章均以"桃之夭夭"起兴，意在反复强调，男女青年到了婚嫁年龄，就不要辜负美好时光，更不要挑肥拣瘦，以致贻误终生。有感于此，唐诗人陈子昂有祝贺新婚之喜的一副楹联云："夭夭桃李有华，灼灼淑人宜家。"

这首诗是以花喻美人之始作俑者也。之后以花喻美人者多矣，或比之莲，或比之梅，然比之桃者最多。

【名家评点】

《桃夭》，后妃之所致也。不妒忌，则男女以正。婚姻以时，国无鳏民也。

——《毛诗序》

柏　舟

汎彼柏舟，亦泛其流〔1〕。

耿耿〔2〕不寐，如有隐忧。

微我〔3〕无酒，以敖以游。

我心匪鉴〔4〕，不可以茹〔5〕。
亦有兄弟，不可以据〔6〕。
薄言〔7〕往愬，逢彼之怒。

我心匪石，不可转也；
我心匪席，不可卷也。
威仪棣棣〔8〕，不可选〔9〕也。

忧心悄悄〔10〕，愠于群小〔11〕。
觏闵〔12〕既多，受侮不少。
静言思之，寤辟有摽〔13〕。

日居月诸〔14〕，胡迭而微〔15〕？
心之忧矣，如匪浣〔16〕衣。
静言思之，不能奋飞。

【注释】

〔1〕其流：指水之中流。

〔2〕耿耿：本为火光闪烁之形容词，此处借以形容心情之忧烦焦灼。

〔3〕微我：不是我的意思。微与非同义。全句意谓不是我无酒遨游以解忧，因为这忧烦非饮酒所能解除。

〔4〕鉴：镜。

〔5〕茹：容纳。二句意谓我的心不是镜，并非什么东西都能容纳。

〔6〕据：依靠，倚赖。

〔7〕薄言：薄为发语词，此处有勉强、不得不的意思。言是关联词，有而、焉的语义作用。

〔8〕棣棣（dì）：丰富盛多的样子。

〔9〕选：通"巽"，屈挠、退让。

〔10〕悄悄：忧患貌。

〔11〕"愠于"句：愠于：愠即怒，此言自己惹怒了小人。朱熹说"群小"指众妾。

〔12〕觏（gòu）闵：遭遇。闵：患难。

〔13〕"寤辟"句：寤辟：辟通"擗"，抚胸痛悟状。摽（biào）：捶打胸脯状。这里是写作者不为群小所容，每当夜不成寐时，往往因忧伤而抚心捶胸。

〔14〕"日居"句：居、诸：皆为语助词，无实义。

〔15〕"胡迭"句：胡是为什么的意思。迭：更替。微：昏暗不明。这两句大意是太阳啊，月亮啊，你们为什么总是上来下去却昏暗不明呢？

〔16〕浣：洗涤。

【赏析】

关于《柏舟》的作者和主旨，向有争议。近人多从诗的内容和风格探求，认为是女子自伤所遇非人，又往诉无门的怨诗。

全诗紧扣一"忧"字，幽怨至深，忧心忡忡，借酒消愁，远游逃避，都无济于事；诉诸兄弟，反添新恨。静夜细思，种种不幸皆源于心怀妒恨的小人。人穷返本，于是她向苍天发出呼吁与埋怨。一个悲愤欲绝的女性形象宛然就在眼前。

《国风》中同名为《柏舟》的诗还有一首，其词云："汎彼柏舟，在彼中河。髧彼两髦，实维我仪。之死矢靡它。母也天只，不谅人只！汎彼柏舟，在彼河侧。髧彼两髦，实维我特。之死矢靡慝。母也天只，不谅人只！"二诗旧说皆认为是卫宣夫人共姜自誓之作。《诗经旁音》注："卫世子共伯早死，其妻守义。父母欲夺之，故共姜作此以自誓。"古人称丧夫为"柏舟之痛"，夫死不嫁为"柏舟之节"，皆本于此。

【名家评点】

通篇措词委婉幽抑，取喻起兴巧密工细，在朴素的《诗经》中是不易多得之作。

——俞平伯《读诗札记》

燕　燕

燕燕于飞，差池〔1〕其羽。
之子于归〔2〕，远送于野。
瞻望弗及，泣涕如雨。

燕燕于飞，颉之颃之〔3〕。

之子于归，远于将[4]之。
瞻望弗及，伫立以泣。

燕燕于飞，上下其音。
之子于归，远送于南[5]。
瞻望弗及，实劳我心[6]。

仲氏任只[7]，其心塞渊[8]。
终温[9]且惠，淑慎[10]其身。
先君[11]之思，以勖[12]寡人。

【注释】

〔1〕差池：燕子上下翻飞貌。

〔2〕于归：出嫁。

〔3〕"颉之"句：颉是向下飞，颃是上飞。

〔4〕将：送。

〔5〕南：指卫国南郊。

〔6〕"实劳"句：劳指因苦苦思念而伤神。全句意谓眺望出嫁到远方的妹妹，不见了人影，实在让人忧思悲伤。

〔7〕"仲氏"句：仲氏：古代称次子、次女为仲。仲氏即二妹。任：信任。只：语助词。

〔8〕塞渊：诚实深厚。

〔9〕终温：终是既的意思。此言妹妹既温顺又贤惠。

〔10〕淑慎：为人善良谨慎。

〔11〕先君：指已故的国君。

〔12〕勖（xù）：勉励。

【赏析】

自秦汉以来，研究《诗经》的学者们一致认为这是一首最古老的送别之作，至于诗中的送者和被送者究属何人，却众说纷纭。或言是"卫庄姜送归妾也"；或言"卫君送其妹远嫁南国"；也有人认为，《燕燕》缠绵悱恻，不是兄妹，而似情人，可是这一观点却与诗篇末章意趣不合……后人多不信史书庄姜送归其妾之说，然远送出嫁的亲人这一题旨无人否认。

据说清代大儒王士祯童年时读了这首诗，感动得几欲下泪——"怅触欲泪"。他称赞它为我国诗歌开"万古送别之祖"（清王士祯《带经堂诗话》），宋人许顗亦赞叹这首诗"真可以泣鬼神"（《彦周诗话》）。那么，我们暂时抛开那些考证式的探究，只从审美情趣的角度，来看看这首被盛赞为是"送别诗之鼻祖"的诗好在哪里吧。

诗中抒情主体描述兄妹执手话别，时节正当阳春三月，群燕飞翔，蹁跹上下，呢喃鸣唱。然而燕燕欢飞的自由欢畅，恰恰反衬了手足别离的愁苦哀伤。此情此境，依依难别。长兄把远嫁的妹妹送了一程又一程，然而千里相送，总有一别。远嫁的妹妹终于遽然而去，深情的兄长先是登高远望，却亲人已然不见，唯有车尘飘扬。他"瞻望弗及"，伫立以泣。这时候耳边又想起温顺贤惠、善良谨慎的妹妹，在临别之际对他执手相勉的那些语重心长的祝愿：不要忘记先父的嘱托，一定要做一个百姓爱戴的好国王！

全诗四章，感情真挚，构思清新。前三章重点是渲染惜别情境，后一章深情回忆被送者的美德。抒情深婉而语意沉痛，叙事静中有动，虚实交错。前三章虚笔渲染惜别气氛，后一章实笔倒叙，刻画被送者的形象。

静　女

静女其姝[1]，俟我于城隅[2]。
爱[3]而不见，搔首踟蹰[4]。

静女其娈[5]，贻我彤管[6]。
彤管有炜[7]，说怿[8]女美。

自牧归荑[9]，洵美且异[10]。
匪女之为美，美人之贻[11]。

【注释】

〔1〕"静女"句：静女：贞静娴雅之女。姝（shū）：美丽。

〔2〕城隅：城上角楼，幽僻之处。

〔3〕爱：通"薆"，隐藏的意思。

〔4〕踟蹰（chí chú）：徘徊。

〔5〕娈：美好的样子。

〔6〕彤管：红色笔管，或谓红色箫笛之类的乐器。古今学者对此聚讼纷纭，迄无定论。

〔7〕炜（wěi）：赤色而盛明貌。

〔8〕说怿（yuè yì）：欢悦欣喜状。

〔9〕"自牧"句：自牧：牧指郊外田野。归：馈字之假借，即赠。荑（tí）：初生的细嫩茅草。此句谓她从远郊采集细嫩的茅草赠送我。

〔10〕"洵美"句：洵美：洵为诚然、确实的意思。异：特殊、珍异。

〔11〕"匪女"二句：女音义皆同"汝"，这里代指所赠之荑。二句意谓不是因为荑草美，实为它是美人赠送给我的礼物。

【赏析】

《静女》出自《诗经·邶风》，全诗三章，每章四句。邶国在今河南汤阴境内。这是一首反映农村青年男女恋爱约会的好诗，描写了青年男子对情人全身心无保留的爱恋之情，正因为此，他才会连她赠送的任何礼物，哪怕是一株普普通通的草，都珍惜有加。爱屋及乌乃人类心理共有之现象，《静女》首次把这种心理现象反映得如此优美动人。

纵观全诗，不假比兴，敷陈其事，情节雅致，风格含蓄蕴藉，语言明快简洁，写人状物惟妙惟肖，充分体现了民间情歌的艺术特色。全文篇幅虽短，容量却大，作者以高度凝练的艺术笔法，使之具备了较高的美学价值。

相 鼠

相鼠〔1〕有皮，人而无仪〔2〕。
人而无仪，不死何为？

相鼠有齿，人而无止〔3〕。
人而无止，不死何俟〔4〕？

相鼠有体，人而无礼。
人而无礼，胡不遄^[5]死？

【注释】

〔1〕相鼠：意谓看看那老鼠吧。

〔2〕仪：仪表举止。这里是指可供人效法的端庄行为。

〔3〕止：耻字之假借，节制，用礼仪来约束自己的行为。

〔4〕何俟（sì）：还等什么？

〔5〕遄（chuán）：快，迅速。

【赏析】

　　《诗经》中将丑陋无耻、贪婪狡黠者比作老鼠的篇什还有《硕鼠》《行露》，以致在国人的传统意识中形成了"老鼠过街，人人喊打"的共识。而《相鼠》一诗，对徒有人形而无礼仪者，怒斥之情尤为强烈。诗人不仅对这类玷污了"人"这一崇高字眼的卑劣者痛加呵斥，而且诅咒他们为什么不赶快死掉。真所谓"痛呵之词，几于裂眦"（牛运震《诗志》）。

载　驰

载驰载驱^[1]，归唁卫侯^[2]。
驱马悠悠，言至于漕^[3]。
大夫^[4]跋涉，我心则忧。

既不我嘉，不能旋反^[5]。
视尔不臧^[6]，我思不远^[7]。
既不我嘉，不能旋济。
视尔不臧，我思不閟^[8]。

陟^[9]彼阿丘，言采其虻^[10]。
女子善怀^[11]，亦各有行^[12]。
许人尤^[13]之，众稚^[14]且狂。

我行其野，芃芃〔15〕其麦。
控于大邦〔16〕，谁因谁极〔17〕？

大夫君子，无我〔18〕有尤。
百尔所思，不如我所之〔19〕。

【注释】

〔1〕载驰：载为语助词。孔疏："走马谓之驰，策马谓之驱。"

〔2〕归唁：卫侯旧说指卫戴公，实为文公。据《左传》载：鲁闵公二年十二月狄人攻卫灭之。宋桓公将卫国五千人救过河，卫民在漕邑拥立卫戴公。戴公即位，文公继立。诗中所写为春夏之交的景象，故许穆夫人前往吊唁的当是文公。

〔3〕漕：卫邑，在今河南滑县。卫故都朝歌（在今河南淇县东北）覆灭后，宋桓公将卫国的难民援救到了这里。

〔4〕大夫：指劝说许穆夫人回国的许国诸臣。

〔5〕"既不"二句：嘉为赞许义。反同"返"。二句意谓你们既不同意我的主张，但我也不能返回许国。因许穆夫人此时正主张联合大国抗狄救卫。

〔6〕"视尔"句：视有比较义。臧是好、善的意思。全句意谓比起我的意见，你们（指许国大夫）的意见并不高明。

〔7〕"我思"句：《毛传》解释"不远"是"不能远卫也"。此句表明许穆夫人的坚定态度："我不会远离卫国而无视祖国的危亡。"

〔8〕閟（bì）：闭塞。全句意谓我所主张的不见得行不通。朱熹沿袭《毛传》说，将此句解释为"言思之不止也"。如此，则为我对卫国的思念是不会停止的。

〔9〕陟（zhì）：登高。阿丘本义为较高的山丘，此处可能是卫国的某山丘名。

〔10〕蝱（máng）：即贝母，可以治抑郁症。此二句系隐喻，犹言只有回到卫国，采食蝱草，我的郁闷方可消释。

〔11〕善怀：犹言多愁善感。

〔12〕行：道理、准则。此二句是说虽然女子多愁善感，但也自有她的道理。

〔13〕尤：责备、埋怨。

〔14〕众稚：此言许国的大夫既幼稚又狂妄。

〔15〕芃芃（péng）：茂盛貌。

〔16〕"控于"句：控是前往诉求、陈述。这句是说我们卫国应当到那些大国去陈述国难，求得援助。

〔17〕"谁因"句：因是亲近、依靠的意思。极为去到，这里是指援助者的到达。此句意谓哪个大国可依赖，谁又会来援救我们呢？

〔18〕无我：不要抱怨我，一说：别以为我有什么可指责的。

〔19〕"不如"句：之为所往义。所之谓志之所之。联系上句，意谓你们百般思虑，都不如我自己选择的道路正确。

【赏析】

许穆夫人不仅是我国文学史也是世界文学史上的第一位女诗人。据魏源《诗古微》考证，出自这位女诗人之手的，在《诗经》中尚有《泉水》《竹竿》。由于此诗内容特殊，作者身份特殊，诗又写得好，所以备受历代论诗者重视。但要读懂它，还必须首先了解该诗创作的历史背景。

《左传》有载："狄人伐卫，卫懿公好鹤，鹤有乘轩者。将战，国人受甲者皆曰：'使鹤。……及狄人战于荥泽，卫师败绩。"卫国被占领后，许穆夫人赶赴漕邑，一则为吊唁亡国，同时希图寻求援救。

许穆夫人名义上是卫宣公与宣姜的女儿，事实上是卫公子顽与宣姜的私生子。戴公和文公是她的哥哥。她嫁给许穆公十年后，卫被狄灭，她的姐夫宋桓公援救了老丈人的难民，并于漕邑扶立卫懿公的儿子戴公。一月后，戴公死，又立文公。许穆夫人听到祖国危亡，心急如焚，赶赴漕邑，一来对二位兄长表示慰问，二来谋求救国大计。可是就在她策马急驰的途中，却受到丈夫许穆公派遣的许国大臣的阻止。于是她与许国的大夫们展开了激烈的抗争。《载驰》就是对这一历史事件的忠实记录，也是女诗人自我形象的真实写照。

这首诗第一章交代本事，第二章通过与许国大夫争辩，表述了自己的心声。三、四章节奏虽然舒缓委婉，然而更见其内心的痛苦与沉重。

结尾诗人怀着无比的愤懑戛然而止，但仍有无穷韵味回响在读者心头。真可谓言有尽而意无穷，不能不为之拍案叫绝。

《左传》在记载许穆夫人赋《载驰》后，接着叙述齐桓公派兵助卫并赠许穆夫人鱼轩（国君夫人专车，以鱼皮为饰）事，可见此诗在当时已经很有影响了。

【名家评点】

《载驰》，许穆夫人作也。闵其宗国颠覆，自伤不能救也。卫懿公为狄人所灭，国人分散，露于漕邑。许穆夫人闵卫之亡。伤许之小，力不能救。思归唁其兄，又义不得。故赋是诗也。

——《毛诗序》

淇 奥

瞻彼淇奥[1]，绿竹猗猗[2]。
有匪[3]君子，如切如磋[4]，如琢如磨[5]。
瑟兮僩兮[6]，赫兮咺[7]兮。
有匪君子，终不可谖[8]兮。

瞻彼淇奥，绿竹青青。
有匪君子，充耳琇莹[9]，会弁[10]如星。
瑟兮僩兮，赫兮咺兮。
有匪君子，终不可谖兮。

瞻彼淇奥，绿竹如箦[11]。
有匪君子，如金如锡，如圭如璧[12]。
宽兮绰兮，猗重较兮[13]。
善戏谑兮，不为虐兮。

【注释】

〔1〕淇奥：淇是水名，源出河南林县，东经淇县入卫河。奥（yù）：指水边深曲之处。

〔2〕猗猗（ē ē）：通"阿"，美丽茂盛状。

〔3〕匪：匪通"斐"，有文采焕貌。

〔4〕切磋：本义为加工玉石骨器，引申为研讨学问。

〔5〕"如琢"句：本义为精细地加工玉石骨器，引申为学问道德之提高。

〔6〕"瑟兮"句：瑟形容仪容庄重，僩比喻神态威严。

〔7〕咺（xuān）：威仪显赫。

〔8〕谖（xuān）：忘记。

〔9〕"充耳"句：充耳指挂在冠冕两边的玉石制品。琇（xiù）：似玉之石，亦用以装饰。

　〔10〕会弁（guì biàn）：用皮帽拢好头发。会为缝隙，弁是礼帽。

　〔11〕簀（zé）：通"积"，堆积状。

　〔12〕圭璧：均为玉制礼器，先秦贵族朝会或祭祀时佩带。

　〔13〕"猗重"句：猗：通"倚"。重较（chóng jué）：指车厢两旁作为扶手的曲木或铜钩。

【赏析】

　《毛诗序》曰："《淇奥》，美武公之德也。有文章，又能听其规谏，以礼自防，故能入相于周，美而作是诗也。"所谓武公，即卫国武和，曾任周平王之卿士。据史传记载，武和晚岁九十余，仍谨慎廉洁，宽厚容人，德高望重，士人故作诗美之。首言其仪表形象，次言其文采飞扬，最后赞美其品德高尚。"如切如磋，如琢如磨""善戏谑兮，不为虐兮"作为虚心好学、谈吐高雅的形容词，至今还被人们广泛使用。

【名家评点】

　子贡曰："《诗》云：'如切如磋，如琢如磨。'其斯之谓与？"子曰："赐也，始可与言《诗》已矣，告诸往而知来者。"

　　　　　　　　　　　　　　　　　　　　——《论语》

硕　人

硕人其颀〔1〕，衣锦褧衣〔2〕。
齐侯之子〔3〕，卫侯之妻，
东宫之妹〔4〕，邢侯之姨〔5〕，
谭公维私〔6〕。

手如柔荑〔7〕，肤如凝脂，
领如蝤蛴〔8〕，齿如瓠犀〔9〕，螓首〔10〕蛾眉。
巧笑倩〔11〕兮，美目盼〔12〕兮。

硕人敖敖〔13〕，说〔14〕于农郊。
四牡有骄〔15〕，朱帻镳镳〔16〕，翟茀以朝〔17〕。
大夫夙退〔18〕，无使君劳。

河水洋洋，北流活活〔19〕。
施罛濊濊〔20〕，鱣鲔发发〔21〕，葭菼揭揭〔22〕。
庶姜孽孽〔23〕，庶士有朅〔24〕！

【注释】

〔1〕"硕人"句：硕人：硕人是指身材高大的美人。这里是指卫庄公的夫人庄姜。颀（qí）：修长貌。

〔2〕"衣锦"句：褧（jiǒng）为麻料所制罩衫，衣为动词。全句意谓庄姜身着锦制的衣服，外加麻料罩衫。

〔3〕"齐侯"句：齐侯：齐侯是指齐庄公。子：古人称女儿亦曰子。此句意谓庄姜本是齐庄公的女儿。

〔4〕"东宫"句：东宫是太子所居之处，这里指齐太子的臣。

〔5〕"邢侯"句：邢侯：邢是春秋国名，在今山东邢台。姨：妻子的姐妹。这里是说庄姜是邢侯之妻的妹妹。

〔6〕"谭公"句：谭公：谭乃春秋国名，在今山东历城。维：是。私：女子称其姐妹之夫为私，即姐夫或妹夫。

〔7〕柔荑：白茅柔嫩的芽。

〔8〕"领如"句：领即颈项。蝤蛴（qíu qí）：昆虫天牛的幼虫，白嫩而长。

〔9〕瓠犀（hù xī）：葫芦籽。此处形容庄姜的牙齿犹如葫芦籽似的洁白整齐。

〔10〕螓（qín）首：形容前额丰满圆阔。螓是一种蝉，额广而方正。

〔11〕倩：笑时脸上的酒窝。

〔12〕盼：形容眼珠流转。

〔13〕敖敖：修长高大貌。

〔14〕说（shuì）：停车休息。

〔15〕四牡：驾车的四匹雄马。有骄：健壮的样子。有是虚字，无实际意义。

〔16〕"朱帻"句：朱帻（fén）：用红绸缠饰的马嚼子。镳镳（biāo）：盛美貌。

〔17〕"翟茀（dí fú）"句：意谓乘着山鸡羽毛装饰的轿车去朝见卫庄公。翟是野鸡。茀指车上的装饰物。

　　〔18〕夙退：早早退朝。

　　〔19〕活活：水流动的样子。

　　〔20〕"施罛"句：罛（gū）：鱼网。濊濊（huò）：鱼网入水声。

　　〔21〕"鳣鲔"句：鳣（zhān）：大鲤鱼，一说鳇鱼。鲔（wěi）：鲟鱼。发（bō）：鱼尾击水声。

　　〔22〕"葭菼"句：葭指芦苇。菼指荻草。揭揭：高耸貌。

　　〔23〕"庶姜"句：庶姜：指众多陪嫁庄姜的姑娘。孽孽：高大貌。

　　〔24〕"庶士"句：庶士：随从庄姜到卫的齐国诸臣。揭（qiè）：英武貌。

【赏析】

　　诗之主题有三说：一是"怜悯"说。谓卫庄公娶庄姜，美而无子，受众姬谗妒，卫人悯之而赋。二是"劝谕"说。谓庄姜初嫁，重貌轻德，傅母规劝，使其"感而自修"。三是"赞美"说。清人方玉润《诗经原始》认为此诗纯为赞美庄姜，并无悯谕之义。凡此种种，皆为学者研考之事，我们可以完全不去理会，只欣赏其首创的这一幅绝妙的美人图足矣。

　　描写庄姜之美，首言其出身高贵，紧接着从自然景象与婚礼场面述其壮观：滔滔不绝的黄河水浩浩荡荡，撒网入水的哗哗声，鱼尾击水声，河岸边绵密茂盛的芦荻，这就是庄姜陪嫁如云、武士成行的盛大的婚嫁仪仗队出现的背景。而这一切，又都是为歌咏庄姜之美做铺垫。

　　对庄姜美貌的描写，作者从手、颈、齿、额、皮肤，最后重在点睛。而对庄姜"美目"之描写，用一"倩"一"盼"，一下就写出了美人的动感。无怪乎清人姚际恒称言："千古颂美人者，无出其右，是为绝唱。"而方玉润更是一语中的："千古颂美人者，无出'巧笑倩兮，美目盼兮'二语。"

　　《硕人》是为咏美之作的鼻祖，一路下来，我们在《陌上桑》《孔雀东南飞》《洛神赋》乃至《长恨歌》等名篇中，都能发现其踪迹。

【名家评点】

　　子夏问曰："'巧笑倩兮，美目盼兮，素以为绚兮。'何谓也？"子曰："绘事后素。"曰："礼后乎？"子曰："起予者商也，始可与言《诗》已矣！"

——《论语》

国学经典精神家园丛书

氓

氓之蚩蚩^[1]，抱布贸丝^[2]。
匪来贸丝，来即我谋^[3]。
送子涉淇^[4]，至于顿丘^[5]。
匪我愆期^[6]，子无良媒^[7]。
将^[8]子无怒，秋以为期。

乘彼垝垣^[9]，以望复关^[10]。
不见复关，泣涕涟涟。
既见复关，载笑载言。
尔卜尔筮^[11]，体无咎言^[12]。
以尔车来^[13]，以我贿^[14]迁。

桑之未落，其叶沃若^[15]。
于嗟^[16]鸠兮，无食桑葚^[17]。
于嗟女兮，无与士耽^[18]。
士之耽兮，犹可说^[19]也。
女之耽兮，不可说兮。

桑之落兮，其黄而陨^[20]。
自我徂尔^[21]，三岁食贫^[22]。
淇水汤汤^[23]，渐车帷裳^[24]。
女也不爽^[25]，士贰^[26]其行。
士也罔极^[27]，二三^[28]其德。

三岁为妇，靡室劳矣^[29]。
夙兴夜寐^[30]，靡有朝矣^[31]。
言既遂矣^[32]，至于暴^[33]矣。
兄弟不知，咥^[34]其笑矣。

静言思之〔35〕，躬自悼矣〔36〕。

及尔偕老，老使我怨。
淇则有岸，隰则有泮〔37〕。
总角〔38〕之宴，言笑晏晏〔39〕。
信誓旦旦〔40〕，不思其反〔41〕。
反是不思，亦已焉哉。

【注释】

〔1〕"氓之"句：氓：犹民。此处系追述婚前情事，是对丈夫的鄙称。蚩蚩：同"嗤嗤"，嬉笑憨厚貌。

〔2〕"抱布"句：布是古代货币，此句犹言那个憨厚的农家小子抱着布说是来买丝。

〔3〕"来即"句：意谓其实他不是买丝，而是借口买丝来与我商量婚事。

〔4〕淇：淇水，在今河南省北部，古为黄河支流，今入卫河。

〔5〕顿丘：卫地名，在淇水南。

〔6〕愆期：延误日期。

〔7〕"子无"句：意谓你没有找到好媒人。

〔8〕将（qiāng）：愿，请。

〔9〕垝（guǐ）垣：塌毁的墙。

〔10〕复关：重关，卫之郊关。朱熹释为"男子之所居也"。

〔11〕"尔卜"句：尔指男子，卜是用龟甲占卜。筮（shì）是用蓍草卜卦。

〔12〕"体无"句：指占卜所得之卦象，可显示祸福凶吉。咎言：不吉的话。

〔13〕"以尔"句：你赶着车来娶我。

〔14〕贿：财物，这里是指嫁妆。

〔15〕沃若：滋润光泽貌。这里是用桑叶之茂盛比喻男子高兴得容光焕发。

〔16〕于嗟：叹词。

〔17〕"无食"句：桑葚指桑树的果实。据说鸠吃多了桑葚就会昏醉，以此喻女子不可深陷情网。

〔18〕耽：迷恋，陶醉。

〔19〕说：通"脱"。

〔20〕陨：坠落。此句以桑叶黄落喻女子色衰或说喻男子情义已绝。

〔21〕"自我"句：自从我嫁到你家来。徂：往。

〔22〕"三岁"句：过着贫苦的日子。

〔23〕汤汤（shāng）：水势盛大貌。

〔24〕"渐车"句：渐为浸湿。帷裳是车厢的帘幔。

〔25〕爽：过失，差错。

〔26〕贰：为忒字之误，过错的意思。

〔27〕罔极：反复无常。

〔28〕二三：行为前后不一，三心二意。

〔29〕"靡室"句：不以操持家务为劳苦。靡：不，无。室劳：家务劳作。

〔30〕"夙兴"句：起早睡晚。

〔31〕"靡有"句：犹言不只一朝一夕是这样，是天天如此。

〔32〕"言既"句：言是助词，无义。遂：成。此句意谓既然成家这么久。

〔33〕暴：暴虐不仁。

〔34〕咥（xì）：大笑貌。

〔35〕"静言"句：静下来细细思量。言为助词。

〔36〕"躬自"句：只能独自悲伤。躬：自己。

〔37〕"隰则"句：隰（xì）：低湿之地。泮（pàn）：岸边。

〔38〕总角：指男女未成年时头上的小髻。

〔39〕晏晏：和悦貌。

〔40〕旦旦：坦诚貌。

〔41〕反：反复。

【赏析】

这首诗让人情不自禁想起千年之后出现的长篇叙事诗《孔雀东南飞》来。本诗中，女主人公悲痛不已地回忆了婚前的欢欣和婚后的不幸。前两章刻画了一个纯情少女形象。三、四章以桑树起兴，比喻婚后的不幸是随着色衰情移一步步逼来。无奈之下，她只好渡过淇水回娘家。归途中她反复思量，得出一个数千年来震撼人心的结论：女人不能太痴情！最后两章夹叙夹议，思索中穿插着回忆，充分运用了赋比兴交替使用的手法。整个故事以淇水为背景展开，以淇水结束。人物形象与故事情节都十分鲜明，也比较完整。

奇怪的是这样一首好诗，朱熹认为是"刺淫奔"之作。他说："此淫妇为人所弃，而自叙其事以道其悔恨之意也。士君子立身一败，而万事瓦裂者，何以异此？可不戒哉！"这充分暴露了道学先生的冷酷无情。

【名家评点】

不见则忧，既见则喜，夫情之所不容已者，女殆痴于情者耳。

——［清］方玉润《诗经原始》

木 瓜

投我以木瓜[1]，报之以琼琚。
匪报也，永以为好也。

投我以木桃，报之以琼瑶。
匪报也，永以为好也。

投我以木李，报之以琼玖[2]。
匪报也，永以为好也。

【注释】

〔1〕木瓜：一种落叶灌木，果实黄而香，可食可玩赏。
〔2〕琼玖：美玉，与前之"琼琚""琼瑶"同。

【赏析】

汉语中常用的"投桃报李"这句成语，即源自《诗经》。《木瓜》是现今被传诵最广的《诗经》名篇之一，这可能是因为赠答之物固然微薄，但表达的情意不可谓不深厚的缘故。

投桃报李体现了人类的一种高尚情感。这种情感重在心与心之感应，礼物的贵贱实际上只具有象征意义，所以说"匪报也，永以为好也"。浅显流畅的韵语三叠，却出人意外地引起了读者心灵之悸动。究其美学之底蕴，在于将古今常有的友情赠答，升华为因精神情感之知遇而发自内心的咏叹。

国学经典精神家园丛书

黍　离

彼黍离离[1]，彼稷[2]之苗。
行迈靡靡[3]，中心摇摇[4]。
知我者，谓我心忧。
不知我者，谓我何求。
悠悠苍天，此何人哉？

彼黍离离，彼稷之穗。
行迈靡靡，中心如醉。
知我者，谓我心忧。
不知我者，谓我何求。
悠悠苍天，此何人哉？

彼黍离离，彼稷之实。
行迈靡靡，中心如噎。
知我者，谓我心忧。
不知我者，谓我何求。
悠悠苍天，此何人哉？

【注释】

〔1〕"彼黍"句：黍即可产黄米之禾，俗称黍子。离离：一行行的。

〔2〕稷：高粱。

〔3〕靡靡：行走迟缓状。

〔4〕摇摇：心神不安，不能自主。

【赏析】

《毛诗序》说："《黍离》，闵宗周也。周大夫行役，至于宗周，过故宗庙宫室，尽为禾黍，闵周室之颠覆，彷徨不忍去，而作是诗也。"近人新说迭出，或言没落贵族为悲伤破产而作，或言流浪者诉说其忧思，或言爱国志士忧国怨战……说法虽多，然诗中所蕴含的因时世变迁所引发的忧思却是无可争辩的。考之史实，《毛诗序》说当为正解。

诗中描写诗人行役至宗周，过访故宗庙宫室时，满目所见，没有了昔日的城阙宫殿，也没有了都市的繁华，只有郁茂的黍稷尽情生长，也许偶尔还传来一两声野雉的哀鸣。此情此景，使作者不禁悲从中来，涕泪涟涟。诗中除了具象的黍和稷之外，都是空灵的景况，抒情主体"我"具有一种不确定性。正因为此，欣赏者可以根据自己的际遇去自由联想，并从中感受到强烈的情感共鸣。这是心智异于常人者的悲哀，这种大悲诉诸人间是无法得到回应的，于是共鸣者与抒情主体只好叩问苍天。

【名家评点】

三章只换六字，而一往情深，低回无限。

——［清］方玉润《诗经原始》

君子于役

君子于役[1]，不知其期，曷至哉[2]？
鸡栖于埘[3]，日之夕矣，羊牛下来。
君子于役，如之何勿思？

君子于役，不日不月，曷其有佸[4]？
鸡栖于桀[5]，日之夕矣，羊牛下括[6]。
君子于役，苟[7]无饥渴？

【注释】

〔1〕"君子"句：君子：这里是女子称其丈夫。于役：指其丈夫正在外服役。

〔2〕曷至哉：现在他到了何处呢？一说为"什么时候才回来呢？"

〔3〕埘（shí）：墙上凿洞而成的鸡窝。

〔4〕佸（huó）：聚会。

〔5〕桀：木桩。这里指鸡窝中供鸡栖息的横木。

〔6〕括：义同"佸"。指牛羊回来聚集在一起。

〔7〕苟：副词，有且、或、也许等义。

【赏析】

诗写妻子对远去服役的丈夫的思念。归期不定的思念，只会让人日日企盼，而又日日失望。末节不再正面描写，而是用抒情的淡墨展现出一幅撩人情思的乡村晚景图：夕阳余晖下，母鸡领着雏鸡陆续回窝，牛羊从村外缓缓归来……一切都是那么平和、静谧、恬美。正因为此，方可更加突出对远方亲人的思念，也才更具震撼人心的艺术力量。

采 葛

彼采葛[1]兮，一日不见，如三月兮。
彼采萧[2]兮，一日不见，如三秋兮。
彼采艾[3]兮，一日不见，如三岁兮。

【注释】

〔1〕葛：葛藤，其皮可制成纤维织布。

〔2〕萧：香蒿，古人用以祭祀。

〔3〕艾：菊科植物，端午节民间采之辟邪，制绒可供针灸用。

【赏析】

相爱至深至切的恋人，片刻的分离对他们来说都是极大的痛苦。《采葛》一诗正是抓住这一人人都可能体验过的情感，反复重叠，只换几个字，就把这种情感生动地展现出来。这是为什么呢？奥妙在于隐藏在语言文字背后的是与心律节奏同步跳动的脉搏，这是一种文字视觉和心弦触动的交互作用。全诗既没有情感的述说，也没有具体的描述，然而却拨动了千百年来无数读者的心弦，并将这一情感浓缩为"一日三秋"的成语，至今仍然挂在人们嘴边。李白以"白发三千丈"言愁，有类于此。

【名家评点】

采葛皆女子事，此所怀者女，则怀之者男。

——闻一多《风诗类钞》

良友情亲如夫妇，一朝远别，不胜相思，此正交情深厚处，故有三月、三秋、三岁之感也。

——［清］方玉润《诗经原始》

将仲子

将仲子[1]兮，无窬我里[2]，无折我树杞[3]。
岂敢爱之[4]？畏我父母。
仲可怀[5]也，父母之言，亦可畏也。

将仲子兮，无窬我墙，无折我树桑。
岂敢爱之？畏我诸兄。
仲可怀也，诸兄之言，亦可畏也。

将仲子兮，无窬我园，无折我树檀[6]。
岂敢爱之？畏人之多言。
仲可怀也，人之多言，亦可畏也。

【注释】

〔1〕将仲子：将（qiāng）是请求、希望的意思。仲子：此处犹言老二。

〔2〕"无窬"句：窬是翻越的意思。里：五家为邻，五邻为里，里外有墙。

〔3〕杞：落叶灌木，习称杞柳。

〔4〕"岂敢"句：不是我舍不得院墙和树木。爱：舍不得。

〔5〕怀：思念、牵挂。

〔6〕檀：檀树，木质坚硬，可制器具。

【赏析】

这首诗表现了一个正在热恋中的女子畏于人言的矛盾、痛苦心理。

首先，出现在我们眼前的是一位处在"不待父母之命、媒妁之言，钻穴隙相窥，逾墙相从，则父母国人皆贱之"（《孟子·滕文公下》）的社会舆论压力下的少女，情人的孟浪吓坏了这个小女子，于是她再三乞求、解释、劝慰。此诗妙在男主人公"仲子"的神情举止，诗人不着一笔，从女主人公情真意切的劝告中，使他活灵活现地浮现在读者眼前。

女曰鸡鸣

女曰："鸡鸣。"士曰："昧旦[1]。"
"子兴视夜[2]，明星有烂[3]。"
"将翱将翔[4]，弋凫[5]与雁。"

"弋言加[6]之，与子宜[7]之。
宜言饮酒，与子偕老。
琴瑟在御[8]，莫不静好[9]。"

"知子之来[10]之，杂佩[11]以赠之。
知子之顺[12]之，杂佩以问[13]之。
知子之好[14]之，杂佩以报之。"

【注释】

〔1〕昧旦：黎明时分。

〔2〕"子兴"句：兴：起身。视夜：察看天色。

〔3〕有烂：指星光明亮灿烂。

〔4〕"将翱"句：即将破晓，正是宿鸟要出巢的时候。

〔5〕弋（yì）：用丝做绳系于箭上射鸟。凫（fú）：野鸭。

〔6〕言：语助词。加：射中。

〔7〕宜：即肴，此处做动词用，烹调菜肴。

〔8〕御：弹奏。

〔9〕静好：和睦安好。

〔10〕来：意谓殷勤体贴。

〔11〕杂佩：古人的珠玉类佩饰，质地形状各别，故言杂佩。

〔12〕顺：犹言温柔。

〔13〕问：赠送。

〔14〕好（hào）：爱恋。

【赏析】

在中外文学作品中，类似《女曰鸡鸣》这样纯粹以对话创作的诗歌比较少见。

这完全是一幅家庭日常生活的特写镜头。全诗由三组镜头组成，第一组——鸡妻催晨；第二组——女子祈愿；第三组——男子赠佩。整个场面没有丝毫做作，无任何修饰记录下这段拂晓前的夫妻对白，读者完全可以凭借自己的想象力，透过话语窥测到更丰富的内容。

【名家评点】

此（指"琴瑟在御，莫不静好"二句）诗人凝想点缀之词，若作女子口中语，觉少味。盖诗人一面叙述，一面点缀，大类后世弦索曲子。

——〔明〕张尔岐《蒿菴闲话》

有女同车

有女同车，颜如舜华〔1〕。
将翱将翔，佩玉琼琚。
彼美孟姜〔2〕，洵美且都〔3〕。

有女同行，颜如舜英。
将翱将翔，佩玉将将〔4〕。
彼美孟姜，德音〔5〕不忘。

国学经典精神家园丛书

【注释】

〔1〕舜华：即木槿花。

〔2〕孟姜：后世通常把孟姜作为美女的代称。

〔3〕"洵美"句：洵：确实。都：娴雅美丽。

〔4〕将将：同"锵锵"。玉石相击之声。

〔5〕德音：美好的品德和声誉。

【赏析】

　　这分明是一首描写一对恋人在繁花盛开的原野上同车飞驰、男欢女爱的恋歌，《毛诗序》却认为此诗是在讽刺郑国太子不娶齐侯之女，以致被国人驱逐，而朱熹则认为这是一首"淫奔之诗"。然而如此牵强附会地论诗，在历代诗学专著中比比皆是，足以乱人心志。

【名家评点】

　　太子忽尝有功于齐，齐侯请妻之齐女。贤而不娶，卒以无大国之助至于见逐，故国人刺之。

——《毛诗序》

风　雨

　　　　风雨凄凄，鸡鸣喈喈〔1〕。
　　　　既见君子，云胡不夷〔2〕？

　　　　风雨潇潇，鸡鸣胶胶〔3〕。
　　　　既见君子，云胡不瘳〔4〕？

　　　　风雨如晦〔5〕，鸡鸣不已。
　　　　既见君子，云胡不喜？

【注释】

〔1〕喈喈（jiē）：鸡鸣声。

〔2〕"云胡"句：云：语助词。胡：怎么。夷：平，指内心从焦虑到平静。

〔3〕胶胶：形容鸡鸣声。

〔4〕瘳（chōu）：病愈，此喻相思之情已然消失。

〔5〕晦：昏暗。

【赏析】

这首诗最大的艺术特点是以瞬间涵盖全程，以"既见"时的顷刻之惊喜概括了一位害相思病的痴情女子在此之前的昼夜思念，也概括了与情人相见之后的其乐融融。风雨交加之时，害相思病的女子正感百无聊赖，忽然见到了她日夜思念的情人，怎能不惊喜万分呢！诗人正是恰到好处地把全部艺术魅力定格在了这一瞬间，并用层层递进的笔墨描写相思女子的思念之深与意外惊喜。这真是巧妙之至的艺术构想。

【名家评点】

此诗人善于言情，又善于即景以抒怀，故为千秋绝调。

——［清］方玉润《诗经原始》

子　衿

青青子衿〔1〕，悠悠我心。
纵我不往，子宁不嗣音〔2〕？

青青子佩〔3〕，悠悠我思。
纵我不往，子宁不来？

挑兮达兮〔4〕，在城阙〔5〕兮。
一日不见，如三月兮。

【注释】

〔1〕衿：衣襟，衣领。

〔2〕嗣音：音讯相问。嗣通"贻"，寄。

〔3〕佩：这里是指系佩玉的绶带。

〔4〕"挑兮"句：挑、达：二字连用，形容走来走去状，也作"佻、汰"。

〔5〕城阙：城门两边的观楼。

【赏析】

全诗采用倒叙手法，前二章写相思女子对恋人不来相会而发出的无声诘问：纵然我未去赴约，你为何不能捎个信来？纵然我不去找你，你怎就不能主动来找我？最后才点明这女子此时正在城楼上因等候情人而心烦意乱，望眼欲穿，一面回想着恋人青青的衣领和青青的佩玉绶带，以及那动人的容貌，一面不安地走来走去。此时此刻，她觉得一日不见，仿佛已有三月之久。

【名家评点】

前二章回环入妙，缠绵婉曲。末章变调。

——［清］吴闿生《诗义会通》

野有蔓草

野有蔓草，零露漙^{〔1〕}兮。
有美一人，清扬^{〔2〕}婉兮。
邂逅相遇，适我愿兮。

野有蔓草，零露瀼瀼^{〔3〕}。
有美一人，婉如清扬。
邂逅相遇，与子偕臧^{〔4〕}。

【注释】

〔1〕"零露"句：零露：零为降落的意思。漙（tuán）:形容露水多。

〔2〕清扬：形容女性眉清目朗，美目传神。

〔3〕瀼瀼（ráng）：形容露水浓。

〔4〕偕臧：一同躲藏在幽静之处。臧同"藏"。

【赏析】

　　率真的情感不乏浪漫，狂放的欢乐全出于天然。诗人将情景和人物用牧歌般的清音吟唱出来，字字珠玉，宛若天籁，美轮美奂，妙不可言。

　　且不说那露珠莹莹的春晨绿野，也不说那美目清扬飘然而至的美丽姑娘，单就对少男少女一见钟情便携手躲进丛林深处去偷摘禁果的坦率描写，便将先民那种人性美善、世风纯朴的原始生态展现殆尽。

【名家评点】

　　男子遇女子野田草露之间，乐而赋此诗也。

——［明］季本《诗说解颐》

鸡　鸣

"鸡既鸣矣，朝既盈[1]矣。"
"匪鸡则鸣，苍蝇之声。"

"东方明矣，朝既昌[2]矣。"
"匪东方则明，月出之光。"

"虫飞薨薨[3]，甘与子同梦。"
"会且归[4]矣，无庶予子憎[5]！"

【注释】

　　〔1〕盈：满。此指上朝的大臣已站满朝堂。

　　〔2〕昌：形容人多。

　　〔3〕薨薨（hōng）：飞虫振翅声。

　　〔4〕会且归：朝会将散。会指上朝。且：将。

　　〔5〕予子憎：宾语前置。全句意谓你我这样睡懒觉，岂不让人憎恨！

【赏析】

　　本诗与《女曰鸡鸣》起兴虽同，情趣则异。细心体味，前者写的是朴实无华、情真意切的平民生活，此则为夫贵妻荣、在朝为官的贵族夫妇的日常起居。前者在软语温存的鼓动中弥漫着无限的恩爱，此则于急切的催促中透露出对功名富贵的追求和担忧。贵夫人以百官已经站满朝堂，上朝的人已经熙熙攘攘，朝会都快退散，再不去满朝文武都要讨厌你我夫妻诸如此类步步紧逼的催促，想唤醒企图与她重温好梦的丈夫。而透过这些你来我往的对话，流露出来的内心活动与《女曰鸡鸣》中的那对夫妇相比，生动地说明不同阶层的民众对"鸡鸣"这种自然景象各个相异的心态。

【名家评点】

　　愚谓此诗妙处须于句外求之。

——［清］姚际恒《诗经通论》

古诗三百首

东方未明

　　东方未明，颠倒衣裳。
　　颠之倒之，自公召之。

　　东方未晞[1]，颠倒裳衣。
　　倒之颠之，自公令之。

　　折柳樊圃[2]，狂夫瞿瞿[3]。
　　不能辰[4]夜，不夙则莫[5]。

三一

【注释】

　〔1〕晞："昕"字假借，意为天刚亮。

　〔2〕樊圃：樊同藩，即篱笆。圃是菜园。全句意谓折下柳条给菜圃做篱笆。

　〔3〕"狂夫"句：狂夫：指监工的人。瞿瞿：瞪视状。

　〔4〕辰：时，指守时。

　〔5〕"不夙"句：夙：早。莫：同"暮"。

【赏析】

　　大多数人认为这是一首反映民工怨恨工头的诗。诗人抓住了公家的奴才即监工的人（狂夫）一声吆喝，民工们在黑暗中手忙脚乱穿反衣裳这一典型细节，最后再点明其缘由，而且毫不掩饰地表达了民工们对工头的怨恨。"颠倒衣裳"这一描写，清人牛运震以为"奇语入神，写忽乱光景宛然"。不过，后世文人常用"颠倒衣裳"形容男女寻欢作乐时的慌张错乱。蒲松龄在《聊斋志异·娇娜》篇中曾有一段感慨："余于孔生，不羡其得艳妻，而美其得腻友也。观其容可以忘饥，听其声可以解颐。得此良友，时一谈宴，则色授魂与，尤胜于颠倒衣裳矣。"在这里，"颠倒衣裳"指的便是男女欢爱。

【名家评点】

　　《东方未明》，刺无节也。朝廷兴居无节，号令不时，挈壶氏（掌计时的官员）不能掌其职焉。

——《毛诗序》

园有桃

园有桃，其实之肴〔1〕。
心之忧矣，我歌且谣〔2〕。
不知我者，谓我士也骄。
"彼人是〔3〕哉，子曰何其〔4〕。"
心之忧矣，其谁知之？
其谁知之，盖〔5〕亦勿思。

园有棘〔6〕，其实之食。
心之忧矣，聊以行国〔7〕。
不知我者，谓我士也罔极〔8〕。
"彼人是哉？子曰何其。"
心之忧矣，其谁知之？
其谁知之，盖亦勿思。

【注释】

〔1〕肴：食。

〔2〕"我歌"句：歌、谣皆做动词，意谓我因内心郁闷而歌唱。

〔3〕是：对。

〔4〕其：疑问语气词。

〔5〕盖：同"盍"，何不。

〔6〕棘：酸枣树。

〔7〕"聊以"句：聊是姑且的意思。行国：离开城市。

〔8〕罔极：无常。

【赏析】

　　历来解诗的人，非要坐实这首诗的歌咏对象，或言"晋人忧献公宠二骊姬之子"，或言"刺没入人田宅也"，或言"伤家室之无乐"，或言"没落贵族忧贫畏饥"……这样说诗，无异盲人摸象，把一首本可引起读者强烈共鸣的佳作，非要弄得味同嚼蜡不可。

　　其实，作为诗人的化身即主人公"士"，到底是个什么样的人？他的出身、地位如何？根本无须探究。只要知道他是一个思想行为独立特异的魏国人就行了。正因为他见识非凡，志趣卓越，骄狂傲慢，行止乖张，所以不被现实所容，世人视其为有病、反常，因而他深感孤独，或狂歌排忧，或奔走解愁。他有时也怀疑是不是自己错了，世人是对的？自己该是随波逐流呢，还是我行我素？因为对于人生的这种困惑找不到答案，诗人索性不去多想。然而个人与社会的冲突不会因"勿思"而消失，于是他只能采取离开闹市、逃避现实的办法。

　　像这种见识超群、特立独行、怀才不遇的人，因不被世俗所理解、所接纳，陷入深深的痛苦、孤独、彷徨而不能自拔，古往今来，不是屡见不鲜吗？在我们同时代人中不也是时有所闻吗？甚至在我们自己的内心深处，不也偶有同感吗？而这，正是此诗三千多年来仍然具有如此感人力量的奥妙之所在，因为它反映了人性中的一个亘古不变的共通的心理现象。

【名家评点】

　　是篇一气六折。自己心事，全在一"忧"字。唤醒群迷，全在一"思"字。至其所忧之事，所思之故，则俱在笔墨之外，托兴之中。

　　　　　　　　　　　　　　　　　　——［清］陈继揆《读风臆补》

伐 檀

坎坎伐檀兮，置之河之干兮，河水清且涟猗。
不稼不穑，胡取禾三百廛[1]兮？
不狩不猎，胡瞻尔庭有县貆[2]兮？
彼君子兮，不素餐[3]兮！

坎坎伐辐兮，置之河之侧兮，河水清且直猗。
不稼不穑，胡取禾三百亿兮？
不狩不猎，胡瞻尔庭有县特[4]兮？
彼君子兮，不素食兮！

坎坎伐轮兮，置之河之漘[5]兮，河水清且沦猗。
不稼不穑，胡取禾三百囷[6]兮？
不狩不猎，胡瞻尔庭有县鹑兮？
彼君子兮，不素飧[7]兮！

【注释】

〔1〕廛：束或捆之义。

〔2〕"胡瞻"句：县：音义皆同"悬"。貆：音义皆同"獾"。

〔3〕素餐：马端临《毛诗传笺通释》："无功而食谓之素餐。"即俗语吃白食。

〔4〕特：大兽。《毛传》："兽三岁曰特。"

〔5〕漘：音义皆同"唇"，水边义。

〔6〕囷（qūn）：古代一种圆形谷仓。

〔7〕飧（sūn）：熟食，这里指吃饭。

【赏析】

　　这首诗作为古代现实主义之集大成者《诗经》的代表作，当之无愧。从诗的语言和风格来看，作者显然直接来自底层劳动人民。他们毫不掩饰地表达了对不劳而获者的愤怒和嘲弄。尽管这有些违背儒家"温柔敦厚"的诗训，但因其感情真挚、淋漓酣畅及其震撼性

国学经典精神家园丛书

的艺术感染力，而被称作"长调之神品"。

【名家评点】

忽而叙事，忽而推情，忽而断制，羚羊挂角，无迹可寻。

——[明]戴君恩《读诗臆评》

起落转折，浑脱傲岸，首尾结构，呼应灵紧，此长调之神品也。

——[清]牛运震《诗志》

硕 鼠

硕鼠硕鼠，无食我黍！
三岁贯女[1]，莫我肯顾。
逝将去女[2]，适彼乐土。
乐土乐土，爰得我所[3]！

硕鼠硕鼠，无食我麦！
三岁贯女，莫我肯德[4]。
逝将去女，适彼乐国。
乐国乐国，爰得我直[5]！

硕鼠硕鼠，无食我苗！
三岁贯女，莫我肯劳。
逝将去女，适彼乐郊。
乐郊乐郊，谁之永号[6]！

【注释】

〔1〕贯：借作宦，侍奉的意思。女：音义皆同"汝"。

〔2〕"逝将"句：逝通"誓"。全句意谓我发誓要离开你。

〔3〕"爰得"句：爰为于是、在此义。所：居所。全句意谓到了那里，我们就有了安居之所。

〔4〕德：感激之意。

〔5〕直：报酬。

〔6〕永号：长叹。

【赏析】

这首诗的主旨与《伐檀》大体相同，然风骨殊异。彼直指，此寓意。

【名家评点】

刺重敛也。国人刺其君重敛蚕食于民，不修其政，贪而畏人，若大鼠也。

——《毛诗序》

国学经典精神家园丛书

绸　缪

绸缪[1]束薪，三星在天。
今夕何夕，见此良人。
子兮子兮，如此良人何？

绸缪束刍[2]，三星在隅[3]。
今夕何夕，见此邂逅。
子兮子兮，如此邂逅何？

绸缪束楚[4]，三星在户[5]。
今夕何夕，见此粲者[6]。
子兮子兮，如此粲者何？

【注释】

〔1〕绸缪：缠绕。

〔2〕刍：草料。

〔3〕隅：天的东南边，说明夜色已深。

〔4〕楚：荆条。

〔5〕户：单扇门。

〔6〕粲者：漂亮的人。此处与"良人"即新郎对举，故指新娘。

【赏析】

古代婚礼都在黄昏后举行，所以需要燃薪照明。束薪、束刍、束楚，就是为在"三星在天"至"在户"亦即从黄昏到子夜照明用。诗人略去了行大礼、闹洞房等热闹戏文，留出大片空白让读者去想象，而将笔墨着重用在了描述新郎新娘单独相对时的那一刻：新娘见"良人"，惊喜得居然忘了今天是什么日子——"今夕何夕？"新郎见"粲者"，同样忘了为什么会有如此"良辰美景"。最让人开心的是一对新人彼此都手脚无措，不知下一步如何是好的细节描写。

【名家评点】

淡婉缠绵，真有解说不出光景。

——［清］牛运震《诗志》

葛 生

葛生蒙楚〔1〕，蔹〔2〕蔓于野。
予美〔3〕亡此，谁与？独处。

葛生蒙棘，蔹蔓于域〔4〕。
予美亡此，谁与？独息。

角枕〔5〕粲兮，锦衾烂兮。
予美亡此，谁与？独旦。

夏之日，冬之夜。
百岁之后，归于其居〔6〕。

冬之夜，夏之日。

百岁之后，归于其室。

【注释】

〔1〕楚：灌木名，荆条。

〔2〕蔹（liǎn）：多年生蔓草，俗称野葡萄。

〔3〕予美：这里是指亡故的丈夫。

〔4〕域：墓地。

〔5〕角枕：用动物角做的枕头。

〔6〕其居：死者坟墓。

【赏析】

　　显而易见，这是一首悼亡诗。现代学者朱守亮、周蒙等人认为本篇不仅是悼亡之祖，亦悼亡之绝唱也，后代潘岳、元稹的悼亡杰作，不出此诗窠臼。本诗的主人公是位女性。当她看到亡故丈夫的坟地四周葛藤野草尚有依附，触景生情，自然会想到自己孤苦无依，形单影只，寂寞难耐。尽管有铮亮的角枕，鲜丽的被褥，无论是墓中的丈夫所用，还是摆放在自己的床上，都只能徒增伤感，空惹幽愁。唯一的解脱之道，就是百年之后同归于丈夫已经去了的那个地方。

【名家评点】

　　角枕、锦衾，殉葬之物也。极惨苦事，忽插极鲜艳语，更难堪。

——［清］牛运震《诗志》

　　此诗五章，前二章为一调，后二章为一调，中一章承上章而变之，以作转纽。"独旦"二字，为下"日""夜""百岁"之引端。篇法于诸诗中别出一格。

——［清］陈继揆《读风臆补》

蒹　葭

蒹葭苍苍，白露为霜。
所谓伊人，在水一方。
溯洄〔1〕从之，道阻且长。

溯游〔2〕从之，宛在水中央。

蒹葭凄凄，白露未晞。
所谓伊人，在水之湄〔3〕。
溯洄从之，道阻且跻〔4〕。
溯游从之，宛在水中坻〔5〕。

蒹葭采采，白露未已。
所谓伊人，在水之涘〔6〕。
溯洄从之，道阻且右〔7〕。
溯游从之，宛在水中沚〔8〕。

【注释】

〔1〕溯洄：逆流而上。

〔2〕溯游：顺流而下。

〔3〕湄：河水与野草相接的地方，亦即河岸。

〔4〕跻（jī）：地势渐高。

〔5〕坻（chí）：水中高地。

〔6〕涘（sì）：河边。

〔7〕右：道路向右边弯曲。一说为高的意思。

〔8〕沚（zhǐ）：水中沙洲。

【赏析】

　　每章前两句以凄清的景致起兴，形成沉郁悲凉的气氛，同时又暗寓着时间的推移。"伊人"到底是指什么？古今说法不同。汉唐学者以为此诗"言得人之道"，近代学者认为是怀人之作。"伊人"看似诗人访求的对象，然则进一步索解，却又茫然。这种游移莫定、似有还无的感觉，恰恰是这首诗的妙处。"伊人"的美恍惚迷离，但读者从诗人孜孜不懈地追求中，却又可以强烈地感受到"在水一方"的那个倩影。"伊人"已经超越了诗歌本身的具体意象，而成为美的化身、美的代称。

古人作诗多一意化为三叠，所谓一唱三叹，佳者多有余音，此则兴尽首章，不可不知也。

——［清］方玉润《诗经原始》

鹿 鸣

呦呦[1]鹿鸣，食野之苹。
我有嘉宾，鼓瑟吹笙。
吹笙鼓簧，承筐[2]是将。
人之好我，示我周行[3]。

呦呦鹿鸣，食野之蒿。
我有嘉宾，德音孔昭[4]。
视民不恌[5]，君子是则是效[6]。
我有旨酒，嘉宾式燕以敖[7]。

呦呦鹿鸣，食野之芩。
我有嘉宾，鼓瑟鼓琴。
鼓瑟鼓琴，和乐且湛[8]。
我有旨酒，以燕乐嘉宾之心。

【注释】

〔1〕呦呦（yōu）：鹿的鸣叫的声音。

〔2〕承筐：奉上礼品。

〔3〕周行：大道，引申为大道理。

〔4〕"德音"句：美好的品德和声誉。孔：很。

〔5〕恌：同"佻"，轻浮的意思。

〔6〕"君子"句：则为法则、楷模义，这里做动词。全句意谓贤德君子纷纷效法。

〔7〕"嘉宾"句：燕：安。敖：舒畅快乐。

〔8〕湛（dān）："媅"的借字，喜乐无限貌。

【赏析】

这首诗是《小雅》之首篇，和其中的第二篇《四牡》、第三篇《皇皇者华》都是古人宴会时所唱的乐歌，所以诗人将欢快和悦的韵律贯串始终。起初只用于君王宴请群臣，后来逐渐推广到了民间。

在笙瑟悠扬的欢乐气氛中，宴会的主人先是用竹筐盛着礼品馈赠宾客，继而致辞说："承蒙诸位光临，昭示大道，敢不铭记在心！"最后二章进一步强化宾主的欢乐气氛以及主人即国君利用酒宴才有的和谐融洽，坦诚说出对宾客即臣僚的告谕。倘若读者熟悉曹操的《短歌行》，不难发现曹诗与《鹿鸣》《子衿》之间所存在的那种回响了千余年的精神共鸣。

【名家评点】

《鹿鸣》，宴群臣嘉宾也。既饮食之，又实币帛筐篚，以将其厚意，然后忠臣嘉宾得尽其心矣。

——《毛诗序》

鹤　鸣

鹤鸣于九皋〔1〕，声闻于野。
鱼潜在渊，或在于渚〔2〕。
乐彼之园，爰有树檀，其下维萚〔3〕。
他山之石，可以为错〔4〕。

鹤鸣于九皋，声闻于天。
鱼在于渚，或潜在渊。
乐彼之园，爰有树檀，其下维榖〔5〕。
他山之石，可以攻玉。

【注释】

〔1〕九皋：曲折深远的沼泽。

〔2〕渚：水中小洲。此处指水滩。

〔3〕萚（tuò）：枯落的树叶。

〔4〕错：磨石，用以打磨玉器。

〔5〕穀（gǔ）：楮树。这里用来比喻小人。

【赏析】

关于这首诗的主题，有很多不同的理解。其中不少见解让人觉得莫测高深，一头雾水。其实我们不如简简单单地将它当作是一首写景抒情的诗来欣赏。诗人在广阔的原野上，极目远眺，曲折深邃的沼泽里群鹤翔翔，和鸣嘹亮；近处的河水中游鱼欢跃，或在深渊，或在浅滩；前面是一座檀树葱茏、灌木丛生的园林；旁边丹崖翠壁，怪石耸立。诗人看到山峰上奇形怪状的岩石，突然想到，那岂不是砥砺美玉的良材吗？

可以说，这首诗已开后世写景诗的先河，然而又不单纯是写景。诗人油然而生的领悟颇具哲理况味："他山之石，可以攻玉。"不过，在这首以写景为主的诗篇中，说理只是点到为止，而且显得非常自然。

程颢和朱熹用他们的理学观念解释这首诗，从中引申出一系列深奥的道理。朱熹把诗中的四个比喻概括为诚、理、爱、憎四层含义，并认为可以作为"天下之理"。

【名家评点】

玉之温润，天下之至美也。石之粗厉，天下之至恶也。然两玉相磨，不可以成器，以石磨之，然后玉之为器，得以成焉。犹君子之与小人处也，横逆侵加，然后修省畏避，动心忍性，增益预防，而义理生焉，道理成焉。

——［宋］程颢、程颐《二程遗书》

盖鹤鸣于九皋，而声闻于野，言诚之不可掩也。鱼潜在渊，而或在于渚，言理之无定在也。园有树檀，而其下维萚，言爱当知其恶也。他山之石，而可以为错，言憎当知其善也。由是四者引而伸之，触类而长之，天下之理，其庶几乎？

——［宋］朱熹《诗集传》

孔 子

孔子（前551—前479年），名丘，字仲尼，生于春秋时鲁国陬邑（今山东省曲阜市）。中华民族最伟大的思想家、教育家。

猗兰操

习习谷风，以阴以雨[1]。
之子于归，远送于野。
何彼苍天，不得其所[2]。

逍遥[3]九州，无有定处。
世人暗蔽[4]，不知贤者。
年纪迈逝[5]，一身将老。

【注释】

〔1〕"习习"二句：以是助词，在句中相当于一个音节，不表义。这二句用《诗经·邶风·谷风》之首句，意谓山谷中狂风大作，阴雨弥漫。《谷风》描写了一个抚今追昔、不忍自弃的弃妇形象，孔子在此自喻。

〔2〕"不得"句：没有得到适当的安置。

〔3〕逍遥：这里是彷徨、徘徊不进的意思。

〔4〕暗蔽：愚昧。

〔5〕迈逝：岁月流逝，老迈年高。

【赏析】

历代俊彦，要说生不逢时，怀才不遇，无过于孔子者。孔子历游诸侯，不见容于乱世，睹空谷幽兰与杂草共生，慨然自喻，将其心声寓之于琴瑟，闻之者能不为之泪下？

孔子这首琴曲最早见于东汉蔡邕所撰的我国第一部琴曲专著《琴操》。其中记述了四十七个古琴曲故事，关于孔子的有四则，即《龟山操》《将归操》《陬操》《猗兰操》。在有关孔子的大量文献史料中，曾多次记述他与弟子抚琴言志的故事。

屈 原

对屈原身世的记载，以《史记·屈原列传》为早而详，称屈原名平，字原。《离骚》自谓名正则，字灵均，是平、原二字的引申义。其祖先姓芈，屈姓为其分支。屈原故里在今秭归。

屈子为楚国贵族，娴于辞令，博闻强识。二十余岁即为三闾大夫，入则与楚王共议国事，出则接待宾客，应对诸侯。楚怀王曾让他起草宪令，以图变法。后怀王听信谗言，将屈原流放至汉北。怀王二十八年（前301年），秦与齐、韩、魏共攻楚，屈原被召使齐求和。次年，秦楚盟于武关，怀王入秦被羁，客死于秦。时楚太子立，是为顷襄王。弟子兰为令尹，使上官大夫诬陷屈原，再次被流放江南。公元前279年，秦将白起攻楚，次年破郢都。国破家亡，屈原悲愤不已，自沉于汨罗江。

屈原是《诗经》后推动文学到最高境界，使文学创作个性化的伟大诗人。他的创作强烈地抒发了忧国忧民、抨击黑暗的爱国精神。他运用大量的神话传说，开创了古代浪漫主义的先河。他的死得到了世人的深切同情，几千年来各族人民用端午节这一全国性的民间活动来缅怀、凭吊这位中华民族的伟大诗人。

离 骚

帝高阳[1]之苗裔兮，朕皇考曰伯庸[2]。摄提贞于孟陬兮[3]，惟庚寅吾以降。皇览揆余初度兮，肇锡余以嘉名[4]。名余曰正则兮，字余曰灵均。纷吾既有此内美兮，又重之以修能[5]。扈江离与辟芷兮[6]，纫秋兰以为佩。汩余若将不及兮，恐年岁之不吾与。朝搴阰之木兰兮，夕揽洲之宿莽[7]。日月忽其不淹兮，春与秋其代序。惟草木之零落兮，恐美人之迟暮。不抚壮而弃秽兮，何不改乎此度？乘骐骥以驰骋兮，来吾道夫先路！

昔三后之纯粹兮[8]，固众芳之所在。杂申椒与菌桂兮，岂维纫夫蕙茝？彼尧舜之耿介兮，既遵道而得路。何桀纣之猖披兮，夫唯捷径以窘步。惟夫党人[9]之偷乐兮，路幽昧以险隘。岂余身之惮殃兮，恐皇舆[10]之败绩。忽奔走以先后兮，及前王之踵武。荃[11]

不察余之中情兮，反信谗而齌怒[12]。余固知謇謇[13]之为患兮，忍而不能舍也。指九天以为正兮，夫唯灵修[14]之故也。曰黄昏以为期兮，羌中道而改路。初既与余成言兮，后悔遁而有他。余既不难夫离别兮，伤灵修之数化[15]。

　　余既滋兰之九畹兮，又树蕙之百亩。畦留夷与揭车兮，杂杜衡与芳芷[16]。冀枝叶之峻茂兮，愿竢时乎吾将刈。虽萎绝其亦何伤兮，哀众芳之芜秽[17]。众皆竞进以贪婪兮，凭不厌乎求索。羌[18]内恕己以量人兮，各兴心而嫉妒。忽驰骛以追逐兮，非余心之所急。老冉冉其将至兮，恐修名之不立。朝饮木兰之坠露兮，夕餐秋菊之落英。苟余情其信姱以练要兮，长顑颔亦何伤[19]？擥木根以结茝兮，贯薜荔之落蕊[20]。矫菌桂以纫蕙兮，索胡绳之纚纚[21]。謇吾法夫前修兮[22]，非世俗之所服。虽不周于今之人兮，愿依彭咸[23]之遗则。

　　长太息以掩涕兮，哀民生之多艰。余虽好修姱以鞿羁[24]兮，謇朝谇而夕替。既替余以蕙纕兮，又申之以揽茝[25]。亦余心之所善兮，虽九死其犹未悔！怨灵修之浩荡[26]兮，终不察夫民心。众女嫉余之蛾眉兮，谣诼谓余以善淫。固时俗之工巧兮，偭规矩而改错[27]。背绳墨以追曲兮，竞周容以为度[28]。忳郁邑余侘傺兮[29]，吾独穷困乎此时也。宁溘死以流亡兮，余不忍为此态也。鸷鸟之不群兮，自前世而固然。何方圜之能周兮，夫孰异道而相安？屈心而抑志兮，忍尤而攘诟[30]。伏清白以死直兮，固前圣之所厚。

　　悔相道之不察兮，延伫乎吾将反。回朕车以复路兮，及行迷之未远。步余马于兰皋兮，驰椒丘且焉止息。进不入以离尤兮[31]，退将复修吾初服。制芰荷以为衣兮，集芙蓉以为裳。不吾知其亦已兮，苟余情其信芳。高余冠之岌岌兮，长余佩之陆离。芳与泽其杂糅兮，唯昭质其犹未亏[32]。忽反顾以游目兮，将往观乎四荒。佩缤纷其繁饰兮，芳菲菲其弥章[33]。民生各有所乐兮，余独好修以为常。虽体解吾犹未变兮，岂余心之可惩[34]？

女媭之婵媛兮，申申其詈予[35]。曰鲧婞直以亡身兮，终然殀乎羽之野[36]。汝何博謇而好修兮，纷独有此姱节[37]。薋菉葹以盈室兮，判独离而不服[38]。众不可户说兮，孰云察余之中情？世并举而好朋兮，夫何茕独而不予听[39]？

依前圣以节中[40]兮，喟凭心而历兹。济沅湘以南征兮，就重华[41]而陈词：启[42]《九辩》与《九歌》兮，夏康娱[43]以自纵。不顾难以图后兮[44]，五子用失乎家巷[45]。羿淫游以佚畋兮，又好射夫封狐。固乱流其鲜终兮，浞又贪夫厥家[46]。浇身被服强圉兮[47]，纵欲而不忍。日康娱而自忘兮，厥首用夫颠陨[48]。夏桀之常违兮，乃遂焉而逢殃。后辛之菹醢兮，殷宗用而不长[49]。汤禹俨而祗敬兮[50]，周论道而莫差。举贤而授能兮，循绳墨而不颇[51]。皇天无私阿兮[52]，览民德焉错辅[53]。夫维圣哲以茂行兮，苟得用此下土[54]。瞻前而顾后兮，相观民之计极。夫孰非义而可用兮，孰非善而可服。阽[55]余身而危死兮，览余初其犹未悔。不量凿而正枘兮[56]，固前修以菹醢。曾歔欷余郁邑兮[57]，哀朕时之不当。揽茹蕙以掩涕兮，沾余襟之浪浪。

跪敷衽以陈辞兮，耿吾既得此中正[58]。驷玉虬以椉鹥兮，溘埃风余上征[59]。朝发轫[60]于苍梧兮，夕余至乎县圃[61]。欲少留此灵琐[62]兮，日忽忽其将暮。吾令羲和弭节兮[63]，望崦嵫[64]而勿迫。路曼曼其修远兮，吾将上下而求索。饮余马于咸池[65]兮，总余辔乎扶桑[66]。折若木以拂日兮[67]，聊逍遥以相羊[68]。前望舒[69]使先驱兮，后飞廉[70]使奔属[71]。鸾皇为余先戒兮[72]，雷师告余以未具。吾令凤鸟飞腾兮，继之以日夜。飘风屯其相离兮，帅云霓而来御[73]。纷总总其离合兮，斑陆离其上下。吾令帝阍开关兮，倚阊阖而望予[74]。时暧暧其将罢兮，结幽兰而延伫。世溷浊而不分兮，好蔽美而嫉妒。

朝吾将济于白水兮，登阆风而缫马[75]。忽反顾以流涕兮，哀高丘之无女[76]。溘吾游此春宫[77]兮，折琼枝以继佩。及荣华之未落兮，相下女之可诒〔78〕。吾令丰隆〔79〕乘云兮，求宓妃〔80〕之所在。解佩纕以结言〔81〕兮，吾令蹇修以为理〔82〕。纷总总其离合兮〔83〕，忽纬繣其难迁〔84〕。夕归次于穷石〔85〕兮，朝濯发乎洧盘〔86〕。保厥美以骄傲兮，日康娱以淫游。虽信美而无礼兮，来违弃而改求。览相观于四极兮，周流乎天余乃下〔87〕。望瑶台之偃蹇兮，见有娀之佚女〔88〕。吾令鸩为媒兮，鸩告余以不好。雄鸠〔89〕之鸣逝兮，余犹恶其佻巧。心犹豫而狐疑兮，欲自适而不可。凤皇既受诒兮，恐高辛〔90〕之先我。

欲远集〔91〕而无所止兮，聊浮游以逍遥。及少康之未家兮，留有虞之二姚〔92〕。理弱而媒拙兮，恐导言之不固〔93〕。世溷浊而嫉贤兮，好蔽美而称恶。闺中既以邃远兮，哲王又不寤。怀朕情而不发兮，余焉能忍与此终古！

索藑茅以筳篿兮，命灵氛为余占之〔94〕。曰两美其必合兮，孰信修而慕之〔95〕？思九州之博大兮，岂唯是其有女〔96〕？曰勉远逝而无狐疑兮，孰求美而释女〔97〕？何所独无芳草兮，尔何怀乎故宇？世幽昧以眩曜〔98〕兮，孰云察余之善恶。民好恶其不同兮，惟此党人〔99〕其独异。户服艾以盈要兮，谓幽兰其不可佩。览察草木其犹未得兮，岂珵美之能当？苏粪壤以充帏兮，谓申椒其不芳〔100〕。欲从灵氛之吉占兮，心犹豫而狐疑。巫咸将夕降兮，怀椒糈而要之〔101〕。百神翳其备降兮，九疑缤其并迎。皇剡剡〔102〕其扬灵兮，告余以吉故。曰勉升降以上下兮，求矩矱〔103〕之所同。汤禹严而求合兮，挚咎繇而能调〔104〕。苟中情其好修兮，又何必用夫行媒。说操筑于傅岩兮，武丁用而不疑〔105〕。吕望之鼓刀兮，遭周文而得举〔106〕。宁戚之讴歌兮，齐桓闻以该辅〔107〕。及年岁之未晏兮，时亦犹其未央。恐鹈鴂〔108〕之先鸣兮，使夫百草为之不芳。何琼佩之偃蹇兮，众薆然而蔽之〔109〕。惟此党人之不谅兮，恐嫉妒而折之〔110〕。时缤纷其变易兮，又何可以淹留。兰芷变而不芳兮，荃蕙化而为茅。何昔日之芳草兮，今直为此萧艾也。岂其有他故兮，莫好修之害也〔111〕。余以兰为可恃兮，羌无实而容长〔112〕。委厥美以从俗兮，苟得列乎众芳[113]。椒专佞以慢慆兮，樧又欲充夫佩帏[114]。既干进而务入兮，又何芳之能祇[115]。固时俗之流从[116]兮，又孰能无变化。览椒兰其若兹[117]兮，又况揭车与江离。惟兹佩之可贵兮，委厥美而历兹[118]。芳菲菲而难亏兮，芬至今犹未沫[119]。和调度以自娱兮，聊浮游而求女。及余饰之方壮兮，周流观乎上下。

　　灵氛既告余以吉占兮，历吉日乎吾将行。折琼枝以为羞兮，精琼靡以为粻[120]。为余驾飞龙兮，杂瑶象以为车。何离心之可同兮，吾将远逝以自疏[121]。邅[122]吾道夫昆仑兮，路修远以周流。扬云霓之晻蔼[123]兮，鸣玉鸾之啾啾。朝发轫于天津兮，夕余至乎西极。凤皇翼其承旂兮，高翱翔之翼翼。忽吾行此流沙兮，遵赤水而容与[124]。麾蛟龙使梁津兮，诏西皇使涉予[125]。路修远以多艰兮，腾众车使径待。路不周[126]以左转兮，指西海以为期。屯余车其千乘兮，齐玉轪[127]而并驰。驾八龙之婉婉兮，载云旗之委蛇。抑志而弭节兮，神高驰之邈邈。奏《九歌》而舞《韶》兮，聊假日以媮乐。陟升皇之赫戏兮，忽临睨夫旧乡[128]。仆夫悲余马怀兮，蜷局顾而不行。乱[129]曰：已矣哉！国无人莫我知兮，又何怀乎故都？既莫足与为美政兮，吾将从彭咸之所居[130]。

【注释】

　　[1]高阳：古帝颛顼的称号。楚国的封君熊绎是其后代，屈原的祖先屈瑕是楚武王熊通的儿子，受封于屈，因以为姓。故屈原以高阳为其远祖。

　　[2]"朕皇"句：意谓我的太祖名伯庸。朕：上古时代第一人称，至秦始皇二十六年前（前221年），诏定为皇帝自称。这里是屈原自称。皇考：对亡父的尊称。伯庸：屈氏始封君，西周末年楚君熊渠的长子。一说是屈原父亲的名或字。

　　[3]"摄提"句：摄提格之省称，寅年的别名。贞：古与"鼎"字同，正当。孟陬（zōu）：夏历正月。

　　[4]"皇览"二句：意思是说，父亲观察考量我出生时的气度，通过卦辞赐我以美名。肇：卦象。锡：同"赐"，赠送。

　　[5]修能：优异的才能。

〔6〕"扈江"句：江离、辟芷皆为香草。

〔7〕宿莽：经冬不死之草，可杀虫蠹。

〔8〕"昔三"句：三后指楚国的先君熊绎、若敖、蚡冒；或云熊渠所封为王之三子句亶王伯庸、鄂王红、越章王执疵。纯粹：这里是指公正无私的君德。

〔9〕党人：指包围楚怀王的一群小人。

〔10〕皇舆：君王的车乘，这里代指楚国。

〔11〕荃：本为香草，这里代喻国君。

〔12〕齌（jì）怒：暴怒。

〔13〕謇謇（jiǎn）：忠直敢言的样子。

〔14〕灵修：楚人对君王的美称。

〔15〕数化：变化无常。

〔16〕芳芷：与留夷、揭车、杜衡皆为香草名。

〔17〕"虽萎"二句：意谓即使枯萎了也不可怕，痛心的是辛勤耕耘的香草全都荒芜了。

〔18〕羌：楚人发语词。

〔19〕"苟余"二句：大意是说，只要我的心真诚专一，面黄肌瘦又有何妨。姱（kuā）：美好。颛颌（kǎn hàn）：食不饱而消瘦貌。

〔20〕"擥木"二句：意谓采木兰的根绾结白芷，用薜荔的枝条贯穿花蕊。擥：执持。

〔21〕纚纚（xǐ）：长而下垂的样子。

〔22〕"謇吾"句：意谓我在效法古贤的为人处事。謇：为楚地方言，发语词，与前之"謇謇"语义不同。

〔23〕彭咸：其生平无考，仅在屈原的作品中一再提及。有种种不同的解读，或曰是殷之贤臣，或曰是彭祖之后，或曰是殷之先贤，其人"处有为，出不苟"，谏君不听，投水而死。

〔24〕羁（jī）羁：马缰绳和络头，比喻自我约束。

〔25〕"既替"二句：意谓我因佩带香蕙而被革职，又因采摘白芷而获罪。纕（xiāng）：佩带。申：重复。

〔26〕浩荡：这里是放纵糊涂的意思。

〔27〕"偭规"句：违背规矩，变更措施。偭（miǎn）：违背。错：通"措"，措施。

〔28〕"竞周"句：以迎合讨好作为处世原则。

〔29〕"忳郁"句：愤懑抑郁，心神不定。忳（tún）：忧愁貌。侘傺（chà chì）：因失意而心神不安。

〔30〕"忍尤"句：不但忍受罪名，还要遭小人侮辱。

〔31〕"进不"句：意谓想前进却无法迈步，反而获罪受辱。离：通"罹"，遭受。尤：过错。

〔32〕"唯昭"句：只有光明磊落的品质我没有毁弃。亏：损。

〔33〕"芳菲"句：形容香气新鲜浓烈，不停地向四周扩散。

〔34〕"虽体"二句：意思是说，即使肢体分裂，也不会改变初衷，难道我心会因打击而变样！

〔35〕"女媭"二句：大意是说，女伴唉声叹气，不依不饶地数落我。女媭（xū）：有六解，郭沫若译为"女伴"，今依郭说。婵媛（chán yuán）：痛恻婉转陈辞。

〔36〕"曰鲧"二句：意谓鲧就是因为太刚直，忘却了危险，才终于惨死在羽山之野。鲧（gǔn）：大禹的父亲。关于鲧，有两种不同的传说，一说鲧因不善治水，被帝舜所杀；一说他是贤人，因直谏而死。这里取后一义。婞（xìng）：倔强，刚直的意思。

〔37〕"汝何"二句：大意是说，你为什么非要讲真话，喜欢修身，独自坚持美好的节操呢？博謇：过于忠贞，尽讲实话。

〔38〕"薋菉"二句：意思是说，人们都把菉葹之类的恶草堆积得充屋塞户，你为什么要避而不用呢？薋（cí）：聚积。菉（lù）、葹（shī）：皆为有害的恶草。

〔39〕"夫何"句：你为何要独善其身，不听我的忠告？

〔40〕节中：公正地判断是非曲直。

〔41〕重华：帝舜的美称。一说帝舜重瞳，故名。因他死于苍梧山，为向他述说，就得南行渡沅湘。

〔42〕启：指夏启，大禹之子，夏朝君主。

〔43〕康娱：安乐。

〔44〕"不顾"句：不顾难指不回顾其最初取得天下的不易。以图后：为后代谋划。

〔45〕家巷（hòng）：内讧，巷通"閧"。

〔46〕"浞又"句：浞是传说中夏时有穷氏后羿之相。厥：其代指羿。家（gū）：通"姑"，古时对妇女的一种称谓，这里指羿的妻室。

〔47〕"浇身"句：浇（ào）是传说中夏代寒浞之子。被（pī）服强圉（yǔ）：负恃有力，即倚仗自己强大的力量。一释为穿着坚甲。

〔48〕"厥首"句：用夫：因而。颠陨：坠落。

〔49〕"后辛"二句：纣王以酷刑迫害臣民，商朝的宗祠因他而毁灭。后辛：即纣王。菹醢（zū hǎi）：古代把人剁成肉酱的酷刑。

〔50〕"汤禹"句：商汤与夏禹。俨（yǎn）：严肃。祗（zhī）：恭敬谨慎。

〔51〕"循绳"句：循：顺着，遵从。绳墨：木工画直线的工具，此处喻规矩、准则和法度。

〔52〕"皇天"句：对天及天神的尊称。私阿（ē）：偏爱。

〔53〕错辅：安排辅助，错通"措"，安排。

〔54〕"苟得"句：苟即于是。用：拥有，治理。下土：天下。

〔55〕阽：（diàn）：临近险地几欲堕落的意思。

〔56〕"不量"句：量凿指度量安插榫头的孔眼。正：修改。枘（ruì）：榫头。

〔57〕"曾歔"句：一次次地抽泣，一次次地郁闷悲伤。曾：通"增"，屡屡。

〔58〕"跪敷"二句：意思是说，我铺好衣襟跪着陈述完毕，向帝舜清楚地表明我已得中正之道。敷：铺开。衽：衣服的前襟。耿：光明正大。

〔59〕"驷玉"二句：意谓乘坐着四条玉龙驾着的凤车，天风猛然间托着车飞升到高空之上。驷：古代一车套四马，因以称驾一车之四马。虬：传说中的一种无角龙。桀（chéng）：同"乘"。鹥（yī）：五彩凤鸟。溘（kè）：忽然。埃：微小的尘土。

〔60〕发轫：车驾启动时抽去支住车轮的木石。

〔61〕县圃：又作玄圃、悬圃。神话中位于昆仑山中部的胜地。

〔62〕灵琐：指神灵境界中的天门。

〔63〕"吾令"句：羲和是神话中给太阳驾车的女神。弭节：停车不进。

〔64〕崦嵫（yān zī）：神话山名，日息之处。

〔65〕咸池：神话传说中太阳沐浴的地方。

〔66〕"总余"句：把我的车系在扶桑木上。总：整理系结的意思。扶桑：太阳升起之处的神木。

〔67〕"折若"句：意谓折下若木的树枝拂拭太阳，以免光明暗淡下去。若木：昆仑山西极的神木。

〔68〕相羊：徜徉游逛。

〔69〕望舒：月神的驾车者。

〔70〕飞廉：风神。

〔71〕奔属（zhǔ）：奔跑着紧跟在后面。

〔72〕"鸾皇"句：鸾凤在前面为我警卫。

〔73〕"飘风"二句：大意是说，旋风聚积起的彩云互相靠拢，率领虹霓前来迎接。屯：聚积。离：同"丽"，附丽、靠拢的意思。帅：通"率"，率领。御：迎接。

〔74〕"吾令"二句：意谓我命令天帝的门神打开天门，可他靠着门墙呆望着我，不予理睬。阍（hūn）：看门人。阊阖（chāng hé）：神话中的天门。

〔75〕"登阆"句：登上阆风，把缰绳系好。阆风：昆仑山中的一座神山。缪（xiè）：系住。

〔76〕"哀高"句：意谓可叹这天国的神山上并没有我理想的美女、渴求的知己。

〔77〕春宫：东方青帝所居之宫。

〔78〕"相下"句：意谓物色可以馈赠礼品的凡尘女子。诒：通"贻"，赠送。

〔79〕丰隆：雷神。

〔80〕宓（fú）妃：传说中伏羲氏之女，溺洛水而死，遂为洛神。

〔81〕结言：表示希望交好之言。

〔82〕"吾令"句：我让蹇修做我的提亲使臣。蹇修：传说为伏羲的大臣。理：使者，媒人。

〔83〕"纷总"句：意思是说，介绍人蹇修忙得跑来跑去。此句与上一节之"纷总总其离合兮"语义有别。上句形容飘风与云霓之聚散不定，此句形容使者疲于奔命。

〔84〕"忽纬"句：大意是说，忽然觉得宓妃不好说话，无法与她交心。纬缅（huà）：本义为乖戾，此训为执拗。难迁：不通人情，难以说服。

〔85〕穷石：西极之地的山名，溺水的发源地。

〔86〕洧（wěi）盘：源出于崦嵫山的神水。

〔87〕"周流"句：意谓我在天上巡行一周后，又降落到地面上来。

〔88〕"望瑶"二句：意谓远望瑶台高耸挺拔，我看见有娀氏的美人简狄正在台上。偃蹇：高耸貌。有娀（sōng）：传说中的古国名。佚女：美女。这里是指商始祖契的母亲简狄，她是有娀氏的女儿，帝喾的次妃。

〔89〕鸩：羽毛有毒的恶鸟。

〔90〕高辛：帝喾的称号，娶简狄，简狄吞鸟卵有孕而生契。

〔91〕欲远集：想去远方定居。集：栖止。

〔92〕"及少"二句：意谓趁少康还没有成家，有虞氏的两个姚姓姑娘也不妨是预选

对象。少康：夏后相之子，相被浇杀，相妻逃，生少康。后来少康逃至有虞，娶其国君二女，并在有虞氏的帮助下恢复了夏朝。

〔93〕"恐导"句：我担心使者和媒人传话都不可靠。

〔94〕"索藑"二句：取来草竹等占卜物器，让灵氛为我起卦。藑（qióng）茅：占卜用的灵草。莛篿（tíng zhuān）：占卜用的竹片。灵氛：神巫名。

〔95〕"曰两"二句：大意是说，他说两种美好事物一定能会合啊，哪个真正美好的人不会招人思慕？

〔96〕"岂唯"句：难道只有这里才有美女？女：通"汝"，你。

〔97〕"曰勉"二句：他说尽快离开不要再怀疑了，哪个真心追求美好的人会把你放弃？

〔98〕眩曜：本义日光强烈，此处指令人目眩神迷。曜，通"耀"。

〔99〕党人：特指楚国谄上欺下的结党营私之徒。

〔100〕"苏粪"二句：粪土充填香囊的人，自然要说申椒不芳。苏：即"素"一音转，有拾取义。

〔101〕"巫咸"二句：意谓巫咸将于黄昏时降神下来，我要怀揣香椒和精米去邀请他给我指示。巫咸：古代著名的神巫。糈（xǔ）：精米。要（yāo）：同"邀"，邀请、祈求。

〔102〕皇剡剡：皇，大。剡剡，光华四溢的样子。

〔103〕矩矱（jù huò）：尺度，比喻准则、法规。

〔104〕"汤禹"二句：意谓贤君商汤和夏禹真心实意求索与己合德的贤臣啊，伊尹和皋陶才能与之协调合作。严：通"俨"，庄重，恭敬。挚：伊尹名，商汤的贤相。咎繇（gāo yáo）：即皋陶，夏禹的贤臣。

〔105〕"说操"二句：传说当年傅岩用板筑墙，殷高宗武丁重用不疑。傅岩：本为一筑墙的奴隶，武丁梦见有贤人和他相貌类似，便重用他治理国家。操：持。

〔106〕"吕望"二句：姜子牙曾是鼓刀宰牛的屠夫，遇到了文王，才被委以重任。

〔107〕"宁戚"二句：宁戚扣牛角而歌，齐桓公听到歌声，授予官职，帮助他成就了霸业。宁戚：春秋时卫人，曾在齐经商，齐桓公夜出，值宁戚喂牛时扣角而歌其怀才不遇，桓公与之交谈后，任之为相。该：备，充当。

〔108〕鹈鴂（tí jué）：即杜鹃。

〔109〕"何琼"二句：大意是说，我身佩美饰多么高雅，为什么众人却要拥过来掩盖它？琼佩：这里并不专指美玉，还包括香草如兰蕙之类。偃蹇：这里借用其繁茂而高贵

之本义。薆（ài）然：隐蔽貌。

〔110〕"惟此"二句：意谓我怕这些结党营私者颠倒是非，因心生嫉妒而将我的琼佩毁坏。不谅：不讲信用，颠倒黑白的意思。

〔111〕"莫好"句：意思是说，我培养的那些人之所以中道变节，全是因为不能自重自爱的缘故。

〔112〕"羌无"句：华而不实，外秀中空。羌：发语词。

〔113〕"委厥"二句：意思是说，这些人抛弃了他们的美好品质而随波逐流，但是还苟且可以列入众芳之中。

〔114〕"椒专"二句：曾经被当作芳草的椒尚且专横跋扈、傲慢无礼，貌似香草的（皆指过去培养出来而逐渐变节的那些人）也都想加入进来，其他人就不必说了。慢慆（tāo）：傲慢怠惰。樧（shā）：形似椒而无香味，属茱萸类。

〔115〕"既干"句：意谓既然投机钻营，谋求个人名利，又怎能对芳华本有的品格抱有敬意？祗（zhī）：尊敬，爱护。

〔116〕流从：从流的倒置。意谓从恶如流，不可逆转。

〔117〕若兹：像不能坚持操守的椒和兰这样。

〔118〕"惟兹"二句：想到这佩饰如此可贵，它的美质遭人唾弃竟到如此田地。

〔119〕未沬：没有消失暗淡。沬：同"昧"。

〔120〕"折琼"二句：意谓折下玉树枝条当美味，精制玉屑当干粮。羞：同"馐"，美味。糜（mí）：玉屑。粻（zhāng）：音义皆同"粮"。

〔121〕自疏：自行疏远。

〔122〕邅（zhān）：转变方向。

〔123〕晻蔼（yǎn ǎi）：形容旌旗遮天蔽日。

〔124〕"遵赤"句：意谓沿赤水河岸盘桓踌躇。赤水：神话中发源于昆仑山的水名。

〔125〕"诏西"句：通告西方的帝王让我过河。

〔126〕不周：指神话中的不周山。

〔127〕玉轪（dài）：用玉做的车辖。

〔128〕"陟升"二句：大意是说，正当我在光明辉耀的天宇中升腾的时候，猛然间俯瞰，看到了楚国的都城，我的故乡。陟（zhì）：与升同义。赫戏：光明貌。

〔129〕乱：赋体文末归纳主题之辞多用"乱"字。乱即理的意思（乱与理反义互训）。篇章既就，撮其大要，浓缩要点，犹如乐之曲终，谓之"乱"。

〔130〕"吾将"句：我将追随彭咸到他的居所。

【赏析】

《离骚》作为自传体式的叙事抒情长诗，在世界文学史上绝无仅有。这是屈原的代表作，是他以自己的理想、遭遇、痛苦、热情乃至整个生命熔铸而成的宏伟史诗。它闪耀着鲜明的个性光辉，体现了楚文化的独特传统。宋代著名史学家、诗人宋祁说："《离骚》为辞赋之祖，后人为之，如至方不能加矩，至圆不能过规。"这就是说，《离骚》不仅开辟了一个广阔的文学领域，而且是中国诗赋永远不可企及的典范。这篇千古绝唱波澜壮阔，气象万千，在思想内容上，反映了作者复杂坎坷的政治生涯、坚贞炽热的爱国情怀；在艺术形式上，精神意趣的内在联系，使全诗恣肆瑰丽而又脉络清晰，宏阔雄浑而又结构严谨。

全诗共三百七十三句，可分为八章十四节。创作于楚怀王二十五年（前304年）左右。怀王十六年（前313年），屈原以左徒之职（仅次于宰相），为怀王草拟宪令，主张变法，联齐抗秦，被反动势力联手迫害去职。后楚败于秦，朝廷将屈原招回，命其出使齐国。怀王二十四年（前305年）、二十五年（前304年），秦楚联姻结盟，屈原再次被放逐汉北。诗即作此时。

《离骚》的创作既植根于史实，又富于神思妙想。诗中大量运用古代神话和传说，通过极其丰富的想象，采取铺张描述的笔法，把现实人物、历史人物、神话人物交织在一起，让地上和天国、人间和仙界穿错出现，从而构成了瑰丽奇特、绚烂多彩的艺术境界，产生了强烈的艺术魅力。在充满神话想象的自然环境里，主人公却是这样一位执著、顽强、忧伤、愤世嫉俗、不容于时的真理的探求者。《离骚》把最为生动鲜明且只有在原始神话中才能出现的那种无羁而多义的浪漫想象，与最为炽热深沉且只有在理性觉醒时才能有的个体人格和情操，最完满地融合为一个有机整体。由是，屈原开创了我国抒情诗真正光辉的起点，而成为无可企及的典范。

《离骚》的另一大艺术特色是大量运用"香草美人"的比兴手法，以香草比喻品质高洁，以恶草比喻阴险小人，以情爱比喻君臣关系。作者在诗篇中反复申诉自己远大的政治理想，倾诉了在政治斗争中所遭受的迫害，批判了现实的黑暗，并借幻想中的世界，通过上天落地的描绘，表达了作者对理想的积极追求和对祖国的深情热爱。围绕这一核心，诗人层层深入，成功地塑造了悲剧主人公的崇高形象。比如女嬃、灵氛、巫咸的三大段谈话，本身并非事实，只是意在表现作者在现实斗争中曲折繁杂的心理活动。他们都同情屈原，但因身份不同，所以人生观也不同：女嬃关心爱护屈原，所以话虽严厉，但情思感人；灵氛劝他择良木而栖，也完全符合战国时期的士风；巫咸告诫他时不我待，改投明主，也令他动心。然而在至诚的爱国热忱面前，这种种诱惑都被粉碎，诗人至此也就完成了思想斗争的历程。如此以幻想叙事，不但在诗歌创作的表现手法上极尽变化之能事，而且使主题格外明朗而深刻。

《离骚》在艺术上取得的成就，使它成为中国文学史上光照千古的绝唱，鲁迅曾赞之为"逸响伟辞，卓绝一世"。概括言之，《离骚》是一部诗体化的自传，是有韵的史记，是可以咏唱的政治宣言书，是一部瑰丽奇特的自然史和神话史。

【名家评点】

离骚者，犹离忧也。夫天者，人之始也；父母者，人之本也。人穷则反本，故劳苦倦极，未尝不呼天也；疾痛惨怛，未尝不呼父母也。屈平正道直行，竭忠尽智以事其君，谗人间之，可谓穷矣。信而见疑，忠而被谤，能无怨乎？屈平之作《离骚》，盖自怨生也……上称帝喾，下道齐桓，中述汤武，以刺世事。明道德之广崇，治乱之条贯，靡不毕见。其文约，其辞微，其志洁，其行廉，其称文小而其指极大，举类迩而见义远。其志洁，故其称物芳。其行廉，故死而不容。自疏濯淖污泥之中，蝉蜕于浊秽，以浮游尘埃之外，不获世之滋垢，皭然泥而不滓者也。推此志也，虽与日月争光可也。

——［汉］司马迁《史记》

湘　君

君不行兮夷犹[1]，蹇谁留兮中洲[2]？美要眇兮宜修[3]，沛吾乘兮桂舟[4]。令沅湘兮无波，使江水兮安流。望夫君兮未来，吹参差兮谁思[5]！

驾飞龙兮北征[6]，邅[7]吾道兮洞庭。薜荔柏兮蕙绸[8]，荪[9]桡兮兰旌。望涔阳兮极浦[10]，横大江兮扬灵[11]。

扬灵兮未极[12]，女婵媛[13]兮为余太息。横流涕兮潺湲[14]，隐思君兮陫侧[15]。桂櫂兮兰枻[16]，斲[17]冰兮积雪。采薜荔兮水中，搴芙蓉兮木末[18]。心不同兮媒劳[19]，恩不甚兮轻绝[20]！石漱兮浅浅[21]，飞龙兮翩翩[22]。交不忠兮怨长，期不信兮告余以不闲[23]。

鼂骋骛兮江皋[24]，夕弭节[25]兮北渚。鸟次[26]兮屋上，水周[27]兮堂下。

捐余玦兮江中，遗余佩兮醴浦[28]。采芳洲[29]兮杜若，将以遗兮下女[30]。时不可兮再得，聊[31]逍遥兮容与。

【注释】

〔1〕"君不"句：君指湘君。夷犹：犹豫不决。

〔2〕"蹇谁"句：蹇为发语词。中洲犹言洲中。

〔3〕"美要"句：要眇（miǎo）是美好貌。宣修：善于修饰。

〔4〕"沛吾"句：沛是行进貌。桂舟是桂木造的船。这句写久待湘君不至，自己乘舟去迎接。

〔5〕"吹参"句：参差是洞箫，古乐器，相传为舜所造，其状如凤翼之参差不齐，故名。谁思：思谁。此写湘君不至，于是吹箫以寄相思之情。此句之"思"古读如西，与上句"来"字（古读如厘）叶韵。

〔6〕"驾飞"句：飞龙：舟名。北征：北行。

〔7〕邅（zhān）：转，指改变行程。此言湘君本应驾飞龙向北而来，结果却转道去洞庭湖了。

〔8〕"薜荔"句：薜荔是蔓生香草。柏是帕字之假借，泛指旌旗。绸：闻一多释为缠绕旗杆的丝帛。

〔9〕荪：香草。

〔10〕"望涔"句：涔（cén）阳是江岸名，今湖南澧县有涔阳浦。极浦：遥远的水边。此句言女神向遥远的涔阳浦极目眺望。

〔11〕扬灵：显扬自己的精诚。

〔12〕未极：没有达到。

〔13〕婵媛：眷念多情的样子。

〔14〕潺湲（yuán）：流泪貌。

〔15〕悱侧：即悱恻，内心悲痛的样子。此言女神因思念湘君而悲痛伤心。

〔16〕"桂棹"句：棹指长桨。枻（yī）：短桨。枻古音读如屑，与下句"雪"字叶韵。以下写乘船迎神的情景。

〔17〕斲：音义皆同"凿"，砍削义。此言凿冰于积雪之中，以便行舟。

〔18〕"采薜"二句：薜荔本生于陆地，此言采于水中；芙蓉本生于水中，此言取之于树梢，以喻徒劳而无所得。

〔19〕"心不"句：意谓对方和自己不能同心同德，所以媒人徒劳而无功。

〔20〕"恩不"句：意谓只因恩情不深厚，故而便轻易断绝。甚为深厚义。

〔21〕"石濑"句：石濑指石滩上的急流。浅浅（jiān）：水流湍急的样子。

〔22〕翩翩：轻盈快疾地飞翔。

〔23〕"交不"二句：意谓本来约好相会却不守信用，反而说没有空闲。交：交往。期：相约。

〔24〕"鼂骋"句：鼂（zhāo）：通"朝"，早晨。骋骛：急行。皋：水边高地。

〔25〕弭节：驻足不行，有止息义。

〔26〕次：止息。

〔27〕周：周流。

〔28〕"捐余"二句：把玉玦和玉佩都遗弃在水中，以示决绝。捐：抛弃。玦（jué）：环形玉佩。澧即澧水，源出湖南桑植坡，经澧县入洞庭湖。

〔29〕芳洲：芳草丛生之洲。

〔30〕"将以"句：遗（wèi）：赠予。下女：身边侍女。

〔31〕聊：暂且。

【赏析】

湘君和湘夫人是屈原根据楚地民间祭神歌谣创作的《九歌》中的姐妹篇。湘君和湘夫人到底分别指的是什么人？从《山海经》《史记》到韩愈乃至明清诸大家，各有各的说法。倘若作为学问研究，这些皆须认真稽考；然而作为单纯的诗歌欣赏，我们就没必要为此而分心。

诗题名为《湘君》，诗中的抒情主人公却是湘夫人。这是一首由女神扮演者演唱的歌辞，表达了因男神未能赴约而产生的失望、哀伤、幽怨。企盼、追寻意中人，最后得到的却是深深的失望。由失望而引发出无法抚慰的沉痛和怨恨——这样的心理活动，是人人都经历过而且自有人类以来就有的人性之通"病"。正因为此，诗章才有了永恒的生命力。

【名家评点】

　　《九歌》者，屈原之所作也。昔楚国南郢之邑，沅湘之间，其俗信鬼而好祠。其祠必作歌乐鼓舞以乐诸神。屈原放逐，窜伏其域，怀忧苦毒，愁思沸郁。出见俗人祭祀之礼，歌舞之乐，其词鄙陋，因为作《九歌》之曲。

——［汉］王逸《楚辞章句》

湘夫人

　　帝子[1]降兮北渚，目眇眇[2]兮愁予。嫋嫋[3]兮秋风，洞庭波兮木叶下。

　　白蘋[4]兮骋望，与佳期兮夕张[5]。鸟萃兮蘋中，罾何为兮木上[6]。

　　沅有茝兮醴有兰[7]，思公子兮未敢言。荒忽[8]兮远望，观流水兮潺湲[9]。

　　麋[10]何食兮庭中？蛟何为兮水裔[11]？朝驰余马兮江皋，夕济兮西澨[12]。闻佳人兮召予，将腾驾兮偕逝[13]。

　　筑室兮水中，葺[14]之兮荷盖。荪壁兮紫坛[15]，匷芳椒[16]兮成堂。桂栋兮兰橑[17]，辛夷[18]楣兮药房。罔[19]薜荔兮为帷，擗蕙櫋[20]兮既张。白玉兮为镇[21]，疏石兰[22]兮为芳。芷葺兮荷屋，缭之兮杜衡[23]。合[24]百草兮实庭，建芳馨兮庑[25]门。九嶷[26]缤兮并迎，灵之来兮如云。

　　捐余袂兮江中，遗余褋兮醴浦[27]。搴汀洲兮杜若，将以遗兮远者[28]。时不可兮骤得[29]，聊逍遥兮容与！

【注释】

〔1〕帝子：天帝之子。因舜妃是帝尧之女，故称，犹后世所谓公主。这里是指湘水女神。

〔2〕眇眇：望眼欲穿之貌。

〔3〕嫋嫋（niǎo）：又作"袅袅"，吹拂貌。

〔4〕白蘋（fán）：一种近水生的秋草，湖泽间多有之，雁以之为食。或言乃"苹"之误。

〔5〕夕张：黄昏时把居处陈设停当。

〔6〕"鸟萃"二句：鸟本当集于木上，反说在水草中；罾当在水中，反说在木上，喻所愿不得，失其应处之所。萃：聚集。罾（zēng）：鱼网。

〔7〕"沅有"句：沅、澧分别是沅水和澧水，均在湖南。芷（zhǐ）：白芷，一种香草。

〔8〕荒忽：犹恍惚，迷茫不明貌。一说思极而神迷状，亦通。

〔9〕潺湲：水缓慢流动貌。

〔10〕麋：一种似鹿而大的动物，俗称四不像。

〔11〕水裔：水边。

〔12〕"夕济"句：济：渡。溠（shǐ）：岸边。

〔13〕"将腾"句：腾驾：驾马车奔驰。偕逝：同往。

〔14〕葺：编结覆盖。

〔15〕"荪壁"句：荪：香草名。紫：紫贝。坛：中庭，楚方言。

〔16〕椒：花椒。

〔17〕橑（lǎo）：房椽。此言以桂木做梁，兰木为椽。

〔18〕辛夷：即木兰。

〔19〕罔：同"网"，编织义。

〔20〕櫋（mián）：檐间木。

〔21〕镇：镇压坐席之物。

〔22〕石兰：香草名。

〔23〕"芷葺"二句：意谓白芷修葺的荷叶屋顶，再用杜衡缠绕四边。缭：缠绕。杜衡：香草名。

〔24〕合：会聚。

〔25〕庑：走廊。

〔26〕九嶷：湖南九嶷山，传说中舜的葬地。这里是指九嶷山神。

〔27〕"遗余"句：遗：丢下。褋（dié）：单衣。

〔28〕远者：指湘夫人。

〔29〕骤得：骤然，立即。

【赏析】

  《九歌》十一篇，其中的《湘君》和《湘夫人》最富生活情趣与浪漫色彩，而且互相呼应，犹如后世的对歌。与《湘君》一样，题名《湘夫人》，抒情主人公却是湘君。

  歌辞的第一段写湘君带着虔诚的期盼，久久徘徊在洞庭湖的山岩，渴望湘夫人的到来。其中"嫋嫋兮秋风，洞庭波兮木叶下"对气氛和心境的渲染起到了十分有效的作用，深得后世诗人的赞赏。

  泽畔的香草，缓缓的流水，兴起对伊人的思念。在急切的寻觅中，忽然产生了听到丽人召唤的幻觉，他不愿意让这幸福的幻觉离散，于是在幻想中设想与情人相会的情景。这是一个令人心醉的神奇世界：有用各种奇花异草修饰的庭堂，有香兰美玉装点的帷帐……后来，他想象九嶷山的众神把湘夫人接走了，他如梦初醒，重新陷入相思的痛苦。

  结尾一段与《湘君》句式完全一样：绝望之余抛弃对方的赠礼，平静后复又耐心地期待。汀洲采集杜若，准备不久相会时赠送情人。那时，因双方都错过了约会时间所引起的烦恼终将烟消云散，迎接他们的自然是湘君幻想中的那种欢乐与幸福。

山 鬼

  若有人兮山之阿[1]，被薜荔兮带女罗[2]。既含睇兮又宜笑[3]，子慕予兮善窈窕。乘赤豹兮从文狸[4]，辛夷车兮结桂旗。被石兰兮带杜衡，折芳馨兮遗所思。

  余处幽篁兮终不见天，路险难兮独后来。表[5]独立兮山之上，云容容[6]兮而在下。杳冥冥兮羌[7]昼晦，东风飘兮神灵雨[8]。留灵修[9]兮憺忘归，岁既晏兮孰华予[10]？

  采三秀[11]兮于山间，石磊磊兮葛蔓蔓。怨公子兮怅忘归，君思我兮不得闲。山中人〔12〕兮芳杜若，饮石泉兮荫松柏，君思我兮然疑作〔13〕。雷填填〔14〕兮雨冥冥，猨啾啾兮又夜鸣。风飒飒兮木萧萧，思公子兮徒离〔15〕忧。

【注释】

〔1〕阿：山隅。

〔2〕女罗：地衣类蔓生植物。

〔3〕宜笑：微露牙齿的优美微笑。

〔4〕文狸：狸毛黄黑相杂。

〔5〕表：独立突出貌。

〔6〕容容：水或烟气流动貌。

〔7〕羌：语助词。

〔8〕神灵雨：神灵降雨。

〔9〕灵修：对爱人的尊称。

〔10〕华予：让我像花一样美丽。

〔11〕三秀：芝草，一年三开花。传说服食能益寿。

〔12〕山中人：山鬼自谓。

〔13〕然疑作：将信将疑。

〔14〕填填：雷声。

〔15〕离：遭受。

【赏析】

对这首诗的理解向来歧义颇多，一是诗中的主人公究竟是谁？是男是女？是山鬼等其所爱，还是别人迎候山鬼？这些问题不弄明白，这首诗就不好解释。

宋元以前的楚辞学家大多认为山鬼是指"木石之怪""魑魅魍魉"，因而视之为男性山怪。但元明之际的画家则依诗中的描摹，却将山鬼绘作窈窕动人的女神。其次，按照先秦和汉代的祭祀仪式，祭祀什么神灵，巫者必须把自己装扮成想象中的神灵模样，据说这样鬼神才会附体。我们姑且以这种理解，将诗中的主人公当作扮演山鬼的女巫，她所迎拜的对象就是山鬼。

诗歌开头，那打扮成山鬼状的女巫和迎神的人们，欢天喜地地飘行在山鬼居住的山腰上。我们从诗人对女巫装束的描摹，便可想象出楚人心目中的山鬼是什么模样。"若有人"三字，既是指女巫，又巧妙地为读者提供了对山鬼进行自由联想的余味。

迎神的民众没有看到那身披薜荔腰束女罗，秋波流转、嫣然巧笑的山鬼，开始有些沮丧。接下来怀着一线希冀，开始在山林中寻找。升腾的山雾，幽深的竹林，飘风阵雨，昏暗如夜，既是迎神者所见到的景象，同时也描绘出了山鬼出没的是一个什么样的地方。迎神是为祈求降福，既然见不到山鬼，迎神的人们便采摘山中的芝草，既求延年益寿，也希望能够青春永驻，丽颜长在。

在雷鸣猿啼、风雨交响的夜色里，女巫和迎神的人们怀着失望的心情踏上了归途。结尾是归途中女巫站在山鬼的角度，设想当山鬼知道了他们满怀希望来迎接她而不遇时，会做何感想？妙的是女巫立刻又从自己的角度，想象山鬼现在正避身在雷雨大作、猿啼风啸的深山老林，心中徒然为她生出无尽的忧烦。

国 殇

操吴戈兮被犀甲，车错毂[1]兮短兵接。旌蔽日兮敌若云，矢交坠兮士争先。凌余阵兮躐[2]余行，左骖殪兮右刃伤[3]。霾[4]两轮兮絷四马，援玉枹[5]兮击鸣鼓。天时坠兮威灵怒，严杀[6]尽兮弃原野。

出不入兮往不反[7]，平原忽兮路超远[8]。带长剑兮挟秦弓[9]，首身离兮心不惩[10]。诚既勇兮又以武[11]，终刚强兮不可凌。身既死兮神以灵[12]，子魂魄兮为鬼雄[13]。

【注释】

〔1〕毂（gǔ）：车轮中间横贯车轴的部件，常以之代称车轮。

〔2〕躐（liè）：践踏。

〔3〕"左骖"句：骖（cān）：驾在战车两边的马。殪（yì）：死亡。

〔4〕霾：同"埋"。

〔5〕枹（fú）：鼓槌。此写主师击战鼓以振奋士气。一作"桴"。

〔6〕严杀：犹言肃杀。

〔7〕"出不"句：意谓战士视死如归，既已出征，就不再想着生还。

〔8〕"平原"句:意谓家乡遥远,归路漫漫。

〔9〕"带长"句:意思是说,身虽战死,犹带剑挟弓,不改其英武风姿。

〔10〕惩(chéng):悔恨之意。

〔11〕"诚既"句:大意是说战士又勇又武,十分刚强,敌人不敢侵犯。

〔12〕"身既"句:意谓战士虽然战死疆场,但精神永存。

〔13〕"子魂"句:战士的魂魄与众不同,为百鬼之雄。

【赏析】

这是一首追悼阵亡战士的祭歌。歌者热烈颂扬了将士们的英雄气概和壮烈威武的精神。诗的开篇描写楚军的精良装备和威武雄壮的气势,随即描写了战斗的激烈:旌旗蔽日,箭如雨下,短兵相接,敌阵如云。作者用敌众我寡的形势来表现楚军英勇顽强的斗志。面对敌军的强大攻势和楚军的惨重伤亡,将士们不但没有退缩,反而越战越勇,以视死如归的大无畏精神,与敌人战斗到底,即使身首异处,也在所不惜。他们生是人杰,死为鬼雄,气贯长虹,英名永存。

本篇在艺术表现上与《九歌》的其他乐章不同。它没有其他篇章那种想象奇特、辞采瑰丽的渲染,而是通篇直赋其事,以深挚炽热的情感,促迫的节奏,紧张热烈的笔墨,传达了一种阳刚之美、高亢之美,因而在楚辞体作品中独树一帜,读之令人有气壮神旺之感。

涉 江

余幼好此奇服〔1〕兮,年既老而不衰。带长铗〔2〕之陆离兮,冠切云〔3〕之崔嵬。被明月兮佩宝璐〔4〕。世溷浊而莫余知兮,吾方高驰而不顾。驾青虬兮骖白螭〔5〕,吾与重华游兮瑶之圃〔6〕。登昆仑兮食玉英〔7〕,与天地兮同寿,与日月兮同光。哀南夷〔8〕之莫吾知兮,旦余济乎江湘。

乘鄂渚〔9〕而反顾兮,欸秋冬之绪风〔10〕。步余马兮山皋,邸余车兮方林〔11〕。乘舲船余上沅〔12〕兮,齐吴榜〔13〕以击汰。船容与而不进兮,淹回水而疑滞〔14〕。朝发枉陼〔15〕兮,夕宿辰阳〔16〕。苟余心其端直兮,虽僻远之何伤。

入溆浦余儃佪兮〔17〕,迷不知吾所如。深林杳以冥冥兮,猿狖〔18〕

之所居。山峻高以蔽日兮，下幽晦以多雨。霰雪纷其无垠兮，云霏霏而承宇〔19〕。哀吾生之无乐兮，幽独处乎山中。吾不能变心而从俗兮，固将愁苦而终穷。

接舆髡首兮〔20〕，桑扈〔21〕蠃行。忠不必用兮，贤不必以〔22〕。伍子逢殃兮〔23〕，比干菹醢〔24〕。与〔25〕前世而皆然兮，吾又何怨乎今之人！余将董〔26〕道而不豫兮，固将重昏〔27〕而终身。

乱〔28〕曰：鸾鸟凤皇，日以远兮。燕雀乌鹊，巢堂坛兮。露申〔29〕辛夷，死林薄〔30〕兮。腥臊〔31〕并御，芳不得薄〔32〕兮。阴阳易位，时不当兮。怀信佗傺〔33〕，忽〔34〕乎吾将行兮！

【注释】

〔1〕奇服：奇伟的服饰，喻志行高洁，与众不同。

〔2〕长铗（jiá）：长剑。

〔3〕切云：一种很高的帽子。

〔4〕"被明"句：被（pī）：带。明月：夜光珠。宝璐：美玉。

〔5〕"驾青"句：青虬：传说中一种无角的龙。白螭（chī）：一种无角的龙。

〔6〕"吾与"句：重华：即帝舜。瑶之圃：天帝所居之美丽的花园。

〔7〕玉英：玉之精英。古代有食玉之说，谓可长生。

〔8〕南夷：南人。

〔9〕鄂渚：地名，今湖北武昌。

〔10〕"欸秋"句：欸（āi）：叹息声。绪风：大风。《涉江》作于初春，故此处以秋冬之余寒未尽而兴叹。

〔11〕"邸余"句：邸：停留。方林：面积广大的树林。

〔12〕上沅：溯沅水而上。

〔13〕吴榜（bàng）：大桨。

〔14〕"淹回"句：淹回：徘徊。疑（níng）滞，即"凝滞"，滞留不进。

〔15〕枉陼（zhǔ）：地名，在今湖南常德东南。

〔16〕辰阳：地名，在今湖南辰溪西南，因在辰水之阳，故名。

〔17〕"入溆"句：溆（xù）浦：地名，在今湖南溆浦，因溆水而得名。儃佪（chán huái）：徘徊。此言进入溆浦后路径曲折，因迷路不知该往何处去。

〔18〕狖（yòu）：猿类。

〔19〕承宇：连接屋檐。

〔20〕"接舆"句：接舆：春秋楚狂士。髡（kūn）首：剃去头发，为古代一种刑罚。相传接舆曾自髡其首，避世不仕。

〔21〕桑扈：古代隐士，相传他佯狂不羁，曾赤身裸体而行。

〔22〕"忠不"句：意谓忠臣贤人，不见得能为世所用。

〔23〕"伍子"句：指伍子胥为吴王夫差所杀之事。

〔24〕比干：纣王叔父，因劝谏被剖心。菹醢（zū hǎi）：把人剁成肉酱的一种酷刑。醢古音读如"喜"，与上句"以"叶韵。

〔25〕与：读如欤，叹词。

〔26〕董：正，当。

〔27〕重昏：处于重重黑暗之中。

〔28〕乱：辞赋篇末总括全诗要旨之文。

〔29〕露申：即申椒，一种香草。

〔30〕林薄：丛林。

〔31〕腥臊：以臭恶之物喻谗佞小人。

〔32〕薄：靠近。

〔33〕佗傺：失意而神思恍惚的样子。

〔34〕忽：飘忽。

【赏析】

　　这是屈原晚年创作的一首写景、抒情、言志的好诗。诗中用大半篇幅描写景物，开创了纪行诗歌的先河。写景与抒情的结合臻于完美。我们跟着诗人一路行来，仿佛看到了一位饱经沧桑而又铁骨铮铮的志士。诗中对一路上深山老林、雨雪纷飞诸多景物的描写以及对古代忠臣隐士的回忆，再加上多种象征手法的运用，无不使我们真切地感受到志行高洁的诗人因小人陷害与社会黑暗而备受煎熬的苦难形象。

【名家评点】

　　其命意浩然一往，与《哀郢》之呜咽徘徊、欲行又止，亦绝不相侔。盖彼迫于严谴而有去国之悲，此激于愤怀而有绝人之志。所由来者异也。

——〔清〕蒋骥《山带阁注楚辞》

先秦无名

先秦时，民间流转着大量的歌谣谚语。这些歌谣谚语作者已无从考证，但它同样反映了古代诗歌的发展轨迹。

慷慨歌

贪吏而可为而不可为，廉吏而可为而不可为。
贪吏而不可为者，当时有污名；
而可为者，子孙以家成。
廉吏而可为者，当时有清名；
而不可为者，子孙困穷被褐而负薪。
贪吏常苦富，廉吏常苦贫。
独不见楚相孙叔敖，廉洁不受钱。

【赏析】

孙叔敖是历史上有名的辅相，《史记》将他列入"循吏"。所谓"循吏"，就是遵循法度的好官。当年楚庄王大胆起用人才，任其为辅相，据《史记》言，孙叔敖为相三月，"施政导民，上下和合，世俗盛美，政缓禁止，吏无奸邪，盗贼不起"。同时孙叔敖是一位清官，身为宰相，家徒四壁。临终时，他担心儿子日后无以为生，对其子说："我死后你必定贫困。如有困难去找优孟，就说你是孙叔敖的儿子。"

孙叔敖的儿子数年后果然贫苦无依，靠卖薪为生。一次偶遇优孟，向他说起父亲的遗言。优孟穿戴上孙叔敖生前的衣服，言谈举止处处酷似孙叔敖。在一次宫廷宴会上，庄王及左右都惊讶莫名，真以为是孙叔敖复生，庄王甚至要任他为相。优孟说，这事还得回家和老伴儿商量。三日后庄王问他商量的怎么样，优孟说："我老伴儿叮嘱我千万不能当楚相！她说你没见孙叔敖吗，'尽忠为廉以治楚，楚王得以霸。今死，其子无立锥地，贫困负薪以自饮食。必如孙叔敖，不如自杀'。"庄王听后，感谢优孟，召见孙叔敖子，给其封地，以继其祀，算是对功臣和廉吏子孙的恩赏。

这是一段真实的历史故事。所以后汉延熹年间，特地为孙立碑。但碑文很有意思，不是赞美这位古人如何清正廉洁，政绩斐然，而是将贪吏和廉吏的利弊逐一比对，冷静客观，发人深思。做贪官还是做清官？站在各自的立场上，这的确是一个严酷无情的选择。然而如果我们站在人类进步和民心民意的角度，对这个两难选题是很容易做出正确抉择的。不过碑文对贪官心理的准确把握，对反腐防腐还是有一定的启迪意义。

【名家评点】

楚相孙君讳饶，字叔敖。临卒，将无棺椁，令其子曰："优孟曾许千金贷吾。"孟，楚之乐长，与相君相善。虽言千金，实不负也。卒后数年，庄王置酒以为乐，优孟乃言孙君相楚之功，即慷慨商歌曲曰云云，涕泣数行。王心感动，即求其子而加封焉。

——孙叔敖碑文

古谣谚

由于我国史官传统的使命感和儒家"文以载道"的责任感，为后世搜集保存下大量流传在民间的歌谣谚语。秦代之前，除《诗经》和《楚辞》，尚有许多谣谚，它们同样反映了古代诗歌的发展轨迹。

远在文字出现之前，歌谣就已在民间以口头形式流传着。由于当时无法记录，今天只能从古代文献引述中窥测一二。

击壤[1]歌

日出而作[2]，日入而息。
凿井而饮，耕田而食。
帝力[3]于我何有哉？

【注释】

〔1〕击壤：古代的一种游戏，把一块木片放在地上，在规定的距离外，用另一木片去投掷，击中为胜。《击壤歌》是做这种游戏时唱的歌。

〔2〕作：起。

〔3〕帝力：尧帝的力量、功德。

【赏析】

据《帝王世纪》记载，这曲歌谣是帝尧时代一个八十岁的老者在击壤时唱的。此诗始见于东汉王充《论衡·感应篇》："尧时，五十之民击壤于途。观者曰：'大哉！尧之德也！'击壤者曰：'吾日出而作，日入而息。凿井而饮，耕田而食。帝何等力？'"西晋皇甫谧《帝王世纪》将末句改作"帝力于我何有哉"。

这首歌谣率真素朴的特点体现得更加鲜明。原始初民们起而劳作，归而休息，饮水衣食皆取之于肥沃的大地，字字句句真实地反映了先民俭朴的生活和平和的心境。皇甫谧的改作承原义而来："帝尧的力量和功德与我有什么相干？"这首原始歌谣如此一问，原有的无为自然的思想就更加鲜明了。道家思想之集大成者葛洪云："囊古之世，无君无臣。穿井而饮，耕田而食，日出而作，日入而息。泛然不系，恢尔自得，不竞不营，无荣无辱。"正是以此为例阐释道家思想的。北宋易学大家邵康节把自己的诗集题名为《击壤集》，表达了他对"饥而食，寒而衣，不知帝力之何有于我，陶然有以自乐"的尧舜治世的向往。沈德潜云："帝尧以前，近于荒渺，虽有皇娥、白帝二歌，系王嘉伪撰，其事近诬，故以《击壤歌》为始。"

采薇歌

登彼西山[1]兮，采其薇[2]矣。
以暴易暴兮，不知其非矣。
神农[3]虞夏，忽焉没兮，吾适[4]安归矣？
于嗟徂兮[5]，命之衰矣！

【注释】

〔1〕西山：即首阳山，又名雷首山，在山西永济县南，是伯夷、叔齐隐退后饿死的地方。

〔2〕薇：即巢菜，俗名野豌豆。

〔3〕神农：即炎帝，古代神话传说中农耕水利和中草药的发明人，华夏部族的首领。

〔4〕适：往，去。

〔5〕"于嗟"句：于（xū）嗟：叹息声。徂（cú）：往。一说为"殂"之假借，即死

亡的意思。

【赏析】

伯夷和叔齐是商朝末年孤竹君的长子和幼子，其父死后二人为逃避继位，去投靠西伯姬昌即周文王。姬昌去世，武王姬发起兵讨纣，兄弟一起叩马谏阻。周王朝立国后，宁可饿死，不愿出仕周朝。此二人自司马迁始，历来被当作"舍生取义"的典型，备受后人称誉，不过也此时或有人对伯夷和叔齐的行为有所微词。孟子认为二人器量太小，不能容人，以一己之德为最高准则，而不能从人民大众的利益为出发点，从而站在了"顺乎天而应乎人"的"汤武革命"的对立面。

【名家评点】

武王伐纣，伯夷、叔齐叩马而谏曰："父死不葬，爰及干戈，可谓孝乎？以臣弑君，可谓仁乎？"左右欲兵之。太公曰："此义人也。"扶而去之。武王已平殷乱，天下宗周，而伯夷、叔齐耻之，义不食周粟，隐于首阳山，采薇而食之。及饿且死而作歌。其辞曰……遂饿死于首阳山。

—— ［西汉］司马迁《史记》

易水歌

风萧萧兮易水寒，壮士一去兮不复还！

【赏析】

史载，秦王政二十年（前227年），荆轲受燕太子丹之命出使秦庭。荆轲出发时，"太子及宾客知其事者，皆白衣冠以送之"。荆轲与朋友高渐离筑歌相和，而后高唱"风萧萧兮易水寒，壮士一去兮不复还"，"就车而去，终已不顾"。如果知悉此歌之历史背景，不难想象当时的环境气氛，以及荆轲只身负命之悲壮。歌辞虽然仅此二句，但其苍凉悲亢，亦足以夺人心魄，撼人神魂。就是在当时，在场的士卒也"皆瞋目，发尽上指冠"。简短的二句浩歌，居然有如此强悍的艺术感染力量，皆因此十五个字实乃是其热血和生命凝铸而成也。

【名家评点】

虽仅仅两句，把北方民族武侠精神完全表现，文章魔力之大，殆无其比。

——梁启超《中国美文史稿》

乌鹊歌

南山有乌，北山张罗[1]。
乌自高飞，罗当奈何？
乌鹊双飞，不乐凤凰。
妾是庶人[2]，不乐宋王。

【注释】

〔1〕罗：网。

〔2〕庶人：平民百姓。

【赏析】

由《搜神记》我们得知，这是发生在战国时期的一个凄美的爱情故事。这很可能是对一个真实事件的记述，开封市如今尚有其冢穴遗址。故事最早见于《彤管集》，较为简洁。《太平御览》转引《搜神记》于"左右揽之"句下作"著手化为蝶"，神话色彩尤为浓重。第一首诗明白如话，沈德潜说："妙在质直。唐孟郊《列女操》：'波澜誓不起，妾心井中水。'此一种也。"

七一

秦世谣

秦始皇，何彊梁[1]；
开吾户，据吾床；
饮吾酒，唾[2]吾浆；
飧吾饭，以为粮；
张吾弓，射东墙。

前至沙丘当灭亡！

【注释】

〔1〕疆梁：强横凶暴之义，古代传说中能食鬼的神。

〔2〕唾：吐。

【赏析】

　　秦时民谣甚多，如"生男慎勿举，生女哺用脯。不见长城下，尸骸相支拄"；"运石甘泉口，渭水不敢流。千人唱，万人讴。金陵余石大如坯"等，可知民怨甚深。这首民谣直陈其事，把秦嬴政残暴天下的罪行毫不隐讳地一一揭发，连用六个"吾"字，说明秦王朝是如何肆无忌惮地劫掠百姓的。最后一句是预言也是企盼，不幸而言中，这位始皇帝在位第三十七年，最后一次巡行至沙丘（今河北平乡县），发病而亡。这个至高无上的暴君一死，马上就发生了一场政变，九州顷刻烽烟四起，秦国很快就在民众的掀天怒涛中彻底崩溃了。

刘 邦

刘邦（前256—前195年），字季，沛丰邑中阳里（今江苏沛县）人。初为泗水亭长，秦二世元年（前209年）起兵，称沛公。不久，楚怀王以为砀郡长，封武安侯。西入关攻取咸阳，推翻秦王朝。西楚霸王项羽封之为汉王。不久即出兵关东与项羽争天下。楚汉征战凡五年，击败项羽称帝，建汉王朝，定都长安。在位十二年，谥号高皇帝。

大风歌

大风起兮云飞扬，威加海内兮归故乡，安得猛士兮守四方。

【赏析】

据《汉书》载：公元前196年，淮南王英布起兵反，刘邦亲征，击败英布。英布在溃逃中被追杀。得胜还军途中，刘邦顺道回自己的故乡沛县，把从前的朋友、长辈和子弟都召至行宫，欢饮十余日。又从县里召集儿童百人，教唱歌曲以佐酒。一日，刘邦酒酣，一面击筑，一面唱着自己即兴创作的这首《大风歌》。

衣锦还乡本来是很风光的事，为什么他在载歌载舞时，突然伤感泣下，大放悲声呢？这就需要了解当时汉王朝建国十二年后的全国局势了。诗的首句自然是对秦末群雄纷起、逐鹿中原的回顾；第二句表现出他荣归故里的兴奋欢慰，踌躇满志。但就在他得意之际，随即悲从中来，突然流露出对未来的焦虑与恐惧。战乱甫平，反叛又起，怎么才能找到捍卫四方的猛士，以保天下太平呢？

胜利者有胜利者的悲哀。惨淡经营、艰难立国的刘邦，皇帝的宝座还没有坐热，就有燕王臧荼、楚王韩信、赵王张敖、赵相陈豨、梁王彭越、淮南王英布相继反叛。刘邦正是在这种悲忧中，于第二年病卒于长安。他的忧惧不是杞人之忧，事实证明，他死后不久，政权就落在了吕氏家族手中。

【名家评点】

自千载以来，人主之词，亦未有若是其壮丽而奇伟者也。呜呼，雄哉！

——〔宋〕朱熹《楚辞集注》

时帝春秋高，韩彭已诛，而孝惠仁弱，人心未定，思猛士其有悔心乎？

——〔清〕沈德潜《古诗源》

项 羽

项羽（前232—前202年），名籍，字羽，一字之羽，下相（今江苏宿迁西南）人。楚将项燕孙。秦二世元年（前209年）从季父项梁起兵反秦，为裨将。二年，楚怀王以为次将，封鲁公。三年，拜上将军。汉元年，自立为西楚霸王，分封诸侯王，定都彭城。五年，兵败走乌江，自刎死。

垓下歌

力拔山兮气盖世，时不利兮骓[1]不逝。
骓不逝兮可奈何，虞兮虞兮奈若何！

【注释】

〔1〕骓：毛色苍白相间的马。这里是指项羽的坐骑。《史记·项羽本纪》："有美人名虞，常幸从；骏马名骓，常骑之。"

【赏析】

公元前202年正月，汉王发兵追项羽，又招韩信、彭越、英布等会战，各路大军云集，将项羽团团围困在垓下（今安徽灵璧东南），楚兵纷纷逃亡。项王夜闻汉军皆楚歌，惊问："汉已得楚乎？"他知大势已去，起饮帐中，俯仰身世，百感交集，慷慨悲歌。虞姬起舞和之云：汉兵已略地，四方楚歌声。大王意气尽，贱妾何乐生？歌舞毕，虞姬自刎帐下。且说项羽当晚率八百壮士突围。汉兵在后紧迫，至乌江（今安徽和县东北），亭长撑小舟请项王渡江，项羽笑道："籍与江东子弟八千人，渡江而西，今无一人还，纵江东父兄怜而王我，我何面目见之！"遂拔剑自刎。

自古以来，英雄豪杰所作诗文与骚人墨客有天壤之别。《大风歌》与《垓下歌》是两位血战了数年之久的盖世英豪的悲吟，虽然一是胜利者的悲哀，一是失败者的悲哀，但都是那么震撼人心。在这首诗中，既洋溢着无与伦比的万丈豪情，又蕴含着陷入绝望之境的深重叹息。从刘邦和项羽二人的这两首绝唱中，我们不难发现成功者与失败者的根本区别：刘邦面对胜利，想的是如何延揽英才为他固守江山；项羽面临覆亡，念念不忘的是他宠爱的美人在他死后何以自处。然而，也许正因为此，几千年来，后人觉得失败者项羽更可爱，而对刘邦，人们在赞扬之际，不无鄙弃。

【名家评点】

到秦汉之交，却有两首千古不磨的杰歌：其一，荆轲的《易水歌》；其二，项羽的《垓下歌》。

——梁启超《中国美文史稿》

呜咽缠绵，从古真英雄必非无情者。虞姬和歌竟似唐绝句。

——［清］沈德潜《古诗源》

刘　彻

刘彻（前156—前87年），汉景帝刘启之子。公元前140年即位，在位五十四年。

秋风辞

秋风起兮白云飞，草木黄落兮雁南归。
兰有秀兮菊有芳，怀佳人兮不能忘。
泛楼船兮济汾河，横中流兮扬素波。

七五

箫鼓鸣兮发棹歌，欢乐极兮哀情多。
少壮几时兮奈老何！

【赏析】

汉武帝在历史上的地位堪比秦始皇，同样的雄才大略，同样的睥睨一世，而在文才方面，秦始皇远不及汉武帝。明人王世贞甚至说，汉武帝的赋，成就在司马相如之下，扬雄之上。

《秋风歌》创作于西汉空前鼎盛之时——元鼎四年（前113年）秋。秋高气爽，云起云飞，落叶飘黄，雁鸣排空。这时他突然想起了已故七八年的宠妃李夫人。然而对爱妃的思念非但没有触动他的悲伤，或许还稍稍有些得意。击棹中流，白浪冲天，君臣酒酣，箫鼓齐鸣，此情此景，让他情不自禁叩舷高歌了。恰恰在此时，一阵悲怆突然袭上心头。是什么呢？那就是人人无法逃避的衰老、死亡。也许，越是像秦皇汉武这样的人，越是害怕死亡的临近吧！虽然这是一首泛舟饮宴的即兴之作，但一波三折，将一代雄主复杂微妙的心理写得清新幽曲，极富艺术魅力。

【名家评点】

帝行幸河东，祠后土。顾视帝京，忻然中流，与群臣饮宴。帝欢甚，作此。

——佚名《汉武帝故事》

落叶哀蝉曲

罗袂[1]兮无声，玉墀[2]兮尘生。
虚房冷而寂寞，落叶依于重扃[3]。
望彼美之女兮，安得感余心之未宁？

【注释】

〔1〕罗袂：华美的丝织衣衫。

〔2〕玉墀（chí）：宫殿石阶上面的空地。

〔3〕重扃（jiōng）：关闭着的重门。

【赏析】

据东晋王嘉《拾遗记》，这首诗是"汉武帝思李夫人，因赋落叶哀蝉之曲"。这位李夫人，就是李延年那个"倾城倾国"的妹妹。武帝闻其美，召之立宠，原来的赵钩弋、卫子夫一一落败。不幸李夫人不久即病夭，武帝思念不已，请来一个术士为他招魂。武帝果然在术士设置的灵帐中隐隐约约看见李夫人轻移莲步，冉冉飘来。当他正想上前拥抱时，那美丽的幽灵倏忽不见。汉武为纪念人鬼相会，作诗曰："是邪，非邪？立而望之，偏何姗姗其来迟？"不久他再作悼亡歌，那就是上面这首《落叶哀蝉曲》。台湾史学家柏杨先生将其翻译成白话诗云："衣襟啊，悄悄无声。玉阶啊，静静尘生。空房寂寞，是多么寒冷。一片一片落叶，堆积在门前数层。情人啊，可知道我的心神不宁。"

有趣的是，美国诗人、汉学家庞德把这首诗译为《刘彻》，译诗被称为美国诗史上的杰作。特别落叶一句被称作是意象叠加法的典范，落叶句成了美国诗史上一个很有名的典故。后来，庞德的英语译诗又被辗转译为汉语现代诗，就变成了这样："丝绸窸窣的响声停了，尘埃落满宫院。这儿不再有足音、落叶，匆匆堆积、静止。那令人欢心的她躺在底下：一片粘在门槛上的湿叶。"

司马相如

司成相如（前179—前118年）。西汉辞赋家。字长卿，蜀郡成都人。少好读书击剑，景帝时为武骑常侍。景帝不好辞赋，相如称病免官至梁国，与梁孝王的文学侍从邹阳、枚乘等同游。武帝即位，喜其赋召为中郎将。后奉使西南，为孝文园令，对沟通中原与西南少数民族的关系起了积极作用。晚年免官闲居。司马相如的文学成就主要表现在辞赋上，汉赋因他而成为一代鸿文。他提出"合纂组以成文，列锦绣而为质"和"包括宇宙，总览人物"的作赋主张。司马相如的文学活动丰富了汉赋的题材和技巧，使赋成为一种划时代的文学体裁。赋之于汉，犹诗之于唐，词之于宋。鲁迅说他"不师故辙，自摅妙才，广博闳丽，卓越汉代"。明人辑有《司马文园集》。存诗三首。

琴歌二首

凤兮凤兮归故乡，遨游四海求其凰。

时未遇兮无所将[1]，何悟今兮升斯堂[2]！
有艳淑女在闺房，室迩人遐毒我肠[3]。
何缘交颈为鸳鸯，胡颉颃[4]兮共翱翔！

凰兮凰兮从我栖，得托孳尾永为妃[5]。
交情通意心和谐，中夜相从知者谁[6]？
双翼俱起翻高飞，无感我思使余悲[7]。

【注释】

〔1〕无所将：尚无相互扶持的情侣。

〔2〕"何悟"句：意谓不料今日得升你家庭堂，躬逢盛会，有了窈窕淑女，琴瑟友之的机会。

〔3〕"室迩"句：大意是说伊人似离我很远，咫尺天涯，不能相见，这真使我相思肠断，不胜痛苦。毒：痛苦。

〔4〕颉颃（xié háng）：形容雌鸟和雄鸟上下自由双飞。

〔5〕"得托"句：孳（zī）尾：鸟兽雌雄交媾。孳：繁殖义。妃：这里是配偶的意思。

〔6〕"中夜"句：意思是说如果我们在子夜远走高飞，有谁能知道呢？

〔7〕"无感"句：叮咛对方不要使我失望，徒然为你感念相思而悲伤。

【赏析】

这是两首琴曲，又名《凤求凰》。景帝时相如不受重用，托病辞官，客游于梁。梁孝王广纳文士，相如在其门下"与诸生游士居数岁"。梁王卒，他宦游归蜀，应好友临邛令王吉邀请，前往作客。当地首富卓王孙有女卓文君才貌双全，精通音律，妙龄寡居。一次卓王孙盛宴宾客，王吉与相如应邀参加。相如与文君一见倾心，无奈没有机会互通款曲。正好王吉推荐相如弹琴，相如便当众弹了这首《凤求凰》，向文君表白自己的爱恋之情，并与她暗里相约私奔。

这首文思优美的琴歌，奇妙之处在于大胆表白爱情的同时，竟然在男女关系甚严的封建礼教下，公然与自己的意中人相约私奔。因此相如和文君的故事成了后世青年男女争取婚姻自由的一面旗帜。正是在这一榜样力量的影响下，后来才出现了诸如《西厢记》《墙头马上》《玉簪记》《牡丹亭》等一系列以追求理想爱情为主题的不朽名篇。在《金圣叹批本西厢记》中，这首《凤求凰》被改写为："有一美人兮，见之不忘；一日不见兮，思之如狂。凤飞翱翔兮，四海求凰；无奈佳人兮，不在东墙。将琴代语兮，欲诉衷肠。何时见许兮，慰我傍徨。愿言配德兮，携手相将。不得于飞兮，使我沦亡！"《凤求凰》言浅意深，音节流亮，感情热烈奔放而又深挚缠绵，融楚辞之旖旎绵邈与汉代民歌之清新明丽于一体，有很高的审美趣味。

据说相如与文君私奔归家后，卓王孙一怒之下不再接济女儿。因贫苦无依，夫妻二人在临邛开了个小酒馆，以卖酒为生。此亦成为后世文人津津乐道的佳话，为历代文学艺术创作所取材。

李延年

生卒年不详。中山（今河北省定州市）人。本为宫廷乐工，坐法腐刑，给事狗监。善歌变新声，所造诗谓之新声曲。

北方有佳人

北方有佳人，绝世〔1〕而独立。
一顾倾人城，再顾倾人国〔2〕。
宁不知倾城与倾国，佳人难再得〔3〕。

【注释】

〔1〕绝世：赞其姿容出众，举世无双。

〔2〕"一顾"二句：意谓只要对城垣将士看上一眼，便可令士卒魂飞魄散，城池失守；只要对人君回眸一瞥，便可令其要美人不要江山，亡国灭宗在所不惜。

〔3〕"宁不"二句：意谓不是不知道红颜亡国的古鉴，可佳人毕竟是千载难逢，失之不可再得。

【赏析】

一阕歌咏美人的短曲，竟然能让泡在美人堆里的九五至尊闻之而动心，产生一睹芳容的冲动，足见此诗的魅力。开篇二句，就不能不让人产生望穿秋水之慨。如此佳丽，难道真有沉鱼落雁、闭月羞花之貌乎？自古以来写美人都是实写，如前之《诗经·硕人》《登徒子好色赋》，后之《陌上桑》《洛神赋》等。这首诗却独辟蹊径，只用两句，让读者发挥全部想象力，去创造自己心中的美人。

【名家评点】

写情自深，古来破家亡国，何必皆庸愚主耶！

——［清］沈德潜《古诗源》

刘细君

生卒年不详。西汉江都王刘建之女。汉武帝元封六年（前105年），册封为公主，嫁乌孙王昆莫，亦称乌孙公主。昆莫以汉公主为右夫人，匈奴公主为左夫人。昆莫死，复妻其孙岑陬。生一女，名少夫。

悲愁歌

吾家嫁我兮天一方，远托异国兮乌孙王。
穹庐为室兮毡为墙，以肉为食兮酪为浆。
常思汉土兮心内伤，愿为黄鹄[1]兮还故乡。

【注释】

〔1〕黄鹄：即天鹅，能远飞，故以此鸟喻义。

【赏析】

西汉时期，与北方少数民族的关系始终处于亦战亦和、时战时和的状态中。在封建社会，和亲作为一种外交手段，由汉武帝始作俑，后继者络绎不绝，而刘细君则是先行者。和亲之策，客观上也为促进各民族经济文化的交流起到一定作用，但对于个人即被当作政治工具的少女而言，是最不人道的。通过刘细君的这曲悲歌，我们不难体会出这种政治外交手段的残忍。

据《汉书·西域传》记述，刘细君到了乌孙国（今天山北麓伊犁河流域），自治宫室。昆莫已垂垂老矣，两人语言不通，习俗迥异，一年相会一两次。当年西域实为尚未开化的蛮荒之地，"民刚恶，贪狼无信，多寇盗"。自然环境的恶劣，与中原文化的巨大差异，情感之悲苦难言，思乡之情刻骨铭心，这一切向谁去倾诉呢？她只有通过《悲愁歌》来表达内心的幽恨，寄托对故国的深深怀念。

昆莫死后，依照当时乌孙习俗，她必须做昆莫之孙岑陬的妻子。这种无法接受的习俗，给她带来的心理压力可想而知。她只能仰慕自由飞翔的天鹅，想要像黄鹄一样高飞而去。事实是，刘细君老死乌孙，终生不曾归汉。

王昭君

名嫱。生卒年不详。南郡秭归（今湖北秭归县）人。汉元帝时入宫。竟宁元年（前33年），匈奴呼韩邪单于入朝求和亲，昭君自请远嫁。临行，元帝召见，方知昭君乃绝世佳丽。昭君出塞后立为宁胡阏氏（皇后）。此后汉匈两族"数世不见烟火之警，人民炽盛，牛马布野"，保持和好关系长达六十余年。呼韩邪死后，前阏氏之子继位，欲以昭君为妻，于是又为后单于阏氏。昭君葬地传有多处。塞外草白，唯昭君墓上草色青青，世称"青冢"。昭君出塞的故事不但成了两千多年来诗人骚客喜欢吟咏的历史佳话，在民间亦流传极广，成为诗歌、戏剧、小说、曲艺常用的题材。其中著名的有东晋葛洪的《西京杂记》，唐代的《王昭君变文》，元代马致远的《汉宫秋》，近代京剧《汉明妃》，今人曹禺所作《王昭君》等。

怨　诗

秋木萋萋，其叶萎黄。
有鸟处山，集于苞桑[1]。
养育毛羽，形容生光。
既得升云，上游曲房[2]。
离宫绝旷，身体摧藏[3]。
志念[4]抑沉，不得颉颃。

虽得委食〔5〕，心有徊徨。
我独伊何，来往变常〔6〕。
翩翩之燕，远集西羌〔7〕。
高山峨峨，河水泱泱。
父兮母兮，道里悠长。
呜呼哀哉，忧心恻伤。

【注释】

〔1〕苞桑：语出《周易·否卦》："其亡其亡，系于苞桑。"意谓纠结的桑木之根，依附于此，可保安全。

〔2〕曲房：内室，密室。这里是指皇宫。

〔3〕摧藏：内心悲伤。

〔4〕志念：意志。

〔5〕委食：衣食有所依托。

〔6〕"我独"二句：意思是说我为什么要远嫁塞外，做出这种不合常情的选择呢？变常：改变常规作法。

〔7〕西羌：西北少数民族之一。这里代指匈奴。

【赏析】

关于王昭君的事迹，《后汉书·南匈奴》的记述仅二百字，最具传奇色彩的是晋人葛洪的《西京杂记》及其他野史笔记。关于如何看待昭君出塞，自来有种种说法。揣摩正史的描述，体味本诗的意绪，应当说，王昭君之所以要主动要求远嫁呼韩邪单于，首先是出于怨恨；其次是基于对汉元帝刘奭的清醒认识。在西汉的皇帝中，刘奭是最淫荡的一个。汉武帝时期，已经将后宫编制从秦王朝的七级扩大到了十级。汉元帝觉得十级也不足以显示他爱色如命，干脆扩大到了八等十五级，宫妃人数达两万多。王昭君既然自恃才貌出众，入选后宫，希冀宠幸是再自然不过的了。可是当她发现刘奭是这德性后，在怨恨得不到皇帝的垂顾之余，认识到即便得到皇帝的偶然眷顾，也只不过是充当其一时的泄欲工具而已。于是在有了匈奴王求亲的机会时，她才做出主动请行这样的惊人之举。《怨诗》对此表述得再明白不过了。

诗起手点出离宫出行的时节，然后回顾自己选入后宫的经过和入宫后的抑郁，再说明为什么会有远嫁匈奴这样的选择。最后是对草原辽阔风光的赞叹，和对自己的选择不无自得的流露。当然远离故国，不论对眼前的处境多么满意，思乡之情是难以断绝的。

王昭君的这首《怨诗》又名《怨旷思惟歌》，本为琴曲。有学者认为非昭君亲作，系汉人托伪。然诗的内容颇合昭君经历，伪作一说只能存疑。

班婕妤

名不详。生卒年不详。西汉楼烦（今山西宁武县附近）人。少有才学，工于诗赋。成帝时入宫，初为少使，有宠，立为婕妤。后为赵飞燕谗害，自请于长信宫供奉皇太后。成帝卒，她奉守园陵，死后葬于园中。今存《自悼赋》《捣素赋》《怨歌行》等，抒写她在宫中的苦闷幽怨，文辞哀丽动人。

怨歌行

新裂[1]齐纨素，鲜洁如霜雪。
裁为合欢扇，团团似明月。
出入君怀袖，动摇微风发。
常恐秋节至，凉飙[2]夺炎热。
弃捐箧笥[3]中，恩情中道[4]绝。

【注释】

〔1〕裂：这里是剪裁意。

〔2〕凉飙：凉风。

〔3〕箧笥：箧是装东西的小箱。笥是方形竹器。这里比喻弃入冷宫。

〔4〕中道：中途。

【赏析】

借扇咏人，隐宫怨于妙语之中；设喻取象，无不物我双关。以秋扇喻女子色衰爱弛，玩弄见弃，新奇贴切，前无古人。非经历过来人，难有此情想。团扇的艺术意蕴已成为红颜薄命的象征。一首小诗能取得如此不朽的生命力，令人赞叹！

此诗又题《团扇怨歌行》。这首诗能取得如此巨大的艺术成就，对后世能有如此广泛的影响，全在于班婕妤对汉成帝刘骜荒淫的切身体认。像班婕妤这种有着深厚的文化教养，动辄以礼仪大妨为规的女子，"恩情中道绝"是命中注定的。史书说她"诵《诗》及《窈窕》《德象》《女师》之篇"，"每进见上疏，依则古礼"。有一次刘骜邀请班婕妤一同坐车去御花园游玩，但班婕妤竟然拒绝，理由是"观古图册，贤圣之君皆有名臣在侧，三代末主乃有嬖女。今欲同辇，得无近似之乎？"这样的女人，普通人都会觉得可敬而不可爱，何况遇上了刘骜。幸好她通今博古，头脑清醒，及早抽身，才得以免遭赵氏姐妹的血腥虐杀。

【名家评点】

团扇短章，辞旨清捷，怨深文绮，得匹妇之致。

——［南朝］钟嵘《诗品》

梁　鸿

字伯鸾，扶风平陵(今陕西省咸阳市西北)人，生卒年不详。家贫博学，曾放猪于上林苑，后与妻隐居霸陵山，以耕织为业。因写《五噫歌》被追捕，化名避居吴地，闭门著书以卒。今存诗仅三首。

五噫歌

陟彼北芒[1]兮，噫。
顾瞻帝京兮，噫。
宫阙崔嵬兮，噫。
民之劬[2]劳兮，噫。
辽辽未央[3]兮，噫。

【注释】

〔1〕陟彼北芒：陟（zhì）是登高的意思。北芒：北邙山，位于洛阳城北，山高林

密，是当时的丛葬之地。

〔2〕劬（qú）：过分劳累。

〔3〕辽辽未央：意谓遥远漫长，没有尽头。

【赏析】

从内容和形式上看，这首只有五句的短歌，每句描写一种景象，话没有说完，便用一个感叹词"噫"打住，这在我国的诗歌史上已是一绝；从艺术效果上看，这样一首短诗竟然让汉章帝怒不可遏，下令全国通缉作者，这又是一绝。

提到小诗的作者，我们都不生疏，因为大家都知道"举案齐眉"这一成语。历史上的梁鸿本是一位志趣高远的学士，可在世俗之辈的眼里，他却是个怪人。怪就怪在他本受业于当时的最高学府太学，可是由于他鄙薄名利，宁愿在上林苑给皇室放猪。孟光黑丑肥硕，形如壮汉，三十多岁了还嫁不出去，梁鸿却愿娶之为妻，并终生视为知己。汉章帝"节俭爱民"，暗地里却大兴土木，梁鸿只用五句话就揭穿了他的虚伪。

这五句诗，如果删弃句末的"噫"字，怎么看都像是新闻速写。我们不妨去掉感叹词"噫"字，把它翻译如下：登上这高高的北邙山，回首眺望一下那皇城吧，宫殿那个高大宏丽啊，百姓那个辛勤劳作啊，岁月漫长，哪有止境！触目惊心、穷富天壤的对比，通过简朴而深邃的揭露，再加上那五个无法言传的"噫"，其震撼人心的力量便立刻显现出来了。

【名家评点】

无穷悲痛，全在五个"噫"字托出，真是创体。

——〔清〕张玉毂《古诗赏析》

张 衡

张衡（78—139年），字平子，东汉南阳西鄂（今河南南阳市）人。汉明帝永平中举孝廉，连辟公府皆不就。永初中，大将军邓骘累召不应。汉安帝时，公车特徵，拜郎中，迁尚书郎，转太史令。顺帝阳嘉中迁侍中，出任河间相，有政声。征还，拜尚书。有集十四卷。

张衡是我国最伟大的科学家，他创造了世界上第一台观察天体运行的浑天仪；他的宇宙观几近1400年后的哥白尼；就其全面素养而言，也许只有文艺复兴时期的巨匠级人物达·

芬奇可以与之相提并论。西方人称他为"东方的亚里士多德"。

张衡在哲学、文学、绘画等许多领域都有杰出的贡献。其《四愁诗》对七言诗的发展很有影响。他的赋在文学史上起了承前启后的积极作用，其《二京赋》对汉东都和西都的铺叙比司马相如的《子虚赋》和班固的《两都赋》更具文史价值，被称为大赋"长篇之极轨"。明人辑有《张河间集》。其生平事迹见《后汉书》本传。

同声歌

邂逅承际会，得充君后房[1]。
情好新交接，恐栗若探汤[2]。
不才勉自竭，贱妾职所当[3]。
绸缪主中馈，奉礼助蒸尝[4]。
思为苑蒻席，在下蔽匡床[5]。
愿为罗衾帱[6]，在上卫风霜。
洒扫清枕席，鞮芬[7]以狄香。
重户结金扃[8]，高下华灯光。
衣解巾粉御，列图[9]陈枕张。
素女为我师，仪态刑[10]万方。
众夫所希见，天老[11]教轩皇。
乐莫斯夜乐，没齿焉可忘！

【注释】

〔1〕"邂逅"二句：邂逅在这里为欢悦义，用作名词，谓可悦之人。承：敬词，接受，担当。际会：聚首，聚会。后房：妻子代称。二句是说，有缘与你有婚约，遇上让我喜欢的人做他的妻子。

〔2〕探汤：试探沸水，形容畏惧。

〔3〕"不才"二句：意谓我只会竭尽全力鼓励自己。既然做了你的妻子，这是我义不容辞的责任。

〔4〕"绸缪"二句：绸缪：情意殷切，形容缠绵的男女恋情。中馈：家中供膳诸事。蒸尝：本义为祭祀，这里比喻成婚之大礼。这里用妻子恪尽妇道，循礼尽职于膳食、

祭祀诸事，来比喻她理应情意缠绵地奉承、满足新郎的欲求。

〔5〕"思为"二句：苑为香草。葄席：细柔香嫩的床席。二句直译为我愿意做一具柔嫩芳芬的床席，来遮蔽、保护这新婚之床。实际上是表示心甘情愿承受新郎的爱抚。

〔6〕帱（chóu）：帐子。

〔7〕鞮（dī）芬：古代西域香名。

〔8〕金扃（jiōng）：黄金修饰之门。

〔9〕列图：这里指的是秦汉之际已经开始流行的春宫图。

〔10〕刑：通"型"，铸造器物的模具，引申为典范。刑或作"盈"。

〔11〕天老：相传为黄帝的辅臣。

【赏析】

这是我国文学史上第一首以新婚之夜的性事为题材的诗歌。这首诗的意义不单在于其首创性，更在于它对男女性行为描写具有非常优美的艺术情趣。全诗是以描述新娘在洞房花烛夜与新郎第一次欢爱时的真情实感和温柔可爱展开的。前六句以女子的口吻说明她对这桩婚姻和新郎都十分满意，一对新人虽然情投意合，可是要让她行破瓜之事，她在惊喜之余，禁不住心有所惧，浑身战栗。"探汤"的比喻十分生动形象。不过，她表示，既然已与心上人结百年好合，她愿意尽心竭力完成她义不容辞的这件好事。接下来对新妇夫妇如何进行结合的具体过程，描写得非常有趣。表面上她是在说怎样情真意切地为丈夫准备可口的美食，铺设柔软的被褥，张罗精美的帷帐，实际上是在描述他们的相爱过程。

四愁诗

我所思兮在泰山，欲往从之梁父[1]艰，侧身东望涕沾翰[2]。
美人赠我金错刀[3]，何以报之英[4]琼瑶。
路远莫致倚逍遥[5]，何为怀忧心烦劳[6]。

我所思兮在桂林，欲往从之湘水深，侧身南望涕沾襟。
美人赠我金琅玕[7]，何以报之双玉盘。
路远莫致倚惆怅，何为怀忧心烦伤。

我所思兮在汉阳[8]，欲往从之陇阪[9]长，侧身西望涕沾裳。

美人赠我貂襜褕[10]，何以报之明月珠。

路远莫致倚踟蹰，何为怀忧心烦纡[11]。

我所思兮在雁门，欲往从之雪纷纷，侧身北望涕沾巾。

美人赠我锦绣段，何以报之青玉案[12]。

路远莫致倚增叹，何为怀忧心烦惋[13]。

【注释】

〔1〕梁父：泰山下的小山。以泰山喻君王，以梁父喻小人。

〔2〕翰：衣襟。

〔3〕金错刀：用黄金镶嵌刀环或刀柄的佩刀。

〔4〕英：美石似玉者。

〔5〕"路远"句：倚：通"猗"，语助词。逍遥：这里是徘徊的意思。

〔6〕劳：忧伤。

〔7〕金琅玕：镀金的玉石。

〔8〕汉阳：西汉之天水郡，后汉时改为汉阳郡。在今甘肃甘谷县南。

〔9〕陇阪：地名，在汉阳郡，以迂回险阻著名。

〔10〕襜褕：（chān yú）：短衣。这里是指用貂皮制作的直襟袍子。

〔11〕纡：纡曲。这里指心绪纷乱。

〔12〕青玉案：用青色玉石制作的几案。

〔13〕惋：埋怨。

【赏析】

感情真挚缠绵，语言典雅绮丽，是《四愁诗》的显著特点。抒情主人公"我"奔波于东、南、西、北四方，不畏艰难险阻寻找朝夕相思的情人，尽管从哪个方向求索，都要受到山高水深、雨雪纷飞的阻挠，但他痴心不改，矢志不移。

东汉自汉和帝以来，朝政日乱，国运日衰。张衡目睹天下凋敝，希冀得遇明主，报效国家，却又忧群小谗陷，故作《四愁诗》以明心志。自古都将曹丕的《燕歌行》当作七言诗的里程碑，而忽略了《四愁诗》对七言诗发展的功劳。

【名家评点】

《五噫》《四愁》，如何拟得？后人拟者，画西施之貌耳！

——［清］沈德潜《古诗源》

孔 融

孔融（153—208年），字文举。东汉鲁国（今山东曲阜）人。孔子二十世孙，"建安七子"之一。少有奇才，灵帝时辟司徒。后举高第，为侍御史，托病去官。辟司空府，拜中军侯，迁虎贲中郎将。因忤董卓，出任北海相、青州刺史。汉献帝建安元年（196年），青州被袁谭攻陷，融出奔，妻子被俘。曹操迁献帝都许昌，征融为将作大匠，迁少府，以忤曹操免。数以书与曹操争辩，为操忌害，妻子儿女皆被杀。有集十卷。明人辑有《孔少府集》。事见《后汉书》本传。

临终诗

言多令事败，器漏苦不密〔1〕。
河溃蚁孔端，山坏山猿穴。
涓涓江汉流，天窗通冥室〔2〕。
谗邪害公正，浮云翳白日。
靡辞〔3〕无忠诚，华繁竟不实。
人有两三心，安能合为一？
三人成市虎，浸渍解胶漆〔4〕。
生存多所虑，长寝万事毕。

【注释】

〔1〕"言多"二句：活用韩非子《说难》"事以密成，语以泄败"一语。意谓言语太多致使事情失败，物器泄漏皆因制作不严密。苦：苦于。这里是以器不密易漏比喻口不牢致祸。

〔2〕"涓涓"二句：前句化用"涓涓不塞，终成江河"一语。后句意谓屋顶的天窗

可以直通幽深的天空。

〔3〕靡辞：谄媚讨好的华丽之词。义近"靡辩""靡饰"二词。

〔4〕"三人"二句：意谓三个人的流言便可像闯进城市的猛虎一样残害人，凝固至坚的胶漆被水浸泡久了，同样会溶解。

【赏析】

"建安七子"是曹丕在《典论·论文》中对建安年间（196—220年）七位文学家的合称，他们大体上代表了曹氏父子之外的优秀作者。孔融名列七子之首，年龄长于曹操，政治态度迥异于其他六子。

孔融为人豁达正直，才情卓越，秉性刚直，不畏强权，兼之口无遮拦，语不让人，因此招致杀身之祸。他口如刀剑的辩才在少年时代就锋芒毕露。十岁时，随父进京，造访河南尹李膺，坐中太中大夫陈炜听说孔融有奇才，曰："人小而聪了，大未必奇。"融应声道："听君所言，想必你小时候很聪明啦？"李膺大笑解围："高明必为伟器。"

曹操任其为太中大夫后，孔融退居闲职，宾客盈门，他慨叹曰："坐上客恒满，樽中饮不空，吾无忧矣！"当初曹操攻屠邺城，曹丕私纳袁熙妻甄氏。孔融给曹操写信说，武王伐纣，把妲己赏给了周公。操问出自何典，孔融说："以今度之，想当然耳。"曹操禁酒，孔融说："尧非千钟，无以建太平；孔非百觚，无以堪上圣。"他这样处处和曹操大打口水仗，安得不危。

如此看来，孔融的《临终诗》显然是对自己悲剧的沉痛总结。他首言自己祸从口出。"河溃""山坏"是暗喻汉室的溃灭。接下来时而影射曹操蔽君弄权，时而抨击王莽窃国篡逆的阴谋。最后以万分悲痛的笔触作为结束：活着忧患无已，死了也就一了百了啦；长眠九泉，什么国事家事天下事，统统随它去吧！

全诗在艺术手法上有双关、暗喻、用典、喻义，笔法参差交替，腾挪落宕，虽是短诗，却让人目不暇接，回味无穷。余音袅袅之中，字里行间勃发出浩然正气。自孔融之后，虽有无数《临终诗》，难以望其项背。

杂 诗（二首选一）

远送新行客，岁暮乃来归。
入门望爱子，妻妾向人悲。

闻子不可见，日已潜^{〔1〕}光辉。

孤坟在西北，常念君来迟。

褰裳上墟丘，但见蒿与薇。

白骨归黄泉，肌体乘尘飞。

生时不识父，死后知我谁？

孤魂游穷暮，飘摇安所依^{〔2〕}？

人生图嗣息，尔死我念追^{〔3〕}。

俯仰内伤心，不觉泪沾衣。

人生自有命，但恨生日希^{〔4〕}。

【注释】

〔1〕潜：沉没，隐蔽。

〔2〕"孤魂"二句：穷暮喻晚年。此句意谓自己在垂暮之年，亦如一孤魂，飘忽无依。

〔3〕念追：追思念想。

〔4〕希：稀少。

【赏析】

关于此诗的作者，向来众说纷纭：《文选》李善注引屡作李陵诗，逯钦立在《先秦魏晋南北朝诗》中亦将其列入《李陵录别诗》，《古文苑》和《古诗源》皆作孔融诗。今依后一说，姑列孔融名下。

作者的真伪并不影响这首悼亡之诗催人泪下的艺术感染力。"潘岳悼亡犹费词"，使人误以为他首创了这一文体，其实悼亡诗由来已久，如《薤露歌》《蒿里曲》皆是。由于这类诗歌所悼之人大多是至亲骨肉或生死之交，皆为血泪凝成，自然感人至深。孔融的这首悼念夭折幼子的悲歌也不例外。

从开篇的追述中，我们知道作者长期在外奔波，儿子自生至死他都没有见过。当他回到家中，想看看日思夜想的爱子时，妻子默默无言，只有悲泣。听说幼子已亡，他觉得天昏地暗。他步履蹒跚地登上亡子的坟岗，唯见蓬蒿丛生，心想纵然亡灵有知，活着的时候都没有见过父亲，现在能认得他是谁呢？更何况如今死者肌骨早已化为飞尘。

诗人感慨万千，他觉得自己已垂垂老矣，人生在世，只有子孙延绵，方可聊以自慰。如今追思爱子，孤魂漂泊，情何以堪！俯仰天地，泪洒衣衫。无可奈何之际，只能以人各有命自我安慰。可悲的是自己苟活的时日也越来越少了。

这首诗的词语看似平淡，却于平淡中愈见其沉痛无奈。情理交融，用意深远，确为同类诗词中难得的佳作。

【名家评点】

少陵《奉先咏怀》有"入门闻号眺，幼子饥已卒"句，觉此更深可哀。

——［清］沈德潜《古诗源》

辛延年

后汉人，生平无考。

羽林郎

昔有霍家姝，姓冯名子都[1]。
依倚将军势，调笑酒家胡[2]。
胡姬年十五，春日独当垆[3]。
长裾连理带，广袖合欢襦[4]。
头上蓝田玉，耳后大秦珠[5]。
两鬟[6]何窈窕，一世良所无。
一鬟五百万，两鬟千万余。
不意金吾子，娉婷过我庐[7]。
银鞍何煜爚，翠盖空踟蹰[8]。
就我求清酒，丝绳提玉壶。
就我求珍肴，金盘脍鲤鱼。
贻[9]我青铜镜，结我红罗裾。
不惜红罗裂，何论轻贱躯[10]！
男儿爱后妇，女子重前夫。
人生有新故，贵贱不相逾[11]。

多谢金吾子，私爱徒区区〔12〕。

【注释】

〔1〕"昔有"二句：霍家指西汉时大司马大将军霍光家，他受命辅君，权倾朝野。冯子都是霍家的奴才头子，又是霍光的男宠。

〔2〕酒家胡：当时称西北外族皆为胡。这里是指卖酒的西域少女。

〔3〕当垆：卖酒。

〔4〕"长裾"二句：连理带：两条相联结的带子，用以联结衣襟。合欢襦：绣有男女和合欢乐图案的短袄。

〔5〕"头上"二句：蓝田：山名，在今陕西省蓝田县东，相传是出美玉之地。大秦：汉代对罗马帝国的称呼。

〔6〕鬟：环形发髻。

〔7〕"不意"二句：金吾子：执金吾，是汉代掌管京师治安的禁卫军长官。冯子都是霍光家奴，并非执金吾。胡姬称他为金吾子，是一种尊称。娉婷：和颜悦色貌。

〔8〕"银鞍"二句：煜爚：光辉闪烁。翠盖：装饰着翠鸟羽毛的车盖。空：在这里是等待、停留的意思。

〔9〕贻：赠送。

〔10〕"不惜"二句：写胡姬抗拒冯子都的纠缠。意思是说你如果非要强行赠镜结裙，我将不惜裂裙拒绝；你若还想得寸进尺，我何必在乎这轻贱之躯呢！

〔11〕"人生"二句：此言既然相交有新有旧，尚且不能喜新厌旧，又岂能为高攀权门而逾越门第等级呢？

〔12〕"多谢"二句：私爱犹言单相思。区区：拳拳之心，恳切之意。二句意谓我非常感谢你的殷勤好意，惹得你害这单相思，委实抱歉。

【赏析】

　　这首诗讲述一个外籍酒家女子在被豪权之家的恶奴纠缠时，如何不畏强暴、不失风度地巧妙拒绝他的故事。前四句是整个事件的概要，交代了两个中心人物发生冲突的缘由和当垆少女处境之危险。接着从胡姬的年龄、服饰、佩戴等，或白描，或夸张，多角度地描绘了她的美貌。对于"霍家奴"如何调戏这位外籍酒家的美貌女儿，诗人写得非常生动具体。你看他故意把银鞍翠羽的马车停到酒家门前，让胡姬一会儿给他上酒，一会儿给他烹鱼，酒足饭饱之后两次轻薄胡姬，馈送青铜镜，还要亲自给她系到胸前，这一系列行为的目的只有一个：摆阔炫势，强迫少女就范。

胡姬的拒绝义正辞严，柔中有刚，让他无言以对。胡姬临末颇有教养地表示"感谢"，使得对方无地自容。

这首诗作于东汉，而将故事放在西汉时霍光家奴才头子冯子都的名下，实际上是在借古讽今。清人朱乾在《乐府正义》中说："此诗疑为窦景而作，盖托往事以讽今也。"窦景是东汉大将军窦融之弟。《后汉书·窦融传》言："景为执金吾，瑰光禄勋，权贵显赫，倾动京都，虽俱骄纵，而景为尤甚。奴客缇骑依倚形势，侵陵小人，强夺财货，篡取罪人，欺略妇女。商贾闭塞，如避寇仇。有司畏懦，莫敢举奏。"这与诗中所写"依倚将军势"，又称其为"金吾子"，与窦景手下"奴客缇骑"极其吻合。故后人多从其说。

【名家评点】

骈丽之词，归宿却极贞正，风之变而不失其正者也。

——［清］沈德潜《古诗源》

宋子侯

东汉人，生平无考。

董娇娆

洛阳城东路，桃李生路傍。
花花自相对，叶叶自相当。
春风东北起，花叶正低昂。
不知谁家子，提笼行采桑。
纤手折其枝，花落何飘扬。
请谢彼姝子，何为自损伤[1]？
高秋八九月，白露变为霜。
终年会飘堕，安得久馨香[2]？
秋时自零落，春月复芬芳。

何如盛年去，欢爱永相忘〔3〕？
吾欲竟此曲，此曲愁人肠。
归来酌美酒，挟瑟上高堂。

【注释】

〔1〕"请谢"二句：谢在这里是问的意思。花责问采桑女："我开我的花，你采你的桑，你干吗要损伤我呢？"

〔2〕"高秋"四句：采桑女答："秋高霜降，早晚你会凋零的。到那时，你还怎么可能久存芳香呢？所以现在又何必在乎这点损伤。"

〔3〕"秋时"四句：花进一步驳难采桑女："我虽然到了秋天会自行凋零，然而春天一到，复又芬芳。哪像你，青春美盛，一旦色衰，两情欢爱的美好时光也就彼此忘怀啦。"

【赏析】

这是一首艺术创意和心理刻画都十分微妙的好诗。诗中以花开花落的自然现象隐喻人生盛年难再，红颜易老，流露出无法言喻的感伤情怀。但全诗蕴藉温馨，情浓墨淡，含蓄柔婉，很有艺术魅力。

作者开篇用彩笔描绘出一幅桃红李白的烂漫春光：桃李花叶相映，争奇斗妍；春风吹拂，枝叶琳琅。采桑女来到花丛中，不知她是无意呢，还是出于妒忌，伸出纤纤玉手，顷刻花瓣凋零。由此引发了花和少女极其有趣的对答与辩驳。

采桑女没有正面回答桃李花的责问：她为什么要折花？或许是其内心的动机有不可告人之私吧。但花的诘难无疑触动了她的隐忧，令其闻之心惊：花落尚可再开，女人却红颜难驻。可能这正是她本来采桑，却要伤害春花的隐衷吧！

最后是诗人由此而生出的欲言又止的感慨。青春易逝，红颜难驻，如花少女尚且不如春荣秋谢的桃李，遑论他人？无可奈何之际，诗人只好携瑟登高，借酒浇愁了。

【名家评点】

大意以花落比盛年之易逝也，婀娜其姿，无穷摇曳。正意全在"吾欲竟此曲"四句，见欢日无多，劝之及时行乐尔。

——［清］沈德潜《古诗源》

窦玄妻

后汉窦玄，字叔高，平陵人。形貌绝异，天子以公主妻之。旧妻为玄所弃，为书与玄别。

古怨歌

茕茕[1]白兔，东走西顾[2]。
衣不如新，人不如故[3]。

【注释】

〔1〕茕茕（qióng）：孤独貌。

〔2〕顾：回顾，流连不去貌。

〔3〕故：这里是窦玄妻自谓。

【赏析】

窦玄妻以白兔自喻，在对家庭生活之幸福流连难忘之际，如今突然遇到"天子使出其妻"，不啻晴天霹雳。然而圣命难违，在这无法逆转的厄运中，她真正成了一只凄惶无依的"茕茕白兔"。其孤苦无告之状，如在眼前。结语明白如话，内涵却十分深刻。对于"御旨"，她什么话都不敢说，也不能说。然而这"衣不如新，人不如故"的取喻，表面上是给丈夫的规劝，实际上是对"圣命"的反抗，其愤懑之情溢于言表，而且让皇帝难置其喙。人惟求旧，器惟求新。翻作怨诗，情深宜妙。

此诗初见于《太平御览》，题为《古艳歌》，无作者名氏。明清人选本往往作窦玄妻《古怨歌》。今仍依选本。

蔡　琰

本字昭姬，为避司马昭讳，改字文姬。陈留圉（今河南杞县南）人。生卒年不详。汉文学家蔡邕之女。自幼博学，精通音律。初嫁河东卫仲道，夫亡无子，归宁母家。汉末大乱中，被董卓迁入长安，后被掠西去，辗转流落南匈奴十二年，被胡人掠逼为妻，生二子。曹操素与蔡邕友善，痛其无嗣，于汉献帝建安十二年（207年），遣使以重金将文姬赎回，嫁同郡屯田都尉董祀。其事具在《后汉书》本传，然将文姬误作蔡邕之"孤女"。其实文姬尚有兄妹。她的作品现仅存《悲愤诗》二首与《胡笳十八拍》，但不少研究者认为后者系伪作。

悲愤诗

汉季失权柄，董卓乱天常[1]。志欲图篡弑[2]，先害诸贤良。逼迫迁旧邦[3]，拥主以自强。海内兴义师，欲共讨不祥[4]。卓众[5]来东下，金甲耀日光。平土人脆弱，来兵皆胡羌。猎野围城邑，所向悉破亡。斩截无孑遗[6]，尸骸相撑拒。马边悬男头，马后载妇女[7]。长驱西入关，迥路险且阻。还顾邈冥冥[8]，肝脾为烂腐。所略有万计，不得令屯聚。或有骨肉俱，欲言不敢语[9]。失意几微间，辄言毙降虏！要当以亭刃，我曹不活汝[10]！岂敢惜性命，不堪其詈骂[11]。或便加棰杖，毒痛参并下。旦则号泣行，夜则悲吟坐。欲死不能得，欲生无一可。彼苍者何辜，乃遭此厄祸[12]。

边荒与华异，人俗少义理。处所多霜雪，胡风春夏起。翩翩吹我衣，肃肃入我耳。感时念父母，哀叹无穷已。有客从外来，闻之常欢喜。迎问其消息，辄复非乡里[13]。邂逅徼时愿，骨肉来迎己[14]。己得自解免[15]，当复弃儿子。天属[16]缀人心，念别无会期。存亡永乖隔[17]，不忍与之辞。儿前抱我颈，问母欲何之。人言母当去，岂复有还时？阿母常仁恻，今何更不慈？我尚未成人，奈何不顾思！见此崩五内，恍惚生狂痴。号泣手抚摩，当发复回疑[18]。兼有同时辈，相送告别离。慕我独得归，哀叫声摧裂[19]。马为立踟蹰，车为不转辙。观者皆嘘欷，行路亦呜咽。

去去割情恋，遄征日遐迈[20]。悠悠三千里，何时复交会。念我出腹子，胸臆为摧败。既至家人尽，又复无中外[21]。城郭为山林，庭宇生荆艾。白骨不知谁，纵横莫覆盖。出门无人声，豺狼号且吠。茕茕对孤景，恒咤[22]糜肝肺。登高远眺望，魂神忽飞逝。奄若寿命尽，傍人相宽大[23]。为复强视息[24]，虽生何聊赖。托命于新人[25]，竭心自勖厉[26]。流离成鄙贱，常恐复捐废[27]。人生几何时，怀忧终年岁。

【注释】

〔1〕"汉季"二句：汉季犹言汉末。权柄指后汉中央统治权力。天常：天之常道，犹今言自然规律。

〔2〕篡弑：杀君篡位。董卓于中平六年（189年）以并州牧应袁绍召入都，废汉少帝刘辩为弘农王，次年杀之。

〔3〕旧邦：指长安。初平元年（190年）董卓焚烧洛阳，强迫君臣百姓西迁长安，意欲挟天子以令诸侯。

〔4〕"海内"二句：义师指关东诸侯讨伐董卓的联军。不祥：犹言恶人，这里是指董卓。

〔5〕卓众：指董卓属下部队。初平三年（192年）董卓所部出兵关东，大掠陈留、颍川诸县。文姬流离失散当在此时。

〔6〕无孑（jié）遗：杀得一个不剩。

〔7〕"马边"二句：意谓杀男虏女。《三国志》记载董卓暴行说："尝遣军到阳城，适值二月社，民在其社下，悉就断其男子头，驾其车牛，载其妇女财物，以所断头系车辕轴，连轸而还洛。"

〔8〕邈冥冥：渺远迷茫貌。

〔9〕"或有"二句：意谓有骨肉至亲一起被掳掠，他们相遇后有话都不敢言语。

〔10〕"失意"四句：极其微小，犹言稍不注意。掠夺者斥骂被虏的人："杀了这帮俘虏！你们这些人就该挨刀子，我们不想养活你们！"亭刃：犹言加刃，亭通"停"，就是挨刀之意。

〔11〕"岂敢"二句：言被虏者不想活了，因为这种折磨实在无法忍受。

〔12〕"彼苍"二句：苍者指天。辜：罪孽。二句意谓老天哪，我们有什么罪，为什么要受这种灾难！

〔13〕"有客"四句：时常有从外地来的客人，自己听到后非常高兴，迎上前去打听乡亲们的消息，但客人往往不是自己的同乡，因此常常让人失望。

〔14〕"邂逅"二句：微：侥幸。"骨肉来迎"是指"家公（曹操）与蔡伯喈有管鲍之好，乃命使者周近择玄璧于匈奴赎其女归"一事。全句意谓平时所盼望的事情意外实现，有亲人来接我回国了。

〔15〕解免：结束在南匈奴的生活。

〔16〕天属：指天然的亲属如父母子女、兄弟姐妹。

〔17〕乖隔：隔离。

〔18〕回疑：意谓当车子开动时，自己又迟疑不决，不忍心离去，甚至怀疑起自己的决定来。

〔19〕摧裂：形容哀叫声之凄苦，令人心肝欲裂。

〔20〕"去去"二句：遄（chuàn）征：疾行貌。日遐迈：自己和儿子的距离一天比一天远了。

〔21〕"既至"二句：意思是说到家后才知道亲属皆亡，自己又无近亲。中外：指母系亲属。

〔22〕怛咤（dà zhà）：惊呼。这两句是说作者自己形影相吊，不觉为故里的荒凉感到痛心而惊呼。

〔23〕相宽大：身旁的人们安慰她，说一些宽心的话。

〔24〕"为复"句：息：呼吸。全句是说自己只好勉强睁眼、呼吸，挣扎着活下去。

〔25〕新人：指作者再婚丈夫董祀。

〔26〕勖（xù）厉：勉励。

〔27〕"流离"二句：捐废是弃置不顾的意思。这两句是说自己经过一番流离颠沛的生活，成了被人轻蔑的女人，常常担心被新人抛弃。

【赏析】

蔡文姬是我国诗史上第一个首创自传体五言长篇叙事诗的女诗人。全诗一百〇八句，句句含泪；五百四十字，字字是血。叙事诗生动而真实地描述了她在汉末大动乱中与民众一起经受的颠沛流离、骨肉离散的悲惨遭遇。它既是东汉末年军阀混战、生灵涂炭这段历史的写照，也是一个弱女子对悲剧制造者的血泪控诉。

全诗分三大段。第一段概述了作者蒙难的历史背景，从董卓之乱写起，详细描绘了被虏民众饱受折磨的情景。第二段写自己被匈奴掳掠至西河美稷（据谭其骧考证，在今内蒙古自治区鄂尔多斯一带），嫁与左贤王之后的生活环境、思乡之苦以及与儿子生离的悲痛绝望。与儿子离别的描述催人泪下，感人至深，在艺术表现手法上极具匠心。第三自然段叙述归国回乡后的所见所闻和重新开始的生活给她带来的内心悲苦。

《悲愤诗》是建安文苑的一篇无人企及的佳作。它通过一位女子的不幸遭遇，所反映的真情实景却代表了汉末动乱中广大人民特别是妇女的共同命运。诗篇的创作手法深受汉乐府叙事诗如《十五从军行》《孤儿行》等影响，但明显具有文人抒情诗的艺术特点。它和《孔雀东南飞》堪称诗史中叙事诗的双璧。

【名家评点】

若断若续，不碎不乱，少陵奉先咏怀、北征等作，往往似之。激昂酸楚，读去如惊蓬坐振，沙砾自飞。在东汉人中，力量最大。使人忘其失节，而只觉可怜。由情真亦由情深也。世所传十八拍，时多率句，应属后人拟作。

——［清］沈德潜《古诗源》

夫琰既失身，不忍别者，岂止于子，子则其可明言而尤情至者，故特反复详言之。己之不忍别子说不尽，妙介入子之不忍别己。对面写得沉痛，而己之不忍别愈显矣，最为文章妙诀。

——［清］张玉毅《古诗赏析》

乐府歌辞

乐府本意是指政府设置的采集民间歌谣的音乐机关，后来凡是采集来配乐的诗歌也称乐府，逐渐成为一种特殊风格诗体的代称。宋元以后的词曲因配合音乐歌唱，有时也称为乐府。

班固在《汉书·礼乐志》中说，乐府是汉武帝时建立的。根据1977年陕西临潼县（今临潼区）秦始皇墓附近出土的秦代编钟上刻有秦篆"乐府"二字，证明乐府机关古已有之。秦代虽然设有乐府官署，但秦始皇的专制制度是不会允许采集批评它的民间歌谣的。所以乐府民歌实际上在先秦之前就已经在民间广泛流传开，只不过没有形诸文字，只是以歌谣俚曲的口头形式代代相传。汉武帝重新把采风当作一种制度，乐府民歌才得以成为艺术殿堂中的奇葩。宋人郭茂倩《乐府诗集》已将唐代以前的乐府歌谣收录殆尽，迄今为止，是最为完备的总集。

乐府歌辞的内容大体上有以下几个方面：一是暴露、讽刺、抨击统治阶级淫侈腐败；

二是表达劳动人民悲惨的生活状况、反抗斗争以及战争给人民带来的苦难；三是追求坚贞的爱情和幸福的婚姻，反映爱情的民歌热情歌唱妇女的美丽善良、机智勇敢，赞美她们执着的追求和不屈的反抗；四是一部分作品描写了下层文士奔走仕途、困顿他乡的种种苦闷，而游子诗则大多抒写士人的怀才不遇。

乐府诗是按照音乐的类别来区分的，主要分为四类：一是效庙歌辞，朝臣和贵族文人为祭祀而作的乐歌，华丽典雅，但思想内容苍白空泛。二是鼓吹曲辞，又名短箫铙歌，是汉初北方民族传入的少数民族乐曲。三是相和歌辞，音乐是各地采来的俗乐，歌辞也多是"街头谣讴"。其中有许多优秀作品，是乐府的精华。四是杂曲歌辞，乐调多不知所起，因无可归类，便归为一类，其中有一部分是优秀民歌。

乐府民歌广泛而深刻地反映了当时的社会生活和民众的情感意愿，思想性很强，艺术成就也很高，具有句式灵活自由、语言自然流畅、生活气息浓郁的特色。

战城南

战城南，死郭北，野死不葬乌可食〔1〕。为我谓乌，且为客豪。野死谅不葬，腐肉安能去子逃〔2〕？水深激激〔3〕，蒲苇冥冥。枭骑战斗死，驽马〔4〕裴徊鸣。梁筑室〔5〕，何以南，何以北？禾黍不获君何食？愿为忠臣安可得？思子良臣，良臣诚可思〔6〕。朝行出攻，暮不夜归〔7〕！

【注释】

〔1〕"战城"三句：古代以内城为城，外城为郭，城之南正是郭之北。作者指出这里曾有过一次惨烈的战争，许多战士暴尸在这里。

〔2〕"为我"四句：这是战死者让诗人转告乌鸦的话。客是战士的亡灵自谓。豪同"嚎"。这里意思是说，请为我对乌鸦说：让它在啄食我之前，姑且为我嚎哭几声吧。我们已暴尸荒野，大概不会有人来埋葬我们啦。死人腐烂的肉怎么能逃脱野鸟的啄食呢？

〔3〕激激：水流清澈。

〔4〕驽马：跑不快的马，因此逃过了战死的下场，此刻正在原野上徘徊漫步。

〔5〕梁筑室：指高位者现在正大筑宫室呢。

〔6〕"思子"二句：这是诗人的感叹，意思是说仔细想来，你们这些战死的英烈的

确是国家的英雄啊！你们这些为国捐躯的英烈们确实值得后人思念啊！

〔7〕"朝行"二句：诗人解释他们为什么值得人们追悼缅怀，早晨出征，发起冲锋，晚上就再也没有回来。

【赏析】

《战城南》是汉《铙歌十八曲》之一。潘啸龙析其艺术特点时，用一个"奇"字予以概括，指出前六句为"奇思"，中四句为"奇境"，末为"奇情"，可谓契机精微。

让死人开口说话，这已颇奇，托诗人向乌鸦转告他的恳求，这就更奇。听过烈士的一番哀怨，诗人悲怆难禁，徜徉在血流成河、尸横遍野、戟折矛断的战场上，见到的只是清清的河水，幽幽的蒲苇，战马与壮士已同归于尽，幸存的驽马在荒野上徘徊，盘旋的乌鸦发出一阵阵令人毛骨悚然的嘶鸣……

"梁筑室"五句是诗人对战争失败原因的思索。"梁"，有人释之为表声词，恐非。西汉时有梁园或曰梁苑，为梁孝王所建园林，古谚有云："梁园虽好，不是久恋之家。"秦汉时尚有梁国、梁山、梁州等地。总之，这里是指腐败昏庸的统治者在梁地大兴土木，意思是说："在梁建筑宫室，可为什么要把无数服劳役的苦工或而向南，或而向北地驱使呢？这么多人来服徭役，田野荒芜，你们吃什么呢？在这种情形下，你们又去哪儿寻找为国效力的忠臣呢？"诗人虽然通过这"奇思奇境"强烈地谴责了战争及其发动者，但对战死疆场、暴尸荒野的烈士们还是充满了敬意，诚挚地缅怀他们，并告诉后人要永远纪念他们。

【名家评点】

太白云，野战格斗死，败马嘶鸣向天悲，自是唐人语。读枭骑十字，何等简劲。末段思良臣，怀（廉）颇（李）牧之意也。

——〔清〕沈德潜《古诗源》

上　邪

　　上邪[1]，我欲与君相知[2]，长命无绝衰[3]。山无陵[4]，江水为竭，冬雷震震[5]，夏雨雪[6]，天地合，乃敢与君绝。

【注释】

〔1〕上邪：上指天，邪同"耶"。

〔2〕相知：相亲相爱。

〔3〕"长命"句：命是令或使的意思。此句犹言我想让我们的爱情地久天长，永不衰竭。

〔4〕陵：山峰。

〔5〕震震：雷鸣声。

〔6〕雨雪：雨在此作动词用，犹言夏天降雪。

【赏析】

不少学者指出，《上邪》与《有所思》本为一篇。《有所思》曰："有所思，乃在大海南。何用问遗君，双珠玳瑁簪，用玉绍缭之。闻君有他心，拉杂摧烧之。摧烧之，当风扬其灰。从今以往，勿复相思。相思与君绝。鸡鸣狗吠，兄嫂当知之。妃呼狶！秋风肃肃晨风飏，东方须臾高知之。"诗篇中的这位姑娘说，等到天亮就有解决难题的办法了。可到底是什么办法，让人一头雾水。倘若将《上邪》中的誓词当作她的最终决定，不是十分妥帖吗？

古往今来，表现少女恋情之热烈决绝的文学作品有很多，然而像这首民歌以石破天惊的誓词来刻画一位少女的奇特想象，在我国文学史上，不是绝后，也是空前。

"上邪"是指天发誓，犹言："上有苍天作证，我要对天发誓！"后世海枯石烂、天长地久之类的爱情誓言，今已成滥调。这位姑娘的誓言却列举五件绝不可能的自然现象，来表明背叛与意中人刻骨铭心的相爱之不可能。高山原本就峰陵丛立，江水原本就源远流长，隆冬不会响雷，盛夏不会落雪，天与地绝对不会合在一起。可这位姑娘说，如果这五种自然现象出现了，他们相爱才会终结。从反面立意，设想他们爱情的终结，正是为从正面绝对地肯定爱情的坚贞。而爱情只有和坚贞合而为一的时候，才圣洁，才美好。

陌上桑

日出东南隅，照我秦氏楼。秦氏有好女，自名为罗敷〔1〕。罗敷善蚕桑，采桑城南隅。青丝为笼系〔2〕，桂枝为笼钩。头上倭堕髻〔3〕，耳中明月珠。缃绮〔4〕为下裙，紫绮为上襦〔5〕。行者见罗敷，下担捋髭须〔6〕。少年见罗敷，脱帽著帩头〔7〕。耕者忘其犁，锄者忘其锄。来归相怨怒〔8〕，但坐〔9〕观罗敷。

使君〔10〕从南来，五马〔11〕立踟蹰。使君遣吏往，问是谁家姝？秦氏有好女，自名为罗敷。罗敷年几何？二十尚不足，十五颇有余。使君谢〔12〕罗敷，宁可共载不〔13〕？

罗敷前置辞〔14〕，使君一何愚！使君自有妇，罗敷自有夫。东方千余骑，夫婿居上头。何用〔15〕识夫婿？白马从骊驹〔16〕。青丝系马尾，黄金络马头。腰中鹿卢剑〔17〕，可值千万余。十五府小吏〔18〕，二十朝大夫，三十侍中郎〔19〕，四十专城居〔20〕。为人洁白皙，鬑鬑〔21〕颇有须。盈盈〔22〕公府步，冉冉府中趋〔23〕。坐中数千人，皆言夫婿殊〔24〕。

【注释】

〔1〕罗敷：古美人名，汉代女子常取此名。

〔2〕笼：装桑叶的竹篮。系：系物的绳子。

〔3〕倭堕髻：堕马髻，其髻偏在一边，是当时流行的发式。

〔4〕缃：杏黄色。绮：有花纹的绫罗。

〔5〕襦：短袄。

〔6〕"行者"二句：描写过路的脚夫情不自禁地放下担子，捋着胡须，被罗敷的美貌所吸引。

〔7〕帩头：包发的头巾。

〔8〕相怨怒：意思是说这些人归来后因被罗敷的美丽所吸引，耽误了干活而互相埋怨。

〔9〕坐：因为。

〔10〕使君：汉代太守或刺史的称呼。

〔11〕五马：汉代太守之车用五匹马驾驶。此处代指太守。

〔12〕谢：问。

〔13〕"宁可"句：共载：指与使君一同乘车，暗喻嫁给他之意。全句意谓难道不能和我同乘一辆车吗？

国学经典精神家园丛书

〔14〕置辞：答话。

〔15〕何用：用什么、怎样的意思。

〔16〕"白马"句：骊：深黑色的马。驹：二岁小马。本句是说骑着白马，后面还有小黑马跟随的大官就是我的丈夫。

〔17〕鹿卢剑：指宝剑。

〔18〕府小吏：太守府上的小官吏。

〔19〕侍中郎：汉代在原职上特加的荣誉头衔，常在皇帝左右侍奉。

〔20〕专城君：专权一方的高官，如太守、刺史类。

〔21〕鬑鬑：鬓发稀疏貌。

〔22〕盈盈：与下句"冉冉"同为舒缓貌。

〔23〕府中趋：在官府中从容不迫地走来走去。这几句是罗敷夸赞自己的丈夫前程远大，气度非凡，英俊潇洒。

〔24〕殊：优秀出众。

一篇只用265个字的歌词，既要叙事，又要表达情感与道德的双重主题，这不能不说是诗歌史上的一个奇迹。

据专家言，此歌脱胎于先秦秋胡戏妻的传说。据刘向《列女传》载，鲁国人秋胡娶妻五日，离家游宦，身致高位，五年始归。将至家，见一美妇采桑于路旁，便下车调戏，遭到采桑女的断然拒绝。回家后，与妻相见，发现所调戏的美妇正是自己的发妻。其妻鄙视丈夫的人品，愧愤难禁，投河自尽。乐府中的《秋胡行》即后人有感于这一传说而作。可惜此诗已佚，现在看到的《陌上桑》对原作改动较大。

欣赏《陌上桑》，首先应当对"桑林"的文化内涵有基本了解。桑林是古代青年男女求爱幽会的场所。古代妇女采桑养蚕，使女子自由出入野外桑林有了正当理由，因而桑林也就成了她们与情人幽会的最佳地点。后来的情歌，大多以桑林为背景。

《陌上桑》按乐章可分三解。首写罗敷的美貌，次写使君调戏罗敷，最后写罗敷夸耀自己的丈夫。描写罗敷的美貌独具特色。诗人完全摆脱了以往描写美人的手法，没有具体去写她的身材、体态、眉目、姿色等，而是用见到罗敷的旁观者们的表情、反应让读者去想象她的美。因为诗人要表现的美是绝美，而绝美是无法用具象表现的。过路脚夫放下担子的伫立凝视，老年人手持胡须的赞叹，年轻人的猿急卖弄，农夫停下手中活计的失神忘形……这种对极美的艺术描写，实在是绝妙之至！古希腊荷马描写绝色美人海伦时，采用的也是这种艺术手法，不告诉我们她的相貌如何，只讲述兵临城下，她出现在城墙上时，特洛伊的老者的反应。这些老者们看见海伦来到城堡，都低语道："特洛伊人和希腊人这么多年都为这样一个女人尝尽了苦楚，也无足奇怪，看起来她是一位不朽的仙子。"而垂涎罗敷美色的使君数番引诱，这一情节既有进一步突出罗敷美貌的作用，又加进了社会道德的内涵。

长歌行

青青园中葵，朝露待日晞〔1〕。
阳春布德泽〔2〕，万物生光辉。
常恐秋节至，焜黄〔3〕华叶衰。
百川东到海，何时复西归！
少壮不努力，老大徒伤悲。

【注释】

〔1〕晞：干燥。

〔2〕德泽：恩德，恩惠。

〔3〕焜黄：焜为明亮貌，黄通"煌"。

【赏析】

没有比共通的人性更令人感动的了。《长歌行》正是这样一首好诗。诗人看到春天万物充满活力，欣欣向荣，植物的花叶上露珠晶莹，和煦的春光发出光辉，万物无不受其恩惠福泽。在放眼欣赏清新蓬勃的大自然时，谁又能不想到盛极而衰的无情法则呢？秋天降临，所有繁茂秀美的植物终究逃脱不了凋零的命运。植物虽然会衰萎，但来年春回，它们又会蓬勃生长，再次辉煌。可是人生呢？恰如流水东逝，一去永不复返。生命只有一次，如何善待它才算不愧对此生？诗人的结论是积极的、向上的——"少壮不努力，老大徒伤悲"。这是富于哲学意味的沉思，是对人生意义探索的理性思维。正是这种诗情与哲理的有机结合，构成了东方文明特有的生命力。

国学经典精神家园丛书

君子行

君子防未然，不处嫌疑间。

瓜田不纳履，李下不正冠。

嫂叔不亲授，长幼不比肩[1]。

劳谦[2]得其柄，和光甚独难[3]。

周公下白屋，吐哺不及餐。

一沐三握发，后世称圣贤[4]。

【注释】

〔1〕比肩：并列，居同等地位。

〔2〕劳谦：勤劳谦恭。

〔3〕"和光"句：和光指才华内蕴，不露锋芒。此句是说做人很难，但最难的是有才华而不显露，不张扬。

〔4〕"周公"四句：白屋：裸露木材的房屋，为平民所居。据载，周公辅政时，如有求见者，即便是正在吃饭的时候，也要赶紧把咽在口中的食物吐出来，下堂接见；正在洗发的时候，也来不及擦洗，要手握头发出来。常常因为接待客人，一顿饭要三次吐哺或洗一次头要三次握发。后用为在位者礼贤下士之典实。

【赏析】

不事比兴，纯粹以说理入诗，在古诗中极为罕见。这就是一首以哲理格言为主的诗篇。由于正统诗论一向主张寓情于景、情景交融为诗之本色，因而说理诗向来不受重视。就艺术作品的一般规律而言，将比兴之法作为诗歌创作的本质特色没有什么异议，但若将没有景物描写的韵句一概贬斥，也未免有失公允。

这首《君子行》中的每一句，都成了融入炎黄子孙血液的格言，原因就在于诗章不但说出了亘古不易的人生哲理，而且句句发自内心。诚然，其中有些训诫如嫂叔授受不亲，长幼不可平起平坐等有失封建礼教之嫌，但三千多年的伦理道德正是通过这类简洁明快的词语，对社会起到潜移默化的影响。

东门行

出东门，不顾归[1]。
来入门，怅欲悲[2]。
盎[3]中无斗储，还视桁上无悬衣。
拔剑出门去，儿女牵衣啼。
他家但愿富贵，贱妾与君共哺[4]糜。
上用仓浪天故[5]，故下为黄口小儿[6]。
今时清廉，难犯教言，君复自爱莫为非。
行吾去为迟，平慎行，望君归。

【注释】

〔1〕不顾归：决然前往，不考虑归来不归来的问题。

〔2〕怅欲悲：悲观绝望。

〔3〕盎：小口大腹的瓦罐。

〔4〕哺：吃。

〔5〕"上用"句：用：为了。仓浪：青色。此句犹言在上看在老天爷的分上。

〔6〕"故下"句：此句意谓在下看在还年幼无知的儿女的分上。

【赏析】

　　诗篇描写了一个为贫穷所迫、铤而走险的汉子。用字不拘字数，长短相济，急促有力，非常符合主人公怒不可遏的心理状态。这个被生活逼上绝路的男子下决心要拼死一搏。他出了自家东门，本来已将生死置之度外，可在东门外踟蹰扼腕，徘徊再三之后，还是回到了家中，因为毕竟放心不下妻子儿女啊！可回到家中触目所见，无一不叫他再次痛下决心。妻子的劝阻，反而更加坚定了他拼死一搏的决心。至于嗷嗷待哺的孩子，这正是他悲愤乃至不惮触犯王法的原因。

　　站在与统治阶级不共戴天的立场上，表示与统治者同归于尽亦在所不惜，这无疑是一篇公开号召人民反抗的政治宣言。像这样的作品，在历代民间歌谣中也很罕见。

【名家评点】

　　既出复归，既归复出，功名儿女，缠绵胸次，情事展转如见。

——［清］沈德潜《古诗源》

饮马长城窟行

青青河畔草，绵绵思远道。
远道不可思，宿昔梦见之[1]。
梦见在我傍，忽觉在他乡。
他乡各异县，展转不相见。
枯桑知天风，海水知天寒[2]。
入门各自媚，谁肯相为言[3]！
客从远方来，遗我双鲤鱼[4]。
呼儿烹鲤鱼[5]，中有尺素书。
长跪[6]读素书，书中竟何如？
上言[7]加餐食，下言长相忆。

【注释】

　　〔1〕"远道"二句：此为少妇内心自白，意思是说她不敢再这样思念远在他乡的亲人了，因为思念越深，必然入梦，醒后更加难堪。

　　〔2〕"枯桑"二句：无叶的枯桑尚且能感到风吹，不冻的海水也能感到天寒，难道我不知道孤凄相思之苦？

　　〔3〕"入门"二句：从远方回到家乡的人，各自只顾享受与家人团聚的喜悦，有谁肯为我带个信儿呢？

　　〔4〕双鲤鱼：放书信的函，用两块木板做成，一底一盖，刻作鱼形。

　　〔5〕烹鲤鱼：实指打开书函。如此造语是为了文辞生动。

　　〔6〕长跪：伸直腰跪着。古人席地而坐，两膝着地。挺直腰便叫作长跪。

　　〔7〕上言：信前边说。

【赏析】

少妇凝视河畔青青春草，情不自禁想起异乡的丈夫，她的思绪也像那青青草色一样，悠长绵远。思情如此殷勤，为什么突然又说"远道不可思"呢？她想起昨夜的梦境来：梦中丈夫明明就在自己的身旁，依稀觉得自己和丈夫都在异乡，可天各一方，依然不能相见。如此残酷的梦境太折磨人了，而这都是因为日间思念太过。所以她说，不能再思念他了。如此表述相思之苦，可谓妙哉！枯桑、海水的比喻奇妙而独特。非因相思之苦日夜受尽折磨的人想象不到，非情深痴癫之女子亦想象不到。然后又突然提到别的男女，自己的悲凄孤寂显得更加难以忍受。

欣赏这首诗，有两点应特别说明一下。一是诗题与诗文不合。《饮马长城窟行》本为乐府相和歌曲，本辞今已不存。此为思妇之辞，与长城饮马无关。这里只是用其乐府曲名而已。二是自"客从远方来"以下八句，应为别章。乐府编者将其拼合，是只图其形式上的一致。这种将两首或数首拼为一篇的现象，在乐府诗中还有不少。

【名家评点】

通首皆思妇之词。缠绵宛折，篇法极妙。

——〔清〕沈德潜《古诗源》

伤歌行

昭昭素明月，辉光烛[1]我床。
忧人不能寐，耿耿夜何长。
微风吹闺闼[2]，罗帷自飘扬。
揽衣曳长带，屣履[3]下高堂。
东西安所之？徘徊以彷徨。
春鸟翻南飞，翩翩独翱翔。
悲声命俦匹[4]，哀鸣伤我肠。
感物怀所思，泣涕忽沾裳。
伫立吐高吟，舒愤诉穹苍[5]。

【注释】

〔1〕烛：照。

〔2〕闺闼：女子所居内室的门户。

〔3〕屣履：趿拉着鞋行走。

〔4〕俦匹：伴侣。

〔5〕"伫立"二句：意谓失声呼天，把满腔的幽愤向苍天倾诉。

【赏析】

　　此诗明显是文人之作，而且很可能出自女子之手。明月最是惹人情思之物。夜空湛然幽深，月光柔荡似水。这位女子独处内室，彻夜无眠，会是因为什么呢？情人远走他乡，旷别不归？被负心人遗弃，无处倾诉衷肠？诗人不说，不同的读者会有不同的猜想。微风吹，罗帷飘——细腻且格外伤感。衣履不整，徘徊庭院，她的心事仿佛那夜空似的让人难以琢磨。万籁俱寂中，孤独远飞的春鸟的一声呼唤划破夜空，显得那么凄厉，那么惊心，一下子激活了积压在女子心底的全部怨恨，她终于放声痛哭，仰天长啸。接下来她开始倾诉。可她到底诉说了些什么？却又戛然而止，让读者有无尽的猜想。一首短诗，居然能写出一位女子如此复杂细腻的心理活动，不能不让人拍案叫绝。

孔雀东南飞

　　孔雀东南飞，五里一徘徊。"十三能织素，十四学裁衣，十五弹箜篌，十六诵诗书。十七为君妇，心中常苦悲。君既为府吏，守节情不移。贱妾留空房，相见常日稀。鸡鸣入机织，夜夜不得息。三日断五匹，大人[1]故嫌迟。非为织作迟，君家妇难为。妾不堪驱使，徒留无所施[2]。便可白公姥[3]，及时相遣归。"府吏得闻之，堂上启阿母："儿已薄禄相，幸复得此妇。结发同枕席，黄泉共为友。共事二三年，始尔未为久。女行无偏斜，何意致不厚[4]？"阿母谓府吏："何乃太区区[5]！此妇无礼节，举动自专由[6]。吾意久怀忿，汝岂得自由！东家有贤女，自名秦罗敷[7]。可怜[8]体无比，阿母为汝求。便可速遣之，遣去慎莫留！"府吏长跪答，伏惟[9]启阿母："今若遣此妇，终老不复取！"阿母得闻之，椎床便大怒："小子无所畏，何敢助妇语！吾已失恩义，会不从相许[10]。"

府吏默无声，再拜还入户。举言谓新妇，哽咽不能语："我自不驱卿，逼迫有阿母。卿但暂还家，吾今且报府[11]。不久当归还，还必相迎取。以此下心意[12]，慎勿违吾语。"新妇谓府吏："勿复重纷纭[13]！往昔初阳[14]岁，谢家来贵门。奉事循公姥，进止敢自专？昼夜勤作息，伶俜萦苦辛[15]。谓言无罪过，供养卒大恩[16]。仍更被驱遣，何言复来还？妾有绣腰襦，葳蕤自生光。红罗复斗帐，四角垂香囊。箱帘六七十，绿碧青丝绳。物物各自异，种种在其中。人贱物亦鄙，不足迎后人。留待作遗施[17]，于今无会因。时时为安慰，久久莫相忘。"

鸡鸣外欲曙，新妇起严妆。著我绣夹裙，事事四五通[18]。足下蹑丝履，头上玳瑁光。腰若流纨素，耳著明月珰。指如削葱根，口如含朱丹。纤纤作细步，精妙世无双。上堂拜阿母，母听去不止[19]："昔作女儿时，生小出野里。本自无教训，兼愧贵家子。受母钱帛多，不堪母驱使。今日还家去，念母劳家里。"却[20]与小姑别，泪落连珠子："新妇初来时，小姑始扶床，今日被驱遣，小姑如我长。勤心养公姥，好自相扶将[21]。初七及下九[22]，嬉戏莫相忘。"出门登车去，涕落百余行。

府吏马在前，新妇车在后，隐隐何甸甸[23]，俱会大道口。下马入车中，低头共耳语："誓不相隔卿！且暂还家去，吾今且赴府。不久当还归，誓天不相负。"新妇谓府吏："感君区区[24]怀。君既若见录[25]，不久望君来。君当作磐石，妾当作蒲苇。蒲苇纫如丝，磐石无转移。我有亲父兄，性行暴如雷，恐不任我意，逆以煎我怀[26]。"举手长劳劳[27]，二情同依依。

入门上家堂，进退无颜仪。阿母大拊掌[28]："不图子自归！十三教汝织，十四能裁衣，十五弹箜篌，十六知礼仪，十七遣汝嫁，谓言无誓违〔29〕。汝今无罪过，不迎而自归？”兰芝惭阿母〔30〕：“儿实无罪过。”阿母大悲摧。

　　还家十余日，县令遣媒来。云“有第三郎，窈窕世无双，年始十八九，便言多令才。”阿母谓阿女：“汝可去应之。”阿女衔泪答：“兰芝初还时，府吏见丁宁，结誓不别离。今日违情义，恐此事非奇〔31〕。自可断来信〔32〕，徐徐更谓之。”阿母白媒人：“贫贱有此女，始适还家门，不堪吏人妇，岂合令郎君？幸可广问讯，不得便相许。”媒人去数日，寻遣丞请还〔33〕，说“有兰家女，承籍有宦官。”云“有第五郎，娇逸未有婚。遣丞为媒人，主簿〔34〕通语言。”直说太守家，有此令郎君，既欲结大义，故遣来贵门。阿母谢媒人：“女子先有誓，老姥岂敢言？”阿兄得闻之，怅然心中烦，举言谓阿妹：“作计何不量！先嫁得府吏，后嫁得郎君，否泰〔35〕如天地，足以荣汝身。不嫁义郎体，其往欲何云？”兰芝仰头答：“理实如兄言。谢家事夫婿，中道还兄门，处分适兄意，那得自任专？虽与府吏要〔36〕，渠会〔37〕永无缘！登即〔38〕相许和，便可作婚姻。”媒人下床去，诺诺复尔尔。还部〔39〕白府君：“下官奉使命，言谈大有缘。”府君得闻之，心中大欢喜。视历复开书，便利此月内，六合〔40〕正相应。“良吉三十日，今已二十七，卿可去成婚。”交语速装束〔41〕，络绎如浮云〔42〕。青雀白鹄舫，四角龙子幡，婀娜随风转。金车玉作轮，踯躅青骢马，流苏金镂鞍〔43〕。赍〔44〕钱三百万，皆用青丝穿。杂彩三百匹，交广市鲑珍〔45〕。从人四五百，郁郁〔46〕登郡门。阿母谓阿女：“适得府君书，明日来迎汝。何不作衣裳？莫令事不举。”阿女默无声，手巾掩口啼，泪落便如泻。移我琉璃榻，出置前窗下。左手持刀尺，右手执绫罗，朝成绣夹裙，晚成单罗衫。晻晻〔47〕日欲暝，愁思出门啼。

　　府吏闻此变，因求假暂归。未至二三里，摧藏〔48〕马悲哀。新妇识马声，蹑履相逢迎，怅然遥相望，知是故人来。举手拍马鞍，嗟叹使心伤：“自君别我后，人事不可量。果不如先愿，又非君所详。我有亲父母，逼迫兼阿兄，以我应他人，君还何所望！"府吏谓新妇："贺卿得高迁！磐石方且厚，可以卒千年；蒲苇一时纫，便作旦夕间。卿当日胜贵，吾独向黄泉。"新妇谓府吏："何意出此言！同是被逼迫，君尔妾亦然。黄泉下相见，勿违今日言。"执手分道去，各各还家门。生人作死别，恨恨那可论！念与世间辞，千万不复全〔49〕。

府吏还家去，上堂拜阿母："今日大风寒，寒风摧树木，严霜结庭兰。儿今日冥冥〔50〕，令母在后单。故作不良计，勿复怨鬼神！命如南山石，四体康且直〔51〕。"阿母得闻之，零泪应声落："汝是大家子，仕宦于台阁。慎勿为妇死，贵贱情何薄〔52〕！东家有贤女，窈窕艳城郭。阿母为汝求，便复在旦夕。"府吏再拜还，长叹空房中，作计乃尔立〔53〕。转头向户里，渐见愁煎迫。

其日牛马嘶，新妇入青庐。奄奄〔54〕黄昏后，寂寂人定初。"我命绝今日，魂去尸长留。"揽裙脱丝履，举身赴清池。府吏闻此事，心知长别离。徘徊庭树下，自挂东南枝。

两家求合葬，合葬华山傍。东西植松柏，左右种梧桐。枝枝相覆盖，叶叶相交通。中有双飞鸟，自名为鸳鸯，仰头相向鸣，夜夜达五更。行人驻足听，寡妇起彷徨。多谢后世人，戒之慎勿忘。

【注释】

〔1〕大人：指焦仲卿的母亲。

〔2〕"徒留"句：不再离去也没什么好处。

〔3〕公姥（mǔ）：公婆。这里是偏义复词，专指婆婆。

〔4〕"何意"句：哪里料到会让你不喜欢。不厚犹言不爱。

〔5〕区区：窄小貌。一说为愚蠢义。

〔6〕自专由：不向长辈请示而一意孤行。

〔7〕秦罗敷：当时习俗用作美女的代词。

〔8〕可怜：可爱。

〔9〕伏惟：古代对尊长的恭敬语。

〔10〕"会不"句：意谓决不答应你的要求。

〔11〕"吾今"句：我今天暂时去府上办公。

〔12〕"以此"句：为此你就暂时忍耐一些吧。

〔13〕"勿复"句：不必再找麻烦的意思。

〔14〕初阳：指冬至。

〔15〕"伶俜"句：孤孤单单地为辛苦所累。

〔16〕"供养"句：意谓自己以为可以一直供养婆婆到老，以报答大恩。

〔17〕遗施：赠送别人。

〔18〕四五通：四五遍。

〔19〕"母听"句：焦母听任兰芝离去，未加阻止。

〔20〕却：退下来。

〔21〕"好自"句：好好侍奉老人家。

〔22〕"初七"句：初七指农历七月七日，旧俗妇女在这一天晚上供祭织女，乞巧。下九是指每月十九，妇女常在下九日置酒聚会，称作阳会。

〔23〕何甸甸：形容车辆走动声。

〔24〕区区：这里是拳拳的意思，犹言忠爱专一。

〔25〕录：收留、记取。

〔26〕"性行"三句：意思是说想到回家后长兄性情粗暴，恐怕不会由我自作主张。我心中痛苦，有如煎焚。

〔27〕劳劳：怅然若失的样子。

〔28〕拊掌：拍掌，表示惊讶。

〔29〕誓违：过失意。

〔30〕惭阿母：惭愧地回答母亲。

〔31〕非奇：不好。

〔32〕断来信：回绝来说亲的使者。

〔33〕"寻遣"句：随即太守又派郡丞到刘家来说亲。

〔34〕主簿：官名。

〔35〕否（pǐ）泰：好坏、高下有如天地之别。

〔36〕要：约定。

〔37〕渠会：与他相会。

〔38〕登即：当即。

〔39〕还部：回到衙门。

〔40〕六合：古人择日时，月日干支相合叫六合。

〔41〕"交语"句：指太守交代手下的人快一点去准备婚礼。

〔42〕"络绎"句：形容太守的下属来来往往，像浮云一样川流不息。

〔43〕"青雀"六句：大意是说迎亲的画船上雕刻着青雀和白鹄，四角悬挂的龙旗随风飘扬，鎏金的彩轿车轮都装饰成美玉形状，青骢马，金镂鞍，五彩羽毛垂挂在四旁。

〔44〕赍（jī）：支付钱。

〔45〕"交广"句：从交州和广州购买来的山珍海味。

〔46〕郁郁：场面盛大热闹状。

〔47〕晻晻（ǎn）：日落昏暗貌。

〔48〕摧藏：凄怆，即伤心意。

〔49〕"千万"句：意谓无论如何不能再保全了。

〔50〕冥冥：比喻生命即将终结。

〔51〕"命如"二句：大意是说仲卿与母亲诀别时祝她身体康健。一说是指仲卿自言死后身体僵卧如石。

〔52〕"贵贱"句：这句话是母亲指斥儿子："你把兰芝这种应当轻贱的人看得如此贵重，真不值得啊！"

〔53〕乃尔立：就这样决定了。

〔54〕奄奄：昏暗貌。

【赏析】

由诗前小序可知，这是一曲基于实事而咏的悲歌。小序告诉我们故事发生的时间、地点、男女主人公的姓名和身份以及诗的作者和背景。就诗作本身的思想倾向而言，虽经文人润色，但其追求爱情自由、反抗封建礼教的压迫这一主导思想却难以歪曲。刘兰芝、焦仲卿以死抗争是符合人性的，他们的死是人性的永恒要求与这一要求在当时之不可能实现的必然结局。刘兰芝、焦仲卿是最早为忠贞的爱情而殉情的青年男女，他们的叛逆精神寄托了劳动人民对婚姻自由的热烈向往。从"两家求合葬"的后悔之举，深刻地揭示出害死兰芝夫妻的主犯是封建礼教，而焦母和刘兄只不过是其帮凶而已。

《孔雀东南飞》是我国文学史上的第一部长篇叙事诗。它最大的艺术成就在于通过富有个性的人物对话塑造了鲜明的人物形象。简洁的人物动作、精炼的抒情穿插对人物形象

国学经典精神家园丛书

的塑造起到了锦上添花的作用。最后一段，松柏交映、鸳鸯和鸣的墓地，既象征刘焦爱情的不朽，又象征他们永恒的悲愤与控诉，也表现了人民群众对未来的信念。

【名家评点】

共一千七百八十五字。古今第一首长诗也。淋淋漓漓，反反复复，杂述十数人口中语，而各肖其声音面目，岂非化工之笔！长篇诗若平平叙去，恐无色泽，中间须点染华缛，五色陆离，使读者心目俱炫。

——［清］沈德潜《古诗源》

古诗十九首（十九首选十）

行行重行行，与君生别离。
相去万余里，各在天一涯。
道路阻且长，会面安可知。
胡马依北风，越鸟巢南枝[1]。
相去日已远，衣带日已缓[2]。
浮云蔽白日，游子不顾返[3]。
思君令人老，岁月忽已晚。
弃捐勿复道，努力加餐饭[4]。

【注释】

〔1〕"胡马"二句：北方的马南来后仍然依恋北风，南方的鸟北飞后仍筑巢于南向的树枝。意谓禽兽都不忘故乡，何况人呢。

〔2〕缓：宽松。意谓人因相思而日渐消瘦，因腰身瘦损而显得衣带宽松。

〔3〕"浮云"二句：比喻游子心有所惑，是妇人设想丈夫另有所欢。

〔4〕"弃捐"二句：捐亦弃也。二句意谓别再提相思之事了吧，还是好好吃饭保重身体要紧。这是思妇无可奈何自我宽慰的话。

青青河畔草，郁郁园中柳。

盈盈[1]楼上女，皎皎当窗牖[2]。

　　娥娥[3]红粉妆，纤纤出素手。

　　昔为倡[4]家女，今为荡子[5]妇。

　　荡子行不归，空床难独守。

【注释】

　　[1]盈盈：指女子姿容轻盈娇美。

　　[2]"皎皎"句：形容女子肤色明洁白皙。牖（yǒu）：壁窗。

　　[3]娥娥：娇美貌。

　　[4]倡：古代专门从事歌舞的艺人，不同于后代的娼妓。

　　[5]荡子：漫游异乡而不归的游子，与后代所谓的浪子有别。

　　青青陵上柏，磊磊涧中石。

　　人生天地间，忽如远行客。

　　斗酒相娱乐，聊厚不为薄[1]。

　　驱车策驽马，游戏宛[2]与洛。

　　洛中何郁郁[3]，冠带自相索[4]。

　　长衢[5]罗夹巷，王侯多第宅。

　　两宫[6]遥相望，双阙[7]百余尺。

　　极宴娱心意，戚戚何所迫[8]？

【注释】

　　[1]"斗酒"二句：斗酒虽少，但用来娱乐，也不以为薄。

　　[2]宛：是南阳郡治所，汉时有南都之称，即今河南省南阳市。

　　[3]郁郁：这里是景象繁荣的意思。

　　[4]"冠带"句：意谓那些有权有势的富贵人家自成集团，互相频繁往来。冠带指富贵之人。索：求访。

　　[5]衢：四通八达的大道。

　　[6]两宫：洛阳有南北二宫，相距七里。

　　[7]双阙：皇城门前的两座望楼。

〔8〕"极宴"二句：意思是说自己在南阳和洛阳虽然可以尽情宴乐，可为什么还忧愁烦恼，如有所迫呢？

冉冉孤生竹，结根泰山阿〔1〕。
与君为新婚，兔丝附女萝〔2〕。
兔丝生有时，夫妇会有宜〔3〕。
千里远结婚，悠悠隔山陂。
思君令人老，轩车来何迟〔4〕。
伤彼蕙兰花，含英扬光辉。
过时而不采，将随秋草萎。
君亮执高节，贱妾亦何为〔5〕？

【注释】

〔1〕"冉冉"二句：冉冉为柔弱下垂貌。此二句比喻女子婚前依靠父母，如同孤竹托根于泰山山坳一样。

〔2〕"兔丝"句：一种柔弱的蔓生植物。女萝即松萝，亦为细弱的蔓生植物。前比女子，后比丈夫。用此两种互相缠绕的蔓草比喻夫妻情意缠绵。

〔3〕"兔丝"二句：用兔丝及时而生，比喻夫妻也应当适时相聚。

〔4〕"轩车"句：轩车是有屏障的车，古代大夫以上的官吏所乘。此句意谓丈夫到远方当官久久不归。

〔5〕"君亮"二句：亮同"谅"，想必意。这是女子一厢情愿的自慰，意思是说，丈夫想必会守节不移，我又何必妄自悲伤呢？

迢迢牵牛星，皎皎河汉女。
纤纤擢〔1〕素手，札札弄机杼〔2〕。
终日不成章〔3〕，泣涕零如雨。
河汉清且浅，相去复几许〔4〕？
盈盈一水间，脉脉〔5〕不得语。

【注释】

〔1〕擢：本义为引，这里是从袖中伸手的意思。

〔2〕杼：即织布的梭子。

〔3〕章：布上的经纬文理。即不成章织不出布的意思。

〔4〕"河汉"二句：织女牛郎只隔一道清浅的银河，相距能有多远呢？

〔5〕脉脉：互相细看。

回车驾言迈〔1〕，悠悠涉长道。
四顾何茫茫，东风摇百草。
所遇无故物〔2〕，焉得不速老？
盛衰各有时，立身苦不早。
人生非金石，岂能长寿考〔3〕？
奄忽随物化，荣名以为宝〔4〕。

【注释】

〔1〕迈：远行。

〔2〕"所遇"句：一路上看到的都不是从前的东西。

〔3〕长寿考：即长寿。考为老的意思。

〔4〕"奄忽"二句：人生短促，肉体很快就化为尘土了，只有光荣的名声才是可以珍视的宝贝啊！

驱车上东门，遥望郭北墓〔1〕。
白杨何萧萧，松柏夹广路〔2〕。
下有陈死人〔3〕，杳杳即长暮〔4〕。
潜寐黄泉下，千载永不寤。
浩浩阴阳移，年命如朝露。
人生忽如寄〔5〕，寿无金石固。
万岁更相送，圣贤莫能度〔6〕。
服食求神仙，多为药所误。

不如饮美酒，被服纨与素[7]。

【注释】

〔1〕郭北墓：洛阳城北有北邙山，是当时的丛葬之地。

〔2〕广路：坟前的墓道。

〔3〕陈死人：死去很久的人。

〔4〕"杳杳"句：人死后长眠地下，等于是到了无边的黑暗里。杳杳：幽暗貌。

〔5〕"人生"句：人生一世，就像寄居在世上一样，很快就得离去。

〔6〕度：超越。

〔7〕纨与素：纨素皆为精美洁白的织物。

去者[1]日以疏，来者日以亲。
出郭门直视[2]，但见丘与坟。
古墓犁为田，松柏摧为薪。
白杨多悲风，萧萧愁杀人。
思还故里闾[3]，欲归道无因[4]。

【注释】

〔1〕去者：指死去的人。

〔2〕直视：亲眼看到。

〔3〕故里闾：故乡。

〔4〕道无因：没有可走的路。

客从远方来，遗我一端[1]绮。
相去万余里，故人心尚尔[2]。
文彩双鸳鸯，裁为合欢被。
著以长相思[3]，缘[4]以结不解。
以胶投漆中，谁能别离此[5]？

【注释】

〔1〕一端：半匹。

〔2〕尚尔（nī）：依然如旧。

〔3〕长相思：是丝绵的代称。思与丝谐音，长与绵绵同义，所以用长相思代称丝绵。

〔4〕缘：沿边装饰。

〔5〕"以胶"二句：别为分开，离为离间，此指固结之情。二句意谓彼此的爱情如胶似漆，任何力量都不能将其分开。

明月何皎皎，照我罗床帏。
忧愁不能寐，揽衣起徘徊。
客行虽云乐，不如早旋归〔1〕。
出户独彷徨，愁思当告谁？
引领还入房〔2〕，泪下沾裳衣。

【注释】

〔1〕"客行"二句：这是思妇内心对丈夫说的话。意谓在外地游历虽有可乐之处，毕竟不如早日回家好。

〔2〕"引领"句：引领是抬头远望。意思是说思妇入房的时候还要仰望，仰望一番终究还得回房。极尽其彷徨孤独、无聊悲伤之状。

【赏析】

刘勰曾说，古诗是"五言之冠冕"。而《古诗十九首》又堪称古诗之代表。因此，它一向受到文学史家和评论家的重视，对它的思想性和艺术性都给予极高的评价，有人甚至誉之为"惊心动魄，一字千金"。和《诗经》《楚辞》一样，乐府古诗已成为我国文学史上早期抒情诗的典范。

十九首诗从其歌咏内容和艺术手法来看，显然不是出自一人之手。历来虽有种种猜测，或云作者是枚乘、傅毅，或云是曹植、王粲，皆无佐证。今从诗中所写景象与其风格内容等，多角度综合考证，十九首古诗产生的时代大致不出东汉后期数十年间。

《古诗十九首》的思想情趣十分复杂，粗略言之，写思妇游子的最多，有十一首，如《行行重行行》《庭中有奇树》等；慨叹人生如寄、世事如戏的次之，有五首，如《青青陵上柏》《生年不满百》等；写知音难觅，有《西北有高楼》；叹世态炎凉，有《明月皎夜光》；自警自策，催人奋发，如《回车驾言迈》。即便同样是写思妇闺怨的，也情趣各异。但有一点是相同的，那就是由这些诗篇，我们可以看出作者都是蹉跎失意之人，他们生活在社会大动荡的前夕，内心充满无穷的矛盾和苦闷，表现了浓厚的感伤情绪和忧患意识。

值得注意的是这些诗歌大多在抒情写景的同时，都会不自觉地转向对生命价值的沉思等。尤其是《回车驾言迈》一诗，完全是一首在痛苦思索中探究人生意义的哲理诗。"所遇无故物，焉得不速老！"在我国诗人的潜意识中，向来就认为人生和自然有着俱荣俱枯的同一性，人生与自然有着同样的规律。因此在我国的诗歌中，体味人生常常伴随着对自然变化的描写。通过对自然变化的描写，又加深了对人生的感悟。这种对生死存亡的重视、哀伤，对人生短促的感慨、喟叹，从建安到晋宋，从中下层直到皇家贵族，在相当一段时间和空间内弥漫开来，成为整个时代典型的心理基调。

同样是对人生目的和意义的哲理思考，却因每个人的基因、智商、经历、教养、学识、悟性之种种不同而相异。生命短暂，人所同感，问题是如何认识生命的价值。因生命短暂而不甘虚度光阴，济世达人，立德立言，流芳万世者有之；醉生梦死，骄奢淫逸，以为纵欲无度才算是实现了生命价值者亦有之……把对人生哲理的思索，契合无间地融入诗情画意中，这正是我国诗歌迥异于外国诗歌的永久魅力之所在。

【名家评点】

十九首非一人一时作。《玉台》以中几章为枚乘，《文心雕龙》以《孤竹》一篇为傅毅之词。昭明以不知姓氏，统名为古诗，从昭明为允。

————［清］沈德潜《古诗源》

上山采蘼芜

上山采蘼芜[1]，下山逢故夫。
长跪问故夫，新人复何如？
新人虽言好，未若故人姝[2]。
颜色类相似，手爪[3]不相如。
新人从门入，故人从阁去[4]。

新人工织缣^{〔5〕}，故人工织素。
织缣日一匹，织素五丈余。
将缣来比素，新人不如故。

【注释】

〔1〕蘼芜：亦名江离，一种香草。古人认为佩之可以多子。

〔2〕姝：好。此处不专指容貌。

〔3〕手爪：指妇女的纺织工艺。

〔4〕"新人"二句：这是弃妇的话，意思是说新人从大门被迎进来，旧人只好从小门离开了。

〔5〕缣：与下句素都是绢。素色洁白，价值较高；缣色黄，较贱。

【赏析】

被遗弃的女子上山采蘼，暗示她已再婚。诗人截取生活中一次偶然的巧遇，鞭挞了故夫喜新厌旧的行为。离异的夫妻不期而遇，通过对话，给读者留下许多想象的空间。这种匠心独具的艺术安排，使时空领域大为开拓，而作品的容量也就不仅仅限于书面字句了。

魏末晋初，流传着一批文人创作的五言诗，其中大多是抒情诗，具有独特的表现手法和艺术风格，统称为"古诗"。刘勰和钟嵘探索其作者和源流，大体确定为汉代作品，约形成于东汉后期。

东汉桓帝、灵帝时，宦官外戚勾结专权，官僚集团垄断仕路，中下层士子为了谋求前程，奔走交游，背井离乡，但往往一事无成，满腹牢骚乡愁。这些诗作主要抒写游子失志和思妇离愁。由于政治混乱，社会动荡，无论是仕途奔波还是情爱欲望，都无法实现，因而这些古诗都流露着浓厚的感伤情绪，蕴含着对当时社会的深刻不满。古诗以曲尽衷情而委婉动人的独特风格，为后世封建文人所喜爱。梁代对这类作品评价极高，钟嵘称它们"惊心动魄，一字千金"。

【名家评点】

通章问答成章，乐府中有此一体，古诗中仅见斯篇。

——［清］张玉穀《古诗赏析》

十五从军征

十五从军征，八十始得归。
道逢乡里人，家中有阿谁？
遥望是君家，松柏冢累累。
兔从狗窦入，雉从梁上飞。
中庭生旅谷[1]，井上生旅葵。
舂谷持作饭，采葵持作羹。
羹饭一时熟，不知贻阿谁。
出门东向望，泪落沾我衣。

【注释】

〔1〕旅：植物未经播种自然生长叫旅生。旅生的谷与葵叫旅谷、旅葵。

【赏析】

多年的戎马生涯，一面是行伍的艰辛以及从军时对故乡的思念，一面是家庭的苦难以及家人对游子的期盼。而今归来，亲故凋零，荒冢累累。归乡的这一幕，包含了多少凄凉，多少血泪！一个如此震撼人心的画面，让人不忍想象！

饱经风霜、历尽危难的老人，本不易动情，此时出门四望，触目一片荒凉，不禁老泪纵横。如果说眼泪具有不同的感情分量，那么，这位老人的眼泪，大概是人世间最深重的了。

【名家评点】

悲痛之极辞。若此者又以尽言为佳。盖言情不欲尽，尽则思不长；言事欲尽，不尽则哀不深。

——［清］陈祚明《采菽堂古诗选》

古绝句

南山一树桂，上有双鸳鸯。

千年长交颈，欢庆不相忘。

【赏析】

绝句是以四句为一首的一种诗体。这是四首《古绝句》之一，其余也是思妇怀人之作。用鸳鸯比喻爱情长存，《孔雀东南飞》结尾即仿此。

匈奴歌

失我焉支山，令我妇女无颜色。
失我祁连山，使我六畜不蕃息。

【赏析】

这是一首少数民族歌谣。在先秦两汉诗歌中，由当时少数民族原创歌曲翻译过来的作品除这首外，再就是那首妇孺皆知的《敕勒川》。

《匈奴歌》除其文学创作上的价值外，更重要的是它记述了西汉时期的一些重大的历史事件。汉武帝时期，为了安定边防，开拓疆土，与日益强大起来的北方匈奴数十年争战不息，双方互有胜负。元狩二年（前121年），骠骑将军霍去病率骑兵一万，从陕西出兵，飞驰焉支山、祁连山，迂回三千余里，与匈奴大战，先后斩敌近四万人，终于取得了决定性的胜利，在河西走廊置武威、酒泉、张掖、敦煌四郡，打通了东西方交通的丝绸之路。当时的焉支山又名燕支山、胭脂山，在今甘肃省永昌县西、山丹县东南，为祁连山东麓余脉。据《五代诗话》云："北方有焉支山，上多红蓝。北人采其花染绯，取其艳者作胭脂，妇人妆时用此颜色，殊鲜明可爱。"程善之《译蒙古军歌》云："白马溅赤血，少女施焉支。"由此可知，此歌所言，符合史实。

京都童谣

直如弦，死道边。
曲如钩，反封侯。

【赏析】

汉安三年（144年），独断朝纲的大将军梁冀当着太尉李固的面，毒杀了年仅八岁的汉质帝刘缵。事后害怕李固泄密，又兼李为人耿直，得罪了奸险弄权的宦官和外戚，梁冀将其下狱，后又暴尸道路。而大司农胡广、赵戒等因依附梁冀，皆加封晋爵。这首童谣前两句即指李固，后两句指胡、赵等人。就当时东汉末年的历史现状而言，童谣嘲讽的对象非常具体，但它所概括的这种社会现象已经超越了时空，获得了一种普遍意义。正因为此，这首只有十二字的童谣两千年来依然被人们传诵不息。

桓灵时童谣

举秀才[1]，不知书。
举孝廉[2]，父别居。
寒素清白浊如泥，高第良将怯如龟[3]。

【注释】

〔1〕秀才：汉代一种举荐人才的制度，地方各级官吏都要向中央举荐所谓"异能特立"之士，统称为秀才。

〔2〕孝廉：同举秀才一样，也是汉代选举科目之一，目的是从地方推举以孝著称、以清廉闻名的士人。

〔3〕怯如龟：清代沈自南《艺林汇考》曰："《晋书》作'怯如鸡'，此误而妄改之也。或作'黾'，本'龟'字之讹。言畏怯人之甚，缩头不敢出，如龟也。'泥''龟'本叶韵。"

【赏析】

后汉桓灵之世，本来意在推举人才、选拔贤能的制度，因吏治的腐败而完全变了味。各阶层的利益集团为一己私利，更相滥举，弊端丛生，世风大坏，于是有此童谣出现京都。所谓童谣，其实是那些对政局不满的知识分子创作出来，教儿童传唱的。这在当时，不失为一种有效的舆论手段。经过一道道关口推荐选拔的学人、孝子、清官，理应名副其实，可偏偏名为秀才却不知读书为何事；名为孝子却与父母分居；名为清官却污浊如泥；出身名门的所谓良将，却胆小怯懦有如缩头乌龟。如此嘲讽，可谓入木三分。

举贤荐能，历来不失为一种重用人才的可选之法。然而任何制度都得通过人去执行。倘若吏风不正，世风不纯，再好的制度也要变质。

汉末民谣

小民发如韭，剪复生。
头如鸡，割复鸣。
吏不必可畏，小民从来不可轻，奈何欲望平[1]？

【注释】

[1]"吏不"三句：意谓不用害怕那些当官的，老百姓不是可以轻视的。本来不想对他们抱这种轻蔑的态度，可是没办法，谁让他们总是幻想通过残杀小民来求得太平呢？

【赏析】

东汉末年，是中国历史上最黑暗的一个时期，整个国家分崩离析，一片混乱。在位者聚敛无度，竞相豪侈；豪门大族无法无天，鱼肉百姓。因此官逼民反，民众只有冒险求生。到了这步田地，在位者严刑峻法，不惜以杀尽庶民的办法来维护他们的既得利益。这首民谣，就是在这种背景下出现的。这不啻是一篇向统治者发出的以死为代价的宣战书，悲壮而决绝。"发如韭""头如鸡"这样的比喻，不是到了走投无路并且决心世世代代与之血战到底的地步，是想不出来的。当官的只想用暴政求取天下太平，好让他们的子子孙孙永享富贵，小民有什么办法呢？只好以眼还眼，以牙还牙，奉陪到底。

孟子说过："民不畏死，奈何以死惧之。"这首直接出自庶民百姓的歌谣，是对这句名言最生动最有力的解释。

曹　操

　　曹操（155—220年），字孟德，小名阿瞒，东汉沛国谯县（今安徽亳县）人。汉末举孝廉，任洛阳北部尉、顿丘令。后拜骑都尉，参与对黄巾军的镇压。汉献帝初平元年（190年），与袁绍等军阀联盟讨伐董卓，之后逐渐在军阀混战中扩大实力。建安元年（196年），奉迎汉献帝定都许昌，拜司空，封武平侯，从此"挟天子以令诸侯"，次第击败袁绍等割据势力，统一中原，成为北方的实际统治者。十三年，拜大将军及丞相，南征，在赤壁之战中被孙权、刘备联军击败，形成三国鼎立局面。后进封魏公、魏王。曹丕称帝后，追尊为魏武帝。他是东汉末年的大政治家、军事家，取于打破门阀世族的传统制度，求贤任能，唯才是举。曹操同时是一位杰出的诗人，他"外定武功，内兴文学"，身边聚集了"建安七子"等一大批人才。作为其代表人物，曹操的诗格调慷慨悲凉，为建安文学之典型。又全用乐府诗体，开创了以乐府写时事的先风。有集三十卷，其文多侠，明人辑有《魏武帝集》，今人辑有《曹操集》。

短歌行

对酒当歌，人生几何？
譬如朝露，去日苦多。
慨当以慷，忧思难忘。
何以解忧，唯有杜康[1]。
青青子衿，悠悠我心[2]。
但为君故，沉吟至今[3]。

呦呦鹿鸣，食野之苹。
我有嘉宾，鼓瑟吹笙〔4〕。
明明如月，何时可掇。
忧从中来，不可断绝〔5〕。
越陌度阡，枉用相存。
契阔谈宴，心念旧恩〔6〕。
月明星稀，乌鹊南飞。
绕树三匝，何枝可依〔7〕？
山不厌高，海不厌深。
周公吐哺，天下归心〔8〕。

【注释】

〔1〕杜康：相传是酒的发明人，一说为黄帝时人，一说为周时人。"杜康"常用作酒的代称。

〔2〕"青青"二句：这里借用《诗经·子衿》成句，表示对贤才的思慕。

〔3〕"但为"二句：君指所思之贤才。沉吟犹低吟，以示其念念不忘。

〔4〕"呦呦"四句：取《诗经·鹿鸣》，实含全诗旨意，表示自己渴望礼遇贤才。苹：艾蒿。

〔5〕"明明"四句：大意是说，那皎洁的明月，什么时候会停止运行呢？我的忧思发自内心，也同样是不可断绝的。掇：摘取。一作辍，为停止的意思。

〔6〕"越陌"四句：大意是说，朋友们远道来访，久别重逢，思念往日情谊，理当推心置腹，欢宴畅谈。阡陌均为田间小路，南北向叫阡，东西向叫陌。枉：移尊屈就。用：以。存：问候。契阔犹言聚散，为偏义复词。

〔7〕"绕树"二句：以乌鹊喻贤者。大意是说，他们像乌鹊寻找栖息之所一样，可哪儿才能让他们有所依托呢？

〔8〕"周公"二句：作者于此以周公自喻，表示贤才多多益善，只要自己虚心礼遇贤者，就会得到天下人的拥戴。

【赏析】

此诗于赤壁大战时身中作，表现了诗人把酒临江、横槊赋诗的豪迈气概。诗章写得雄姿英发，激昂苍劲，有如天马行空，慷慨悲壮，气势恢宏。

"对酒当歌"四字，已截断过去、未来，只说眼前，境界更逼，时光更迫，妙传人生苦短之神韵。历代创业雄才深知治国平天下，人才是首选要务。大战在即，曹操在明月之夜放眼天水一色的浩瀚长江，他想到的正是如何使天下贤才为我所用。自"青青子衿"至"何枝可依"数句，表现出这位政治家宽广的胸襟，其求贤之心犹如大海之不辞细流、高山之不弃微尘。他以礼贤下士的周公自居，号召贤能之士与他共同开创一个"天下归心"的太平盛世，气魄宏伟，感情充沛，表现出一个大政治家睥睨一世的雄才大略。至今读之，犹觉豪气逼人。

【名家评点】

自古受命及中兴之君，曷尝不得贤人君子与之共治天下者乎？及其得贤也，曾不出闾巷，岂幸相遇哉？上之人不求之耳。今天下尚未定，此特求贤之急时也……若必廉士而后可用，则齐桓其何以霸世！今天下得无有被褐怀玉而钓于渭滨者乎？又得无盗嫂受金而未遇无知者乎？二三子其佐我明扬仄陋，唯才是举，吾得而用之。

——［晋］陈寿《三国志》

此诗即汉高《大风歌》思猛士之旨也。"人生几何"发端，盖传所谓古之王者知寿命之不长，故并建圣哲，以贻后嗣。次两引《青衿》《鹿鸣》二诗，一则求之不得，而沉吟忧思；一则求之既得，而笙簧酒醴。虽然，鸟则择木，木岂能择鸟？天下三分，士不北走则南驰耳。分奔蜀、吴，栖皇未定。若非吐哺折节，何以来之？山不厌土，故能成其高；海不厌水，故能成其深；王者不厌士，故天下归心。

——［清］陈沆《诗比兴笺》

观沧海

东临碣石[1]，以观沧海。
水何澹澹，山岛竦峙[2]。
树木丛生，百草丰茂。
秋风萧瑟，洪波涌起。
日月之行，若出其中。
星汉灿烂，若出其里。
幸甚至哉，歌以咏志[3]。

【注释】

〔1〕碣石：山名，有二，这里是指骊成（今河北省乐亭县西南）的大碣石山，一说河北昌黎县的碣石山。

〔2〕竦峙：耸立。

〔3〕"幸甚"二句：此为合乐时所加，无关正文。《龟虽寿》结尾同此。

【赏析】

这首诗和下面的《龟虽寿》是《步出夏门行》组诗中的两章，属古乐府《相和歌·瑟调曲》。题意与诗了无关系，只是借古题写时事罢了。这在汉魏之后的诗人中，已经相沿成习，人人皆然。

组诗开头有一序曲：云行雨步，超越九江之皋。临观异同，心意怀游豫，不知当复何从？经过至我碣石，心惆怅我东海。下分《观沧海》《冬十月》《士不同》《龟虽寿》四解。

组诗作于建安十二年（207年）北征乌桓凯旋的途中。诗中描写登临碣石时所见景物，抒发了作者的雄心壮志，反映了他踌躇满志、叱咤风云的英雄气概。

展读此诗，我们亦能身临其境地感受到那苍茫辽阔的沧海之非凡气象。时令虽已是秋风萧瑟的季节，但海岛上依然树木繁茂，百草丰美。大海汹涌澎湃，浩邈无际；山岛高耸挺拔，草木繁茂；日月星辰仿佛也都是出自大海。这种非自然的描绘手法更加烘托出大海的雄奇壮观。面对瑟瑟秋风，作者不但没有丝毫的感伤情调，反而因大海之壮丽，激发出了壮心不已的高昂气势。这种新的境界、新的格调，在古诗中还是第一次出现。

单从字面看，海水、山岛、草木、日月星辰，皆为眼前之景，但这些自然景观反映到诗人的头脑中，经过其主观审美情趣的过滤，便成了体现诗人主观精神的艺术品。这首写秋天大海的诗章，能够一洗悲秋的感伤，呈现出一种沉雄壮阔的美，这与作者自身的气度、品格和抱负无不密切相关。

龟虽寿

神龟[1]虽寿，犹有竟时。

腾蛇[2]乘雾，终为土灰。

老骥伏枥[3]，志在千里。

烈士〔4〕暮年，壮心不已。

盈缩〔5〕之期，不但在天。

养怡之福，可得永年〔6〕。

幸甚至哉，歌以咏志。

【注释】

〔1〕神龟：龟之通灵者。龟可以活得很久，古人将它作为寿者的代表。

〔2〕腾蛇：传说中的神物，与龙同类，能腾云驾雾。

〔3〕枥：马棚。

〔4〕烈士：指刚正的、重义轻生的志士。

〔5〕盈缩：指进退、荣辱、成败、祸福、寿夭等。

〔6〕"养怡"二句：养怡是指修养身心，保持身心愉悦和谐。与上两句联系起来，意思是说，只要身心修养得法，保持快乐和谐的心态，也可以延年益寿，可见成败祸福并不是完全由上天安排的。

【赏析】

写作此诗时，曹操五十三岁。在大败袁绍父子、北平乌桓之后，他一方面雄心勃发，壮志未酬，另一方面也感到了岁月之无情。因此他想，神龟纵然能活三千年，最终也难免一死；腾蛇虽然和龙一样能乘云驾雾，然而一旦云消雾散，也会化为灰土。面对浮生若梦的人生，曹操一扫汉末文人及时行乐的悲观情调，发出壮心不已的慷慨高歌。

曹操对理想之高远与生命之短暂这一永恒的哲学命题的沉思既现实又达观。他在尊重自然规律的同时，积极发挥人的主观能动性，把永无止境的理想追求和积极进取的精神有机地结合起来，认为只要永葆乐观奋发、自强不息的心态，就可以使人生的事业和生命永垂不朽。人生的价值并不单单在于肉体的存在，更重要的是精神不死。这就是诗人在这首杰作中给我们后人留下的最可珍贵的忠告。

【名家评点】

慷慨悲凉，千古绝调……其诗之风格恰与其人之人格相称。修辞立其诚，迥非后世之独夫民贼盗国擅权，妄为豪言壮语、自欺欺人，终受历史裁判者所可比拟。此亦其在文学上别有造诣之一秘也。

——陈子展《谈曹操》

曹丕

　　曹丕（187—226年），字子桓，曹操次子。汉献帝建安中，任五官中郎将、副丞相、魏王。不久代汉称帝，国号魏，都洛阳，是为文帝，在位七年。他效法汉文帝施行清静无为的政策，对人民有一定好处。但对豪强大族也做了让步，行九品中正制，使世族门阀的统治开始确立。

　　曹丕是建安文学代表人物之一。他是一位有作为的政治家，也是一位有才气的诗人和文学批评家。他的诗辞采艳丽，婉约多姿，形式多样。他是最早对文学批评和文艺理论进行深入研究的学者。他的《典论·论文》是我国第一篇系统地提出文学评论的专著，标志着文学批评进入到了一个新时期。他把作文看成是"经国之大业，不朽之盛事"，有力地推动了文学创作的发展。曹丕有集二十三卷，已佚。

国学经典精神家园丛书

燕歌行二首

　　秋风萧瑟天气凉，草木摇落露为霜。
　　群燕辞归鹄南翔，念君客游思断肠。
　　慊慊[1]思归恋故乡，君何淹留寄他方？
　　贱妾茕茕守空房，忧来思君不敢忘，不觉泪下沾衣裳。
　　援琴鸣弦发清商[2]，短歌微吟不能长。
　　明月皎皎照我床，星汉西流夜未央[3]。
　　牵牛织女遥相望，尔独何事限河梁[4]。

　　别日何易会日难，山川悠远路漫漫。
　　郁陶[5]思君未敢言，寄声浮云往不还。
　　涕零雨面毁容颜，谁能怀忧独不叹。
　　展诗清歌聊自宽，乐往哀来摧肺肝。
　　耿耿伏枕不能眠，披衣出户步东西，仰看星月观云间。
　　飞鸟晨鸣声可怜，留连顾怀不能存[6]。

【注释】

〔1〕慊慊：虚空之感。一说为不满貌。

〔2〕清商：乐曲名，音节短促。

〔3〕夜未央：夜深将半之时。

〔4〕"牵牛"二句：此言思妇自恨与夫离绝，望牵牛织女而哀叹云：我独居思夫是事出有因，你们有什么过失，且有桥梁可通，不让你们相会呢？

〔5〕郁陶：忧思积聚貌。

〔6〕"飞鸟"二句：意谓思妇听飞鸟哀鸣求侣，自伤身世，同病相怜，徘徊不去，眷顾怀念，仿佛自身也已不能存在。顾怀：眷顾怀念。

【赏析】

《燕歌行》是文学史上第一首完整的七言诗，艺术成就甚高，在我国诗史上占有十分重要的地位。

秋风萧瑟，白露为霜，草木摇落，四野悲凉，在这种寂寥凄清的气氛中，连鸟兽都开始回巢，那独处深闺的少妇怎能不思念远游的丈夫呢？为排遣这悠长的愁思，少妇抚琴低吟浅唱。弹琴无以消愁，她望着皎皎明月，慨叹隔河相望的牛郎织女，同病相怜，遥问他们为何不能团圆？次章写思妇慨叹别易会难，相思日深，不敢对人言谈，只能寄声浮云，然而一无响应，因此终日以泪洗面，仰天悲叹，或长歌自慰，或终夜徘徊，与凄月晨鸟为伴。前章以疑问结尾，含蓄蕴藉，意味深长；次章以晨鸟哀鸣自喻，低回婉转，哀伤无限。如此佳篇，读之令人心旌飘摇。

《燕歌行》本为二首。《宋书》《文选》只录首章。次章《乐府诗集》《古诗纪》等为十三句，自"摧肺肝"后多出"悲风清厉秋气寒，罗帷徐动经秦轩，仰戴星月观云间"三句。《古乐府》次章署魏明帝作。今从《玉台新咏》。

【名家评点】

倾情倾度，倾色倾声，古今无两。

——［明］王夫之《船山古诗评选》

杂 诗

其一

漫漫秋夜长，烈烈北风凉。
展转不能寐，披衣起彷徨。
彷徨忽已久，白露沾我裳。
俯视清水波，仰看明月光。
天汉[1]回西流，三五正纵横。
草虫鸣何悲，孤雁独南翔。
郁郁多悲思，绵绵思故乡。
愿飞安得翼，欲济河无梁。
向风长叹息，断绝我中肠。

其二

西北有浮云，亭亭[2]如车盖。
惜哉时不遇，适与飘风[3]会。
吹我东南行，行行至吴会[4]。
吴会非我乡，安得久留滞。
弃置勿复陈，客子常畏人[5]。

【注释】

〔1〕天汉：银河由西南转向西方，表示已是深夜时分。

〔2〕亭亭：耸立而无所依靠的样子，暗示游子孤独无依。

〔3〕飘风：暴起的风。

〔4〕"吹我"二句：我指浮云，亦喻游子。吴会（guì）：指吴郡和会稽。秦时有会稽郡，后汉时分为吴和会稽二郡，在今江苏南和浙江省。

〔5〕"弃置"二句：意谓抛开吧，不去说他了。陈为表述的意思。常畏人：害怕向人打听家乡的情况。

国学经典精神家园丛书

【赏析】

二诗皆写漂泊他乡的游子思乡之情，然而表现手法截然不同。第一首直陈相思，第二首思情却尽在言外。诗人因长夜思乡辗转无眠，这才起身徘徊庭院，然而四周的所有声音，所有景物，却更加重了诗人的思乡之情。作者对于艺术描写中的视觉和听觉把握之精微，刻画之巧妙，令人不由击节三叹。第二首的艺术表现手法更为奇绝。诗人用一朵飘游无依的浮云来形容游子：暴风骤起，本无依托之云被吹向遥远的东南方，从此关山远隔，回乡无望，无穷悲感，用一句不敢说、不敢问、备受压抑的结句表现无遗。

《采菽堂古诗选》说："魏文帝诗如西子捧心，俯首不答，而回眸动盼，无非可怜之绪。倾国倾城，在绝世佳人本无意动人，人自不能定情耳。"从这两首诗来看，曹丕实为性情中人。虽然身为太子，但他和七子中的王粲等人颇为友善。

【名家评点】

魏文之才，洋洋清绮，旧谈抑之，谓去植千里。然子建思捷而才隽，诗丽而表逸；子桓虑详而力缓，故不竟于先鸣。而乐府清越，典论辩要，迭用短长，亦无懵焉。但俗情抑扬，雷同一响，遂令文帝以位尊减才，思王以势窘益价，未为笃论也。

——［南梁］刘勰《文心雕龙》

曹　植

曹植（192—232年），字子建，曹丕弟。少聪敏，深得曹操宠爱，几次欲立为太子，但因他"任性而行，不自雕励"，终于失宠。曹丕即位后，对他多方压抑迫害，屡次被贬爵徙封。魏明帝曹叡即位，曹植的境况亦未改观。他数次上疏，希望得到重用，都不能如愿，因而终日困顿苦闷，四十一岁便抑郁成疾而终。封陈王，谥思，故世称陈思王。

曹植在建安文学中成就最高，尤其对五言诗的发展起了很大的推动作用。钟嵘说他"之于文章也，犹人伦之有周孔，鳞羽之有龙凤"。他的生活和创作以曹丕称帝为界，可分为前后两个时期：前期渴望施展抱负，建功立业，以清明的政治统一天下，这时的诗作也较能反映战乱和民间疾苦；后期的创作表现了渴望自由，反抗迫害，蔑视世俗的思想感情和怀才不遇的愤懑，其创作中也有一些歌咏享乐生活和追求长生的作品。

曹植文才富艳，思若有神，他大胆吸收楚声和梵声融入建安诗文，因而他的诗"骨气奇高，词采华茂"，情感或哀婉缠绵，或慷慨动人，充满追求与反抗之声，富有气势和力量。

有集三十卷，已佚。今人有《曹植集校注》。

美女篇

美女妖且闲，采桑歧路间[1]。
柔条纷冉冉，落叶何翙翙。
攘袖见素手，皓腕约金环。
头上金爵钗，腰佩翠琅玕[2]。
明珠交玉体，珊瑚间木难[3]。
罗衣何飘摇，轻裾随风环。
顾盼遗光彩，长啸气若兰[4]。
行徒用息驾，休者以忘餐[5]。
借问女安居？乃在城南端。
青楼临大路，高门结重关[6]。
容华耀朝日，谁不希令颜[7]？
媒氏何所营，玉帛不时安[8]？
佳人慕高义，求贤良独难[9]。
众人徒嗷嗷，安知彼所观[10]？
盛年处房室，中夜起长叹。

【注释】

〔1〕"美女"二句：妖且闲：妖为艳丽之意，闲为娴静文雅貌。二句言有一正在路旁采桑的美女，容貌艳丽，性情娴雅。

〔2〕"头上"二句：爵同雀，金爵钗是一端为雀形的金钗。琅玕（gān）：似玉的美石。

〔3〕木难：一种碧色宝珠，传说为金翅鸟的唾液结晶而成。

〔4〕"顾盼"二句：长啸即吹口哨。古人好长啸抒情。二句言美女在顾盼之间仿佛留下一片光彩，嗫口长啸，吐气如兰。

〔5〕"行徒"二句：意谓行路的人因贪看美人而停车不走，休息的人忘了吃饭。用：因而。息驾：停车。

〔6〕"青楼"二句：青楼：涂饰青漆的高楼，指显贵之家。齐梁以后，以青楼形容妓女居所。然终有唐一代，青楼一般仍指闺阁。重关：两重锁门的横木。

〔7〕"容华"二句：意谓美人容光焕发，像早上耀眼的阳光，无人不爱其美貌。希令颜：慕其美貌。令是美好的意思。

〔8〕"媒氏"二句：意谓媒人在干什么呢？为何不及时来行聘订婚？时安：赶快安排。

〔9〕"佳人"二句：意谓美人希望嫁给品德高尚的人，可是找个贤德的丈夫委实困难。良：诚然，实在。

〔10〕"众人"二句：人们只会乱嚷一通，哪里知道她看得起的是什么样的人呢？

【赏析】

以美女盛处不嫁，喻志士怀才不遇。元代刘履评此诗云："子建志在辅君匡济，策功垂名，乃不克遂，虽授爵封，而其心尤为不仕，故托处女以寓怨慕之情焉。"

诗首先交代美女出现的地点及其形神。"歧路间"是来往行人之处，这样描述为下句"行徒""休者"对美女的倾倒做铺垫。美女在采桑时，无论其服饰身姿还是顾盼声息，都给人留下迷人的光彩。对行人见到她的不同反应的描述，显然是受《陌上桑》的影响。这是从侧面烘托美女之靓丽。

写美女出生高贵和美貌容颜，是隐喻诗人自己的身份和才情。结尾八句才是本诗要义之所在。芸芸众生不明白志士的理想，犹如美女青春盛年而独处幽室，忧愁怨恨，彻夜不眠，只能深长叹息以求纾解。

这首诗语言华美，描写生动，清代叶燮称之为"汉魏压卷"之作，并且说："《美女篇》意致幽眇，含蓄隽永，音节韵度皆有天然姿态，层层摇曳而出，使人不可仿佛端倪，固是空千古绝作。"

【名家评点】

曹植当时之所以具有那么高的地位，钟嵘比之为"譬人伦之有周孔"，重要原因之一也就是，从他开始，讲究诗的造词炼句……表明他是在有意识地讲究作诗，而不大同于以前了。正是这一点，使他能作为创始代表，将后世诗词与难以句摘的汉魏古诗划了一条界线……这一点的确具有美学上的巨大意义。

——李泽厚《美的历程》

杂　诗（七首选一）

南国有佳人，容华若桃李。
朝游江北岸，夕宿潇湘沚[1]。
时俗薄朱颜，谁为发皓齿[2]？
俯仰岁将暮，荣耀难久恃。

【注释】

〔1〕"夕宿"句：晚上住在潇水和湘水交会的小洲上。

〔2〕"时俗"二句：意谓既然时俗不看重美貌，那又为何去歌唱呢？发皓齿：指启齿歌唱。

【赏析】

　　此篇与《美女篇》主题相仿，区别只在于一丰腴，一简约。清代张玉毂在《古诗赏析》中说："此诗伤己之徒抱奇才，仆仆移蓄，无人调护君侧，而年将老也。通体以佳人作比，首二自矜，中四自惜，末二自慨，音促韵长。"曹植在他的《求自试表》一文中，曾强烈地表述过他想在政治上建功立业的愿望："臣窃感先帝早崩，威王弃世，臣独何人，以堪长久！常恐先朝露填沟壑，坟土未干，而身名并灭。"此言与本篇"俯仰岁将暮，荣耀难久恃"语殊义同。

七哀诗

明月照高楼，流光正徘徊。
上有愁思妇，悲叹有余哀。
借问叹者谁，言是宕子[1]妻。
君行逾十年，孤妾常独栖。
君若清路尘，妾若浊水泥。
浮沉各异势，会合何时谐[2]。
愿为西南风，长逝入君怀。

君怀良不开，贱妾当何依。

【注释】

〔1〕宕子：宕同"荡"。指离乡远游，久出不归的人，与今所谓浪荡子不同。宕子一作客子。

〔2〕"君行"六句：意谓夫妻本如尘和泥一样，同为一体，而今丈夫像路上的清尘，自己像水中的浊泥，所处形势各不相同，不知何时才能相会。

【赏析】

诗借思妇对丈夫的思念和怨恨，曲折地吐露了诗人在政治上遭受打击之后的怨愤心情。诗人自比"宕子妻"，以思妇被遗弃比喻自己在政治上被排挤，以夫妻离异比喻他和身为皇帝的曹丕之间的生疏。诗人有感于手足同胞"浮沉异势，不相亲与"，进一步以"清路尘"与"浊水泥"来比喻二人境况悬殊。"愿为"二句表明自己思君报国的衷肠，而"君怀"二句则直言对曹丕绝情寡义的愤慨。全诗处处从思妇哀怨着笔，句句暗寓诗人的不幸遭际，诗情与寓意浑然无间，意旨含蓄，笔致深婉，确有"情兼雅怨"的特点。

这首诗的起句与结尾都相当精妙。结尾的轻风与开首的月光构成了余味无穷、幽寂清冷的境界。

【名家评点】

此种大抵思君之辞。绝无华饰，性情结撰，其品最工。

——［清］沈德潜《古诗源》

痛而哀，义而哀，感而哀，怨而哀，耳目闻见而哀，口叹而哀，鼻酸而哀，谓之七哀。

——［宋］葛立方《韵语阳秋》

七步诗

煮豆持作羹，漉豉^{〔1〕}以为汁。
萁向釜中然^{〔2〕}，豆在釜中泣。
本是同根生，相煎何太急。

【注释】

　　〔1〕漉豉：过滤煮熟后发酵的豆子，即豆豉。

　　〔2〕然：同"燃"。

【赏析】

　　据《世说新语》讲，曹丕做了皇帝后，对才华横溢的胞弟曹植心怀忌恨。一次设宴，他让曹植在七步之内作诗一首，否则处死。曹植不等他的话音落下，未走七步，便成此诗。因此诗是在七步之内作成，故后人名之为《七步诗》。此诗未见于曹植的本集中，最早被记录在《世说新语》，后世流传的仅有四句："煮豆燃豆萁，豆在釜中泣。本是同根生，相煎何太急！"此诗千百年来已成为人们劝诫兄弟相残的日常用语，可见它在群众中影响之深广。

　　谢灵运曾说："天下才有一石，曹子建独占八斗，我得一斗，天下共分一斗。"明代王世贞也说："子建天才流丽，虽冠誉千古，而实避父兄，何以故？才太高，辞太华。"曹子建禀赋异常，于此诗可见一斑。

王　粲

　　王粲（177—217年），字仲宣，山阳高平（今山东金乡）人。他和孔融、陈琳、徐干、阮瑀、应玚、刘桢为"建安七子"。他出身官宦大家，年轻时极负才名。幼时蔡邕见而奇之。博闻强识，碑文、棋谱过目不忘。作文举笔即成，难易一字。以西京乱，避难荆州，依刘表，未被重用。后归曹操，为丞相掾，赐爵关内侯，后随曹南征孙权，病卒于途中。

　　王粲才思横溢，诗赋清丽，在七子中成就最高。刘勰称之为"七子之冠冕"。后人将他与曹植并称为"曹王"。可惜存诗仅二十首，余为断句。明人辑有《王侍中集》。

七哀诗（三首选一）

　　西京乱无象，豺虎方遘患〔1〕。
　　复弃中国去，委身适荆蛮〔2〕。

亲戚对我悲，朋友相追攀〔3〕。
出门无所见，白骨蔽平原。
路有饥妇人，抱子弃草间。
顾闻号泣声，挥涕独不还。
未知身死处，何能两相完〔4〕。
驱马弃之去，不忍听此言。
南登霸陵岸，回首望长安。
悟彼下泉人，喟然伤心肝〔5〕。

【注释】

〔1〕"西京"二句：西京：指长安。无象：无道、无法。豺虎：指董卓部将李傕、郭汜等。

〔2〕"复弃"二句：中国：指黄河两岸中原地区。荆蛮：指荆州。当时荆州未遭兵祸，到那里避乱的人很多。

〔3〕追攀：走不了的亲友追赶着拉住车辕恋恋不舍。

〔4〕"未知"二句：意谓妇人解释她为什么要抛弃婴儿，我自己还不知道要死在哪里，想和他两相保全，怎么可能呢？

〔5〕"悟彼"二句：《下泉》是《诗经》篇名。下泉在这里暗指汉文帝。承上文，意谓登上霸陵回望长安，思念汉文帝时的太平景象，忽然悟到了《下泉》作者思念明主贤臣的用意，因而不由倍感悲伤。喟然：叹息状。

【赏析】

王粲的《七哀诗》共三首，这是第一首，写于汉献帝初平三年（162年）。其年六月，董卓部将李傕、郭汜在长安大肆烧杀劫掠，无恶不作，王粲逃难到荆州投靠刘表。其时诗人只有十六岁。作者描写的正是离开长安时所见悲惨景象。"复"字说明他逃难已不是第一次，初平元年董卓胁迫汉献帝迁都长安，驱使吏民八百万入关，诗人被迫西行，如今不得不又从西向南逃窜。

诗人离开长安，离开亲朋好友，一路上见到些什么呢？举目不是累累白骨布满无垠的原野，便是饥妇弃子草莽。母亲弃子这种惨绝人寰的悖理现象，深刻地揭露了战乱给人民造成的深重灾难。

结尾对汉文帝的怀念，对《下泉》一诗的领悟，说明诗人对明主的殷切思念。

"南登灞霸陵岸"二句思治。以下转换振起，沉痛悲凉，寄哀终古。

——［清］方东树《昭昧詹言》

人当离乱之际，一切皆轻，最难割者骨肉，而慈母幼子尤甚。写其重者，他可知矣。

——［清］吴淇《六朝选诗定论》

陈　琳

陈琳，字孔璋，东汉广陵射阳人。初为袁绍记室，曾作檄诋毁曹操。袁绍败，曹操爱其才而不咎，任为司马军师祭酒，管记室。他和阮瑀都以擅长文书而闻名当时，曹魏军国文书多出其手。曹丕《典论·论文》说："琳、瑀之章表书记，今之隽也。"史载曹操曾读其文而风疾头痛立愈。后染疫病卒。有集十卷，已佚。明人辑有《陈记室集》。

饮马长城窟行

饮马长城窟[1]，水寒伤马骨。
往谓长城吏，"慎莫稽留太原卒[2]！"
"官作自有程，举筑谐汝声[3]！"
"男儿宁当格斗死，何能怫郁筑长城[4]？"
长城何连连，连连三千里。
边城多健少，内舍多寡妇。
作书与内舍，"便嫁莫留住。
善侍新姑嫜，时时念我故夫子[5]。"
报书往边地，"君今出言一何鄙[6]！"
"身在祸难中，何为稽留他家子？
生男慎莫举，生女哺用脯。
君独不见长城下，死人骸骨相撑拄[7]！"
"结发行事君，慊慊心意关。
明知边地苦，贱妾何能久自全[8]？"

【注释】

〔1〕长城窟：长城旁边的泉眼。

〔2〕"往谓"二句：下面是服役戍卒恳请监督修筑长城的官吏所说的话："千万求你不要延误从太原征调来的民夫们的归期！"

〔3〕"官作"二句：官吏的回答："官家的工程自有期限，你们还是好好筑城吧。"官作：官府的工程。程谓期限。举筑：犹言打夯。

〔4〕"男儿"二句：戍卒对监工的愤慨回答："男子汉宁可与敌人搏斗战死，怎能忍气吞声在此筑长城呢！"

〔5〕"作书"四句：戍卒写信劝妻子改嫁。姑嫜：犹今之公婆。故夫子：原来的丈夫，戍卒自谓，或解为丈夫的儿子。

〔6〕"报书"二句：妻子的回信。鄙：浅陋。

〔7〕"身在"六句：戍卒复回妻子，说明为什么要她改嫁。祸难：指修筑长城，生归无望。举：养育成人。哺：喂。脯：干肉。用肉喂养女儿，表示生男不如生女。秦时即有"生男慎勿举，生女哺用脯。不见长城下，尸骸相支柱"之民谣。

〔8〕"结发"四句：妻子再次复信，表示自己坚贞不二的决心，意谓自与丈夫成婚，已然心满意足，现在虽然心牵两地，可夫君在边疆受苦，她又怎能独自活下去呢？结发：古时男子二十束发而冠，女子十五上簪，以示成年。慊慊：音义皆同"惬"，心满意足的意思。有人解释为怨恨、不满。似不当。关：关心、牵挂。

【赏析】

修筑长城给民间造成苦难，曾激起后代许多诗人的愤慨，而直接描写这一主题的诗作，陈琳是最早的。

诗人开篇立义之后，用修筑长城的役卒与监管官吏的对话、役卒夫妇的书信往复，深刻概括了秦王朝驱使千万民众筑万里长城所造成的悲剧。

【名家评点】

无问答之痕而神理井然，可与汉乐府竞爽矣。

——［清］沈德潜《古诗源》

刘　桢

　　刘桢（186—217年），字公干，东平（今山东东平县）人。汉献帝建安中，曹操辟为丞相掾属。因在宴席上平视曹丕妻甄氏，以不敬罪被刑。他的诗刚劲挺拔，注重气势，不讲究雕琢辞藻。曹丕说他是"五言诗之善者，妙绝时人"。《诗品》将他的诗列为上品。可惜流传下来的只有二十首，余为断句。明人辑有《刘公干集》一卷。

赠从弟诗（三首选一）

亭亭[1]山上松，瑟瑟谷中风。
风声一何盛，松枝一何劲。
冰霜正惨凄，终岁常端正[2]。
岂不罹凝寒，松柏有本性[3]。

【注释】

　　〔1〕亭亭：耸立貌。

　　〔2〕"冰霜"二句：意谓虽然已是凛冽严酷、万木凋败的寒冬，然而松树挺拔的姿态总是那么端正美好。惨凄：凋零凄凉貌。

　　〔3〕"岂不"二句：并不是不受严寒的侵袭，而是因为松树秉性坚贞，不畏严寒。罹：遭受。凝寒：严寒。

【赏析】

　　松柏自古为人所称颂，已成坚贞不屈、贫寒不移之象征。孔子曾满怀敬意地赞美它："岁寒，然后知松柏之后凋也。"挺拔的松树衬托瑟瑟谷风，有声有色。前"一何"慨叹谷风之强劲，仿佛可以横扫万木；后"一何"描述松枝之刚毅，更突出了松树的坚贞不屈。滴水成冰、万木凋零的严冬时节，松柏依然端庄挺立、正气凛然，让人肃然起敬！结尾的一问一答，说明作者对松柏本性之敬畏，暗喻对高尚人品的赞美。

【名家评点】

仗气爱奇，动多振绝；真骨陵霜，高风跨俗。

——［宋］魏庆之《诗人玉屑》

曹刘坐啸虎生风，四海无人角两雄。可惜并州刘越石，不教横槊建安中。

——［金］元好问《论诗绝句》

阮　籍

阮籍（210—263年），字嗣宗，三国魏陈留（今河南）尉氏人。阮瑀之子。"竹林七贤"中人。阮籍善为五言诗，格调浑厚，本色自然，情感真挚，韵味悠远，对后世诗风影响极大。钟嵘把他的诗列为上品。继三曹和七子为代表的建安文学之后的正始文学，代表人物就是嵇康和阮籍。

阮籍有集十三卷，已佚，明人张溥辑有《阮步兵集》。今有上海古籍出版社的《阮籍集》和人民文学出版社的《阮步兵咏怀诗注》。

咏　怀（八十二首选六）

夜中不能寐，起坐弹鸣琴。
薄帷鉴^{〔1〕}明月，清风吹我襟。
孤鸿号外野，翔鸟鸣北林。
徘徊将何见？忧思独伤心^{〔2〕}。

【注释】

〔1〕鉴：照。此言月光照在薄柔的帷幔上。

〔2〕"徘徊"二句：此处指人兼指鸟，孤鸿、翔鸟皆不寐而徘徊，这时会看到什么呢？到处都是叫人忧伤的景象。

【赏析】

阮籍《咏怀》共八十二首，是他一生诗歌创作的总汇，这是第一首。阮籍生活在魏晋之际，曾满怀雄心壮志，然而由于当时政治黑暗，不仅壮志难酬，而且人命朝不保夕，祸患时至，因此他只能借酒浇愁，借酒避祸。可是"以酒浇愁愁更愁"，内心的忧愁苦闷终于发而为诗，此即《咏怀》组诗产生的潜在机缘。

史载阮籍善弹琴，故以夜不能寐起坐鸣琴来抒发他的忧思。明月、清风是其所见，鸿号、鸟鸣是其所闻，皆以动写静，如此寂静凄清的环境，更映衬出诗人孤独苦闷的心情。起手的这种愁闷、痛苦、孤独、忧伤的情绪，也为八十二首咏怀诗定下了基调。

【名家评点】

孤鸿，喻贤臣孤独在外。翔鸟鸷鸟，以比权臣在近，谓晋文王。

——［唐］吕向《五臣注》

昔闻东陵瓜，近在青门外[1]。
连畛距阡陌，子母相钩带[2]。
五色曜朝日，嘉宾四面会[3]。
膏火自煎熬[4]，多财为患害。
布衣可终身，宠禄岂足赖[5]！

【注释】

〔1〕"昔闻"二句：意谓听说从前东陵侯种瓜的地方就在长安青门外。青门：汉代长安城东南第一门叫霸城门，色青，故称青门。

〔2〕"连畛"二句：此联形容瓜结得多。畛：本义为田间小路，此处泛指田间。距：到。子母：指大大小小的瓜。钩带：指瓜蔓勾连缠绕。

〔3〕"五色"二句：意谓五色缤纷的瓜闪耀在清晨的阳光下，吸引人们从四面八方涌来品尝、购买。

〔4〕"膏火"句：膏火：油火，谓油脂可以燃烧，而一旦点燃，只能是自己煎熬。此句用来衬托下面"多财为患害"。

〔5〕"布衣"二句：此言平民生活可以终老一生，恩宠和爵禄不足为凭。宠禄：皇帝赐予的恩宠与爵禄。赖：依靠。

【赏析】

前四句咏邵平，暗示清贫可以全身；后四句写萧何，明言多财势必招祸。"布衣"二句收束全篇，点明主旨。"布衣可终身，宠禄岂足赖！"这道理本来简单而明白，但古往今来又有几人真能了解且实践呢？

简略的十句，有史有论，构思新颖，明白晓畅，言近旨远，体现了阮籍诗"言在耳目之内，情寄八荒之表"（钟嵘《诗品》）的艺术风格。

昔年十四五，志尚好诗书。
被褐怀珠玉，颜闵相与期〔1〕。
开轩临四野，登高望所思〔2〕。
丘墓蔽山岗，万代同一时〔3〕。
千秋万岁后，荣名安所之？
乃悟羡门子，噭噭今自嗤〔4〕。

【注释】

〔1〕"被褐"二句：虽然生活贫穷，烂衣破衫，但才情卓越，企盼着能达到颜回、闵损那样的品德。"被褐"句出自《老子》"圣人被褐怀玉"。颜闵：颜回和闵损（字子骞），两人都是孔子弟子中德行高尚者。

〔2〕所思：此处指颜回和闵损。

〔3〕"丘墓"二句：意谓无论哪个时代的人最后都免不了一死。

〔4〕"乃悟"二句：意谓现在我才明白羡门子修长生之道的缘故，因此我也就破涕为笑了。羡门子：又名羡门子高，古仙人。噭：哭声。嗤：笑。

【赏析】

作者开篇便坦言：我在十四五岁的时候，就立志做一个德行高尚的人。我最爱研读经典。虽然身穿粗麻短衣，但品德像珠玉般高贵。不慕荣利的颜回、清高重孝的闵损，他们才是我所倾慕的贤哲……

颜回和闵损是孔子的得意门生，一向是儒家推崇的贤人。虽然"竹林七贤"向以"雅好老庄"名世，但骨子里的儒家血脉是无法轻易涤除的。然而黑暗的现实不允许他践行自己的儒家理想，也没有给他建功立业的机会，因此到老庄玄学、神仙至境中寻求解脱。破涕为笑的"自嗤"中饱含着多少泪水、无奈和悲哀。

> 西方有佳人，皓若白日光〔1〕。
> 被服纤罗衣，左右佩双璜〔2〕。
> 修容耀姿美，顺风振微芳。
> 登高眺所思，举袂当朝阳。
> 寄颜云霄间，挥袖凌虚翔〔3〕。
> 飘飘恍惚中，流盼顾我傍〔4〕。
> 悦怿未交接，晤言用感伤〔5〕。

【注释】

〔1〕"西方"二句：意谓西方有一绝色美人，她像太阳一样光明灿烂。

〔2〕"被服"二句：被服是穿着的意思。纤：精美细柔。双璜：上有一青玉为横梁，左右两条丝带悬挂两圆形玉器。

〔3〕"寄颜"二句：此言托迹于云霄，舞动长袖，凌空飞翔。寄颜：托迹的意思。凌虚：升空。

〔4〕"飘飘"二句：佳人在天空飞翔，飘然恍惚，在我身旁徘徊，不时回头看我。

〔5〕"悦怿"二句：此言虽然佳人于我多情，然而只能遥遥相视，不能和她对坐交谈，未免令人无限悲伤。怿：愉悦意。晤言：对坐交谈。

【赏析】

全诗通过视觉、听觉、嗅觉写美人的光彩、服饰、姿容、幽香等静态，又以登高、举袂、挥袖、飘飘、流盼等一系列动态描写，展现出美人凌空飘舞的轻盈美姿和远眺近盼的相思多情。诗人借助于幻觉，故写得缥缈恍惚，如幻似真，充满着朦胧之美。

中国古诗又素有以美人芳草来比类贤君的传统，这首诗就是以美人比贤者。这个美丽的女性形象，被描写得如此熠熠生辉、如此令人仰慕不止，读者又可从中看到处在漆黑长夜中的诗人，对于理想的向往之情。

朝阳不再盛，白日忽西幽。

国学经典精神家园丛书

去此若俯仰，如何似九秋[1]？
人生若尘露，天道邈悠悠。
齐景[2]升丘山，涕泗纷交流。
孔圣临长川，惜逝忽若浮。
去者余不及，来者吾不留。
愿登太华山，上与松子游[3]。
渔父知世患，乘流泛轻舟。

【注释】

〔1〕"去此"二句：意谓朝暮只不过是俯仰之间的事，为什么要说一日如九秋呢？
九秋：秋季九十天。

〔2〕齐景：指春秋时齐景公。

〔3〕"愿登"二句：希望学仙成道，跟随仙人赤松子超脱凡尘。

【赏析】

　　首句"朝阳""白日"，不仅象征时光倏忽，且喻曹魏政权已由显赫强盛趋于衰亡，并终归寂灭的深层寓意。在"悠悠"天道和永恒的宇宙中，曹魏政权都去若俯仰，区区一介寒士，不过如尘似露而已。如此飘忽的人世，如何自保？如此深重的忧患，又如何解脱？"去者余不及，来者吾不留"十字，实乃大彻大悟之语。三皇五帝既往，我不可及也；后世虽有圣者出，我不可待也。不如登太华山而与赤松子。而若要摆脱如此令人心惊的环境，得以自保、解脱，只有跟从赤松子或追随渔父，或仙或隐，远离尘世之纷扰。

　　阮籍生于当统治集团内部矛盾斗争日趋残酷激烈的魏晋易代之际，司马氏为篡魏自代，大肆杀戮异己，朝野人人侧目，亦人人自危，诗人也屡遭迫害。既要避祸全身，又要发泄内心的忧患与愤懑，那就只能以曲折隐晦的方式，以淡雅的语言表达炽热的感情，以放浪的口吻表现严肃的主题。

一日复一朝，一昏复一晨。
容色改平常，精神自飘沦。
临觞多哀楚，思我故时人。
对酒不能言，凄怆怀酸辛。

愿耕东皋阳，谁与守其真〔1〕？
愁苦在一时，高行伤微身。
曲直何所为？龙蛇为我邻〔2〕。

【注释】

〔1〕守其真：保持自然纯真的天性。

〔2〕"曲直"二句：意谓是非曲直到底如何定义？这是一个自古无法弄清的问题。
与其探讨这些难题，不如与非常之人相处，受其教化，指点迷津。

【赏析】

这首诗表现了一种很复杂的感情：诗人既为自己的衰老而悲哀，又为友人的逝去而痛
苦，最后只好以鄙弃现实作为解脱之道。

诗的前四联是对自己衰老、朋友的过世所引发的恐惧——为生命的即将消失而恐惧。
躬耕田野，保持纯真天性是作者所找到的解脱途径。因为只有如此，方可明白人的愁苦不
过转瞬即逝，为此而痛苦实在是不值。非但如此，甚至高洁的行为也只会伤害身心。诗人
之所以突然否定他一向推崇的"贤者壮士"，是因为"曲直"本来就没有一定的界限。既
然一切都不是永恒的，那就不必为一时之俗事而愁苦甚至折磨自己。

阮籍的《咏怀》组诗是千古绝唱，对我国古代五言诗的发展有着不可低估的影响。限
于篇幅，选以上六首聊以领略其情味。其实阮籍的《咏怀》诗每一首皆为上乘之作。但是
阮诗比较隐晦难解，刘勰说"阮旨遥深"，李善说"文多隐避，难以情测"，这一特点是
特定的时代和险恶的政治环境及诗人独特的遭遇使然，很值得诗论家深入探讨。

【名家评点】

嗣宗傲俗，故响逸而调远。

晋步兵阮籍，其源出于《小雅》，无雕虫之功。而《咏怀》之作，可以陶性灵，发
幽思。言在耳目之内，情寄八荒之表。洋洋乎会于《风》《雅》，使人忘其鄙近，自致远
大，颇多感慨之词。厥旨渊放，归趣难求。

——［南朝］钟嵘《诗品》

步兵《咏怀》，自是旷代绝作，远绍《国风》，近出入于《十九首》，而以高朗之
怀，脱颖之气，取神似于离合之间，大要如晴云出岫，舒卷无定质。

——［明］王夫之《古诗评选》

嵇 康

嵇康（223—262年），字叔夜，三国魏谯郡铚县（今安徽宿州市西）人。早孤家贫，天资聪慧，博学有奇才，志向高远超迈，与阮籍、山涛、向秀、刘伶、阮咸、王戎合称"竹林七贤"。他是曹魏宗室的女婿，拜中散大夫，故世人称之为"嵇中散"。由于拒绝与司马氏合作，为司马昭和钟会诬陷杀害。

嵇康崇尚老庄，清峻孤高，轻薄礼法，不修边幅，公开发表离经叛道的言论。他富于正义感，尚奇任侠，在现实生活中因锋芒毕露为世俗所不容。在"竹林七贤"中，与阮籍齐名。嵇康英年而殁，临刑前太学生三千人请以为师。嵇康索琴奏《广陵散》，谈笑自若，从容受戮，年仅四十。

嵇康在文学方面的主要成就是散文，其著述见解精辟，笔锋犀利。诗作四言高于五言。有集十五卷，已佚。明人辑有《嵇中散集》，今有《嵇康集校注》。

赠兄秀才从军（十八首选二）

良马既闲，丽服有晖[1]。
左揽繁弱，右接忘归[2]。
风驰电逝，蹑景[3]追飞。
凌厉中原，顾盼生姿[4]。
携我好仇，载我轻车。
南凌长阜，北厉清渠。
仰落惊鸿，俯引渊鱼。
盘于游田，其乐只且。

【注释】

〔1〕"良马"二句：意谓诗人的长兄嵇喜骑着训练有素的战马，穿着光鲜亮丽的军装。闲：熟习。丽服：指戎装。

〔2〕"左揽"二句：言其兄左手执弓，右手搭箭。繁弱：古良弓名。忘归：箭矢名。

〔3〕景：即影。此言其兄驰马如风如电，可以追上影子或飞鸟。

〔4〕"凌厉"二句：奋行直前貌。意谓其兄在中原驰骋，左右顾盼，风姿绰约。

【赏析】

据史书记载，嵇喜为人甚是俗气。诗中的形象其实是被美化了的，更多地带有作者的自我写照，表现了作者对某种人生境界的向往。

魏晋士族文人普遍信奉老庄哲学，他们认为，现实社会中的一切现象，都是短暂的、变幻的，人若沉溺于这些现象（如功名荣利、道德礼义等）中，便会丧失真实本性，变得卑琐可笑。只有追求宇宙的大道，才能达到崇高的人生境界。从这一哲学基点出发，他们重视个性的自由发展，反对社会伦理规范的约束。他们评价人物，注重内在的智慧、高尚的气质以及由此表现出来的脱俗的言谈举止，乃至漂亮的外貌。《世说新语》云："嵇叔夜之为人也，岩岩如松之独立；其醉也，傀俄若玉山之将崩。"这种夸张地对人物风貌的形容品评，要求以漂亮的外在风度表达出高超的内在人格，正是当时这个阶级的审美理想和趣味。总之，魏晋风度，是自由精神、人格美、漂亮的仪态的结合。嵇康本是魏晋风度的代表人物，是当时推崇和效仿的对象。他的诗歌中的理想化人物，自然会打上时代烙印。所以这首诗实际是魏晋风度的写照。

息徒兰圃，秣马华山〔1〕。
流磻平皋，垂纶长川〔2〕。
目送归鸿，手挥五弦。
俯仰自得，游心太玄〔3〕。
嘉彼钓叟，得鱼忘筌〔4〕。
郢人逝矣，谁与尽言〔5〕？

【注释】

〔1〕"息徒"二句：军队在兰圃休息，在华山饲马。徒：指步卒、军队。兰圃：有兰草的野地。华山：有花草的山。

〔2〕"流磻"二句：在平原或草泽地射鸟，在长河里钓鱼。流磻：用生丝绳系在箭上射鸟叫弋，箭绳一端再加系石块叫磻。皋：泽地。纶：系钓钩的线。

〔3〕太玄：大道，即参透宇宙人生的最高真理。

〔4〕"嘉彼"二句：比喻只要求得事物的本质，而不在意达到目的的途径。筌：捕

鱼的竹笼。这里赞美领悟了大道而"得意忘筌"的嵇喜。

〔5〕"郢人"二句：意谓嵇喜"游心太玄"的乐趣固然无须言语，就是说了也难得解人。郢：周朝时楚国的都城，在今湖北江陵北。"郢人逝矣"典出庄子《徐无鬼》，大意是说郢人鼻上有白土，匠石运斧成风，眼都不眨就把郢人鼻上的白土削净了。郢人死后，匠石的绝技再也无所施展，因为世上再也找不到对手了。这个寓言是庄子在惠施墓前说的，表示自从惠施死后，庄周就再没有找到可以论道的知音。

【赏析】

诗人通过想象嵇喜在行军休息时领略山水之趣的情景，借以抒写自己向往的游乐于天地自然之道而忘怀人世的喜悦。

无论弋射、垂钓、弹琴，目的都不在其行为本身，而在于表现一种不可言传、超然物外的化境，从而告诉世人，游乐于大道的人才是自由的，但也是孤寂的。唯其如此，他们才那样潇洒脱俗，风度不凡。这种人生观，是出现在身处乱世的魏晋士人身上的一种普遍的价值取向。他们认为，理想的人生不是奢华，不是权势，甚至不是功名，而是怡然自得，诗情画意。嵇康这两首赞美其兄长的诗，宣扬的就是这一在当时具有主流模式意义的价值观。

【名家评点】

叔夜诗实开晋人之先，四言中饶隽语，以全不似三百篇，故佳。五言句法初不矜琢，同于秀气。时代所限，不能为汉音之古朴，而复少魏响之艳妍，所缘渐沦而下也。

——〔清〕陈祚明《采菽堂古诗选》

刘 伶

字伯伦，生卒年不详。西晋沛国（今安徽宿州西北）人。"竹林七贤"之一。魏末为建威参军。刘伶为人坦率正直，任侠肆志，纵酒放诞，蔑视礼法，与阮籍、嵇康友善。常乘鹿车，携酒一壶，命仆人荷锸随之，说："死便埋我。"传世作品仅有《酒德颂》《北芒客舍》两篇。

咒　辞

天生刘伶，以酒为名。
一饮一斛，五斗解酲[1]。
妇人之言，慎不可听。

【注释】

〔1〕斛（hú）：魏晋时量制，一斛十斗，一斗十升。酲（chèng）：喝醉酒神志不清。

【赏析】

据《世说新语》载：刘伶病酒，渴甚，从妇求酒。妇捐酒毁器，涕泣谏曰："君饮太过，非摄生之道，必宜断之！"伶曰："甚善。我不能自禁，唯当祝鬼神自誓断之耳。便可具酒肉。"妇曰："敬闻命。"供酒肉于神前，请伶祝誓。伶跪而祝曰……便饮酒进肉，隗然已醉矣。

自古以来，刘伶已经成了嗜酒如命的代名词，在历代诗文和日常习语中，人们每以"刘伶子弟"指称那些嗜酒之徒。

【名家评点】

逃名以酒转名高，醉里张髯买二豪。日月已为吾户牖，何妨东海作醇醪。

——［宋］龚况《咏刘伶》

张　华

张华（232—300年），字茂先，西晋范阳方城（今河北固安）人。少时贫苦，曾以牧羊为生。魏时官太常博士、著作佐郎、长史兼中书郎。晋立，为中书令，因参与灭吴有功，封广武侯，出任幽州都督，领安北将军。晋惠帝即位，为太子少傅，以侍中、中书监执朝政，史书称他"尽忠辅弼，弥缝补缺，虽当暗主虐后之朝，而海内晏然，华之功也"。进封壮武郡公，位列司空。后因拒绝参与赵王司马伦和孙秀的篡夺阴谋而遭杀害。

张华的诗艺术性较高，《诗品》说他"巧用文字，务为妍冶"。有《博物志》传世。明人辑有《张司空集》。

杂　诗（三首选一）

晷度[1]承受天运，四时互相承。
东壁正昏中，涸阴寒节升。
繁爽降当夕，悲风中夜兴。
朱火青无光，兰膏坐自凝。
重衾无暖气，挟纩[2]如怀冰。
伏枕终遥夕，寐言[3]莫予应。
永思虑崇替，慨然独拊膺[4]。

【注释】

〔1〕晷度：日晷的刻度。

〔2〕挟纩：披着棉被，亦以喻受人抚慰而感到温暖。

〔3〕言：语气助词。

〔4〕拊膺：捶胸。

【赏析】

张华为汉高祖重要谋臣张良后裔。在当时的西晋，群臣中没有一个人能够超越张华。他之所以占有如此重要的位置，是因为他不仅是一个功勋卓著的政治家，而且是一个伟大的文学家、博物学家、书法家。他的《博物志》及另一部作品《列异传》，对中国志怪小说的形成并盛行起过极大作用，也为唐代传奇的出现准备了条件。张华的《情诗》中，"巢居知风寒，穴处识阴雨，不曾远离别，安知慕俦侣"的佳句，语浅情深，耐人吟咏。他的乐府诗往往能外贬时政，如《轻薄篇》就对当时贵族社会骄奢淫逸的生活做了详尽的揭露。在这首《杂诗》中，他慨叹"晷度随天运，四时互相承"，遂"伏枕终遥夕"，回顾了历代兴衰隆替的历史，不由得"永思虑崇替，慨然独拊膺。"一个胸怀大志，希望建功立业，憧憬清明稳定的政治局面的政治家形象跃然纸上。

潘 岳

潘岳（247—300年），字安仁，西晋荥阳中牟（今河南中牟）人。幼号奇童，二十多岁才名已著。虽热衷功名，但仕途并不得意。晋武帝时，举秀才，出任河阳令、怀县令，颇有政绩。入补尚书郎。晋惠帝初，太傅杨骏引为主簿，杨骏被杀，岳亦除名。未几，复任长安令。寻补著作郎，转给事黄门侍郎，依附外戚贾谧，为文人集团"二十四友"之首。永康元年，赵王司马伦杀贾谧，岳与石崇、欧阳建等谋诛杀司马伦，事泄被杀。

潘岳是当时有名的美男子，每乘车出洛阳，妇人遇之，投之以果，遂满载而归。为文辞藻绝丽，长于抒情，尤善悼亡之文，他追悼亡妻之作在文学史上久负盛名，以致"悼亡诗"从潘岳之后成了诗歌创作的一个分支。他与陆机齐名，有"陆才如海，潘才如江"之誉，为太康文学代表人物之一。有集十卷，已佚。明人辑有《潘黄门集》。

悼亡诗（三首选一）

> 荏苒冬春谢，寒暑忽流易。
> 之子归穷泉，重壤永幽隔[1]。
> 私怀谁克从，淹留亦何益[2]？
> 黾勉恭朝命，回心反初役[3]。
> 望庐思其人，入室想所历。
> 帏屏无仿佛，翰墨有余迹[4]。
> 流芳未及歇，遗挂犹在壁。
> 怅恍如或存，周遑忡惊惕[5]。
> 如彼翰林鸟，双栖一朝只；
> 如彼游川鱼，比目中路析。
> 春风缘隙来，晨溜承檐滴。
> 寝息何时忘，沉忧日盈积。
> 庶几有时衰，庄缶犹可击[6]。

【注释】

〔1〕"之子"二句：意谓妻子已死，已在地下，与我被层层土石永远隔绝了。穷泉

国学经典精神家园丛书

犹言黄泉。幽隔：被阻隔在深深的地下。

〔2〕"私怀"二句：我心中哀伤，本想继续留下来陪伴亡妻，但王命在身，留住在家又有什么用呢？私怀：怀念亡妻的一己之情。克：能够。

〔3〕"黾勉"二句：此谓我只好尽力恭从朝廷的命令，克制悲伤去赴任。黾勉：勉力，努力。初役：原任官职，即妻子亡故前所任之职。

〔4〕"帏屏"二句：此言自己虽然神志恍惚地思念妻子，却不能在帏帐屏风中看到她哪怕是依稀仿佛的身影，只能看到她生前所作诗文的墨迹。

〔5〕"怅恍"二句：大意是说，在自己神志恍惚时，妻子似乎还活着，可是只要一回过神来，心里又是惶恐，又是忧伤，又是惊惧。

〔6〕"庶几"二句：意谓自己不但不能忘怀妻子亡故的哀痛，而且这种悲伤与日俱增，但愿将来能好些，能像庄周那样达观。庶几：但愿，强作希望之词。缶：瓦盆，古代的一种打击乐器。

【赏析】

本篇是诗人为哀悼亡妻所作《悼亡诗》三首中的第一首。诗作给读者展示了一个充满永恒哀伤的时空。全诗的镜头随着诗人的步履移动，逐次呈现了庐舍、居室、帏幕、屏风、翰墨的余迹、檐头的滴水等，这些连续的空间场景中弥漫着阴沉凄凉的气氛，在沉寂中倾诉着诗人丧妻的悲痛和孤独。与此同时，作者又从时间角度来表现丧妻之痛的深广。冰雪消融，春风吹拂，时节交替，光阴流逝，而诗人对亡妻的哀念并不因此而淡薄，"寝息何时忘，沉忧日盈积"，反而越来越沉重。在伤痛莫解的情况下，他想起达观的庄子，希望自己有朝一日能像庄子那样从感情的重压下解脱出来。而这种企望，则又暗示出诗人的哀伤不仅占据了他的今天，也将延伸到他的明天、后天……读罢全诗，一个陷入永恒哀痛之中的诗人形象粲然浮现在眼前。这首诗情至深而语。比如"帏屏"数句，以极其平淡的语言道出了物是人非的悲怆之感；"怅恍"二句更是微妙地表现出失去了朝夕相处的伴侣而精神痛苦、恍惚迷离的神态。此诗"悲而不壮"，情词哀艳，后人写哀悼亡妻的诗多用"悼亡"为题，正是受了潘岳的影响。

【名家评点】

安仁情深之子，每涉笔，淋漓倾注，宛转侧折，旁写曲诉，刺刺不能自休。夫诗以道情，未有情深而语不佳者；所嫌笔端繁冗，不能裁节，有逊乐府古诗含蕴不尽之妙耳。

——〔清〕陈祚明《采菽堂古诗选》

陆 机

陆机（261—303年），字士衡，西晋吴郡吴县（今江苏苏州市）人。三国吴丞相陆逊之孙、大司马陆抗之子。吴时任牙门将，吴亡，回乡闭门读书。晋武帝太康末，与弟陆云入洛阳，得张华赏识，以文章为士大夫所推重，太傅杨骏辟为国子祭酒。惠帝即位，迁太子洗马、著作郎。赵王司马伦辅政，引为相国参军。及司马伦篡位，任中书郎，后被荐为平原内史，世称"陆平原"。伦败，下狱几死，成都王司马颖救之，引为大将军参军。在晋室诸王纷争中，他为求富贵，周旋其间，终受其害。太安元年，成都王颖起兵讨长沙王司马乂，任他为后将军、河北大都督。后败，被仇家谗言诬陷致死，时年仅四十三岁。

陆机为太康文学的代表人物之一，存诗一百多首，形式华美，技巧纯熟，讲究辞藻与排偶，开六朝文学之先风，然佳构罕见。陆机最大的贡献是他的《文赋》，在我国文学理论发展史上有着划时代的意义。

现存《陆士衡集》十卷，近人郝立权辑有《陆士衡诗注》。

门有车马客行

门有车马客，驾言发故乡。
念君久不归，濡迹涉江湘[1]。
投袂赴门途，揽衣不及裳[2]。
拊膺携客泣，掩泪叙温凉。
借问邦族间，恻怆论存亡。
亲友多零落，旧齿皆凋丧[3]。
市朝互迁易，城阙或丘荒[4]。
坟垄日月多，松柏郁芒芒[5]。
天道信崇替，人生安得长？
慷慨[6]惟平生，俯仰独悲伤。

【注释】

〔1〕"念君"二句：假设为来客之言，意思是说挂念你好久不回故乡，所以才不畏路途遥远，跋山涉水来探望你。濡：渍湿，形容路途艰辛。

国学经典精神家园丛书

〔2〕"投袂"二句：投袂：奋袖而起。门途即门径。不及裳：来不及整理下面的衣服。二句都是形容急于迎见故乡来客的迫切心情。

〔3〕"旧齿"句：旧齿：老一辈的人们。凋丧：死亡。

〔4〕"市朝"二句：用街市的彼此变迁与城市的荒芜，形容人世的迅速变化。

〔5〕"坟垒"二句：随着时间的流逝，坟茔在一天天地增加，而只有松柏郁郁苍苍，永远茂盛。

〔6〕慷慨：叹息的意思。

【赏析】

晋武帝司马炎死后，西晋王朝便陷入长达十六年的"八王之乱"中，宫廷内斗不止，杀国舅，杀太后，害太子，杀皇后，骨肉倾轧，兄弟残杀。陆机《门有车马客行》是当时社会的实录，它反映了乱世的悲哀。诗中借车马客叙说的家乡倾覆的悲惨现实，是整个天下的惨淡缩影，诗中抒发的哀痛是乱世幸存者共同的哭声。

开头四句点出事情的起因：因故乡亲人非常想念自己，所以远道而来看望，为下文问讯亲人做了铺垫。在封建派系混战的年代，人的性命朝不保夕，在这非常时期有亲人来探望，诗人的激动可想而知。

因为是战乱时期，长期音讯不通，所以一提到亲人，主客便痛哭流涕，哽咽难叙。"亲友多零落"六句，展示了一幅极其惨淡的图景：亲友大部分零落了，有德望的老人全死光了；昔日豪华壮丽的官府殿堂倾颓殆尽，或沦为杂草丛生的荒丘，或沦为商贩出入的集市；放眼望去，郊原坟冢垒垒，松柏郁苍。六句诗，"亲友"两句和"坟垒"两句形成强烈比照，"市"与"朝"，"城阙"与"丘荒"也形成鲜明对比。通过这种对比组合，诗人创造出了沧桑的气氛和惊心动魄的感染力。

结尾四句诗人把亲友零落、生命短促的现实痛苦升华为对整个人生意义和价值的悲叹感伤。"天道信崇替，人生安得长"——宇宙万物终归要衰亡，人又岂能幸免！既然生老病死是宇宙之自然规律，每个人都难逃此运，零落者的今天，便是"我"的明天，于是诗人便在一曲欲罢不能的伤叹中收束全诗："慷慨惟平生，俯仰独悲伤。"

【名家评点】

士衡乐府，金石之音，风云之气，能令读者惊心动魄。虽子建诸乐府，且不得专美于前，他何论焉？

——［清］刘熙载《艺概诗概》

左 思

　　左思（约250—305年），字太冲，西晋临淄（今山东淄博市）人。因其妹左芬入宫，移家洛阳，官秘书郎。文人集团"二十四友"之一。太安二年（302年），兵乱洛阳，迁居冀州，数年后病卒。他虽然学识渊博，才华出众，但由于出身寒微，貌丑口拙，不喜交游，所以仕途不得志。其诗主要反映寒门出身的知识分子与士族门阀之间的矛盾，揭露门阀制度的不合理，同时表达了自己建功立业的愿望以及对世族权贵的蔑视。笔力充沛，情感激烈，用语朴质，绝少雕琢，极富浪漫情调，这使他远远超越了同时代其他诗人。左思曾被称为太康时代的"一代作手"，他的《三都赋》经十年苦心构思而成，由此名重一时，豪贵之家竞相传抄，致使洛阳纸贵。司空张华赞之曰："班张之流也，使读之者尽而有余，久而更新。"

　　左思的作品流传下来的不多，仅《昭明文选》和《玉台新咏》中存有少量诗赋，近人辑有《左太冲集》。《咏史八首》是他的代表作。

咏史八首

弱冠弄柔翰，卓荦观群书[1]。
著论准过秦，作赋拟子虚[2]。
边城苦鸣镝，羽檄飞京都[3]。
虽非甲胄士，畴昔览穰苴[4]。
长啸激清风，志若无东吴。
铅刀贵一割，梦想骋良图[5]。
左眄澄江湘[6]，右盼定羌胡。
功成不受爵，长揖归田庐。

【注释】

　　〔1〕"弱冠"二句：弱冠：古时男子二十岁加冠，其时身体未壮，故曰弱冠。柔翰：毛笔。卓荦（luò）：卓越。此联意谓自己二十岁时就已经善于作文，而且博览群书，才学出众。

　　〔2〕"著论"二句：著论作赋以《过秦论》和《子虚赋》为准则。《过秦论》是西

汉贾谊所作，《子虚赋》是司马相如所作。

〔3〕"边城"二句：鸣镝：响箭，古时战争中作为示警的信号。羽檄：插着羽毛的文书，表示紧急。此联意谓边疆苦于外患，告急的文书飞快传到了京都。

〔4〕"虽非"二句：甲胄士：即战士。畴昔：以往。穰苴：春秋时齐景公之将田穰苴，官至大司马，善治军。其后齐威王使大夫整理古司马兵法，附穰苴于其中，号为《司马穰苴兵法》。这里穰苴泛指兵法。

〔5〕"铅刀"二句：谓铅刀虽钝，如果能有一割之用也好；自己虽然才能低拙，但仍然希望施展抱负，为国出力，像铅刀那样，以一割为贵。

〔6〕澄江湘：指平定东吴。

【赏析】

左思是西晋太康时期的杰出作家，诗赋成就极高。他的《三都赋》曾使"洛阳纸贵"；他的诗，谢灵运认为"古今难比"，钟嵘《诗品》也将其列为"上品"。《咏史八首》是其代表作。

《咏史》并不始于左思。东汉初年，班固已有《咏史》，然其写法只是"概括本传，不加藻饰"。而左思的《咏史》诗并不是概括某些历史事件和人物，而是借以咏怀。何焯认为左思《咏史》是咏史类诗歌的变体，其实是咏史诗从内容到形式的新发展。

《咏史》组诗表现了诗人从积极入世到消极避世的思想变化过程。这是封建社会郁郁不得志的有理想、有才能的知识分子不平之鸣。

第一首写诗人的才能和愿望，可看作是这组诗的序诗。首四句写他博学能文，次四句写自己兼通军事。诗人认为自己不仅有文才，而且有武略，在战争发生的时候，应该为国效劳。

诗人放声长啸，啸声在清风中激荡，志气豪迈。他认为一把很钝的铅刀，尚有一割之用，而自己做梦都在想施展才能，以实现美好的愿望。诗人的美好愿望（"良图"）是什么呢？"左盼"四句做了具体回答：消灭东南的东吴，平定西北的羌胡。功成之后，不受封赏，归隐田园。这表现了诗人既渴望建功立业，又不贪恋富贵的崇高精神。

左思的这首诗意气豪迈，情感昂扬，很容易使人想起曹植。曹植为国赴难、建功立业的志愿被曹丕父子扼杀，郁郁不得志地度过不幸的一生。而左思的壮志雄心却被门阀制度断送了。所以，诗人愤怒地向门阀制度提出了控诉。

郁郁涧底松，离离〔1〕山上苗，

以彼径寸茎，荫此百尺条。

世胄[2]蹑高位，英俊沈下僚。

地势使之然，由来非一朝。

金张藉旧业，七叶珥汉貂[3]。

冯公[4]岂不伟，白首不见招。

【注释】

〔1〕离离：下垂貌。

〔2〕世胄：世家子弟。

〔3〕"金张"二句：金张：指金日磾和张安世。二人都是西汉宣帝时的权贵。金家七代为内侍。张家子孙相继，自宣、元以来为侍中、中常侍者凡十余人。功臣之家唯有金氏、张氏亲近贵宠，比于外戚。藉旧业：依靠先人的遗业。七叶：七世。珥：插。汉貂：汉代侍中官冕两旁插貂鼠尾为饰。二句意谓金张两家子弟凭借祖先功业，显赫七代。

〔4〕冯公：汉文帝时中郎署长冯唐，终生为官，无缘迁升，至死仍为郎官。与上联一起证明"上品无寒门，下品无世族"由来已久。

【赏析】

《咏史》的这首诗猛烈地抨击了门阀制度对人才的压制，倾诉了贫寒之士怀才不遇、报国无门的愤懑。诗歌围绕"地势"悬殊这一主题展开，采用对比手法揭露门阀制度的不合理。诗起首便展示了一幅触目惊心的画面：苍松以百尺之材，处于"涧底"；而径寸小苗却高踞于山上，影子还要挡住苍松。

诗人以这种反常的自然现象作比兴，将"世胄蹑高位，英俊沉下僚"这一畸形的社会现象非常鲜明地突显了出来。一边是处于涧底的苍松，一边是踞于山上的寸苗；一边是"蹑高位"的世胄，一边是"沈下僚"的英俊；一边是显赫一时的金、张旧家，一边是年老官卑的冯唐——这一组组鲜明的对比，无可辩驳地证明了门阀制度的荒悖。因此，诗人痛切地感到，人的命运并不取决于他的才华，而是由他所处的"地势"高下决定的。

全诗激荡着一股不平之气。尤其是结尾"冯公岂不伟，白首不见招"，采用反问句式，显得沉痛有力。左思所创造的"涧底松"这一艺术形象，扣动了后世无数文人的心弦，他们常常运用它来抒写自己怀才不遇的郁愤。

吾希段干木，偃息藩魏君〔1〕。
吾慕鲁仲连，谈笑却秦军〔2〕。
当世贵不羁〔3〕，遭难能解纷。
功成耻受赏，高节卓不群〔4〕。
临组不肯绁，对珪宁肯分〔5〕？
连玺〔6〕曜前庭，比之犹浮云。

【注释】

　　〔1〕"吾希"二句：希：仰慕。段干木：战国时魏国的贤士，隐居穷巷，不愿仕进。魏文帝尊他为师。当时秦国要攻打魏国，司马唐谏秦王说："段干木贤者而魏礼之，天下皆闻，无乃不可乎？"秦君以为然，魏国因此免于兵祸。偃息：安卧。藩：保护。

　　〔2〕"吾慕"二句：我敬慕鲁仲连，他在谈笑之间就能使秦国退兵。鲁仲连：战国时齐国高士。赵孝成王时，秦将白起围赵，魏王使将军新垣衍说赵，劝其尊秦昭王为帝。这时鲁仲连正游赵，说服赵人放弃这个屈辱的条件。秦军知道后，为之退兵五十里。

　　〔3〕贵不羁：以不受人笼络为贵。

　　〔4〕"功成"二句：与前二句赞鲁仲连，意谓世上所推崇的是那些不羁之士，他们能为人排忧解难，功成而不受赏，高节卓越，与众不同。

　　〔5〕"临组"二句：组：丝织的绶带，用以系印章于腰间。绁：系。珪（jué）：端玉，上圆下方，古分封诸侯，爵位不同，所授珪也不同。绁组与分珪都是表示接受封赏。

　　〔6〕连玺：成串的印。

【赏析】

　　这首诗歌颂段干木和鲁仲连为国立功，不受爵禄的高尚情操。诗人表示了对他们的仰慕和向往。"高节卓不群"句是诗眼，承上启下，这里写的是鲁仲连高尚的思想品质，同时也表现了诗人的思想和愿望。

　　李白也有一首歌颂鲁仲连的诗，诗云："齐有倜傥生，鲁连特高妙。明月出海底，一朝开光曜。却秦振英声，后世仰末照。意轻千金赠，顾向平原笑。吾亦澹荡人，拂衣可同调。"明显是受左思的影响。

济济京城内，赫赫王侯居。

冠盖荫四术，朱轮竟长衢〔1〕。
朝集金张馆，暮宿许史〔2〕庐。
南邻击钟磬，北里吹笙竽。
寂寂扬子〔3〕宅，门无卿相舆。
寥寥空宇中，所讲在玄虚。
言论准宣尼，辞赋拟相如〔4〕。
悠悠百世后，英名擅八区〔5〕。

【注释】

〔1〕"冠盖"二句：京城里贵族高官来来往往，络绎不绝，他们的冠盖遮蔽了四通八达的道路，车驾挤满了长街。术：道路。竟：同"尽"。

〔2〕许史：许指汉宣帝许皇后的娘家。其继父许广汉被封为平恩侯，广汉两个弟弟亦皆封侯。史指宣帝祖母史良娣的娘家，宣帝封史良娣侄史高等三人为侯。

〔3〕扬子：指扬雄。雄家贫，门无宾客，不与卿相往来，终日闭门著书。曾仿《周易》著《太玄经》十卷。

〔4〕"言论"二句：扬雄仿《论语》作《法言》十三卷，仿司马相如作赋撰《甘泉赋》《长杨赋》等。宣尼：孔子。汉平帝时追谥孔子为"褒成宣尼公"。

〔5〕"悠悠"二句：意谓扬雄的美名将永远流传八方。八区：八方。

【赏析】

前写长安城中权贵们的豪奢，后写扬雄闭门著书。诗人鄙弃前者，肯定后者，热情歌颂了扬雄甘于寂寞的精神。

诗人以鲜明的对比来表现扬雄顽强治学的精神。一边是醉生梦死，荒淫无耻，一边是安于贫贱，潜心立言。那些过着豪华生活的权贵，与草木同腐，而扬雄的美名将流传后世，远扬四方。诗人虽然也有过雄心壮志，但在门阀制度下，他知道自己没有施展才能的机会，因此他只好转而走扬雄的道路。

皓天舒白日，灵景耀神州〔1〕。
列宅紫宫里，飞宇若云浮〔2〕。
峨峨高门内，蔼蔼皆王侯〔3〕。

自非攀龙客，何为欻来游〔4〕？
被褐出阊阖，高步追许由〔5〕。
振衣千仞冈，濯足万里流〔6〕。

【注释】

〔1〕"皓天"二句：明亮的天空阳光灿烂，普照着神州大地。灵景：日光。

〔2〕"列宅"二句：皇宫里一排排建筑飞檐如云，十分豪华。紫宫：本星名紫微宫，此喻帝王宫禁。飞宇：古代宫殿的屋檐像飞扬的鸟翼，故名。

〔3〕"峨峨"二句：意谓高大的府第里，住着许多王侯贵戚。

〔4〕"自非"二句：自己并不是攀龙附凤之徒，为何到这种地方呢？欻（xù）：忽然。

〔5〕"被褐"二句：被褐：穿粗布衣服。阊阖：宫门。许由：传说中的隐士，尧欲让天下与之，不受而逃。

〔6〕"振衣"二句：此谓远离醒醒的城市生活，在高山上抖衣，在长河里洗脚，以除去世俗尘污。仞：古时度量单位，八尺为一仞。

【赏析】

左思的诗歌以其苍凉浑厚、不事雕琢在当时独树一帜，被后人誉为"左思风力"。本篇即充分表现了"左思风力"的特点。

诗歌一开始以"皓天舒白日，灵景耀神州"起兴，经营出一片壮丽开阔的意境，然后写都城宫宇的富丽及王侯贵族的尊贵。接着笔锋一转，冷静地自问："自非攀龙客，何为欻来游？"我又不想攀龙附凤，为什么要混迹其间呢？语气间大有今是而昨非的感慨，决心拂衣归去。"被褐"四句则将一个飘然出世、神超志旷的隐士形象刻画得栩栩如生。

"振衣千仞冈，濯足万里流"是千古传诵的名句。诗人将对不公正的政治愤慨，化为对万物皆自由的大自然的赞美。按照中国传统的政治观念，人人都有参与政治的责任，所谓"野无遗贤"，所谓"天下兴亡，匹夫有责"。反之，渴望隐逸于大自然中，也就成了对政治不清明的无声抗议，公开歌颂隐逸，便是有声抗议。

荆轲饮燕市，酒酣气益震。
哀歌和渐离，谓若傍无人。

虽无壮士节，与世亦殊伦[1]。

高盼邈四海，豪右何足陈[2]！

贵者虽自贵，视之若埃尘。

贱者虽自贱，重之若千钧[3]。

【注释】

〔1〕殊伦：与众不同。

〔2〕"高盼"二句：意谓荆轲高视不凡，以四海为小，这般豪门怎值得一提。

〔3〕"贵者"四句：这是作者的评述，意谓权贵们虽然自以为贵，但在我看来轻若尘埃；贱者如荆轲、高渐离等人，虽然自以为贱，但我视之重若千钧。钧：古时以三十斤为一钧。

【赏析】

荆轲刺秦王是为了除暴安民，但是刺客的行为是不足取的，不过他的事迹确有感人之处。左思赞颂荆轲，固然是佩服荆轲的为人，而更主要的是借以咏怀，表示对豪门势族的藐视。

"贵者虽自贵"四句，是诗人直接陈述自己对"贵者"和"贱者"的看法。他一反世俗之见，将"贵者"视若尘埃，视"贱者"重若千钧，进一步抒发了自己愤激之情，字里行间洋溢着诗人的英风豪气。

战国以后，荆轲的事迹长期流传。三国阮瑀《咏史》第二首、东晋陶渊明《咏荆轲》、唐代骆宾王《易水送别》等都是歌咏荆轲之作。陶诗云："其人虽已没，千载有余情。"大体上表达了这类诗歌的共同感情，左思的这首诗也不例外。

主父宦不达，骨肉还相薄[1]。

买臣[2]困樵采，伉俪不安宅。

陈平[3]无产业，归来翳负郭。

长卿[4]还成都，壁立何寥廓。

四贤岂不伟，遗烈光篇籍[5]。

当其未遇时，忧在填沟壑。

英雄有迍邅，由来自古昔。

何世无奇才，遗之在草泽〔6〕。

【注释】

〔1〕"主父"二句：主父：汉武帝时谋臣主父偃，官至齐相。当其未遇时，"亲不以为子，昆弟不收"。骨肉：喻至亲，这里指父母兄弟。薄：轻视，看不起。

〔2〕买臣：汉武帝时朝臣朱买臣，官至丞相长史。初家贫，以采樵为生，其妻以为耻，改嫁他人。

〔3〕陈平：汉初功臣，官至丞相。少时家贫，居穷巷，以弊席为门。

〔4〕长卿：司马相如字长卿。成都人，与卓文君私奔，回成都，家徒四壁。

〔5〕"四贤"二句：意谓这四位贤者的业绩流传后世，光耀史册，岂不伟大。但当他们未遇之时，时时忧虑因穷困致死、葬身沟壑。遗烈：遗业。篇籍：史册。

〔6〕"英雄"四句：意谓英雄都有艰难困苦的遭遇，自古皆然。什么时代没有奇才被遗弃在草野呢？迍邅（zhūn zhān）：处在困境中难以前进。

【赏析】

诗人在这里特意歌咏的主父偃四人没有显达时的穷困生活，有意回避了他们后来的尊荣，其实这四位古人后来都官运亨通。主父偃为中大夫，朱买臣任会稽太守，陈平为汉惠帝、吕后、汉文帝丞相，封曲逆侯，司马相如在汉景帝时为武骑常侍，汉武帝时为郎，后为孝文园令。他们都成了著名的历史人物。左思不想表现他们做官以后的显赫尊贵，而着重表现他们"当其未遇时，忧在填沟壑"的困厄，本意是借以抒发自己被遗弃的愤慨。结尾四句对英雄多艰、自古如此的惨痛认识，道出了诗人内心深处的永久悲伤。

习习〔1〕笼中鸟，举翮触四隅。
落落穷巷士，抱影守空庐。
出门无通路，枳棘塞中涂。
计策弃不收，块若枯池鱼。
外望无寸禄，内顾无斗储。
亲戚还相蔑，朋友日夜疏。
苏秦北游说，李斯西上书〔2〕。
俯仰生荣华，咄嗟复凋枯〔3〕。

饮河期满腹，贵足不愿余。

巢林栖一枝，可为达士模〔4〕。

【注释】

〔1〕习习：不停地飞。

〔2〕"苏秦"二句：苏秦：战国时洛阳人，先游说秦，未用，再说燕赵六国，佩六国相印。后在齐遇刺身亡。李斯：战国时楚上蔡人，西至秦说秦王，得为客卿，秦统一天下后为丞相。秦二世时为赵高谗死，诛三族。

〔3〕"俯仰"二句：意谓苏秦、李斯的尊荣、倾灭都只是顷刻之间的事情。俯仰：抬头低头。咄嗟：一呼一吸。皆喻时间之短促。

〔4〕"饮河"四句：语出《庄子·逍遥游》："鹪鹩巢林于深林，不过一枝；偃鼠饮河，不过满腹。"这里是说，达观之士应当像鹪鹩和偃鼠那样寡欲知足。

【赏析】

在门阀制度森严的社会中，左思到处碰壁，在愤慨和不平之中，他感到无路可走，目睹社会的黑暗和官场的无常，他终于退却了，只想过一种安贫知足的生活，做一个"达士"。

诗的前半段对贫士生活的形象做具体描述，正是左思初去洛阳的真实写照。左思是有强烈功名欲的人，他希望能够得意官场，一展宏图。但是他又不愿像苏秦那样四处游说，也不愿像李斯那样西行事秦。他们虽然在俯仰之间，尊荣无比，然而随之而至的却是杀身之祸。诗人认为像苏秦、李斯那样乍荣乍枯，实在不值得美慕。后四句是化用庄子语，诗人表示要向偃鼠、鹪鹩学习，安贫知足，了此一生。

【名家评点】

太冲咏史，不必专咏一人，专咏一事，咏古人而己之性情俱见。此千秋绝唱也。后惟明远、太白能之。

——［清］沈德潜《古诗源》

左　芬

左思妹。少好学能文，晋武帝纳入后宫，封修仪，后封贵嫔。容颜平平，因而无宠，但以才德为帝所重，宫中每有方物异宝，必使芬作赋颂。

感离诗

自我去膝下，倏忽逾再期[1]。
邈邈浸弥远，拜奉将何时[2]？
披省所赐告，寻玩悼离词[3]。
仿佛想容仪，欷歔不自持。
何时当奉面[4]，娱目于书诗。
何以诉辛苦，告情于文辞。

【注释】

〔1〕再期：两周年。

〔2〕"邈邈"二句：意谓相见的希望一天比一天遥远，真不知何时才能拜见兄长。
邈邈：遥远貌。浸弥：更加。

〔3〕"披省"二句：披省：翻阅。寻玩：追寻诗意而玩味之。悼离词：指左思的
《悼离赠妹诗》。

〔4〕奉面：相见。

【赏析】

左氏兄妹"早丧先妣"，同命相依，"恩百常情"（左思《悼离赠妹诗》），故这里
的"膝下"非指父母，而是诗人对兄长的尊敬称谓，其中流露了深切的依恋之情。

相见之日遥遥无期，诗人的企盼之情又难以消歇，个中苦楚是不言而喻的。无奈之
下，诗人取出她珍藏的兄长书信诗章，一遍遍地观览，作为慰藉。重温兄长的诗书，其中
的一往情深，更使她心灵为之颤动。

左思兄妹都富有才情，从前他们一起读书，一起吟诗，这往日的欢乐，才是静锁深宫
的女诗人魂牵梦萦的所在，无日或忘的向往！所以，左芬对兄长的思念，其实是对自由生
活的憧憬和怀思的一种体现。厌弃貌似华贵的宫廷而怀恋诗书自娱的生活，又体现了女诗
人清峻高朗的志尚和胸次。然而，这向往最终只有归之于梦想。与梦想相对立的现实，只
是"辛苦"——在宫廷枷锁的重负下，安得不辛苦？"何以诉辛苦，告情于文辞"，这二

句包揽了女诗人入宫后的一切不幸，一切思念。二句结住全诗，既点醒题目，又有低回不尽之情味。

左思曾有《悼离赠妹诗》与之唱和。诗中赞美他的妹妹"如兰之秀，如芝之荣。比德古烈，异世同声"。

【名家评点】

宫怨诗赋多写待临望幸之怀，如司马相如《长门赋》、唐玄宗江妃《楼东赋》等，其尤著者。左芬不以侍至尊为荣，而以隔"至亲"为恨，可谓有志。《红楼梦》第一八回贾妃省亲，到家见骨肉而"垂泪呜咽"，自言"当日既送我到那不得见人的去处……今虽富贵，骨肉分离，终无意趣。"词章中宣达此段情境，莫早于左赋者。

——钱钟书《管锥篇》

国学经典精神家园丛书

张　翰

字季鹰，西晋吴郡吴县（今江苏苏州）人。少有才，然纵放不羁，时人比之阮籍，号"江东步兵"。晋惠帝时入洛阳，任齐王司马冏大司马东曹掾。时朝政昏乱，相互倾轧，张翰托言见秋风起而思吴中莼菜、鲈鱼之美，弃官归家。张翰性至孝，因母丧过哀痛而卒，年五十七。有集二卷，已佚。现仅存诗四篇十二首。

思吴江歌

秋风起兮木叶飞，吴江水兮鲈正肥。
三千里兮家未归，恨难禁兮仰天悲。

【赏析】

"秋风鲈脍""莼羹鲈脍"是诗词曲赋中常见的典故。莼羹即莼菜汤，鲈脍即鲈鱼片。此典出自张翰。他本无意于功名，竟也鬼使神差到洛阳做了几年官，自然觉得很不适应。其时"八王之乱"初起，齐王对他有笼络之意，他更感到不可久留。鲈鱼是作者家乡的特产，味极鲜美，秋天又正是鱼肥的季节。一个"正"字，流露出"正"当其时，迫不及待的心情。"恨"是思归不得之恨，这种恨想压也压不住，于是仰天悲叹。张翰的归乡既有放达情性的一面，又有惧祸避乱的一面，恐怕更多的还是出于后者，时人谓其"知几"。宋初王赞写诗道："吴江秋水灌平湖，水阔烟深恨有余。因想季鹰当日事，归来未必为莼鲈。"因此"秋风鲈脍"成了厌弃仕途、向往家园、向往自由的代名词。宋代，在张翰家乡吴江垂虹桥旁建有三高祠（纪念范蠡、张翰、陆龟蒙三位）、鲈乡亭，题咏甚多，张翰的《思吴江歌》也广为传诵。

张 载

张载，字孟阳，西晋安平（今河北安平）人。为人娴雅，文章为傅玄所赞赏。历官佐著作郎、太子中舍人、弘农太守。长沙王司马乂请为记督，拜中书侍郎，复领著作。因世乱称疾归乡，卒。与其兄弟张协、张亢及陆机、陆云昆仲人称"二陆三张"。有集七卷，已佚。现存诗十四篇二十二首。

七哀诗（二首选一）

北芒[1]何垒垒，高陵有四五。
借问谁家坟，皆云汉世主。
恭文遥相望，原陵郁膴膴[2]。
季世丧乱起，贼盗如豺虎。
毁坏过一抔，便房启幽户[3]。
珠柙[4]离玉体，珍宝见剽虏。
园寝化为墟，周墉[5]无遗堵。
蒙茏荆棘生，蹊径登童竖[6]。
狐兔窟其中，芜秽不复扫。
颓陇并垦发，萌隶[7]营农圃。
昔为万乘君，今为丘中土。
感彼雍门言，凄怆哀今古[8]。

【注释】

〔1〕北芒：即芒山，在洛阳北。汉魏以来，帝王公侯的陵墓多筑于此。

〔2〕"恭文"二句：恭文：恭陵和文陵分别指汉安帝刘祐和汉灵帝刘宏的陵墓。原陵：汉光武帝刘秀的寝陵。膴膴（wǔ）：肥沃茂盛。

〔3〕"毁坏"二句：一抔：即一捧土。长陵是汉高祖刘邦的陵墓，"取一抔土"是盗墓的婉转说法。便房：古代帝王和贵族陵墓中供吊祭者休息的房间。

〔4〕珠柙：盛放珠宝的匣子。

〔5〕周墉：围墙。

〔6〕童竖：采樵和放牧的童子。

〔7〕萌隶：农夫。

〔8〕"感彼"二句：这里借战国时齐人雍门周与孟尝君的一次对话，说明自古盛衰无常，富贵难永。

【赏析】

汉末巨大的社会动乱，给人民带来深重的灾难，也给最高统治者带来灭顶之灾，刘汉王朝不仅皇祚断绝，就连他们的陵寝也遭受空前的破坏。张载的《七哀诗》通过对汉陵被掘及其荒败景象的描写，抒发了诗人对人事变迁、盛衰无常的深沉感慨。

诗的前六句诗人写远观汉陵的荒败，勾勒出一幅苍凉的丘山坟冢图。诗人纵目远望，只见北芒山上坟冢垒垒，只有四五座高坟格外显眼。"何"字真切地道出诗人目击此景象后的惊叹。"皆"字寓意丰富，揭示了诗人在又惊又疑、似信非信的情绪驱使下，广为询问的过程。

中间十四句回顾汉陵被掘，近写汉陵荒败之现状。"贼盗"指汉末军阀董卓及其部众，"豺虎"形容董卓部众野蛮疯狂之破坏。那些帝王生前不可一世，死后还要随葬无数金银珠玉，权势欲、占有欲可谓甚矣。想不到在大动乱中，陵墓遭掘，"至乃烧取玉匣金镂，体骨并尽"（曹丕《典论》），往日的一切都成为过眼云烟。昔日神圣肃穆的汉家陵园，经贼盗洗劫，如今面目全非。园寝夷为丘墟，围墙倾颓无遗，守陵之吏、祭扫之臣不复存在。杂草繁茂、荆棘丛生的丘墟已成为狐兔栖息之地，樵童牧竖之场，农夫垦殖之所。

最后四句抒发盛衰无常的感伤之情。正是通过"昔为万乘君，今为丘中土"这一典型事例，诗人对人生的思索上升到了哲学高度：盛衰无常，富贵难永。雍门周在孟尝君尊贵之时预言其死后葬身之所必衰；张载目睹荒败的汉陵，与雍门周的预言完全吻合。雍门周所谓"行人见之凄怆"，正是张载此时之体悟，故他以"凄怆哀今古"收束全诗，使诗的主题思想突破一时一事之限，从而更加深沉开阔。

对于人生的探索是一个古老的哲学命题，从雍门周生活的战国时代到张载生活的西晋，每当个人意识觉醒时，这一命题便成为令人无限伤怀和思索的重大课题。如果说对生死存亡的重视、哀伤，对人生短促的感慨、喟叹，从建安到晋宋，从中下层到皇家贵族，在漫长的时间和辽阔的空间中弥漫开来，成为整个时代的典型音调，那么，张载《七哀诗》正是这一音调中令人凄寒彻骨的一个音符。

【名家评点】

何后葬，开文陵，卓悉取藏中珍物……卓自屯留毕圭苑中，悉烧宫庙官府居家，二百里内无复孑遗。又使吕布发诸帝陵，及公卿已下冢墓，收其珍宝。

——［南朝宋］范晔《后汉书》

苏伯玉妻

西晋时女子，佚其姓氏。《玉台新咏》仅存其诗一首。

盘中诗

山树高，鸟鸣悲。泉水深，鲤鱼肥。空仓雀，常苦饥。吏人妇，会夫稀。出门望，见白衣。谓当是，而更非。还入门，中心悲。北上堂，西入阶。急机绞[1]，杼声催。长叹息，当语谁。君有行，妾念之。出有日，还无期。结中带，长相思。君忘妾，天知之。妾忘君，罪当治。妾有行，宜知之[2]。黄者金，白者玉。高者山，下者谷。姓为苏，字伯玉，作人才多智谋足。家居长安身在蜀，何惜马蹄归不数[3]。羊肉千斤酒百斛，令君马肥麦与粟。今时人，智不足。与其书，不能读。当从中央周四角。

【注释】

〔1〕机绞：织机上的机关。

〔2〕"妾有行"二句：意谓我端正的品行你应当知道。

〔3〕不数：意谓马跑多快也不必去管它。

【赏析】

与其书不能读当从中央周四角
足为苏字伯玉作人才多智谋足
不姓期结巾带长相思君忘妾家
智谷无悲北上堂西入阶急天居
人者还心人妇会夫希出机知长
时下日中吏悲泉水深门绞之安
今山有门饥鸣　山鲤望杯妾身
粟者出入苦鸟高树鱼见声忘在
与高之还常雀仓空肥白催君蜀
麦玉念非更而是当谓衣长罪何
肥者妾行有君谁语当息叹当惜
马白金者黄之知宜行有妾治马
君令斛百酒斤千肉羊数不归蹄

中国的图形诗，比欧洲早了几百年。所谓图形诗，是指诗的书写形式和某种几何图形相像。图形诗的读法也是因诗而异。

苏伯玉妻《盘中诗》的奇特之处不仅仅是因为它写于盘中，而在于它盘旋回转，如珠走盘，屈曲成文。因其同后来的回文诗有些相似，故而不妨说是回文诗的先导。其诗构思布局之曲折与诗句之缠绵相互映衬，具有很强的艺术感染力，从而成为千古佳话。

由于原图失传，所以对《盘中诗》的读法有多种说法，一般基本都是按照其诗的提示，从里到外顺时针读起。全诗二十七韵四十九句，三字句为主，有部分七字句。

就诗本身而言，这是一首非常纯朴坦诚而热烈的爱情诗。一般的思妇诗大多诉说独守空闺之苦，而此诗却重在表现对丈夫一往情深的思念，在写法上也不是直抒衷肠，而是用一系列动作和细节叙述，比较完整地表现出作者的个性：温顺、多情而坚强。

开篇连用三个比兴，引出思夫主题。栖息在山头高树上的鸟儿备受风寒侵袭，其鸣声必然是悲哀的，这是在隐喻自己正在被相思困扰；泉水深，鱼儿才会长得肥美，从反面衬托她得不到爱情的滋润而日渐消瘦；空空如也的谷仓里，麻雀必然忍受着饥饿，这是在比喻自己对丈夫的思念。以下转入由于"会夫稀"所产生的热烈思恋。"出门望……当语谁"一段是从一些反常的举动写自己的思夫之情。天天出门企望丈夫归来，竟然把一个穿白衣的男子误认为是自己的丈夫；进门织布，是想借劳作驱散心中的忧伤，然而徒劳无益，机杼声中夹杂着长长的叹息。这心中的痛苦向谁说呢？"君有行……下者谷"一段写自己在纺织声中自煎愁肠的内心活动，其中有怀念，有疑虑，有怨恨，有誓言。她用四种永无改变的事物表白自己的爱情像金黄、玉白、山高、谷低一样万古不移，始终如一。接着转为对丈夫的深情呼唤：苏伯玉啊苏伯玉，你人才出众，足智多谋，家在长安，只身在蜀，为什么要爱惜你的马，不快快回来呢？快回来吧，我将准备千斤羊肉百斛美酒欢迎你、犒劳你，也将准备充足的麦粟喂你的马。此中有赞颂，有责备，有许诺，感情复杂而炽热，思夫之情达于高潮，诗也到此戛然而止。

"今时人"以下几句，有诗评家指出，只是说明读诗的方法，与内容无关，疑似后人附加上去的。因为这几句带有明显的轻蔑意味，一个对丈夫倾心爱慕的妻子，对她所思念的男人决不会如此不逊的。

【名家评点】

使伯玉感悔，全在柔婉，不在怨怒。此深于情……似歌谣，似乐府，杂乱成文，而用意忠厚，千秋绝调。

——［清］沈德潜《古诗源》

杨　方

杨方，字公回，东晋会稽（今浙江绍兴市）人。初为郡功曹，后荐入京师，为司徒王导幕僚，转东安太守、司徒参军、高梁太守。年老归家卒。有《五经钩沉》十卷，《吴越春秋削繁》五卷，集二卷，均佚。现仅存《合欢诗》五首。

合欢诗（五首选一）

虎啸谷风起，龙跃景云浮。
同声好相应，同气自相求。

我情与子亲，譬如影追躯。
食共并根穗，饮共连理杯。
衣用双丝绢，寝共无缝绸。
居愿接膝坐，行愿携手趋。
子静我不动，子游我无留。
齐彼同心鸟，譬此比目鱼。
情至断金石，胶膝未为牢。
但愿长无别，合形作一躯。
生为并身物，死为同棺灰。
秦氏自言至，我情不可俦〔1〕！

【注释】

〔1〕"秦氏"二句：指秦嘉与其妻徐淑伉俪情深事。秦嘉是东汉桓帝时陇西郡的官吏，在他前往洛阳就职时，因徐淑患病归宁，夫妇不能面别，因作诗赠妻。诗中极言其相思之苦。此联是诗主人公借秦、徐往事，说明只有她对丈夫的感情才是举世无匹的。

【赏析】

比起"两情若是久长时，又岂在朝朝暮暮"的浪漫，大多数人似乎更欣赏"在天愿做比翼鸟，在地愿为连理枝"的圆满。尤其是新婚之妇，谁都希望与夫君长相厮守，效仿鸳鸯蝴蝶的双宿双飞。杨方的《合欢诗》借新妇之口，抒写了对这种生活的热烈憧憬。

诗以"虎啸"风起、"龙跃"云从起兴，马上将读者带入夫唱妇随、同声相应的美好境界。新妇在诉说满腹的心愿时，初时还有欲言又止的腼腆之态，话语也半蕴半露。随着情感之激荡，女主人公的思绪便联翩而飞，措辞也更为奇妙、大胆：别人与夫君相伴，无非是求得影之随躯的不离而已；我不仅要和你同饮、同食，而且要和你共餐那同根的穗谷，共斟那连理木制的双杯！所有的衣服，我都要用双丝织成的绢料去做；所有的被面，我都要制得一无缝迹！只有这样，我们的心才会像并根穗一样紧紧相聚，才会像连理木一样枝干相依，而且能情同"双丝"、天衣"无缝"。

诗人的奇思还远远飞翔在这些妙喻之上。他给这位痴情的女子带来了不可穷尽的热切心愿：坐、行、居、游，全都要与夫君在一起！层层铺排的比喻向读者展示了一颗何其厚重的挚爱之心啊。

当全诗渐趋收束之际，女主人公再也按抑不住内心的激动，终于化作了指日为誓式的

一七八

呼喊："但愿长无别，合形作一躯。生为并身物，死为同棺灰！"但她毕竟知道生而"异室"、死不同"棺"的事实。然而她连这一点也不能容忍，立誓要在生前便与夫君合躯"并身"，死去更要化为"同棺"之灰！世间不可能有比这生死相依的爱更炽烈的了。读罢全诗，人们不能不为女主人公无可比拟的深情所打动。

诗之结尾，女主人公以秦嘉和徐淑之事自比，或许可以猜测，她也正处于离别的痛苦之中。正因为此，她才整日怀着渴望，描摹着、憧憬着。但这一切终究是不真实的，当她从梦幻中醒来，无情的现实便如凄风苦雨重重地浸裹了她——桌上的"连理"杯纵然还留存着夫君的气息，人却早已相隔天涯；床上纵有"无缝"的绸被，夫君此刻又在哪里？只有窗外的冷雨时时敲打着窗纸，带给她无尽的凄凉。这些在诗面上都没有吐露，但全都隐隐包容在那怀念和憧憬所交织成的美好愿望之中。

郭　璞

郭璞（276—324年），字景纯，东晋河东闻喜（今山西闻喜）人。他博学多才，著述甚丰。尤精阴阳历算，训诂占卜。所注《穆天子传》《山海经》《楚辞》等均为传世之作。西晋末年，避乱过江，初任宣城太守殷祐参军，后为丞相王导赏重，任著作佐郎、尚书郎。以母忧去职，王敦起之为记室参军。因劝阻王敦谋反被害。敦败，追赠弘农太守。

郭璞是游仙诗的鼻祖，传世的十四首《游仙诗》是其代表作。游仙诗固然起源较早，但到郭璞手里方成定格。这些诗注重抒情，取象生动，《诗品》称赞"景纯艳逸，足冠中兴，郊赋既穆穆以大观，仙诗亦飘飘而凌云"。他还是中国风水学的鼻祖，著有《葬经》。

游仙诗（十九首选三）

京华游仙窟，山林隐遁栖[1]。
朱门何足荣？　未若托蓬莱[2]。
临源挹清波，陵冈掇丹荑[3]。
灵溪可潜盘，安事登云梯[4]？
漆园有傲吏[5]，莱氏有逸妻。
进[6]则保龙见，退为触藩羝。

高蹈风尘外，长揖谢夷齐^{〔7〕}。

青溪^{〔8〕}千余仞，中有一道士。
云生梁栋间，风出窗户里。
借问此何谁？云是鬼谷子^{〔9〕}。
翘迹企颍阳，临河思洗耳^{〔10〕}。
阊阖西^{〔11〕}南来，潜波涣鳞起。
灵妃^{〔12〕}顾我笑，粲然启玉齿。
蹇修^{〔13〕}时不存，要之将谁使？

翡翠^{〔14〕}戏兰苕，容色更相鲜。
绿萝结高林，蒙茏盖一山^{〔15〕}。
中有冥寂士，静啸抚清弦。
放情凌霄外，嚼蕊挹飞泉。
赤松^{〔16〕}临上游，驾鸿乘紫烟。
左把浮丘袖，右拍洪崖肩^{〔17〕}。
借问蜉蝣辈，宁知龟鹤年^{〔18〕}？

【注释】

〔1〕"京华"二句：京华：京都繁华之地。窟：本义为洞穴，此谓游侠出没之所。栖：山居曰栖。此联意谓京华是游侠活动的地方，而山林则为隐士栖居之所。

〔2〕蓬莱：传说中海上仙山。或言"蓬莱"当为"蓬藜"，即为隐者所居草野之地。

〔3〕"临源"二句：写隐者的生活，渴了可以到水的源头去斟饮清波，饿了可以登上高冈采食灵芝。丹荑：初生的赤芝，据说，服之可延年。

〔4〕"灵溪"二句：灵溪：泛指深山幽谷中的溪流，而非注家一向引用的庾仲雍《荆州记》所云之"大城西九里有灵溪水"。潜盘：隐居盘桓。登云梯：比喻在仕途上飞黄腾达。

〔5〕傲吏：指庄周。

〔6〕进：指避世更远，入山更深，如老莱子夫妻那样。

〔7〕"高蹈"二句：意谓我将超尘拔俗，远离尘嚣，辞别伯夷、叔齐而去。我的隐

国学经典精神家园丛书

遁将比他们二人更高超。

〔8〕青溪：山名。

〔9〕鬼谷子：姓王名诩，战国时人，为苏秦、张仪之师。隐居于鬼谷，因以为号。

〔10〕"翘迹"二句：翘迹：犹举足之意。颍阳：颍川之阳，相传唐尧高士许由在此隐居。洗耳：尧以帝位让许由，由以为其言不善，玷污了他的耳朵，遂临河而洗其耳。

〔11〕阊阖西：即西风。

〔12〕灵妃：指宓妃，传说中的洛水女神。

〔13〕蹇修：古贤人名，相传为伏羲氏之臣，掌婚媒之事。

〔14〕翡翠：指翡翠鸟。

〔15〕"绿萝"二句：此联以珍禽芳草的交相辉映，绿萝青松的互相攀附，象征高士隐栖山林与天地共存，与自然冥契的意蕴。

〔16〕赤松：即赤松子，相传为神农氏的雨师，服食水玉，能入火不焚，常出入西王母的石室，驾飞鸿乘瑞云来往上下。

〔17〕"左把"二句：浮丘：浮丘公，也是传说中的仙人，他曾接引王子乔上嵩山学仙。洪崖：古仙人，传说他在帝尧时已有三千岁。

〔18〕"借问"二句：蜉蝣：比喻目光短浅的朝臣和趋炎附势的小人。龟鹤：比喻遁迹山林、忘情人世而长生不死的高士。

【赏析】

以上是《游仙诗》十四首的前三首。郭璞的这组诗虽以"游仙"为题，却并不沉迷于完全与人世相脱离的虚幻仙境。作者合写隐逸和游仙，抒发的情感，则是生活于动乱时代的痛苦和对高蹈遗世的向往。

第一首以"京华游侠窟"与"山林隐遁栖"两种不同生活方式对照。"游侠"现象，这里主要是指贵族子弟呼啸酒市、奢华放浪的行径，相比于这一种尽情享乐的人生，山林中的隐者却孤独而清冷，远离尘世。两者之间如何取舍？"朱门何足荣"是对前者的否定，"未若托蓬莱"是对后者的肯定。可以说，隐逸是求仙的前提，也可以说，隐逸和求仙，在超越尘世的浮华喧嚣中探寻生存的意义是一回事。

"临源"以下四句是对隐士生活的具体描写，意思是说山巅水涯，深可流连，无须费心求禄，希求飞黄腾达。为什么必须离弃仕进之路呢？诗人援引古代贤哲庄子和老莱子的故事，说明在仕宦道路上不但要丧失自由，且隐伏着巨大危险。所谓富贵尊荣不过是使人失去自由天性的诱饵罢了。联系魏晋以来政治生活中风波险恶的情状，不难想象诗人当时心中深刻的忧惧。为进一步说明其中道理，诗人再用《周易》中的爻辞告诫自己。经过以上思考，作者得出的结论是："高蹈风尘外，长揖谢夷齐。"意思是说，像伯夷、叔齐那样大忠大贤，仍然是牵绊于世网，难免羝羊触藩的可怜相，远不如高蹈于人世风尘之外，摆脱一切世俗的羁绊。"谢"是拒绝的委婉说法。

第二首诗是作者游历青溪山时所作，诗中先后歌咏了鬼谷子、许由、灵妃这三位历史上著名的隐士、贤人和女神，抒发隐遁高蹈、企慕神仙的情怀以及求仙无缘的苦恼。开头两句烘云托月，借隐者居所之高喻隐者身份、德行之高，直抒赞美之情。接着诗人表露了对唐尧时代隐士许由的仰慕之心。"阊阖"四句是说西风吹来，青溪水波荡漾，鳞纹泛起，翩翩而来的水中仙子，顾盼巧笑，明眸玉齿，含情脉脉，令人难以忘怀。诗人尽情抒写了隐遁避世、企慕列仙的情怀后，笔锋回转，借求爱无缘来表现现实中求仙不成、寻道无路的苦恼。

歌咏神仙，向往隐逸，这在世道坎坷、风云变幻的西晋末年，不仅代表了珍视生命价值的思想倾向，而且还反映了否定仕途、鄙弃世俗、鄙视富贵的心态。这首诗在艺术上也较有特色，体现出郭璞游仙诗总体风格的清俊超逸。

第三首通过描写隐士栖息山林，与仙为伍，表达了作者对追名逐利之徒的蔑弃和对清静自在生活的企慕。

诗的前四句勾勒出一幅明快鲜丽的画面：小小的翡翠鸟在兰花的茎上嬉戏，其颜色与姿态明艳绚丽，惹人喜爱；绿色的蔓藤爬满林中的松柏，郁郁葱葱，使整座山蒙上了一层青翠，苍翠欲滴，生机勃勃。这四句不仅是山林景物的真实写照，而且通过珍禽芳草的交相辉映，绿萝青松的互相攀附，象征着高士栖隐山林，与天地同存、与自然冥契的意蕴。

接着由景写景中之人，遁迹山林、离群索居的"冥寂士"，他们的心境淡泊，超脱于尘世的名利之争。他们在寂静幽深的山中或放声长啸，或手挥五弦，或放情山水，神游天外，饥则采食花蕊，渴则斟饮飞泉。如此逍遥自在，岂不等同神仙？

故"赤松"以下四句直接写游仙之事。诗人认为，只有那些隐逸冥寂的人才能与赤松子、浮丘公及洪崖先生等人为伍，出入仙乡，神游四海。而那些如蜉蝣一般朝生暮死之辈，不可能明白龟鹤之寿。

晋人的希企隐逸之风，一方面是有感于汉末以来政治黑暗，战乱频仍，士人朝不保夕的处境，于是知识分子为远身避祸而栖息山林，高蹈出世；另一方面，由于玄学的兴盛，玄学家标举老庄哲学，提倡宅心玄远，崇尚自然，而不以物务营心，于是他们找到了归隐山林的人生之路。

构思诡异奇巧，遣词精到圆熟，是郭璞《游仙诗》的显著特点。这种构思造语的风格对后世的诗歌创作影响很大，如谢灵运、谢朓及唐代的一些大诗人，都曾学习《游仙诗》的表现方法，从而培养和丰富了自己的艺术风格。

【名家评点】

景纯游仙之什，即屈子远游之思也……夫殉物者系情，遗世者冥感，系情者难平尤怨，冥感者但任冲玄。取舍异途，情词难饰。今既蝉蜕尘寰，霞举物外，乃复肮脏权势，流连蹇修，匪惟旨谬老庄，毋亦卜迷詹尹。是知君平两弃，必非无因；夷叔长辞，正缘笃感云尔。世累人繁，此情未睹，毁誉两非，比兴如梦。是用屏彼藻绘，探厥胸怀。景纯劝处仲以勿反，知寿命之不长，游仙之作，殆是时乎？青溪之地，斯明证也。

——［清］陈沆《诗比兴笺》

孙 绰

孙绰（314—371年），字兴公，东晋太原中都（今山西平遥）人。少时隐居会稽。出任著作佐郎，袭爵长乐侯。历官征西参军、太学博士、永嘉太守、散骑常侍等，终廷尉卿。孙绰诗风恬淡，是东晋玄言诗的代表作家。有集二十五卷，已佚。今存诗十一篇二十六首。

情人碧玉歌

碧玉[1]小家女，不敢攀贵德。
感郎千金意，惭无倾城色。
碧玉破瓜[2]时，相为情颠倒。
感郎不羞赧，回身就郎抱。

【注释】

〔1〕碧玉：本为小妾名，后代指年轻美貌的小家女子，故语有"小家碧玉"之称。

〔2〕破瓜：旧称女子十六岁为破瓜。瓜字拆开为两个八字，即二八之年，故称。

【赏析】

《碧玉歌》一名《千金意》，或疑云宋汝南王作。自来诗评家将这首视为"淫诗"，也不被选家看好。实则这是士人模仿汉末以降的民间情歌创作的文人诗，所以民歌式的情调及其表述方法依然让人觉得清爽可爱。碧玉小女的那种娇憨任性不但不会给人以淫荡之感，反而觉得其真实可人。后来的诗词大家如韩偓、李清照、朱彝尊等都受其影响。

王羲之

王羲之（321—379年，一作303—361年），字逸少，东晋会稽（今浙江绍兴市）人，祖籍琅琊临沂（今山东临沂）人。少有美誉，为公卿所推重。善草隶，后世习称"王右军"。他是我国最著名的书法家，有"书圣"之称。有集十卷，已佚。明人辑有《王右军集》。现仅存诗八首及断句。

兰亭诗（六首选一）

三春启群品〔1〕，寄畅在所因。
仰望碧天际，俯磐〔2〕绿水滨。
寥朗无厓观，寓目理自陈。
大矣造化功，万殊莫不均。
群籁虽参差，适我无非新〔3〕。

【注释】

〔1〕群品：万事万物。

〔2〕俯磐：俯首察看。

〔3〕"群籁"二句：意谓自然界的无穷事物虽然千差万别，但只要是适合我的，就无一不是新鲜的，充满生机的。

【赏析】

东晋建立后，南渡的中原士族在山水清丽的会稽广置园田楼阁，风景幽绝的兰亭遂成为王羲之、谢安等名流宴集之地。东晋永和九年（353年），当时任会稽内史的王羲之，邀请了谢安、孙绰等老少名士四十二人，于会稽山阴的兰亭。这次聚会，留下了一本诗集——《兰亭集》，王羲之所作的前序，孙绰的后序，都已成为传世名篇。尤其是前序，因其深情的笔墨、简淡的风格和精妙的书法艺术，已成为千古精品。

《兰亭诗》共六首（四言一首，五言五首），其艺术价值不在《兰亭序》之下。这首诗紧接着第一首诗的主旨，说明只要从狭小的功利世界超脱后，大美的自然就会呈现在我们面前。蓝天、绿水，仰望、俯视，清寂旷朗的景象无边无际，触目所见，无非自然之理。这里作者由眼前景物所激起的并不是个人的感慨，而是对宇宙与生命的思索，因而接下来的不是抒情，而是陈理。伟哉，造化之功！万物无不沐浴着自然的恩泽，感受着造化的和谐。各种声响虽有差异，对我们这些久居尘世、久为俗务奔忙的人来说，每一次谛听，无不新鲜如斯，生机盎然。借自然山水消释、化解俗居生活失却本心的苦恼，从而寄寓人之回归大自然而感悟的无待、本然的愉悦。这组春日诗因建构了某种审美超逸的空间，从而满足了人的感性慰藉。有悲哀，需要排遣；有快乐，应当体会。又倏忽之间乐往悲来，又扬眉瞬目挥去哀愁。悲欣交间，乃是此诗盎然生机下沉郁的情感底蕴，令人无限低回感慨。

在中国文化史上，《兰亭集》已成为一个审美符号。它承传着上巳之游的古老精神，启发了流连山水的审美情趣，成为后人思慕的对象。直到今天，春回大地的时候，当我们登山临水，触目茂林修竹的美景，回想曲水流觞的韵事，亦"未尝不临文嗟悼，不能喻之于怀"。

【名家评点】

然而王羲之的《兰亭》诗……真能代表晋人这纯净的胸襟和深厚的感觉所启示的宇宙观。"群籁虽参差，适我无非新"两句尤能写出晋人以新鲜活泼自由自在的心灵领悟这世界，使触着的一切呈露新的灵魂、新的生命。于是"寓目理自陈"，这理不是机械的陈腐的理，乃是活泼泼的宇宙生机中所含至深的理。

——宗白华《美学散步》

王献之

王献之（344—386年），字子敬，王羲之之子。少有盛名，与其父同为书法大家，后世并称"二王"。初为州主簿，后任秘书郎，谢安请为长史。选尚新安公主，升建威将军、吴兴太守、中书令。今存诗四首。

桃叶歌

桃叶映红花，无风自婀娜。
春花映何限，感郎独采我。

【赏析】

《桃叶歌》是东晋乐府中的一个曲调。据《乐府诗集》引《古今乐录》，该曲调系东晋中期王献之所作。王献之一生中有两个正妻，一位是他的表姐郗道茂，一位是东晋简文帝的女儿新安公主司马道福。另外，王献之与其妾桃叶的故事历来为文人所乐道。"桃叶映红花"四句以桃叶的口吻，写她对王献之的爱恋的感激心情。全篇以桃花比桃叶妾，显示出她的娇艳美丽；以王献之于春日百花中独采桃花，表现出他对桃叶的深情和桃叶对他的感激。通过生动的比喻把桃叶的美丽、两人的情爱都表现出来了，语短情长，堪称古代爱情诗中的一篇佳作。诗的语言朴素明朗，比喻生动，可以看出深受当时吴地民歌的影响。大胆表达对婢妾的情爱，显示出魏晋时代文人思想比较开放的特色。在汉代，儒家思想的统治相当强大。儒家提倡诗教，要求诗歌"发乎情，止乎礼义"，单纯表现男女情爱而无关政治教化的作品，往往受到蔑视，甚至被视为淫辞。到魏晋时期，儒家思想的统治大为削弱，老庄思想抬头，当时不少文人要求摆脱森严的礼法束缚，崇尚自然，主张尊崇人的自然感情，在处理男女关系上也是如此。与《桃叶歌》同时，乐府中的《碧玉歌》《团扇歌》与之声气相通。

赵　整

赵整，字文业，一名正。生卒年不详。洛阳清水（今甘肃清水县）人，或曰济阴人（今安徽阜阳一带）。年十八，官拜前秦苻坚之著作郎，后任黄门侍郎、武威太守。性喜规谏，无所回避，颇为苻坚赏识。

酒德歌

地列酒泉，天垂酒池〔1〕。
杜康〔2〕妙识，仪狄先知。
纣〔3〕丧殷邦，桀倾夏国。
由此言之，前危后则。

【注释】

〔1〕"地列"二句：酒泉：魏晋时酒泉郡治所在今酒泉、嘉峪关一带。因其水若酒，故名；或云，城下有金泉，泉味如酒。酒池：谓以酒为池。

〔2〕杜康：相传古代发明酿酒者。

〔3〕纣：一作受，又称帝辛。商代亡国之君。荒淫暴虐，残杀忠良。被周武王推翻。

【赏析】

这首关于酒之功效的歌词，重在以史为鉴，既赞扬了我国古代先人的这一伟大发明——不但值得后人引以为自豪，而且得到了天地的肯定，不然怎么会有"酒泉""酒池"的美名——又以夏桀和商纣为鉴，指出纵酒亡国的惨痛教训，告诫居高位者应当警惕。

这首诗在三百年后使李白受到了启发，写下了流传千古的《月下独酌》。

吴隐之

吴隐之，生卒年不详，字处默，东晋濮阳鄄城（今山东鄄城）人。初为辅国功曹，累迁晋陵太守，入朝为中书侍郎、守廷尉、秘书监、御史中丞，出任广州刺史，以廉洁著称。后被卢循俘房，许久方还朝，拜度支尚书、太常，官至中领军，以病免。仅存诗一首。

酌贪泉〔1〕诗

古人云此水，一歃〔2〕怀千金。

试使夷齐^{〔3〕}饮，终当不易心。

【注释】

〔1〕贪泉：在广东省南海县。相传饮此水者立生贪欲。

〔2〕歃：以口微吸之意。此言凡饮贪泉水者便生获取千金之贪念。

〔3〕夷齐：伯夷、叔齐。

【赏析】

　　晋时广州还很偏僻，又兼南方多瘴气，古人视为畏途。但因广州靠山临海，自古盛产奇珍异宝，想来此借机大发横财的也大有人在。据《晋书》记载，当时派到广州去当刺史的大多贪赃黩货，官府衙门贿赂公行，贪污成风。晋安帝时，朝廷欲革除岭南弊政，便派吴隐之出任广州刺史。广州石门有一清澈的山泉，然泉名不佳，曰"贪泉"。当地还有一个古老的传说，即便是清廉之士，一饮此水，立成贪得无厌之人。吴隐之来到泉边，深有感触地对身边的人说："不见可欲，使心不乱。越岭丧清，吾知之矣！"并写下这首《酌贪泉诗》，因此成为我国诗歌史上一段动人的佳话。

　　诗的前两句首先陈述由来已久的传说在他心里引起的疑问：事情真会这样吗？他想起了历史上两位视富贵如浮云的高士——商朝末年的伯夷和叔齐。人世间的大富大贵莫过于帝王的宝座了，可是这兄弟二人竟然弃之如敝屣。吴隐之因此感叹道：这贪泉水试教伯夷、叔齐来饮，相信他们定然不会改变自己的高尚情操。贪与廉取决于人的品德，与是否饮用贪泉绝无关联！他借伯夷、叔齐自比，表明了自己清廉为政的决心。这首述志诗不事雕琢，直抒胸臆，言简意赅，古朴动人。

苏 蕙

　　名蕙，字若兰，生卒年不详。十六国前秦武功（今属陕西）人。

璇玑图诗

琴清流楚激弦商秦曲发声悲摧藏音和咏思惟空堂心忧增慕怀惨伤仁

芳廊东步阶西游王姿淑宛窈伯邵南周风兴自后妃荒经离所怀叹嗟智
兰休桃林阴翳桑怀归思广河女卫郑楚樊厉节中闱淫遐旷路伤中情怀
凋翔飞燕巢双鸠土逅逶路遐志咏歌长叹不能奋飞忘清帏房君无家德
茂流泉情水激扬眷顾其人硕兴齐商双发歌我衮衣想华饬容朗镜明圣
熙长君思悲好仇旧蕤葳粲翠荣曜流华观冶容为谁感英曜珠光纷葩虞
阳愁叹发容摧伤乡悲情我感伤情徵宫羽同声相追所多思感谁为荣唐
春方殊离仁君荣身苦惟艰生患多殷忧缠情将如何钦苍穹誓终笃志真
墙禽心滨均深身加怀忧是婴藻文繁虎龙宁自感思岑形荧城荣明庭妙
面伯改汉物日我兼思何漫漫荣曜华雕顾孜孜伤情幽未犹倾苟难闱显
殊在者之品润乎愁苦艰是丁丽壮观饰容侧君在时岩在炎在不受乱华
意诚惑步育浸集悴我生何冤充颜曜绣衣梦想劳形峻慎盛戒义消作重
感故暧飘施愆殃少章时桑诗端无终始诗仁颜贞寒嵯深兴后姬源人荣
故遗亲飘生思愆精徽盛翳风比平始璇情贤丧物岁峨虑渐孽班祸谗章
新旧闻离天罪辜神恨昭感兴作苏心玑明别改知识深微至嬖女因奸臣
霜废远微地积何遐微业孟鹿丽氏诗图显行华终凋渊察大赵婕所佞贤
冰故离隔德怨因幽玄倾宣鸣辞理兴义怨士容始松重远伐氏妤恃凶惟
齐君殊乔贵其备旷悼思伤怀日往感年哀念是旧愆涯祸用飞辞恣害圣
洁子我木平根尝远叹永感悲思忧远劳情谁为独居经在昭燕辇极我配
志惟同谁均难苦离戚戚情哀慕岁殊叹时贱女怀叹网防青实汉骄忠英
清新衾阴匀寻辛凤知我者谁世异浮奇倾鄙贱何如罗萌青生成盈贞皇
纯贞志一专所当麟沙流颓逝异浮沈华英翳曜潜阳林西昭景薄榆桑伦
望微精感通明神龙驰若然倏逝惟时年殊白日西移光滋愚谗浸顽凶匹
谁云浮寄身轻飞昭亏不盈有倏必盛有衰无日不陂流蒙谦退休孝慈离
思辉光饬粲殊文德离忠体一违心意志殊愤激何施电疑危远家和雍飘
想群离散妾孤遗怀仪容仰俯荣华丽饬身将与谁为逝容节敦贞淑思浮
怀悲哀声殊乖分圣赀何情忧感惟哀忘节上通神祇推持所贞记自恭江
所春伤应翔雁归皇辞成者作体下遗蔚菲采者无差生从是敬孝为基湘
亲刚柔有女为贱人房幽处已悯微身长路悲旷感生民梁山殊塞隔河津

【赏析】

　　若兰此作，版本不同，少数字间或有异。今以《四库全书》版为底本，参照《万历本》与逯钦立先生辑校之《先秦汉魏晋南北朝诗》，详加勘正，力求恢复若兰之原神。这首诗由八百四十一字组成，可正反回旋读之，亦可依对角线读之，三言、四言、五言、六言、七言皆具。妙在退一字亦可成章，尤妙在皆能押韵，共可读出七千九百余首。这可真是空前绝后的千古绝唱。

客观公正地说，不仅在中国，就是在世界诗歌的宝库中，《璇玑图诗》恐怕都可以说是空前绝后的。

诗之作者是才思绝伦的东晋列国女子苏蕙，发现者则是武则天。正是由于她的"偶见斯图"并为之序，人们才约略知道了隐藏在这诗作背后的悲喜剧。

作为一位闺中女子，痛苦中竟创作出如此宏丽的奇迹，这不但在汉魏唐宋的女诗人中绝无仅有，恐怕在今后也再不会有第二个人了。正如一部文学作品，在被创造出来以后，便获得了某种独立的生命力，常能表现出远远超过作者原意的丰富意蕴一样，《璇玑图诗》的奇妙还在于：随着人们的反复探索，其可构成的诗歌，也远远超出了武则天时传说的两百余首的规模。如何解读《璇玑图诗》，几乎成了专门学问，且参与其事的大多是文坛名人，如宋代大画家李公麟，明代名流程敏政等。据李公麟言，他们见到的《璇玑图》为五色相间，按不同色块与七个图案可读出三、四、五、六、七言诗，共得诗三千七百五十二首；宋元时起宗道人以意推求，将原图分为七图；明人康万民增立一图，增四千二百零六首，共得七千九百五十八首！

对《璇玑图诗》的鉴赏，当然更不应该避开它所表现的思想情感。须知此图绝不是文人雅士炫耀才华的文字游戏，而是一位被遗弃的妇女痛彻心扉的含泪倾诉。"苏作兴感昭恨神，辜罪天离间旧新。霜冰斋洁志清纯，望谁思想怀所亲！"这是回响在"经纬"中的凄切呼唤。一位被"新人"取代的"旧妇"，在这里唱出了多少幽怨和不平！但对于远方的夫君，她依然怀着纯洁的真情。你从"望谁思想怀所亲"的结句中，不是可以恍然看见这位弃妇独坐机旁，痴痴怀想夫君的噙泪面影吗？"伤惨怀慕增忧心，堂空惟思咏和音。藏摧悲声发曲奏，商弦激楚流清琴。"之后，企盼中的弃妇独自坐在空寂的堂上抚琴。满怀的"伤惨"无法排遣，只能借琴曲倾泻。随着琴声的回荡，原诗也随之倒转，变成"琴清流楚激弦商，奏曲发声悲摧藏。音和咏思惟空堂，心忧增慕怀惨伤！"这正是回文诗独具的奇妙效果：从诗句的往复回旋中，可以感受到弃妇心间的忧伤之情。

由于《璇玑图诗》宏奇多变，笔者在这里只能选此数首，以见其诗情之一斑。

陶渊明

陶渊明（365—427年），字元亮，入宋名潜。晋宋之际浔阳柴桑（今江西九江西南）人。少有高趣，家贫，博学善文。晋孝武帝太元末，出任江州祭酒，因不堪吏职，自免归里，躬耕自资。晋安帝隆安中，任荆州刺史桓玄属吏，以母丧归。及桓玄篡位，为刘裕（宋武帝）镇军参军，转江州刺史刘敬宣参军。未几任彭泽令。在官八十余日，因不愿"为五斗米折腰"，遂弃官归里，无复仕进之意。道家自然逍遥、清静无为的思想促使陶渊明决心终生"抱朴守真"，隐居田园，二十年间一心务农、读书、写诗。陶渊明由于亲自参加田间劳作，与农民日夕相处，对田园生活有着深切的体验，所以他开创的田园诗真实生动，情感质朴，亲切有味，为古典诗歌开辟了一个崭新的领域。其诗无不意味深长，境界高逸，对后世诗歌创作影响之大，无出其右者。有集八卷，历代多有刊刻。

游斜川 并序

辛酉正月五日，天气澄和，风物闲美，与二三邻曲，同游斜川。临长流，望曾城[1]，鲂鲤跃鳞于将夕，水鸥乘和以翻飞。彼南阜[2]者，名实旧矣，不复乃为嗟叹。若夫曾城，旁无依接，独秀中皋，遥想灵山[3]，有爱嘉名。欣对[4]不足，率共赋诗。悲日月之遂往，悼吾年之不留。各疏年纪乡里，以记其时日。

开岁倏五十，吾生行归休[5]。
念之动中怀，及辰为兹游。
气和天惟澄，班坐依远流。
弱湍驰文鲂，闲谷矫鸣鸥。
迥泽散游目，缅然睇曾丘。
虽微九重[6]秀，顾瞻无匹俦。
提壶接宾侣，引满更献酬。
未知从今去，当复如此否？
中觞[7]纵遥情，忘彼千载忧。
且极今朝乐，明日非所求。

【注释】

〔1〕曾城：山名。一曰江南岭、天子鄣。

〔2〕南阜：此处指庐山。

〔3〕灵山：昆仑山。旧传为西王母及诸神所居，故名。

〔4〕欣对：欣然面对美景，亦即观赏之意。

〔5〕行归休：行将归于休止。

〔6〕九重：指昆仑山的层城山。

〔7〕中觞：半醒半醉状。

【赏析】

首四句写出游缘由，以下八句充分抒写出游之乐。在一碧如洗的天幕下，游侣们分布而坐，山水景物一一呈献眼前……

美景诱人，邻里欢饮，使诗人不禁兴起"未知从今去，当复如此否"的感慨。这是对人生、对美好事物——诗中所写的风物之美、人情之美、生活之美——产生的想法，作者把人们心中每当面对此景此情时都会有的感想，以朴素自然的语言直率地吐露出来，自然有打动人心的力量。

结尾四句写酒至半酣、意适情遥的境界。古人说："生年不满百，常怀千岁忧。"作者却唱出"忘彼千载忧"。他的人生观是超脱的。最后二句是对良辰、美景、伴侣、胜游的热情赞叹，和"今朝有酒今朝醉"的颓废迥然异趣。

【名家评点】

唐以前的诗人，真能把他的个性整个端出来和我们相接触的，只有阮步兵和陶渊明，而陶尤为甘脆鲜明。

——梁启超《陶渊明之文艺及其品格》

和郭主簿（二首选一）

蔼蔼〔1〕堂前林，中夏贮清阴。

凯风〔2〕因时来，回飙开我襟。

息交游闲业〔3〕，卧起弄书琴。

园蔬有余滋〔4〕，旧谷犹储今。
营己良有极，过足非所钦〔5〕。
舂秫〔6〕作美酒，酒熟吾自斟。
弱子〔7〕戏我侧，学语未成音。
此事真复乐，聊用忘华簪〔8〕。
遥遥望白云，怀古一何深。

【注释】

〔1〕蔼蔼：茂盛的样子。

〔2〕凯风：南风。

〔3〕"息交"句：息交：停止与友朋交游。闲业：居闲时的修业，指看书、作文等。

〔4〕滋：繁殖。

〔5〕"营己"二句：营己：为自己的生活营谋。极：止境。钦：羡慕。

〔6〕秫：黏高粱，可酿酒。

〔7〕弱子：指陶佟，乳名通，是其末子，当时两岁。陶渊明共有五子。

〔8〕"此事"二句：意谓田园之乐可以使其忘却仕宦之念。簪：古人连接冠与发之物。华簪比喻仕宦富贵。

【赏析】

诗题的郭主簿姓名事迹均已无考，但这并不影响我们对这首诗的欣赏。诗作描写了夏日乡居的淳朴，生活之悠闲，表现出摆脱官场牢笼之后的悠然自得和怀安知足的乐趣。

此诗最大的特点是平淡，意境浑成，通篇展现的都是人们习见熟知的日常生活，宛如叙家常，然皆一一从胸中流出，毫无矫揉造作的痕迹，因而使人倍感亲切。无论写景、叙事、抒情，无不紧扣一个"乐"字。你看，堂前夏木荫荫，南风习习，这是乡村景物之乐；既无公衙之役，又无车马之喧，杜门谢客，读书弹琴，起卧自由，这是精神生活之乐；园地蔬菜有余，往年存粮犹储，维持生活，这是物质满足之乐；有高粱酿酒，可自斟自酌，比起官场玉液琼浆的虚伪应酬，更见淳朴实惠，这是嗜好满足之乐；与妻室儿女团聚，尤其有小儿子不时偎倚嬉戏身边，这是天伦之乐。有此数乐，即可忘却那些仕宦富贵及其乌烟瘴气，这又是隐逸恬淡之乐。总之，景是乐景，事皆乐事，情趣之乐不言而喻。诗人襟怀坦率，无隐避，无虚浮，无夸张，以淳朴的真情动人。我们仿佛随着诗人的笔端走进了宁静、清幽的村庄，领略了繁木林荫之下凉风吹襟的惬意，聆听着琅琅的书声和悠然的琴韵，看到和谐的农家、自斟自酌的酒翁和那父子嬉戏的乐趣，也体会到了诗人返璞归真、陶然自得的惬意……这首诗的白描手法和本色无华的语言令后世诗人叹为观止。全诗虽未用比兴，几乎都是写实，但蔼蔼的林荫，清凉的凯风，悠悠的白云与诗人纯真的品格，坦荡的襟怀，高洁的节操息息相通。

【名家评点】

陶彭泽未尝较音律，雕句文，但信手写出，便是宇宙间一样绝好文字。何则？其本色高也。

——［明］唐顺之《答茅鹿门知县》

国学经典精神家园丛书

咏荆轲

燕丹[1]善养士，志在报强嬴。
招集百夫良，岁暮得荆卿[2]。
君子死知己，提剑出燕京。
素骥[3]鸣广陌，慷慨送我行。
雄发指危冠，猛气冲长缨[4]。
饮饯易水上，四座列群英。
渐离击悲筑，宋意唱高声[5]。
萧萧哀风逝，淡淡寒波生。
商音[6]更流涕，羽奏壮士惊。
心知去不归，且有后世名。
登车何时顾，飞盖[7]入秦庭。
凌厉越万里，逶迤过千城。
图穷事自至，豪主正怔营[8]。
惜哉剑术疏，奇功遂不成。
其人虽已没，千载有余情。

【注释】

〔1〕燕丹：燕太子丹。周封召公于燕，遂以国为姓。

〔2〕荆卿：荆轲祖上为齐人，本姓庆，至卫而改姓荆，燕人尊称之为荆卿。

〔3〕素骥：白色良马。广陌：宽阔的大道。《史记》："太子及宾客知其事者，皆白衣冠以送之。"白衣为丧服，白衣白马表示与秦王决一死战，一去不返。

〔4〕"雄发"二句：雄发：悲壮之气使头发竖起。长缨：此处指系发冠的丝绳。

〔5〕"渐离"二句：渐离：高渐离，燕国人，与荆轲交善，擅长击筑。宋意：亦为燕太子丹所养之士。

〔6〕商音：古代音乐的基本音调称五音：宫、商、角、徵、羽。商音凄凉，羽音悲壮。

〔7〕盖：车盖，代指车乘。

〔8〕"图穷"二句：意谓地图展尽处露出匕首，雄豪的霸主惊恐万分。事自至：行刺之事跟着发生。怔营：惊慌失措貌。

【赏析】

关于荆轲，《战国策·燕策》与《史记·刺客列传》都有记载，情节基本相似。陶渊明的这首诗即取材于上述史料，但并不是简单复述这一历史故事。诗人以极大的热情歌咏荆轲刺秦王的壮举，在对荆轲此举失败的惋惜中，将自己对黑暗政治的愤慨之情赫然托出，写得笔墨淋漓，慷慨悲壮，在以平淡著称的陶诗中别开生面。

作者善于通过环境气氛的渲染来烘托荆轲的精神面貌，最典型的是易水饯别：在肃杀秋风中、滔滔易水上，回荡着激越悲壮的乐声，"悲筑""哀风""寒波"相互激发，极其强烈地表达出"壮士一去兮不复还"的英雄主题。

诗人一生"猛志"不衰，疾恶除暴、舍身济世之心常在，诗中的荆轲也正是这种精神和理想的艺术表现。换言之，作者是在借历史之"酒杯"，浇自己之块垒。

【名家评点】

陶潜诗喜咏荆轲，想见停云发浩歌。吟到恩仇心事涌，江湖侠骨恐无多。

——〔清〕龚自珍《舟中读陶诗》

桃花源〔1〕诗 并记

晋太元〔2〕中，武陵〔3〕人捕鱼为业。缘溪行，忘路之远近。忽逢桃花林，夹岸数百步，中无杂树，芳草鲜美，落英缤纷。渔人甚异之。复前行，欲穷其林。林尽水源，便得一山。山有小口，仿佛若有光，便舍船从口入。初极狭，才通人。复行数十步，豁然开朗。土地平旷，屋舍俨然[4]。有良田美池桑竹之属。阡陌交通，鸡犬相闻。其中往来种作，男女衣著，悉如外人。黄发垂髫[5]，并怡然自乐。见渔人，乃大惊，问所从来。具答之，便要[6]还家，设酒杀鸡作食。村中闻有此人，咸来问讯。自云先世避秦时乱，率妻子邑人，来此绝境，不复出焉，遂与外人间隔。问今是何世，乃不知有汉，无论魏晋。此人一一为具言所闻，皆叹惋。余人各复延至其家，皆出酒食。停数日，辞去。此中人语云："不足为外人道也。"既出，得其船，便扶向路[7]，处处志之。及郡下，诣太守说如此。太守即遣人随其往，寻向所志，遂迷不复得路。南阳刘子骥[8]，高尚士也，闻之欣然规往[9]，未果，寻病终。后遂无问津者。

嬴氏[10]乱天纪，贤者避其世。
黄绮[11]之商山，伊人亦云逝。
往迹浸复湮，来径遂芜废[12]。
相命[13]肆农耕，日入从所憩。
桑竹垂余荫，菽稷随时艺。
春蚕收长丝，秋熟靡王税[14]。
荒路暧交通[15]，鸡犬互鸣吠。
俎豆犹古法，衣裳无新制[16]。
童孺纵行歌，斑白欢游诣[17]。
草荣识节和，木衰知风厉。
虽无纪历志，四时自成岁。
怡然有余乐，于何劳智慧？
奇踪隐五百[18]，一朝敞神界。
淳薄既异源，旋复还幽蔽[19]。
借问游方士[20]，焉测尘嚣外？
愿言蹑轻风，高举寻吾契[21]。

【注释】

〔1〕桃花源：《桃源经》曰："桃源山在（武陵）县南一十里。西北乃沅水，曲流

而南，有障山，东带钞锣溪，周回三十有二里，所谓桃花源也。"

〔2〕太元：东晋孝武帝年号。

〔3〕武陵：晋时郡名，在今湖南常德西。

〔4〕俨然：整齐貌。

〔5〕黄发：指老人。垂髫：尚未挽起的头发，指幼童。

〔6〕要：同"邀"。

〔7〕向路：来路。

〔8〕刘子骥：南阳人，仁爱隐恻闻于乡里。

〔9〕规往：规划前往。

〔10〕嬴氏：秦国君主姓嬴，这里指嬴政秦始皇。

〔11〕黄绮：夏黄公与绮里季。这里是指为避战乱入商山的四皓。

〔12〕"往迹"二句：意谓这些往事早已湮没无闻，当时进来的路也已经荒芜。浸：逐渐消失。湮：埋没。

〔13〕相命：相互招呼。

〔14〕"秋熟"句：秋收后不用交纳粮税。

〔15〕"荒路"句：意谓荒芜的道路若有若无，行走起来甚为不便。

〔16〕"俎豆"二句：意谓祭祀用的俎豆还按古代的成法，衣裳也还是秦时的样式。俎豆：古代祭祀时放祭品的器皿。

〔17〕"童孺"二句：意谓孩子们纵情地边跑边唱，老年人愉快地自由行走。诣：行走。

〔18〕五百：指从秦始皇至晋太元中约五百年的这段时间。

〔19〕"淳薄"二句：意谓淳朴与浮躁浅薄既然是两个世界，这样的仙境不久当然又会复归隐蔽。淳：淳厚，指桃源山中的人情风尚。薄：浮薄，指现实社会的人情世态。

〔20〕游方士：生活于世俗社会之外的人，如道士、和尚、隐逸之流。

〔21〕"愿言"二句：意谓我只愿驾着轻风，高高飞翔，去寻找与我志同道合的人。言：语助词。蹑：临驾。举：腾飞。

【赏析】

　　《桃花源诗并记》是中国文学史上的名篇，陶渊明创作的顶峰。陶渊明创造的桃花源社会，是陶渊明在几十年仕途奔波、历尽沧桑之后，在贫困交加的现实中看不到任何希望之际，所构织的代表中国下层知识分子和广大农民意愿的理想蓝图。千百年来，它像海市蜃楼一样吸引着在不断的希望与失望之间无休无止地挣扎着的中国文人。桃花源的理想社会以没有压迫、没有剥削、富于人性、酷爱自由、忠于传统为特质。诗文通过对桃花源的安宁和乐、自由平等生活的描绘，表现了作者追求美好生活的理想和对现实生活的不满。通过这首诗，可以看出中国诗人心目中的理想世界具有这样几个特征：一是这个世界中的人能顺应自然，弃绝文明弊端，日出而作，日没而息，不劳心智；二是人际关系纯朴和谐，怡然自得，没有税赋徭役，也不需要法律法规，人们的本性和行为天然地符合真善美慧。

从艺术手法来看，这篇文章的结构颇为巧妙。作者用小说笔法，以一个捕鱼人的经历为线索展开故事。文末南阳刘子骥谋划前往不果一笔，又使全文有余意不尽之趣。"记"是先通过渔人所见来展示这个世外社会的生活风貌，从村落、房舍、良田、美池等一直写到男女耕作、老幼欢乐的情形，后又通过村人"自云"来揭示这个社会的由来，通过接待客人来表现他们的精神风貌。诗和记，二者相互补充，珠联璧合，十分清晰地勾勒出这个理想社会的轮廓。

归园田居五首

少无适俗韵[1]，性本爱丘山。
误落尘网[2]中，一去三十年。
羁鸟恋旧林，池鱼思故渊。
开荒南野际，守拙归园田。
方宅十余亩，草屋八九间。
榆柳荫后檐，桃李罗堂前。
暧暧[3]远人村，依依墟里烟。
狗吠深巷中，鸡鸣桑树颠。
户庭无尘杂，虚室[4]有余闲。
久在樊笼[5]里，复得返自然。

野外罕人事，穷巷寡轮鞅[6]。
白日掩荆扉，虚室绝尘想。
时复墟曲[7]中，披草共来往。
相见无杂言，但道桑麻长。

桑麻日已长，我土〔8〕日已广。
常恐霜霰〔9〕至，零落同草莽。

种豆南山下，草盛豆苗稀。
晨兴理荒秽，带月荷锄归。
道狭草木长，夕露沾我衣。
衣沾不足惜，但使愿无违。

久去山泽游，浪莽林野娱〔10〕。
试携子侄辈，披榛步荒墟。
徘徊丘垅〔11〕间，依依昔人居。
井灶有遗处，桑竹残朽株。
借问采薪者，此人皆焉如〔12〕？
薪者向我言，死没无复余。
一世异朝市，此语真不虚〔13〕。
人生似幻化，终当归空无。

怅恨独策还，崎岖历榛曲。
山涧清且浅，遇以濯我足。
漉我新熟酒，只鸡招近局〔14〕。
日入室中暗，荆薪代明烛。
欢来苦夕短，已复至天旭。

【注释】

〔1〕适俗韵：与世俗相合的性情。

〔2〕尘网：尘世之网，指官场。

〔3〕暧暧：不明貌。

〔4〕虚室：指陈设极少的居室。此处用《庄子》中"虚室生白"一语，取其兼意，指心室纯净。

〔5〕樊笼：本义为关鸟兽的笼子，此处喻官场。

〔6〕鞅：驾车时套在马颈上的皮带。轮鞅代指车马。

〔7〕墟曲：山村偏僻的地方。

〔8〕我土：指自己种植的田亩。

〔9〕霰：小雪珠。

〔10〕"久去"二句：意谓很久没有在山间泽畔信步漫游，直到今天才能同子侄们自由自在地放浪形骸，来此广袤的野外尽情一游。去：离开，放弃。浪莽：放浪。

〔11〕丘垅：坟墓。

〔12〕焉如：到什么地方去了。

〔13〕"一世"二句：一世：古人以三十年为一世。异朝市：指人世变迁。

〔14〕招近局：招近邻而成酒局。

【赏析】

　　晋义熙二年（406年），亦即渊明辞去彭泽令后的次年，诗人写下了这五首著名诗篇。这是诗人辞别旧我、欣迎新我的颂歌。它所反映的思想，它所表现的艺术技巧，不仅为历来研究陶渊明的学者所重视，也使广大陶诗爱好者为之倾倒。

　　《归园田居五首》是一个不可分割的有机整体。五首诗分别从辞官场、聚亲朋、乐农事、访故旧、欢夜饮几个侧面描绘了诗人丰富充实的隐居生活，以率性自然、乐在其中的情趣贯穿始终，辉映全篇。陶潜的归隐田园，是一种真正的政治性退隐。只有他，才真正诚心诚意地愿意远离闹市，归耕田园，蔑视功名利禄；只有他，找到了使生活快乐和心灵慰藉的大道，因此无论人生感叹或政治忧伤，他都在对自然和农居生活中安息和解脱，这也就把人的觉醒提高到了一种更真实的精神境界高度。在他的笔下，自然景象不再是作为移情观赏的客体，而成为诗人生活内涵和精神意趣的有机物。

　　正如一个人不愿触及心中的隐痛那样，诗人在诗中也很不愿意提及刚刚从其中拔脱的污秽官场，"误落尘网中"就有点引咎自责的意味，而"一去三十年"则是在对自己整个前半生的摇摆、痴迷表示忏悔。所幸今天毕竟如愿以偿了，此刻的心情也豁然释然了。

【名家评点】

　　渊明并不是一个很简单的人。他和我们一般人一样，有许多矛盾和冲突；和一切伟大诗人一样，他终于达到调和静穆。

——朱光潜《诗论》

己酉岁九月九日

靡靡[1]秋已夕，凄凄风露交。

蔓草不复荣，园林空自凋。

清气澄余滓[2]，杳然天界高。

哀蝉无留响，丛雁鸣云霄。

万化相寻绎[3]，人生岂不劳？

从古皆有没，念之中心焦。

何以称我情，浊酒且自陶[4]。

千载非所知，聊以永今朝[5]。

【注释】

〔1〕靡靡：步行迟缓貌。这里是渐渐的意思。

〔2〕滓：此处指尘埃。

〔3〕寻绎：次第相继，连续不断。

〔4〕"何以"二句：怎么样才能让我称心如意呢？且饮浊酒，自得其乐吧。

〔5〕"千载"二句：意谓千年的变化不是我所能了解的，还是来歌唱今朝吧。永同"咏"。

【赏析】

重阳节的凄清，园林的凋零，天空的高爽以及蝉咽、雁鸣，大自然的这些历历分明的变化，必将引发对人生的思索："万化相寻绎，人生岂不劳？"

万事万物都在生生灭灭，人也如此。人的生命总有终结的一天，生死大哀曾纠缠过每一个有智识的人，陶渊明也不例外，但他有控制自己情绪的精神支柱——委运任化，顺乎自然。

【名家评点】

陶潜坚决从上层社会的政治中退了出来，把精神的慰安寄托在农村生活的饮酒、读书、作诗上，他没有那种后期封建社会士大夫对整个人生社会的空漠之感，相反，他对人生、生活、社会仍有很高的兴致。

——李泽厚《美的历程》

饮　酒（二十首选二）

结庐在人境，而无车马喧。
问君何能尔，心远地自偏[1]。
采菊东篱下，悠然见南山。
山气日夕佳，飞鸟相与还[2]。
此中有真意，欲辩已忘言。

故人赏我趣，挈壶相与至。
班荆[3]坐松下，数斟已复醉。
父老杂乱言，觞酌失行次。
不觉知有我，安知物为贵。
悠悠迷所留，酒中有深味[4]！

【注释】

〔1〕偏：偏僻。

〔2〕"山气"二句：傍晚时山岚氤氲，成群结伴的飞鸟纷纷归巢。

〔3〕班荆：以荆树枝条铺地。此句意谓老朋友们铺好荆条分别坐在松树下。

〔4〕"悠悠"二句：意谓那些追逐名利之徒都迷恋着他们贪恋的事物，却不知酒中自有深味。

【赏析】

　　全诗的宗旨是回归自然，而回归自然的第一步，是对世俗价值观的否定。自古及今，权力、地位、财富、荣誉，都是人们孜孜追求的对象，也是社会公认的价值尺度。陶渊明刚刚从官场中退隐，深知为了得到这一切，人们必须去钻营取巧，装腔作势，恬不知耻地摒弃一切尊严。他发誓要抛弃这些东西，回到人的"本性"上来，于是就有了这首诗的前四句。这四句平易得如同口语，其实结构非常严密。第一句平平道出，第二句转折，第三句承上发问，第四句回答作结。妙在这一结构毫无人为痕迹，读者的思路不知不觉被引导到结论上来。难怪连王安石也大发感慨："自有诗人以来，无此四句！"

　　在陶渊明看来，人的生命原本是自然的一部分，只是人们把自己从自然中分离出来，投身到毫无真实价值的权位和名利的角逐中，以致丧失了本性，使得生命充满焦虑和矛盾。所以，完美的生命形态，只有在回归自然中才能求得。

"悠然见南山"，既可解为"悠然地见到南山"，亦可解为"见到悠然的南山"。所以这"悠然"不仅属于人，也属于山，人闲逸而自在，山静穆而高远。在那一刻，似乎有共同的旋律从人心和山峰中一起奏出，融为一支轻盈的乐曲。

另一种版本，"见南山"的"见"字作"望"。最崇拜陶渊明的苏东坡批评说，如果是"望"字，这诗就变得兴味索然了。在陶渊明的哲学观中，自然是自满自足无须外求的大自在，人生之所以有缺损，全在于人有着外在的追求。外在的追求，必然带来得之惊、失之忧，根本上破坏了生命的和谐。所以，在这表现人与自然同一性的形象中，只能用意无所属的"见"，而不能用目有定视的"望"。

"此中有真意，欲辨已忘言"这一结语太耐人玩味了！作者真切地体味到自然和生命的真谛，很想向人们说明白，可是刚要开口，自己却完全沉浸在大彻大悟的喜悦中，把想要说的话统统忘了。是真忘了，还是不想说了，还是找不到恰当的语言了？这只能让读者自己去品味了。总之，正是通过这种诗意化的沉默，诗人突破了语言表达的局限性，而给人以无限的联想。这与佛祖所说的"止，止，我法妙难思"默然相契。

再看第二首。从松下坐饮这一悠然自适的情景中引出物我两忘的境界，进而点出最高的玄理——酒中之"深味"，通篇理趣盎然，余味隽永。情旷而不虚，理高而不玄，以情化理，理入于情，非大手笔不能如此。后世学步者虽多，终不能达到陶诗从容自然的至境。

这首诗以饮酒发端，以酒之"深味"收尾，中间贯穿着饮酒乐趣，叙事言情说理，都围绕着"饮酒"二字，章法与诗意相得益彰，思健功圆，浑然成篇。

【名家评点】

清远闲放，是其本色。而其中自有一段渊深朴茂，不可几及处。唐人王、储、韦、柳诸公，学焉而得其性之所近。

——［清］沈德潜《古诗源》

拟　古（九首选一）

迢迢百尺楼，分明望四荒。

暮作归云宅，朝为飞鸟堂。
山河满目中，平原独茫茫。
古时功名士，慷慨争此场。
一旦百岁后，相与还北邙。
松柏为人伐，高坟互低昂。
颓基无遗主〔1〕，游魂在何方？
荣华诚足贵，亦复可怜伤〔2〕。

【注释】

〔1〕遗主：留在人世的墓主，即死者的后代。

〔2〕"亦复"句：意谓现在看来也很可怜而可悲。

【赏析】

陶渊明的不少诗作都表达了"荣华难久居"的思想。否定功名富贵，就是对自己归田躬耕的肯定。这是陶诗的基本主题。其他诗大多运用自述写法，悠然道来，心情显得颇为平静。这首诗则境界高远，感慨遥深。前面写楼高百尺，已暗喻了废替之叹；后面生前"功名士"、死后"魂无方"的对照，表达了对生命意义的深长思索。

杂　诗（十二首选一）

人生无根蒂，飘如陌上尘。
分散逐风转，此已非常身〔1〕。
落地为兄弟，何必骨肉亲。
得欢当作乐，斗〔2〕酒聚比邻。
盛年不重来，一日难再晨。
及时当勉励，岁月不待人〔3〕。

【注释】

〔1〕"分散"二句：此：指此身。非常身：意谓今日之身已非昨日之身。联系上句，是说生命随风飘转，随时都在变化。

〔2〕斗：酒器。

〔3〕"及时"二句：意谓应当趁年富力强之时勉励自己，因光阴流逝，时不我待。

【赏析】

　　这首诗起笔即对命运之不可把握发出慨叹，读来使人感到迷惘、沉痛。继而稍稍振起，诗人执著地在生活中寻找着友爱，寻找着欢乐，给人以希望。终篇慷慨激越，使人为之感奋。全诗用语朴实无华，质如璞玉，然而内蕴却极其丰富，发人深省。

读山海经（十三首选三）

　　孟夏草木长，绕屋树扶疏。
　　众鸟欣有托，吾亦爱吾庐。
　　既耕亦已种，时还读我书。
　　穷巷隔深辙，颇回故人车。

　　欢言酌春酒，摘我园中蔬。
　　微雨从东来，好风与之俱。
　　泛览周王传〔1〕，流观山海图。
　　俯仰终宇宙，不乐复何如！

　　精卫衔微木，将以填沧海〔2〕。
　　刑天舞干戚，猛志固常在〔3〕。
　　同物既无虑，化去不复悔〔4〕。
　　徒设在昔心，良辰讵可待〔5〕。

【注释】

　　〔1〕周王传：指《穆天子传》。据说晋人从魏襄王墓中得此书。书中记述周穆王周游四荒的故事。

　　〔2〕"精卫"二句：《山海经·北山经》："发鸠之山，其上多柘木。有鸟焉，其状如乌，文首、白喙、赤足，名曰精卫……常衔西山之木石，以堙于东海。"

〔3〕"刑天"二句：《山海经·海外西经》："刑天与帝争神，帝断其首，葬之常羊之山。乃以乳为目，以脐为口，操干戚以舞。"干戚：长柄斧。

〔4〕"同物"二句：意谓自视与万物同一，无所顾忌，因此一旦死了也毫不懊悔。

〔5〕"徒设"二句：徒然具有昔日之雄心壮志，不幸时机终究没有等到。在昔心：早年的雄心壮志。良辰：在有所为的岁月。讵：岂能，怎会。

【赏析】

这是陶渊明对自己读书时种种乐趣的绝妙总结。他说，最宜读书的日子是初夏时节，其时草木繁茂，屋前屋后绿荫如盖；地点是我的小屋，群鸟来集，听我吟诵；时机是农忙已过，时光充裕；环境是幽僻的村巷，无人打搅；景色是和风细雨相伴；最爱看的书是《周王传》和《山海经》。最后作者以"俯仰终宇宙，不乐复何如"总述读书的乐趣。陶渊明可真算得上是好读书且善读书之人。

即使在《山海经》的神话世界里，精卫填海、刑天复仇的愿望未能如愿，但是，他们的精神并非是无价值的，这种精神正是中国先民勇敢坚韧的品格之体现。渊明在诗中高扬这种精神，歌颂这种精神的不可磨灭，将其悲剧化，因而使此诗获得了深刻的悲剧美。

【名家评点】

渊明《读山海经》，言在八荒之表而情甚亲切，尤诗之深致也。

——［清］刘熙载《艺概》

除论客所佩服的"悠然见南山"之外，也还有"精卫衔微木……"之类的"金刚怒目"式，在证明着他并非整天整夜的飘飘然。这"猛志固常在"和"悠然见南山"的是一个人，倘有取舍，即非全人，再加抑扬，更离真实。

——鲁迅《"题未定"草》

拟挽歌辞三首

有生必有死，早终非命促。
昨暮同为人，今旦在鬼录。
魂气散何之？枯形寄空木[1]。
娇儿索父啼，良友抚我哭。

得失不复知，是非安能觉！
千秋万岁后，谁知荣与辱？
但恨在世时，饮酒不得足。

在昔无酒饮，今但湛空觞[2]。
春醪生浮蚁[3]，何时更能尝？
肴案盈我前，亲旧哭我旁。
欲语口无音，欲视眼无光。
昔在高堂寝，今宿荒草乡。
一朝出门去，归来良未央[4]。

荒草何茫茫，白杨亦萧萧。
严霜九月中，送我出远郊。
四面无人居，高坟正嶕峣[5]。
马为仰天鸣，风为自萧条。
幽室一已闭，千年不复朝[6]。
千年不复朝，贤达无奈何。
向来[7]相送人，各自还其家。
亲戚或余悲，他人亦已歌。
死去何所道，托体同山阿[8]。

【注释】

〔1〕空木：棺木。

〔2〕湛空觞：意谓祭奠案上空有满杯好酒，死去的我却喝不上。

〔3〕浮蚁：酒熟后，酒糟浮于上而形似虫蚁。

〔4〕"归来"句：意谓从此以后我的鬼魂只能在夜里才能回到家中。

〔5〕嶕峣：高耸貌。

〔6〕朝：有日光的白天。

〔7〕向来：刚才。

〔8〕"死去"二句：意谓人死就没有什么好说的了，只能把这身体寄托给山河大地。

【赏析】

《拟挽歌辞三首》假设自己死后亲友的情况，表达了诗人对生死的看法。

对待生死的态度无非有四种：一是提高生命的质量，勤勉奋斗，建功立业；二是增加生命的岁月，服食求仙，以求长生；三是增加生命的密度，及时行乐；四就是陶渊明所采取的这种不以生死为念，顺应自然的态度。魏晋人侈尚清谈，多言生死。而真正能勘破生死者，在当时恐怕只有陶渊明一人而已。

全篇最精彩处在最后六句。陶渊明是看透了世俗人情的，他直言不讳地把一般人的表现从思想到行动都如实地写了出来，表现了作者的达观。在陶渊明之前，贤如孔孟，达如老庄，还没有一个人从死者本身的角度去设想离开人世之后有哪些主客观方面的情状发生。而陶渊明不但这样设想了，并且把它们一一用形象化的语言写成了诗，其创新的程度可以说是前无古人。当然，艺术上的创新还要以思想上的明彻达观为基础。没有陶渊明这样高境界的人，是无法谱写出如此新奇而真实，既现实又浪漫之绝唱的。

【名家评点】

（渊明）所作诗文辞赋，都超逸绝俗，能破除时弊，不事雕饰，清淡悠永，纯任自然，和他的人品一样的高尚，达到一种天人的境界。

——陈致平《中华通史》

刘妙容

字稚华，吴人，生卒不详。晋代传说中之得道者。贤令刘惠明女。有大婢春条，小婢桃枝，皆善箜篌，曾歌《宛转歌》与东宫卫佐王敬伯唱和。

宛转歌

月既明，西轩琴复清。
寸心斗酒争芳夜，千秋万岁同一情。
歌宛转，宛转凄以哀。
愿为星与汉，形影共徘徊。

悲且伤，参差泪成行。
低红掩翠方无色，金徽玉轸[1]为谁锵？
歌宛转，宛转情复悲。
愿为烟与雾，氤氲对容姿。

【注释】

〔1〕金徽玉轸：琴上系弦之绳和玉制的琴柱。这里代指琴。

【赏析】

　　王敬伯与刘妙容夜遇的故事充满了传奇与浪漫的色彩。诗句用错落的形式、和谐的音律，宛转真切地表达了少女刘妙容对王敬伯的爱慕之情，在"愿为星与汉，形影共徘徊"的美好愿望中，蕴含着对"千秋万岁同一情"的赞美，对"琴瑟相合、天长地久"的执着。

　　现今世界随着生产力的发展，人类的生活发生了翻天覆地的变化，生活节奏的加快，使人变得浮躁，"这世界没有永恒，唯有变化是永恒"成了现代人不相信永恒的名言，而这种思想也成了现代人薄情寡义的借口。刘妙容泉下有知，当叹世无知音，"千秋万岁同一情"亦成绝响。

谢灵运

　　谢灵运（385—433年），祖籍陈郡阳夏（今河南太康）。东晋名将谢玄孙。生于会稽始宁（今浙江上虞），未几寄养钱塘（今浙江杭州市）。族人称客儿，世称谢客。后至建康，东晋末袭封康乐公，故世人习称谢康乐。曾入宋武帝刘裕及诸将幕府，历任记室参军、太尉参军、相国从事中郎等职。宋立，降爵为侯，复起为散骑常侍，转太子左卫率。其时他感到自己的特权地位受到了威胁，心怀怨恨，后肆意山水，辞官回会稽，大建别墅，凿山浚湖，常带僮仆、门生几百人到处探奇访胜。在乡多所惊动，被诬有异志，上京自诉，改任临川内史。因狂放被劾，将逮之，遂兴兵叛，被擒，流放广州。元嘉十年，诏于广州弃市。

　　谢灵运为山水诗之鼻祖，诗风清新自然，气韵生动。钟嵘将其诗列为上品。

石壁精舍还湖中作

昏旦变气候，山水含清晖[1]。

清晖能娱人，游子憺[2]忘归。

出谷日尚早，入舟阳[3]已微。

林壑敛暝色，云霞收夕霏[4]。

芰荷迭映蔚[5]，蒲稗相因依。

披拂趋南径，愉悦偃东扉[6]。

虑澹物自轻，意惬理无违[7]。

寄言摄生客[8]，试用此道推。

国学经典精神家园丛书

【注释】

〔1〕清晖：指山光水色。

〔2〕憺：安适貌。

〔3〕阳：日光。

〔4〕夕霏：云飞貌。意谓森林山谷之间一派暮色，飞动的云霞已经不见了。

〔5〕迭映蔚：霞光与花色交相辉映。

〔6〕偃东扉：在东轩休息。

〔7〕"虑澹"二句：意思是说，思想淡泊便觉得身外之物无足轻重，心里满足便会感到天地万物之理与自己融洽无间。

〔8〕摄生客：注重养生保健的人。

【赏析】

宋景平元年（423年）秋，谢灵运托病辞去永嘉太守职务，回到故乡会稽始宁。这里曾是曾祖谢安、祖父谢玄的庄园，规模宏大。谢灵运归家后，又别营居宅。石壁精舍就是他在北山营造的书斋。

起首二句对偶精工而又极为凝练，从大处、虚处勾勒出了山光水色之秀美。前六句为第一层，总写一天游石壁的观感，是虚写。"林壑"以下六句是实写湖中晚景，从林峦沟壑写到天边云霞，从满湖的芰荷写到船边的蒲稗，描绘出一幅天光湖色交相辉映的湖上晚归图，进一步渲染出清晖娱人、游子憺然的意兴。"披拂"二句写舍舟陆行，拨开草木，循径南行；到家后愉快地偃息东轩，而内心的喜悦仍未平静。最后以游览后体悟到的玄理收束一个人只要思虑淡泊，那么对于名利得失、穷达荣辱这类身外之物自然就看得轻了；只要自己心里常常感到惬意满足，就觉得自己的心性不会违背宇宙万物的至理常道，一切皆可顺情适性，随遇而安。诗人还想把他领悟出的这一真谛赠送给讲究养生之道的人，让他们用这种道理去推求探索。诗人对游赏山水于身心休养的感悟，对时下热衷旅游的现代人，具有宝贵的启迪意义。

【名家评点】

灵运诸佳句，多出深思苦索，如"清晖能娱人"之类，虽非锻炼而成，要皆真积所致。

——〔明〕胡应麟《诗薮》

石门岩上宿

朝搴^[1]苑中兰，畏彼霜下歇。
暝还云际宿，弄此石上月。
鸟鸣识夜栖，木落知风发。
异音^[2]同至听，殊响俱清越。
妙物莫为赏，芳醑^[3]谁与伐？
美人竟不来，阳阿徒晞发^[4]。

【注释】

〔1〕搴（qiān）：摘取。

〔2〕异音：指鸟鸣与风声。

〔3〕芳醑：美酒。

〔4〕"美人"二句：化用《楚辞》"望美人兮未来"与"晞汝发兮阳之阿"。晞：晒干。阿：日所经行之处。此句表示孤独与高傲，言无人与之共赏胜景，同品佳酿。

【赏析】

石门山是谢灵运在始宁祖居营造的一处新的庄园别墅，其地势甚高，茂林修竹环绕四周，一道山溪逶迤流过，环境幽深而美丽，谢灵运甚为钟爱。诗写他夜宿位处岩崖上的石门居舍时所感受到的心物为一的特殊愉悦。谢灵运的山水诗大多以写景精巧见长，此诗却以主观感受为主，甚至没有常为人批评的辞义繁复、用语深奥的毛病。总之，这是谢灵运的一首风格较为特别的作品。

写月色流动，写鸟鸣啁啾，写落叶簌簌，悠然自得地呈现出万物在虚寂中的节律。在诗人凝神静听山夜中各种声响的时候，那些声响唤起了心灵深处的某种幻觉，似乎在人的生命深处与自然深处形成某种神秘的沟通。确实，人们对人和自然都有许多说不清楚的感觉，因而常常凭借着神秘的感受力去体验自然。如此美妙的秋夜，却无人能够欣赏，我也就无从向谁赞美这杯中的好酒了。结尾两句有双重含义：一方面诗人希望有志同道合、情趣相通的朋友与自己共赏这秋夜美景；另一方面绝景无侣，显示了自己不与凡俗同流的品格，呈现出一种孤独高傲、睥睨一世的境界。

谢灵运这首诗是要把孤独感以及孤独者与自然的感通构造成美好的意境。尽管他的其

国学经典精神家园丛书

他山水诗也有类似的旨义，但都比不上这首诗单纯而优美。所以，在诗史上，这也是一首不同凡响的作品。

斋中读书

昔余游京华，未尝废丘壑。

矧乃^[1]归山川，心迹双寂寞。

虚馆绝诤讼^[2]，空庭来鸟雀。

卧疾丰暇豫^[3]，翰墨时间作。

怀抱观古今，寝食展戏谑^[4]。

既笑沮溺苦，又哂子云阁^[5]。

执戟亦以疲，耕稼岂云乐^[6]。

万事难并欢，达生^[7]幸可托。

【注释】

〔1〕矧（shěn）乃：况且。

〔2〕诤讼：争辩与诉讼。

〔3〕丰暇豫：有了许多空闲时间。

〔4〕"怀抱"二句：意谓读书了解历史，认清现实，且可在茶余饭后对书中的内容尽情调侃。

〔5〕"既笑"二句：沮溺：长沮与桀溺，古代借农耕隐居的人。子云：即扬雄，字子云。汉成帝时在朝为官，后因故被株连，投阁自杀未死。哂：微笑。这里有轻蔑之义。

〔6〕"执戟"二句：执戟：秦汉时宫廷侍卫官，因值勤时手执戈戟而得名。以：通"已"。

〔7〕达生：取庄子《庄生》篇之人生理念，以"达生"处世，就应避免贪欲，不受物欲的困扰，远离尘务。

【赏析】

诗作于永嘉太守任上斋中读书时，在思想情感中所产生的诸多矛盾：既不想过真正隐士如长沮、桀溺那样的生活，又不满扬雄那样的钻营屈节；既不想做官，也不愿务农。那么，在何处安身立命？精神又寄托在哪里呢？这时的诗人不得不在老庄的哲理中去寻求答案。

通篇以"斋中读书"为中心，说过去，想未来，视野十分开阔。有回顾，有瞻望，感情深沉凝重，语调则平易亲切。作者表达情感、驾驭诗法之功夫，确实令人惊叹。

【名家评点】

名章迥句，处处间起；典丽新声，络绎奔会。譬犹青松之拔灌木，白玉之映尘沙，未足贬其高洁也。

——［南朝梁］钟嵘《诗品》

陆　凯

字智君。谨重好学，以忠厚见称。曾为正平太守，在郡七岁，人称良吏。与《后汉书》作者范晔友善。

赠范晔

折花逢驿使，寄与陇头人[1]。
江南无所有，聊赠一枝春。

【注释】

〔1〕陇：陇山，天水附近，古代称东渭河流域为关陇。陇头人借指远别乡关的征人戍客。这里是指远在关中的友人范晔。

【赏析】

古时赠友诗无数，陆凯这首小诗又似一封短信，亲切随和，却很感人。如果说诗的前两句直白平淡，那么后两句则在淡淡致意中透出深深祝福。这首诗构思精巧，清晰自然，富有情趣。用字虽然简单，细细品之，春的生机及情意如现眼前。

汤惠休

字茂远，初入沙门，易名惠休。刘宋时人。以善属文为前军将军徐湛之所赏识，宋孝武帝刘骏命其还俗。官扬州从事史、宛驹令。有集十卷，已佚。《乐府》存其诗十一首。

白纻歌（三首选二）

少年窈窕舞君前，容华艳艳将欲然[1]。
为君娇凝复迁延[2]，流目送笑不敢言。
长袖拂面心自煎，愿君流光及盛年[3]。

秋风裛裛入曲房，罗帐含月思心伤。
蟋蟀夜鸣断人肠，长夜思君心飞扬。
他人相思君相忘，锦衾瑶席为谁芳[4]？

【注释】

〔1〕将欲然：比喻容颜妖艳，有如将要燃烧的火焰。

〔2〕"为君"句：娇凝：比喻目光娇媚而凝注。迁延：比喻舞步欲移且止。

〔3〕"愿君"句：她祝愿自己能永远为郎君献舞，好让他的福泽滋润她，直到盛年。

〔4〕"他人"二句：意谓我为你相思正苦，而你却已将我遗忘，铺设这芬芳的锦被和白玉般的床席又有什么意义呢？

【赏析】

《白纻舞》是一支产于吴地的舞曲。从晋代起作为宫廷舞曲流传，不同时期的诗人为之谱写过很多歌辞，这些歌辞大体都是描摹舞女的舞姿体态。因为内容的雷同，诗歌的创作便缺乏真情实感，流于形式化。

汤惠休的《白纻歌》尽管也描写了舞女美丽的外表，但主旨在于刻画舞女羞于吐露爱情的娇痴情态，把外貌描写同内心世界的刻画密切结合起来，使舞蹈描写的程式变成形象塑造的手段。

鲍 照

鲍照（约415—466年），字明远，东海（今山东郯城一带）人。鲍照是元嘉时期成就最高的诗人，钟嵘说他"跨两代而孤出"。他的诗风骨遒劲，构想奇逸，善作七言，尤善乐府，在中国诗歌史上曾被誉为"七言之祖"，并与谢灵运、颜延之同为"元嘉三巨子"。王夫之说："明远乐府自是七言至极。"鲍照反映军旅生涯的诗篇开启了唐人边塞诗的先河。他的诗歌创作对唐代诗人产生了极大影响。

鲍照的诗现存两百多首，乐府八十多首，《拟行路难》是其代表作。有《鲍参军集》十卷传世，今人有《鲍参军集注》。

国学经典精神家园丛书

代〔1〕出自蓟北门行

羽檄起边亭〔2〕，烽火入咸阳。
征师屯广武，分兵救朔方〔3〕。
严秋筋竿劲，虏阵精且强〔4〕。
天子按剑怒，使者遥相望〔5〕。
雁行缘石径，鱼贯度飞梁〔6〕。
箫鼓流汉思，旌甲被胡霜〔7〕。
疾风冲塞起，沙砾自飘扬。
马毛缩如猬，角弓不可张。
时危见臣节，世乱识忠良。
投躯〔8〕报明主，身死为国殇。

【注释】

〔1〕代：犹"拟"，仿作。

〔2〕"羽檄"句：羽檄：檄是征兵文书，插上羽毛表示军情紧急。边亭：边境上驻兵守卫的城堡。

〔3〕"征师"二句：广武：古代屯兵之所，在今山西代县西。非刘、项对峙之河南广武。朔方：内蒙古自治区境内黄河以南地区。

〔4〕"严秋"二句：筋：指弓弦。竿：指箭杆。虏：古代对北方入侵民族的蔑称。

〔5〕遥相望：不绝于路，形容其多。

〔6〕飞梁：架在山中高空的桥梁。

〔7〕"箫鼓"句：箫鼓声中流露出对家国的思念。

〔8〕投躯：舍身报国。

【赏析】

这首诗是描写边塞生活的名篇，这样的诗在南北朝时期十分罕见。

前两句描写军情危急，后两句为一触即发的生死搏斗埋下了伏笔。继而铺叙天子震怒，汉军挺进，然后着重描写进入实战状态时的气候剧变。所有这些精心构筑的叙事，都是为了画龙点睛的最后四句。

此诗在思想与艺术上之所以能达到较完美的统一，是由于紧凑曲折的情节，不断变化的画面和鲜明突出的形象得到了有机结合。难怪有诗论家说："写出一时声息之紧，应敌之猝，师行之速，短篇中气势奕奕生动，真神工也。"

代结客少年场行

骢马金络头，锦带佩吴钩〔1〕。

失意杯酒间，白刃起相仇。

追兵一旦至，负剑远行游。

去乡三十载，复得还旧丘。

升高临四关，表里望皇州〔2〕。

九衢〔3〕平若水，双阙似云浮。

扶〔4〕宫罗将相，夹道列王侯。

日中市朝满，车马若川流。

击钟陈鼎食，方驾〔5〕自相求。

今我独何为，坎壈〔6〕怀百忧。

【注释】

〔1〕吴钩：吴地制造的弯刀。

〔2〕皇州：京城。

〔3〕九衢：纵横各九条大街。

〔4〕扶：环绕、辅佐。

〔5〕方驾：并驾齐驱。

〔6〕坎壈：困顿不得志。

【赏析】

这首拟乐府描写了一个尚武任侠的少年，因持刃格斗被朝廷追捕而逃亡他乡，三十年后，当他一无所成，重回京城，看到了无数壮丽的宫殿，四通八达的大道，王侯将相的豪华府第，因而对豪权显贵的穷奢极侈、互相勾结并排斥异端表达了无比的愤慨。

发端二句仅用十字，便写尽了主人公的风采。这位气度不凡的少年本该前程锦绣，但一生穷愁潦倒。读者自然会对造成少年悲剧命运的社会根源进行思考，由此也使读者更加深入地理解诗的主旨。

少年究竟因何"失意"？这个影响他一生命运的至关重要原因，诗人在此作了回避，但从后半篇我们不难找到答案：昔日杀人亡命，其实就是因为那些"自相求"，即相互勾结、狼狈为奸的豪门子弟在"杯酒"间凌辱他的人格而采取的激烈报复行为。前面"失意"的根源，在后半篇中若隐若现，构思深细绵密。全诗的艺术匠心，正如王夫之所评："满篇讥诃，一痕不露。"

鲍照青少年时期虽无行侠杀人的记载，但从有关史料，我们知道他确有非凡的勇气与魄力。所以《结客少年场行》虽非自传，却有诗人的影子在。方回说："明远多为不得志之辞，悯夫寒士下僚之不达，而恶夫逐物奔利者之苟贱无耻。每篇必致意于斯。"

【名家评点】

明远乐府，如五丁凿山，开人世所未有。后太白往往效之。五言古亦在颜、谢之间。

——［清］沈德潜《古诗源》

拟行路难（十八首选六）

奉君金卮之美酒，玳瑁玉匣之雕琴。
七彩芙蓉之羽帐，九华蒲萄〔1〕之锦衾。
红颜零落岁将暮，寒光宛转时欲沉。

愿君裁悲且减思，听我抵节行路吟[2]。
不见柏梁铜雀上，宁闻古时清吹音[3]。

【注释】

〔1〕九华蒲萄：葡萄形图案。蒲萄：即葡萄。

〔2〕"听我"句：抵节：击节。行路吟：即指作者的这一组《行路难》诗。

〔3〕"不见"二句：柏梁是汉武帝在长安所建台名。铜雀是曹操所建台名。柏梁台和铜雀台都是歌咏宴游场所。宁：岂、何。清吹：悠扬的管乐。这二句是说如今在柏梁和铜雀台上，哪还能听到古时悠扬的乐声呢。

【赏析】

《行路难》是汉代民歌。齐梁及唐代不少诗人，都沿袭此调写出一批名作。鲍照的《拟行路难》就是其中之一。这组内容丰富、形式瑰奇的诗篇，从各个侧面集中展现了鲍照诗歌艺术的多姿多态，犹如精光四射、熠熠生彩的钻石。历代选家和评论家凡瞩目于六朝诗歌的，都不会遗漏它。

此篇作为《拟行路难》开宗明义第一章，带有序曲的性质。诗人一上场呈现在读者面前的是精美绝伦、令人赏心悦目的物器——别误以为作者是要为人生谱一曲乐章，以满足世人之种种官能享受——正当读者目不暇接之时，诗人突然间转为低沉的哀叹：红颜难驻，岁月迟暮，寒气闪烁，年华转眼即逝。在人生的大悲哀中，如何节制和排遣自己的伤痛呢？那就是聆听他的击节高歌，咏唱倾诉人生苦难的《行路难》。诗人荡开一笔又说：你没看到吗，汉武帝的柏梁台，魏武帝的铜雀台，当年歌舞轻曼，乐声盈耳，可如今哪还有清音绕梁呢？言下之意，我的歌声也是稍纵即逝，要听就请不要错过啊！

就这样，诗人站在他为我们创造的绚丽辉煌的背景中，一手高举盛满美酒的金杯，一手抚玉饰花雕的古琴，开始放声歌唱……

泻水置平地，各自东西南北流。
人生亦有命，安能行叹复坐愁。
酌酒以自宽，举杯断绝歌路难[1]。
心非木石岂无感，吞声踯躅[2]不敢言。

【注释】

　　〔1〕"举杯"句：这句是说因要饮酒而中断了《行路难》的歌唱。

　　〔2〕踯躅：徘徊不进。

【赏析】

　　"心非木石岂无感"简简单单七个字，把前面诸种自宽自解、认命听命的说法一笔抹杀，让久久压抑在心底的悲愤之情如火山喷射出来，当他正要面对不公平的命运大声抗辩之时，笔锋轻轻一转，用"吞声踯躅不敢言"收结全诗，硬是将已经爆发的巨大悲愤重又吞咽下去。这表明诗人所悲、所感、所愤激不平的并非一般小事，而是有着重要的社会政治内容，愈是不敢言说，愈见感愤的深切。这一纵一收、一扬一抑的结尾，把诗人悲愤难忍的情绪完全淋漓尽致地表达出来。

【名家评点】

　　妙在不曾说破，读之自然生愁。起手无端而下，如黄河落天走东海也。

　　　　　　　　　　　　　　　　　　　　　——〔清〕沈德潜《古诗源》

　　　　对案不能食，拔剑击柱长叹息。
　　　　丈夫生世会几时，安能蹀躞垂羽翼〔1〕？
　　　　弃置罢官去，还家自休息。
　　　　朝出与亲辞，暮还在亲侧。
　　　　弄儿床前戏，看妇机中织。
　　　　自古圣贤尽贫贱，何况我辈孤且直〔2〕。

【注释】

　　〔1〕"丈夫"二句：意谓一个人在世上能活多久，怎可裹足不前、垂翼不飞呢。

　　〔2〕孤且直：孤高而耿直。

【赏析】

　　此诗起手先刻画心情之愤激，以"不能食""拔剑击柱""长叹息"三个一气联结的动作，充分展示了诗人的愤懑不平，接着比喻说明自己在重重束缚下有志难伸的处境，再联想到生命短促、岁月不居，更叫人心焦神躁，急迫难忍。

辞官回家，与亲人朝夕团聚，共叙天伦之乐，与官场生活的苦厄形成了强烈反差。然而，闲居家园毕竟是不得已的做法，并不符合作者一贯企求伸展抱负的本意，也没有真正解决其思想上的矛盾。故而最后两句又由家庭生活的叙写，一跃而为牢骚愁怨的迸发。这两句诗表面上引古圣贤的贫贱以自嘲自解，实质上是将个人的失意扩大、深化到整个历史的层面——怀才不遇并非个别现象，而是自古皆然，连大圣大贤都在所不免，这足以证明现实生活本身的不合理。值得注意的是，诗人用"孤且直"揭示了像作者一样的志士才人坎坷、抱恨终身的社会根源。六朝门阀制度盛行，世族垄断政权，寒门士子很少有升迁的机会。鲍照出身孤寒，又以直道标榜，自然不为世俗所容。他的诗里不时迸响着的那种近乎绝望的抗争与哀叹之音，也不难于此得到解答。

愁思忽而至，跨马出北门。
举头四顾望，但见松柏园[1]，荆棘郁蹲蹲。
中有一鸟名杜鹃，言是古时蜀帝魂[2]。
声音哀苦鸣不息，羽毛憔悴似人髡[3]。
飞走树间啄虫蚁，岂忆往日天子尊？
念此死生变化非常理，中心恻怆不能言。

【注释】

〔1〕松柏园：坟园，因古时坟茔多种松柏，故称。

〔2〕蜀帝：即杜宇。传说杜鹃是古蜀国王杜宇冤魂所化。

〔3〕髡（kūn）：古代剃发的刑罚。

【赏析】

《拟行路难》就其集中抒写人生感受的特点来说，可能受了阮籍《咏怀》的影响，但两者的风格并不相同。鲍照乐府的倜傥明快跟阮诗的隐晦曲折、闪烁其词相去甚远。不过这首诗是个例外。

诗的开头就很怪："愁思忽而至"，愁什么？作者不但不予解说，反而突然转身大写"跨马出北门"的所见所闻，仿佛将原先的愁思漫不经心地丢开了。接着作者采用顾类特写镜头的手法描述杜鹃的故事。最后是本诗的结论，也是对首句何以要"愁"的回答。我们知道，六朝正处在政权更迭频繁、政局动荡不安的历史阶段，改朝换代是家常便饭，统治集团间的纷争倾轧更是永无休止。在这种政治局面下，往日安富尊荣的帝室权门、达官显宦一旦倾覆，身死族灭，屡见不鲜。作者感喟于世态的混乱，而又回天无力，只能归结于死生无常，穷通不永。但是如对诗篇所涉及的时事直书其事，势必招来祸患，因此只好闪烁其词。

> 君不见柏梁台，今日丘墟生草莱。
> 君不见阿房宫，寒云泽雉栖其中。
> 歌妓舞女今谁在？高坟垒垒满山隅。
> 长袖纷纷徒竞世，非我昔时千金躯。
> 随酒逐乐任意去，莫令含叹下黄垆〔1〕。

【注释】

〔1〕黄垆：即黄泉、地下。

【赏析】

这首诗写的是社会现象，而且是典型的社会现象，看来他并不是简单地否定人生，而是在这种否定的言辞里深含着愤慨，对权势的垄断者、名利的占有者的极端厌恶和愤恨。

> 诸君莫叹贫，富贵不由人。
> 丈夫四十强而仕，余当二十弱冠〔1〕辰。
> 莫言草木委冬雪，会应苏息遇阳春。
> 对酒叙长篇，穷途运命委皇天。
> 但愿樽中九酝〔2〕满，莫惜杖头百个钱。
> 直得优游卒一岁，何劳辛苦事百年。

【注释】

〔1〕弱冠：古代男子以二十岁为成人，始加冠，因体犹未壮，故称弱冠。

〔2〕九酝：一种经过重酿的美酒。

国学经典精神家园丛书

【赏析】

这一首可视作鲍照《拟行路难》组诗的主题总结。作者似乎已看破红尘，看透命运，将全部愤懑与不平寄托到了美酒中。然而我们依然不难从其似乎达观的放言中体察出深藏于心底的无奈。

【名家评点】

悲凉跌宕，曼声促节。体自明远独创。

——〔清〕沈德潜《古诗源》

代雉朝飞

雉朝飞，振羽翼，专场挟雌恃强力〔1〕。
媒已惊，翳又逼，蒿间潜彀卢矢直〔2〕。
刎绣颈，碎锦臆〔3〕，绝命君前无怨色。
握君手，执杯酒，意气相倾死何有〔4〕？

【注释】

〔1〕"专场"句：意谓故意在一个特定的危险场所，雌鸟受到了暴力的威胁。专场：这里是指无法脱身的特定场所。

〔2〕"媒已惊"三句：描述雌鸟当时所处形势之危急：良媒惊恐万状，云雾笼罩，野草中箭已备好，自己命在顷刻之间。翳：云雾，或解为盛放弓箭的器具，亦通。潜彀：暗藏的拉满的弓箭。卢矢：黑色的箭。

〔3〕锦臆：禽鸟胸部美丽的羽毛。

〔4〕"意气"句：意谓只要意气相投、真心相爱，死又何惧。

【赏析】

这首诗通过雉鸟不惜殉情以报爱人的悲凄故事，表达了作者"士为知己者死"的理念。

诗人在这一虚拟的故事中说，雌雉在一个美好的早晨，在媒人的引导下，原本兴致勃勃要去与爱人相会，却不幸落入蓄意谋杀她的危急境地中。面对死亡的威胁，她毅然决然刎颈裂羽，以死相报，毫无怨色。诗的结尾所描述的动作显然已经不是鸟的行为，间接表达了作者的壮举和决心：握手执酒，有感于意气相投而视死如归。

鲍照的诗章几乎无不欲言又止、隐晦曲折，唯独这篇直抒胸臆，壮怀激烈，实为变调。

代北风凉行

北风凉，雨雪雱[1]，京洛女儿多严妆。
遥艳帷中自悲伤，沈吟不语若为忘。
问君何行何当归？苦使妾坐自伤悲。
虑年至[2]，虑颜衰。情易复，恨难追。

【注释】

〔1〕雱（pāng）：大雪。

〔2〕"虑年至"句：意谓担忧暮年即至，红颜早衰。

【赏析】

此篇的意蕴应是对人生旅途中青春年华的珍惜，对人生应有的爱情、幸福的渴望。诗中的女主人公心潮澎湃而沉吟不语，极富耐人回味的情韵。沉吟不语比哭天喊地的呼号、声嘶力竭的痛诉更引人哀悯，更易激发人的共鸣。

代春日行

献岁[1]发，吾将行。
春山茂，春日明。
园中鸟，多嘉声。
梅始发，桃始青。
泛舟舻，齐棹惊。

奏采菱[2]，歌鹿鸣。

风微起，波微生。
弦亦发，酒亦倾。
入莲池，折桂枝。
芳袖动，芬叶披。
两相思，两不知。

【注释】

〔1〕献岁：即岁首。

〔2〕采菱：江南民歌《采菱曲》。

【赏析】

诗章描写了在明媚春光中男女青年郊游嬉戏的欢乐情景。前写陆游，后写水游。春游中青年男女极易产生爱慕之情。妙在"两相思，两不知"的结句。

【名家评点】

声情骀荡。末六字比"心悦君兮君不知"更深。

——〔清〕沈德潜《古诗源》

鲍令晖

鲍照妹。约生活于公元420年前后。她是南朝宋齐两代唯一留下著作的女文学家。著有《香茗赋集》，今已散佚。

代葛沙门〔1〕妻郭小玉作（二首选一）

明月何皎皎，垂幌照罗茵〔2〕。
若共相思夜，知同忧怨晨〔3〕。
芳华岂矜貌，霜露不怜人〔4〕。
君非青云逝，飘迹事咸秦。

妾持一生泪，经秋复度春^{〔5〕}。

【注释】

〔1〕葛沙门：人名，非僧人。南朝以释僧之称起名者甚多。

〔2〕茵：坐褥。

〔3〕"若共"二句：因月光不只是照耀自己的楼窗，同样照耀着千里之外丈夫的居处，于是女主人公想象，千里之外的丈夫此刻或许也正在举首望月，思念着她，或许在月下徘徊，从相聚的期盼转为经年难归的幽怨，以至于从子夜踯躅到清晨。

〔4〕"芳华"二句：意谓青春有如芬芳的花草，岂能以风华正茂而永远矜夸？岁月之无情亦如霜露，它对青春的消逝是不会怜悯的。

〔5〕"君非"四句：你既然不愿学许由，又何苦要为朝廷服役，致使我终日流泪，经秋历春，度过漫长的一生呢？

【赏析】

治国颇有气象的齐武帝萧赜，在谈及其时的两位才女时，曾夸赞说："借使二媛生于上叶，则'玉阶'之赋、'纨素'之辞，未诓多也！"这两位才女，一位是以献《中兴赋》得到刘骏赏识的韩兰英，另一位就是鲍令晖。

从诗题可知，这是鲍令晖代葛沙门的妻子所作的抒情小诗。

诗章站在女主人公的角度，设想她在举头仰望穿帏入户的皎皎明月之际，想到自己与丈夫相隔千里，他是否也在思念自己，在月下徘徊呢？是否也会想到岁月无情，青春易逝呢？因此才会有结尾四句几近凄厉的呼唤。

这首诗既然是受托代作，便要附在郭小玉的家书中寄往远方。行役在外的葛沙门，面对这样生死相望的含泪之思，岂能无动于衷。

沈 约

沈约（441—513年），字休文，梁吴兴武康（今浙江吴兴）人。少孤贫好学，博通群书。因在官场善于应酬，历仕宋、齐、梁三朝，累官至尚书仆射、尚书令，封建昌县侯，后世称之为沈隐侯。在齐梁之际，他既位居显贵，又著述甚丰，被誉为一代辞宗。沈约为官清廉，自奉俭朴。性喜藏书，聚籍两万卷之多。

作为永明体的创始人之一，沈约与谢朓并称。诗以讲究声律、词采绮丽而称著。他撰写的《四声谱》和倡导的"八病说"对诗歌的音韵、格律首次做全面总结，为格律诗的规范化建立了标准，为诗歌艺术的审美奠定了基础。

休沐[1]寄怀

虽云万重岭，所玩终一丘[2]。
阶墀幸自足，安事远遨游?
临池清溽暑，开幌望高秋。
园禽与时变，兰根应节抽。
凭轩搴木末，垂堂对水周[3]。
紫箨[4]开绿筿，白鸟映青畴[5]。
艾[6]叶弥南浦，荷花绕北楼。
送日隐层阁，引月入轻帱[7]。
爨[8]热寒蔬剪，宾来春蚁浮[9]。
来往既云倦，光景为谁留[10]?

【注释】

〔1〕休沐：《初学记》："汉律，吏五日一休沐，言休息以洗沐也。"本篇写官吏初秋休假的闲适生活。

〔2〕"虽云"二句：意谓虽有千山万壑，一丘一壑可自足。

〔3〕"凭轩"二句：搴：摘取。木末：树梢。垂堂：堂前之地。水周：周流之水。

〔4〕箨：竹皮。

〔5〕青畴：绿色田野。

〔6〕艾：疑为"芰"之误。艾为陆地植物，不会生在水旁。

〔7〕帱：帷帐。

〔8〕爨：灶，此指生火做饭。

〔9〕蚁浮：酒面的浮沫。

〔10〕"来往"二句：这里是反诘之语，意谓既然厌倦了官场应酬，如此美景不正是为自己准备的吗?

【赏析】

　　当诗人远离繁华喧嚣的闹市和尔虞我诈的官场，投入大自然的怀抱时，不由自主陷入了沉思：对人生哲理的思索。自然造化，气象万千，重峦叠嶂，万重风烟，好景如画，美不胜收。但人生在世，有一丘一壑足矣！正所谓"广厦千间，横卧不过七尺；良田千顷，一日不过三餐"。所以，一花一鸟，一草一木，足以寓怀，足以寄情。

　　接下来诗人从室内到室外，以如神之笔写了庄前宅后的旖旎风光。从时节上递写了春、夏、秋三时佳景。画面上，紫、绿、白、青、蓝、红各色纷呈，而在送斜阳、引新月之际，留下一段时间空白，任凭读者运用想象去填补，去体会，从而使诗章呈现出无限含蓄蕴藉的风致。然后诗再从环境之美写到宴友之乐。末句反诘，让读者从山水丘壑、花鸟日月之中，窥探咀嚼那难以言传的人生况味。这恰好与开篇题旨做了呼应。

悼亡诗

去秋三五月，今秋还照梁。
今春兰蕙草，来春复吐芳。
悲哉人道异，一谢永销亡。
屏筵空有设，帷席更施张。
游尘掩虚座，孤帐覆空床。
万事无不尽，徒令存者伤。

【赏析】

　　诗为悼念亡妻而作。全诗六句为一节，每节前四叙事写景，后二抒情。前节先写室外自然景物，后节续写室内用具。春花秋月，蕴意深长；亡妻物器，触目伤情。"悲哉""万事"每节之结语皆由肺腑流出，真挚悲切，不事雕琢，亦不用典，对亡妻的深情感人之至。

　　沈约诗突出的特点是"清怨"，这首诗集中体现了沈约的清怨之风。诗的前半部分以大自然的永恒来反衬人生易逝、一去不返的悲哀，后半部分将悲伤的情感同凄凉的环境融合起来，情景交现，悲怆更甚。

国学经典精神家园丛书

别范安成〔1〕

生平少年日，分手易前期〔2〕。
及尔同衰暮，非复别离时。
勿言一尊酒，明日难重持。
梦中不识路，何以慰相思〔3〕？

【注释】

〔1〕范安成：名岫，安慰宾。他在萧齐时曾为安成内史，故称范安成。

〔2〕易前期：把来日重逢看作是很容易的事。

〔3〕"梦中"二句：战国时张敏和高惠友善，别后张屡次于梦中寻访高惠，皆迷路而返，不得相见。

【赏析】

　　史载，沈、范交谊甚深。两人皆幼年丧父，身世相同，心性相通。刘宋时，同受安西将军刘兴宗礼遇，沈约为参军兼记室，范岫为主簿。入齐后又都同游于竟陵王萧子良门下。由诗的第一联可知他们少年时代就已相识相知。那时都青春年少，踌躇满志，以为一次离别算不了什么，天长日久，相聚的日子多得很。想不到岁月蹉跎，人生如过眼烟云，倏忽就是几十年。昔日风华正茂的好友如今把酒相逢之时，垂垂皆老，须鬓尽白矣。少年之别，转眼已届耄耋之年，那么，老年之别呢？能不令人感慨之至！诗最后一联用典，巧妙贴切，不露痕迹。

　　诗人以"明日难重持"为感情枢纽，往前推移——念及少年意气的"易前期"，不由满怀追悔、遗恨；往后瞻望——遥想别后相聚难期，更增惆怅、哀伤。诗在描写离别的哀愁之时，还有对人事难料的思索，所以它超越了一般的离别之作，能够被传诵千年而不衰。

【名家评点】

　　一片真气流出，句句转，字字厚。去《十九首》不远。

——［清］沈德潜《古诗源》

六忆诗四首

忆来时，灼灼上阶墀[1]。
勤勤叙别离，慊慊[2]道相思。
相看常不足，相见乃忘饥。

忆坐时，点点罗帐前[3]。
或歌四五曲，或弄两三弦。
笑时应无比，嗔[4]时更可怜。

忆食时，临盘动容色。
欲坐复羞坐，欲食复羞食。
含哺如不饥，擎瓯[5]似无力。

忆眠时，人眠强未眠[6]。
解罗不待劝，就枕更须牵。
复恐傍人见，娇羞在烛前。

【注释】

〔1〕阶墀（chí）：台阶。

〔2〕慊慊：心中不满足状。

〔3〕"点点"句：意谓坐在罗帐前的一举一动无不迷人。

〔4〕嗔：憎恨、生气。

〔5〕瓯：酒具。

〔6〕"人眠"句：意谓睡着比醒的时候还好看。

【赏析】

诗人是审美者。他捕捉美，表现美，创造美。在这组诗中，来、坐、食、眠，这些日常生活中司空见惯的普通内容，在情爱光环的映衬下，也折射出了令人眩目的美。

诗人首先回忆自己在门外等待她、迎接她的情景。当她从台阶上走来的时候，是那么

国学经典精神家园丛书

光艳照人。这两个曾经离别过的情人是这样的深情："相看常不足，相见乃忘饥。"倾诉过离情之后，这对情人又回到了旧日曾经过惯的旖旎生活中：她坐在罗帐前，拨弦奏曲，曼声低唱，形容动作，一颦一笑无不迷人。恋人间的笑意味着幸福、满足、欢快、和谐与健康。然而情感的交流也忌讳单调。"嗔时更可怜"反映了诗人在另一个层面上的情感体验。一笑一嗔，诗人摄取活泼、动感的一刻，一位美丽、聪慧的女子呼之欲出。

诗人对食时、眠时的追忆，着重于一种娇羞情状的复现。沈约所接触的女子均处上流社会。他们的审美趣味在于绰约娇弱。欲坐羞坐，欲食羞食；擎瓯就枕，文静委婉，处处浸润、渗透着氤氲温馨和馥郁香醇。

西方有句长期流传的古谚，说真正的美人是睡时也美的女子。沈约说他的情人睡时比醒时更美。可见古往今来人同此心，心同此理。

总之，诗人就是以这样的柔声细语，将记忆中的琐碎片断串联成一组有机整体，仿佛一挂璀璨的珍珠，熠熠发光，使被思念者的形象历历在目。

本组诗既不借助于取典用事，也不借助于辞藻铺排，吐言天真，出于自然。这些艺术特征恐怕得益于对当时吴歌民谣精髓的吸取。

江　淹

江淹（444—505年），字文通，梁济阳考城（今河南兰考）人。少时孤贫，好学不倦。历经宋、齐、梁三朝，渐至高位，梁封醴陵侯。江淹少以文章著名，晚年才思减退。诗风略近鲍照，号称江鲍。他的《别赋》是文学史上的不世名篇。文集俱佚，明人辑有《江文通集汇注》。

效阮公诗（十五首选二）

十年学读书，颜华尚美好。
不逐世间人，斗鸡东郊道〔1〕。
富贵如浮云，金玉不为宝。
一旦鹝鸪〔2〕鸣，严霜被劲草。
志气多感失，泣下沾怀抱。

至人贵无为，裁魂〔3〕守寂寥。

唯有驰骛士，风尘在一朝〔4〕。

舆马相跨跃，宾从共矜骄。

天道好盈缺，春华故秋凋。

不知北山民，商歌弄场苗〔5〕。

【注释】

〔1〕"斗鸡"句：语出曹植《名都篇》，此处泛指世间轻薄少年的荒淫无聊。

〔2〕鹈鴂：即杜鹃。

〔3〕裁魂：意谓克制种种杂念。魂在这里是指各种思想活动。

〔4〕"唯有"二句：意思是说，只有那些想在政治领域建功立业、驰骋纵横的有志之士，才会希求辉煌一时，然而他们并不知道这只不过是在世俗风尘中来去匆匆而已。

〔5〕"不知"二句：自然法则盈虚消长，并不理会归隐者一边耕耘，一边唱着凄凉的悲歌，以此求取一官半职的隐私。北山民：指归隐的人。商歌：悲凉的歌。商声凄凉悲切，故称。典出《淮南子》："宁戚饭牛车下，望见桓公而悲，击牛角而疾商歌。桓公闻之，抚其仆之手曰：'异哉，歌者非常人也。'命后车载之。"后世以"商歌"比喻自荐求官。

【赏析】

从文艺理论的角度讲，诗人无论写什么，实质上都是在写自己，纵然是摹拟他人的作品亦然。江淹摹拟阮籍《咏怀》的这组共十五首诗，写的好像是阮籍，连体裁都雷同。然而认真研读，这组的还是他自己。江淹这样做，自然事出有因。作者一开篇就说，年轻时曾苦读诗书，那时风华正茂，意气风发。这显然是由阮籍《咏怀》而来。阮籍年轻时对自己的才能十分自信，且放荡不羁，颇为傲然特立，视富贵如浮云。可是最后四句立刻转折为无论年轻时多么奋发有为，壮志凌云，但终究敌不过岁月的消磨。这也是阮步兵《咏怀》中曾反复悲叹的。阮籍的忧生不仅是对自然法则的无情而产生的悲苦认知，更多的是面对险恶的政治环境而感到无能为力的痛苦。把对阮籍的这些描述与作者写作这组诗作的背景联系起来，就不难知道江淹在这里写的还是自己。

南朝刘宋末年，宗室之间为争夺皇位而血腥残杀，国运岌岌可危。江淹死时正在建平王刘景素手下做官。刘密谋叛乱时，江淹曾当面劝阻，忠言不被采纳，于是他"知祸机之将发，又赋诗十五首，略明性命之理，因以为讽"。但诗人又不能明说谋逆必将招致倾覆，只能借古喻今，令主公醒悟。然而作者的一片苦心付之东流，刘景素最终兵败被俘，断首国门。到此地步，诗人真的只能"泣下沾怀抱"了。

杂体诗（三十首选一）

古离别

远与君别者，乃至雁门关。
黄云[1]蔽千里，游子何时还？
送君如昨日，檐前露已团。
不惜蕙草晚，所悲道里寒[2]。
君在天一涯，妾身长别离。
愿一见颜色，不异琼树枝[3]。
菟丝及水萍，所寄终不移[4]。

【注释】

〔1〕黄云：尘埃与云相连而黄。此写塞外景色。

〔2〕"不惜"二句：言所悲不为感时，而是怀远。从古诗"不惜歌者苦，但伤知音稀"化出。

〔3〕"愿一"二句：意谓只要一见到心爱的人，我的忧愁也就没有了，也会变得更美丽了。琼树枝：又名仙树枝，据说可以疗忧解愁，有时也用以比喻人的美好。这里两意兼而有之。

〔4〕"菟丝"二句：意思是说，菟丝寄生于树，青萍寄生于水，皆不移动，比喻忠贞不贰，互相依存。

【赏析】

三十首《杂体诗》，除首篇有总述意味外，其余都是借历代名人如李陵、曹植或其他人吟咏离情别意的。

诗从分别写起，女主人公依然沉浸在离别时的痛苦之中，仿佛一切情景像是在昨日一样。然而成珠的晨露突然惊醒了她：原来转眼已是秋天。同时这节序的变化又触动了她的另一悉思绪：秋风必将吹残花草，但她不怜惜自己的容貌势将衰老，她担忧的是远方征人的苦寒。对于只要见到丈夫，自己就不但不再忧愁，而且会变得更加美好的设想，充分表现了女主人公的温存善良。最后两句从相思的痛苦而引发的是对丈夫的忠贞不渝，并安慰对方，这样的情爱真可谓是温柔敦厚之至了。

张　融

　　张融（444—497年），字思光，南齐吴郡吴（今江苏苏州市）人。初仕宋为北中郎参军，出为封溪令，还为仪曹郎，后入齐高帝萧道成幕府。齐立，累迁司徒左长史。诗文百多卷均佚，现仅存诗四首。

别　诗

白云山上尽，清风松下歇。
欲识离人悲，孤台见明月。

【赏析】

　　在六朝山水诗之后，逐渐形成了重意象的艺术形式。张融的这首小诗，写的是离人之悲，却将目光转向茫茫宇宙、孤台明月，是典型的意象诗。

　　三句写景，而没有一句不是写"离人悲"之情。送别故人，不知始于何时，直到傍晚时分，山上白云消尽，山中晚风初定，双方仍依依不舍。但分手在即，终有一别。故人别去，已是明月高悬。诗人在景物描写中，暗含了时间的延续。三句诗还为我们描绘了山中隐士送别的清绝空间，从时空两方面抒写"离人悲"，前者写离别之难，后者写别后之悲，可谓情景妙合无垠。

　　白云、清风、苍松、明月在六朝，已不单纯是自然景物，也是时代思潮的形象体现。因此，我们说这首诗不仅仅是绘景抒情，而且是在写人。作者曾说："融，天地之逸民也。进不辨贵，退不知贱，兀然造化，忽如草木。"（《南史·张融传》）所以明代张溥称赞他说："白云清风，孤台明月，想见其人。"（《张长史集题辞》）

【名家评点】

情景名为二，而实不可离。神于诗者，妙合无垠。巧者则有情中景，景中情。

————［明］王夫之《姜斋诗话》

范　云

范云（451—503年），字彦龙，梁南乡舞阴（今河南泌阳北）人。八岁能诗，稍长即善属文，文思敏捷，时人多疑为宿构。仕宋为郢州法曹行参军，入齐初为竟陵王府主簿，迁尚书殿中郎，曾出使北魏。后历任零陵内史、始兴内史、广州刺史。萧衍为相，与沈约入府，同心辅佐之。梁立，官吏部尚书，封霄城县侯。诗文三十卷皆佚。存诗四十二首。

送　别

东风柳线长，送郎上河梁。
未尽樽前酒，妾泪已千行。
不愁书难寄，但恐鬓将霜。
望怀白首约，江上早归航。

【赏析】

诗以女子的口吻写与情人离别恋恋不舍的情景。本诗塑造的是一个缠绵多情却头脑清醒的女子，她的心理清晰深沉，诗的语言表述也清晰而深沉，明白如话但意蕴丰厚，读起来让人觉得亲切有味。

陶弘景

陶弘景（452—536年），字通明，梁丹阳秣陵（今江苏南京）人。自幼倾慕长生之道，精于阴阳五行、天文术算。刘宋末，萧道成执政，引之为诸王侍读。齐武帝时，辞官隐居句容茅山，自号"华阳隐居"。梁武帝受禅，曾为造图谶。梁立，甚受恩礼，武帝常以国事询之。卒谥贞白先生。有集三十五卷，已佚。明人辑有《陶隐居集》。存诗六首。

诏问山中何所有赋诗以答

山中何所有？岭上多白云。
只可自怡悦，不堪持寄君。

【赏析】

　　这是陶弘景隐居之后回答齐高帝萧道成诏书所问而写的一首诗。齐高帝是想劝其出山。诗人平平淡淡地回答："岭上多白云。"话虽简淡，含意却很深。在迷恋利禄的人看来，"白云"实在不值什么，但在诗人心目中却是超尘出世的象征。然而"白云"的这种价值是名利场中人不能理解的，唯有品格高洁的高士才能领略。所以诗人说："只可自怡悦，不堪持寄君。"言外之意，我的志趣所在是白云、青山、林泉，可惜就像山中白云一样，难以持赠。

　　诗写得轻淡自然，韵味隽永，为历代所传诵。

曹景宗

　　曹景宗（457—508年），字子震，梁新野（今属河南）人。少以勇知名。刘宋时，官至天水太守。南齐时，积功至游击将军，后追随梁武帝，任郢州刺史，因统兵抗拒北魏有功，进封公爵。景宗纯系武人，虽仅存此一诗，却足以一鸣惊人。

光华殿侍宴赋竞病韵〔1〕

去时儿女悲，归来笳鼓〔2〕竞。
借问行路人，何如霍去病〔3〕？

【注释】

〔1〕竞病韵：古人赋诗有时对作者押韵提出特定要求。竞病韵即要求全诗只能押ìng韵。

〔2〕笳鼓：笳声鼓声，皆为军乐。

〔3〕霍去病：汉武帝时杰出军事家，名将卫青的外甥，任大司马骠骑将军。好骑射，善于长途奔袭。多次率军与匈奴交战，屡战屡胜。

【赏析】

曹景宗曾多次与北魏作战，这首诗就是在天监六年（507年）他大败魏军，"虏五万余人，收其军粮器械山积，牛马驴骡不可称计"，解除了北魏对徐州的包围，得胜回朝后作的。当时梁武帝宴饮连句，令沈约赋诗，因景宗是一武夫，舞文弄墨的事自然不会有人想到他。不想在他的坚决要求下，竟然挥笔而成此诗。

起手一去一回两种截然不同的情景对比已然不同凡响，后一句描述他在笳鼓喧天、人群如堵之时，突发奇想，忆及以抗击匈奴而名垂千古的霍去病，不禁驻马问人：我和霍去病比，怎么样？这一问，不但充分显示了作为武将的率直可爱的个性，同时表现了凯旋回朝之抗敌英雄的自豪，令人凛然起敬。

谢 朓

谢朓（464—499年），字玄晖，南齐陈郡阳夏（今河南太康）人。少有美名，才华出众，曾在竟陵王萧子良门下任功曹、文学等职，为"竟陵八友"中人。

谢朓与谢灵运、谢惠连是同族同乡，均为晋室南渡后的大姓，后人称作"三谢"，又称谢灵运、谢朓为"大谢小谢"。"竟陵八友"所创的永明体流派中，以他的成就最高。诗风清逸秀丽，意境幽美，完全摆脱了玄言诗的影响，有许多名句广为后人传咏。梁武帝甚至说"三日不读"他的诗，"即觉口臭"。有集十二卷、逸集一卷，已佚。明人辑有《谢宣城集》，今有《谢宣城诗注》。

怀故人

芳洲有杜若[1]，可以赠佳期。
望望忽[2]超远，何由见所思？
我行未千里，山川已间之。
离居方岁月[3]，故人不在兹。
清风动帘夜，孤月照窗时。
安得同携手，酌酒赋新诗。

【注释】

〔1〕杜若：香草名，古人常采集送人以表心意。

〔2〕忽：渺茫貌。

〔3〕"离居"句：方：正值。岁月：此处指正月。

【赏析】

清代文学家方东树评此诗"一往清绮"，意谓情景写得好，表达又流利自然。诗从新春佳景起兴，款款道出怀念之情，每个句子都是那么流畅而富于情意。后面以清风月夜作结，美好的怀想在清丽的夜色映衬下，显得格外动人。作者多次化用《楚辞》语句，然而用典却不留痕迹，如同己出，从诗法角度讲，这也是值得称道的。

晚登三山还望京邑[1]

灞涘望长安，河阳视京县[2]。
白日丽飞甍，参差皆可见[3]。
余霞散成绮，澄江静如练。
喧鸟覆春洲，杂英满芳甸[4]。
去矣方滞淫[5]，怀哉罢欢宴。
佳期[6]怅何许，泪下如流霰。
有情知望乡，谁能鬒[7]不变？

国学经典精神家园丛书

【注释】

〔1〕三山：山名，在今南京市西南。京邑：指南齐都城建康，即今南京市。

〔2〕"灞涘"二句：化用王粲避乱离长安之"南登灞陵岸，回首望长安"句。涘：水边。河阳：县名，故址在今河南孟县西。京县：指西晋都城洛阳。

〔3〕"白日"二句：丽字为使动用法，即"照射使……色彩绚丽"之意。飞甍：上翘如飞翼的屋脊。两句意谓在日光的照耀下，京都建筑色彩绚丽，高高低低都能望见。

〔4〕"喧鸟"二句：覆：覆盖，形容喧鸟之多。杂英：各种色彩的鲜花。芳甸：长满芳草的郊野。

〔5〕"去矣"句：意谓想离去却还是留下来。滞淫：淹留。

〔6〕佳期：还乡之日。

〔7〕鬒（zhěn）：黑发。

【赏析】

在这首诗传世一百年后，大诗人李白曾徘徊在金陵城西楼上，望着夜空中银练般静卧的大江，低吟道："月下沉吟久不归，古来相接眼中稀。解道澄江净如练，令人长忆谢玄晖。"他吟诵的便是谢朓的名句"余霞散成绮，澄江静如练"。由于他的叹赏，这句诗在后世赢得了无数知音。

谢朓的这首诗作于他出任宣城太守时。三山是从京城到宣城的必经之地。诗人临行之前，南齐一年之内换了三个皇帝，正处在政治动荡不安之中。因此首二句既交代了离京的原因和行程，又借典故含蓄地抒写了诗人对京城的眷恋不舍以及对时势的隐忧。以下六句写景，六句写情。"余霞散成绮，澄江静如练"描写红日西沉，灿烂的余霞铺满天空，宛若一匹散开的锦缎，清澄的大江伸向远方，恰似一条明净的白绸。这比喻与黄昏时平静柔和的情调十分和谐。接着诗人由眼前对京城的依恋想到此去之后还乡遥遥无期，泪珠像雪粒般散落在胸前，感情再起波澜。

这首诗写景色调绚烂满目，写情柔和温婉。诗人对景物剪裁的功力、诗风的清丽和情韵的自然，标志着山水诗在艺术上的成熟，对唐代诗人的影响甚大。

高斋视事

余雪映青山，寒雾开白日。

暖暖^{〔1〕}江村见，离离海树出。
披衣就清盥，凭轩方秉笔。
列俎归单味，连驾止容膝^{〔2〕}。
空为大国忧，纷诡谅非一^{〔3〕}。
安得扫蓬径，销吾愁与疾？

【注释】

〔1〕暖暖：光线暗淡貌。

〔2〕"列俎"二句：大意是说，满桌佳肴，我只吃一味；数间房宇，我只居其一室。驾：指构造宫室的木材，"连驾"则谓连成一片的楼宇。

〔3〕"空为"二句：意思是说，我徒然为这多难的国家担忧，因为官场混乱，又充满欺诈，料想是无法治理好了。

【赏析】

齐明帝建武二年（495年），谢朓赴宣城郡出任太守。到宣城后，在陵阳山顶建了一座凌风居室，号曰"高斋"。在《郡内高斋闲坐答吕法曹》一诗中他曾这样描述居室的周遭景物："窗中列远岫，庭际俯乔林。日出众鸟散，山暝孤猿吟。"据《宣城县志》载，他"视事高斋，吟啸自若，而郡亦治"。这首诗写的便是他在宣城抱病视事时的所思所感。

诗的开头说明残冬即将过去，春色已在眼前。因寒雾渐开，红日已高，故江边的村庄和树木也历历展现在诗人的视野中。上四句写远景，然后诗人将笔墨转向身边琐事，披衣洗漱，秉笔办公，到用膳，最后又回到居室。整个情景给人的感觉是，他不但不因有这优裕的生活环境而荣幸快乐，反以之为累、为苦、为怨。这到底是为什么呢？结尾四句便是对这一问题的回答和期望。

释宝月

南齐僧人，本姓康，一云姓庾。善解音律。

估客乐（四首选二）

郎作十里行，侬作九里送。
拨侬头上钗，与郎资路用。

有信数寄书，无信心相忆。
莫作瓶落井[1]，一去无消息。

【注释】

〔1〕瓶落井：古代民间成语，有石沉大海之意，经常用于描写恋情别恨。

【赏析】

《估客乐》是齐武帝萧赜的原诗，但因无法入乐，才让宝月重创，很快大行于世，并被编入舞蹈，直到唐代武则天时，宫廷乐工还能歌唱。许多史文典籍都记述了这一故事，可见它的影响与流传之深远。

诗以第一人称的手法描写了一位楚女对恋人的思念。第一首用送别时拨钗相赠表现其依依惜别之情；第二首是对恋人的殷殷嘱咐。语言朴野自然，情感细腻深长，是艺术珍品。

行路难

君不见孤雁关外发，酸嘶度扬越。
空城客子心肠断，幽闺思妇气欲绝。
凝霜夜下拂罗衣，浮云中断开明月。
夜夜遥遥徒相思，年年望望情不歇。
寄我匣中青铜镜，倩人为君除白发。
行路难，行路难，夜闻南城汉使度，使我流泪忆长安[1]。

【注释】

〔1〕"夜闻"二句：此联描写游子流落北疆，因多年羁留异国不得回乡，闻汉使至

而兴故国情思。

【赏析】

　　《行路难》为乐府旧题，古辞今已不存。《乐府解题》说："《行路难》备言世路艰难及离别悲伤之意，多以'君不见'为首。"《续晋阳秋》说："袁山松善音乐，北人旧歌有《行路难》曲，辞颇疏质，山松好之，乃为文其章句，婉其节制。每因酒酣从而歌之，听者莫不流涕。"可见《行路难》词多悲哀之音。

　　诗分三层。首四句为第一层，写游子思妇，以秋夜闻雁声贯串。下两层分写思妇、游子。思妇怀人，夜不能寐，一个人孤独地在庭前踱步，不知不觉已过深夜，忽见罗衣结满霜华，便用衣袖轻拂，可仍无意回房，望夜空，却见云开现月，洒下遍地清辉。人说月圆是亲人团聚的吉兆，可是月亮一次次圆了又缺，征人却始终不归。"寄我匣中青铜镜，倩人为君除白发"，更显得情意深长。镜在匣中珍藏多年，本待游子归来，可游子终不归来；镜本是为照青鬓朱颜，如今他大概也已添了不少白发吧，于是想到寄镜。如此描绘表现思妇对游子关怀备至的心理活动，极其温婉亲切。最后写游子。夜闻汉使，表明游子之故国悲思。此所谓一种相思，两处相关也。

萧　衍

　　萧衍（464—549年），字叔达，小字练儿。南梁兰陵（今江苏武进）人。南齐时，初任南中郎将行参军。齐明帝末期，以雍州刺史镇襄阳。后起兵下建康，杀齐废帝，受禅称帝，国号梁。在位四十余年，晚年降将侯景叛，攻陷京城建康，衍被囚，禅定圆寂。详见《梁书》。梁武帝素有文采，精研儒、释、道，著述颇富。现存诗及断句六十八首。

子夜歌二首

恃爱如欲进，含羞未肯前。
朱口发艳歌，玉指弄娇弦。

朝日照绮窗，光风动纨罗。

巧笑蒨两犀，美目扬双蛾〔1〕。

【注释】

〔1〕"巧笑"二句：用《诗经·硕人》句。蒨通"倩"，形容相貌美好。

【赏析】

　　《子夜歌》是南朝民歌吴声歌曲中的一支。相传是晋代女子子夜首创，故名。现存四十二首，其中包括上录二首。《子夜歌》中的许多诗又云萧衍作，疑为其转录或仿制。

　　两诗写的是两个身份不同的女人，因而写法上各具特色。第一位女主人公是歌女。她在弹唱前似乎想进身邀宠，却因害羞而止步不前。这也许是诗人故作多情，把歌女的应有动作误以为是在对自己献媚，从作者对其"朱口"和"玉指"赞美隐约看出他对歌女的爱悦之情。"艳歌"自然进一步强化了他的猜想。第二位女主人公是闺中少女。阳光照到她那有花格的窗户上，微风吹动轻柔的丝质窗帘，极富色调与动感。窗框恰似镜框，从中映出女子的形象：洁白整齐的牙齿，细长弯曲的眉毛，富于青春光彩的笑容与目光。她甜甜一笑，两排牙齿洁白又漂亮，秋波一瞬，嫣然一笑，美眉轻扬。

子夜四时歌（十六首选四）

春　歌

兰叶始满地，梅花已落枝。
持此可怜〔1〕意，摘以寄心知。

夏　歌

江南莲花开，红光覆碧水。
色同心复同，藕异心无异。

秋　歌

绣带合欢结，锦衣连理文。
怀情入夜月，含笑出朝云[2]。

冬　歌

果欲结金兰[3]，但看松柏林。
经霜不堕地，岁寒无异心。

【注释】

〔1〕可怜：可爱的意思。

〔2〕朝云：典出宋玉《高唐赋序》。楚王梦与神女在高唐欢合，神女自谓"旦为行云，暮为行雨"。后人即以"云雨"作为男女幽会欢爱的代称。

〔3〕金兰：本指指结拜兄弟，这里是指夫妻。

【赏析】

《子夜四时歌》是东晋以后在南方广泛流传的吴声民歌，分为《春歌》《夏歌》《秋歌》《冬歌》四部。民歌原为七十五首。梁武帝的仿作每歌四首，共十六首。这里从中各选一首。

《子夜四时歌》主要歌唱青年男女之间的爱情，曲调清新婉转，表情真挚自然，传入宫廷，深受文人喜爱。当时的君主朝臣，多有拟作。这些文人的模拟之作，依然以爱情为主题，大体上还保持着民歌的格调，但在语言的修饰上已经流露出文人的意趣。

先看《春歌》。据闻一多《古典新义》考定，这首诗表现的是古代女子抛果定情的风俗，而在这种风俗中，"梅与女子之关系尤深"。以梅已落花结子暗示男子求偶当及时，这是古代风俗的遗存。正是怀着这样无限的思恋和深情的呼唤，少女手摘兰草和梅枝，打算寄给远方的情人。一个怀春少女的心理——深切、羞怯、文静而又焦急，被形容得如见其人。

《夏歌》则借"莲"抒发少女的爱恋相思之情。南朝民歌中莲与"怜"谐音相通，从而成为青年男女表述爱慕之情的隐语。水上红莲，水中莲影，花色相映，绿茎相连，引人遐思无限。少女由莲想到她的所"怜"，于是动情地唱出她的感想。两个"心"语义双关，既指花心、藕心，也指相爱之心。

《秋歌》采用第三人称的口吻，委婉含蓄地描写一位热恋中的女郎。"连理"原指根虽不同枝干却连在一起的草木，"合欢"是一种象征和合欢乐的图案。二者常比喻男女相恋或夫妻相爱。夜深人静，月色如水，热恋中的女子激动地向幽会地走去。男贪女爱，不知东方之既白，在朝霞升起时，她告别情郎归来，面带笑容，仿佛是从朝霞中走来。这首《秋歌》虽写幽会，却不落形迹。

《冬歌》借松柏之不畏严寒，永葆常青，表现少女对坚贞不渝的爱情的热切企盼与深情憧憬。

四首诗不仅画面紧扣时序节物（春梅、夏荷、秋月、冬松），抒发的感情也与季节的特征相呼应。春天的万物复苏暗喻爱情的萌生；夏季以竞相盛开的莲花象征爱情的美艳；秋天是收获的时节，隐喻爱情的成熟；寒冬来临，诗则以青松的凌霜傲雪暗喻少女对爱情的忠贞不渝。不仅如此，四季景物之绿、红、黄、白各自所有的极具象征性的色彩也给读者带来回味无穷的审美趣味。

何　逊

何逊（472? —518年），字仲言，梁东海郯（今山东郯城）人。何承天曾孙。八岁能诗，少年举秀才，颇受范云、沈约赏识。梁武帝天监中，任奉朝请等职。母丧去官，服满还朝任庐陵王记室，故称何记室。诗风明畅清丽，情辞宛转，富于美感，其格律已近唐律诗，甚为当时名流推重。沈约曾对他说："吾每读卿诗，一日三复，犹不能已。"

著述已佚，明人辑有《何记室集》。

赠诸游旧

弱操不能植，薄技竟无依〔1〕。
浅智终已矣，令名安可希？
扰扰从役倦〔2〕，屑屑身事微。
少壮轻年月，迟暮惜光辉。

一涂〔3〕今未是，万绪昨如非。

新知虽已乐，旧爱尽睽违〔4〕。

望乡空引领，极目泪沾衣。

旅客长憔悴，春物自芳菲。

岸花临水发，江燕绕樯飞。

无由下征帆，独与暮潮归。

【注释】

〔1〕"弱操"二句：意谓天性懦弱，不能有所建树；缺乏一技之长，不被人重用。弱操：习作"弱植"，懦弱无能，无所作为之意。亦可解作出身寒微，势单力薄。

〔2〕"扰扰"句：意谓纷纷扰扰的游宦生涯使他身心疲倦。

〔3〕一涂：同"一途"，指仕途。

〔4〕睽违：差错，违背。

【赏析】

《梁书》和《南史》载，何逊一生仕宦都是幕僚小官，据说他曾被荐与梁武帝，一度极受宠幸，但不知为何惹怒了武帝，说："吴均不均，何逊不逊。"自此便遭疏远，何逊的政治生涯也告结束。因此，他后期诗歌大都意寓哀怨。

诗可分两大部分。前十句感叹自己才疏智浅，游宦无成，至于美名远扬就更不敢奢求了。碌碌无为，游宦厌倦。年少无知，不懂光阴之宝贵，到老才开始珍惜时光，也明白了仕途误人，自己过去的所作所为统统错了。于是作者想到了归隐，于是勾起了浓浓的思乡念旧之情。第二部分即后十句写的便是这种心绪。长期的游宦生活与折磨人的思乡之苦，使作者形容憔悴，与争芳斗妍的春色形成了鲜明对比。但大自然终归是有情的，两岸鲜花有意，临水盛开，以悦人情致；江上春燕恋人，绕船飞翔，似惹人乡思。即目所见，更加触动了作者的乡愁。于是他幻想乘船顺流而下，独与暮潮东归。但"潮归人不归"，滚滚东去的暮潮带回去的只是诗人的乡思而已。

这首诗整个调子是低沉凄苦的，独独"岸花临水发，江燕绕樯飞"两句写得色彩斑斓，生机盎然。

夜梦故人

客心惊夜魂，言与故人同。
开帘觉水动，映竹见床空。
浦口望斜月，洲外闻长风。
九秋时未晚，千里路难穷。
已如臃肿木[1]，复似飘飖蓬。
相思不可寄，直在寸心中。

【注释】

〔1〕臃肿木：形容树大而臃肿虚肥。语出《庄子·逍遥游》。

【赏析】

　　题为《夜梦故人》，既非写梦，也非写故人，梦与故人只是一个触发点。但"客心惊夜魂"之"惊"倒真是因梦见故人而引起的，也是因自己长期漂泊在外，郁郁不得意，内心深处的紧张、孤独而引起的。以下描述就紧紧围绕这"惊"字展开。在斜月侵户的客居之夜，诗人从与故人欢聚的梦中惊醒，再也无法入睡。他掀帘出门，唯见江心水波荡漾；回顾屋里，只有竹影印在空寂的床上。浦口望月，洲外听风，作者在寂寥的空间感受到了刻骨的孤独和失落。从"九秋时未晚"以下，诗人采取直接抒情的方式，把对故人的思念和自己不得意的压抑心情一泻而尽。结尾两句照应题目，回到对故人的思念上，但这种思念是不可寄达的，只好一点一滴记在心间。

　　何逊出语清净，造境明彻，抒情状物，了无滞色，清秀雅致的风格表现得十分明显。

【名家评点】

　　何逊诗语实际，了无滞色。其探景每入幽微，语气悠柔，读之殊不尽缠绵之致。

——［明］陆时雍《诗镜总论》

慈姥矶^[1]

暮烟起遥岸，斜日照安流^[2]。
一同心赏夕，暂解去乡忧^[3]。
野岸平沙合，连山远雾浮。
客悲不自已，江上望归舟。

【注释】

〔1〕慈姥矶：在慈姥山，位于今江苏江宁县西南、安徽省当涂县北。

〔2〕安流：平静的江水。

〔3〕"一同"二句：指与送别的友人一同欣赏夕阳下的江景，以解离乡之愁。

【赏析】

　　思乡之情有种种不同写法。这首诗写作者辞家出门，友人送至慈姥矶下，时值傍晚，夕阳的余晖洒在平静的江面上，波光粼粼，沿江远远望去，只见两岸炊烟袅袅，充满诗情画意。作者和友人一同欣赏这令人陶醉的山水画图，似乎暂时忘却了即将离乡的悲愁。送君千里，终有一别。送他的友人就要乘舟回去了。但见滔滔江水，漫漫沙滩，和那峻峭的崖壁连接成一片，两岸的层峦叠嶂笼罩在沉沉暮霭之中。他呆呆地望着友人远去的归舟，不能抑制，悲从中来。

　　五六两句是传诵千古的名句，写景状物，细微贴切，对仗工整，声韵和谐。

【名家评点】

　　已不能归，而望他舟之归，情事黯然。

——［清］沈德潜《古诗源》

边城思

柳黄未吐叶，水绿半含苔。
春色边城动，客思故乡来。

【赏析】

漂泊的游子对时令和景物的变化特别敏感。忽见边城杨柳色，已觉春色动地来。这种敏感，正是由客居异地而产生的刻骨的乡思催发的。不见元稹有《生春》诗云"何处生春早，春生客思中"吗？

咏春风

可闻不可见，能重复能轻。
镜前飘落粉，琴上响余声。

【赏析】

其声可以听到，但无法见它的形状，给人的感觉有时沉重，有时轻柔。女子对镜以香粉扑面，香粉却自然飘落。琴声无人拂拭而声响悠扬。作者从听觉、触觉到视觉所感知到的这一切，都在告诉我们：我是春风。

唐代诗论家司空图有句名言："不着一字，尽得风流。"意思是说，诗人对他所描写的对象如果不去字字点明，而读者却又处处都能感知到被描写的事物、情感，这才是最高妙的诗作。看来，南北朝时的何逊早已将其精妙运用于自己的创作实践中了。

王 融

王融（467？—493年），字元长，南齐琅琊临沂（今山东临沂）人。宋中书令王僧达孙。曾上书齐武帝萧赜，受赏识而官中书郎。历任竟陵王司徒法曹参军、中书郎、宁朔将军等。后人称王宁朔。武帝病危，融谋立竟陵王萧子良为帝，事未成。齐废帝郁林王即位，融被下狱赠死，年仅二十七岁。王融是"竟陵八友"之一，他与沈约、谢朓同为齐武帝永明时期出现的重要诗歌流派永明体的代表。有集十卷，已佚。明人辑有《王宁朔集》。

古意诗（二首选一）

游禽暮知反，行人独未归。
坐销芳草气，空度明月辉[1]。
颦容入朝镜，思泪点春衣。
巫山彩云没，淇上[2]绿条稀。
待君竟不至，秋雁双双飞。

【注释】

〔1〕"坐销"二句：意谓青春像芳草和明月一样美好，却在不断的期待中白白流逝。坐：义同空。

〔2〕淇上：淇水之上。后世常代称送别之地。

【赏析】

诗以春起，以秋结。薄暮，往往是闺中思念远人最难堪之时，就连游禽尚且知道日暮而返，然而行人却独未归。思念至极，不觉眼泪夺眶，点染春衣。

送别行人之时，淇上绿条依依，如今绿条已稀，行人仍不见归来。女主人公由春期待到夏，又由夏期待到秋，终于明白他不会回来了。接着以秋雁双双而飞，更深入一层地反衬出女主人公的孤独。

吴 均

吴均（469—520年），均一作筠，字叔庠，梁吴兴故鄣（今浙江安吉）人。初任吴兴太守柳恽主簿，历任建安王室、国侍郎、奉朝请。因私撰《齐春秋》免官，后又奉诏撰《通史》，未竟而卒。吴均出身寒微，敏而好学，才华俊逸，诗文清拔有古风，时人多仿之，称"吴均体"。著作等身，惜大多已佚。除部分文史类著述，尚有志怪小说《续齐谐记》，并诗百余首传世。明人辑有《吴朝请集》。

山中杂诗

山际见来烟，竹中窥落日。
鸟向檐上飞，云从窗里出。

【赏析】

写山中幽居和诗人闲适心情，情景颇为传神，是吴均的代表作之一。

作者是山水诗的高手，此诗短短四句，一句一景，然而句句不离"山中"这一主题。由烟可知其山之幽静深邃；竹间落日，可见竹林之疏朗；鸟飞檐上，可知居处地势之高峻；云从窗出，说明山居清静幽雅，远离尘嚣。这还不是此诗的最妙，最妙之处是句句写景，却又处处见人。用"见"用"窥"，分明是说景是人所见之景；"檐上"和"窗里"更明白地表示出人的存在，景中暗示了山居之乐，其恬淡超然的心境也依稀可见。

张　率

张率（475—527年），字士简，梁吴郡吴（今江苏苏州）人。南齐时官至太子洗马，萧衍执政，任相国主簿。后入萧纲幕府凡十年。累官太子家令、黄门侍郎，出任新安太守。文集俱佚，现存诗二十四首。

白纻歌（九首选一）

歌儿流唱声欲清，舞女趁节体自轻。
歌舞并妙会人情，依弦度曲婉盈盈，
扬蛾为态谁目成？

【赏析】

《白纻歌》是吴地舞曲。魏晋南北朝许多诗人袭用此题作诗。参见前汤惠休之作。

作者从歌声、舞姿、体态多方描写了舞女之后，突兀一问：你眉飞色舞，秋波传情，与谁通过你那会说话的眼睛约成好事了呢？此一问，即可引发读者无穷遐想。

长相思二首

长相思，久离别。
美人之远如雨绝。
独延伫，心中结。
望云云去远，望鸟鸟飞灭。
空望终若斯，珠泪不能雪[1]。

长相思，久别离。
所思何在若天垂，郁陶相望不得知。
玉阶月夕映，罗帏风夜吹。
长思不能寝，坐望天河移。

【注释】

〔1〕雪：洗去的意思。

【赏析】

诗以幽怨缠绵、沉郁蕴藉的词语，表现痴迷于相思者的痛苦，首句只用六字便把读者引入主人公孤苦无依、思念无穷的境地。用一句所思美人如雨绝迹、杳无音讯跳过，再六字，一个痴情者兀然伫立，遥视远方，凝神遐想的形象如在眼前。云和鸟仿佛也如此无情，望云云飞，望鸟鸟灭，周遭茫茫，唯有无穷的思念和忧伤在围绕着他。既然见不到朝思暮想的美人，如此空望也毫无意义，倒不如痛哭一场，然而那纵情流淌的泪水也无法洗去萦绕心头的相思啊！

次章写入夜后的苦苦相思，比前章更进一层。月映风吹，长夜难眠，呆望着天河移动，可知其彻夜辗转。他也许在尝尽相思之苦、仰望银河之际，想到牛郎织女尚且有一年一会，自己与倾慕的美人何时才能相聚吧？

本是千古相同的离愁别恨，作者却如剥笋般层层逼近，细细道来，真可谓极尽缠绵悱恻之能事矣！

国学经典精神家园丛书

刘 缓

字含度，梁平原高唐（今山东高唐）人。官湘东梁元帝萧绎安西记室，时盛集文学之士，缓居其首。现存诗十二首。

看美人摘蔷薇

新花临曲池，佳丽复相随。
鲜红同映水，轻香共逐吹。
绕架寻多处，窥丛见好枝。
矜新犹恨少，将故复嫌萎。
钗边烂漫插，无处不相宜。

【赏析】

全诗从一"看"字生发，将花与人烘托映衬，而作者却隔水而观：鲜艳夺目的蔷薇映照于碧波粼粼之池水，美人分花度柳款款而来……镜头在渐渐拉近，接着是特写：人和花的倒影一同映在水中，红花、红裙、粉红的面庞相映生辉。忽然风乍起，人影、花影重叠交融，人花一色，无限旖旎。随着阵阵微风，飘来缕缕香气，是花香，也是人香。这两句只从色香上淡淡点染，却使人产生丰富的联想，唤起温馨的美感。下面描写美人摘花时的种种姿态……四句是写花，更是写人，亦花亦人，人花合一。着墨虽然不多，却透过外景深入到了人物的内心世界，含蓄蕴藉，令人回味无穷。结句更是神来之笔。"钗边烂漫插，无处不相宜。"一位头上遍插鲜花、天真纯洁、活泼可爱的女子，立刻浮现在我们面前。

齐梁时期，宫体诗虽因其情调轻艳、风格柔媚而备受非议，但这首宫体诗非轻浮淫烂之作。它写得清新活泼，情趣盎然，已经透露出向格律诗过渡的痕迹，实为难得的佳作。

庾肩吾

庾肩吾（487—551年），字子慎，一字慎之，梁南阳新野（今属河南）人。初为萧纲幕府官，随之于各州，曾与刘孝威、徐摛等十人为萧纲抄撰诸籍，号"高斋学士"。及纲为太子，任东宫通事舍人，累迁太子率更令、中庶子。纲即位，任度支尚书。后出奔江陵投萧绎，未几卒。庾肩吾为梁宫体诗代表人物之一。又精书法，著有《书品》。有集十卷，已佚，明人辑有《庾度支集》。现存诗近百首。

寻周处士弘让〔1〕

试逐赤松〔2〕游，披林对一丘〔3〕。
梨红大谷晚，桂白小山秋〔4〕。
石镜菱花发，桐门琴曲遒〔5〕。
泉飞疑度雨，云积似重楼。
王孙若不去，山中定可留。

【注释】

〔1〕弘让：即周弘让，始仕于梁，不得志，遂隐居句容之茅山。朝廷屡诏不就。

〔2〕赤松：传说中的仙人。

〔3〕"披林"句：意谓拨开茂密的丛林，这才望见了处士结庵隐居的山峰。

〔4〕"梨红"二句：山谷里成熟的大谷梨殷红可爱，山坡上桂树缀满白色小花，浓香四溢。

〔5〕"石镜"二句：这里是说，庵畔有石镜一枚，遥望如菱花盛开，从桐木做的门中传出了遒劲的琴声。石镜：山石明净平圆如镜。

【赏析】

　　这是一曲隐士生活的赞歌。此诗重点在写景，通过写景衬托世外高人之清雅。其所居山景赏心悦目，隐居之人则高迈清绝。开篇点题，说明作者对这位隐居深山的友人之仰慕，不辞劳苦入山寻访。那是一个金秋季节，梨子累累，桂花飘香。诗句为突出花果色彩，将"梨红"与"桂白"巧妙前置。正常语序应为"大谷梨晚红，小山桂秋白"。这是诗词中常见的特殊语序，既与韵律有关，也是为创造一种特殊的语境。上两句是远景，以下四句对隐士居处特写。全诗写景虚实结合，声色相宜。结尾画龙点睛，使隐居变得可敬可爱。

咏长信宫〔1〕中草

委翠似知节〔2〕，含芳如有情。
全由履迹少，并欲上阶生〔3〕。

【注释】

〔1〕长信宫：班婕妤失宠后所居冷宫。

〔2〕知节：仿佛知道节令似的。

〔3〕"全由"二句：意思是说，足迹稀少，以致庭中的草蔓延生长，都快向石阶延伸上来了。

【赏析】

汉成帝妃班婕妤德容兼备，初颇得宠幸。后赵飞燕得宠，班婕妤被迫迁往长信宫，在那里度过她寂寞凄凉的最后岁月。因此这首小诗貌似咏草，实为宫怨。

深秋，当班婕妤在长信宫庭院中漫步时，她看见本来青翠的小草现在已枯黄，仿佛连草木都知道节令。当秋风渐紧时，它们也收敛起了自己的翠色。然而它们的余香还在，似乎不甘心从此消亡。小草"知节"而"委翠"，这不正像自己失宠而来避祸吗？然而她并不死心，既有期待，又满怀悲怨，内心纷繁杂乱的思绪犹如那蔓延的秋草，反而愈加不可遏制了。

鲍 泉

鲍泉（？—551年），字润岳，梁东海（今山东郯城一带）人。少为湘东王萧绎常侍，及萧绎承制于江陵，累迁信州刺史，为绎攻长沙、郢州。郢州克，任刺史萧方诸长史，行府事。后被侯景兵击败，被停死。文集佚，存诗九首。

奉和湘东王春日诗

新莺始新归，新蝶复新飞。

新花满新树，新月丽新辉。
新光新气早，新望[1]新盈抱。
新水新绿浮，新禽新听好。
新景自新还，新叶复新攀。
新枝虽可结，新愁讵解颜[2]。
新思独氛氲，新知[3]不可闻。
新扇如新月，新盖[4]学新云。
新落连珠泪，新点石榴裙。

【注释】

〔1〕望：指望日，即农历十五日。

〔2〕"新枝"二句：结是挽结的意思。采桑时一手挽住柔枝，一手摘叶。讵：岂能、难道。全句意谓新桑枝虽可挽摘，然而新的愁怨难道能因此而解除吗？

〔3〕新知：新结识的情侣。

〔4〕新盖：古代婚礼新娘用的红布盖头。

【赏析】

这是一首应制诗。所谓应制诗，是指应皇帝之命所作的诗文，大多是皇帝先有作品，让群臣依其命意和体式跟进。此诗即应湘东王即后来的梁元帝萧绎之命，仿其原作《春日诗》而为。《春日诗》云："春还春节美，春日春风过。春心日日异，春情处处多。处处春芳动，日日春禽变。春意春已繁，春人春不见。不见怀春人，徒望春光新。春愁春自结，春结讵能申。欲道春园趣，复忆春时人。春人竟何在，空爽上春期。独念春花落，还以惜春时。"

应制之作因为是按着别人的节拍所作，所以很难有什么新意。但鲍泉的这一首颇具匠心，可谓是横空绝唱。诗由景入情。前八句从不同角度描绘了生机蓬勃、喧闹骚动的春天景象，接着转入对新人采桑的描述。在如此美好的春日里采桑，理应开颜欢笑，可采桑女为何愁眉紧锁呢？原来是新郎一去不返，音讯全无。本该新婚合欢，可如今却只能泪洒榴裙。诗由新愁、新思转为新扇、新盖，再以新泪收束，层层递进，步步深化，变化曲折而章法井然，显得情致缠绵，颇耐吟玩。

萧绎的《春日诗》与这首奉和之作，新创了连绵叠字法，这一艺术手法在元曲中随处可见。这不能不说是对诗歌发展的一个贡献。

温子升

温子升（496—547年），字鹏举，东魏济阴冤句（今山东菏泽）人。北魏初为广阳王元渊门下客，后应试中选，为御史，累迁伏波将军。梁送魏宗室元颢入洛阳称帝，子升为其中书舍人。北魏末迁散骑常侍、中军大将军。入东魏，高澄引为大将军府谘议参军。后因涉嫌参与谋杀高澄，下狱饿死。子升少年好学，诗文俱佳，梁武帝称之为"曹植、陆机复生北土"。与北朝邢邵、魏收齐名，世有"北地三才"之称。其诗清俊通脱，文辞典丽。有集三十九卷，已佚，现仅存诗十一首。

捣 衣

长安城中秋夜长，佳人锦石捣流黄[1]。
香杵纹砧知近远，传声递响何凄凉。
七夕长河烂，中秋明月光。
蠮螉塞[2]边绝候雁，鸳鸯楼上望天狼[3]。

【注释】

〔1〕流黄：杂色相间的丝绸。
〔2〕蠮（yē）螉塞：居庸关，古九塞之一。
〔3〕天狼：星名。古人认为天狼星出则有战事，并比喻残暴的侵略者。

【赏析】

古城长安，秋夜晚凉，月华如洗。这时起伏断续地响起千家万户的捣衣声，然后笔墨从长安城中宕开，扩展到茫茫夜空，以河汉璀璨清幽进一步渲染凄凉之情。作者特意点出这是七夕之夜，自然要让人想起牛郎织女鹊桥相会的故事，这更增添了为戍边征人月夜捣衣的愁凄气氛。

诗人在结尾将置身于边防孤塞的征人与清凄楼台上的思妇同时推到读者面前，然而他们共同仰望那依旧闪烁不灭的天狼星——战事仍难消歇，相会遥遥无期。我们不难从两地深深的哀叹中感觉到千家万户征夫思妇对和平的殷勤期盼。

胡太后

胡太后（？—528年），北魏安定临泾（今甘肃镇原南）人。北魏宣武帝元恪妃，孝明帝元诩生母。孝明帝立，尊为皇太后，临朝听政。太后信用奸佞，天下士崩，后为权臣尔朱荣所杀。

杨白花

阳春二三月，杨柳齐作花。
春风一夜入闺闼〔1〕，杨花飘荡落南家〔2〕。
含情出户脚无力，拾得杨花泪沾臆。
秋去春来双燕子，愿衔杨花入窠里。

【注释】

〔1〕闺闼：妇女所居内室门户。

〔2〕落南家：暗喻恋人逃向南方梁朝去了。

【赏析】

作者虽然是北方人，但她作的这首诗完全是南方吴地民歌情调，全篇心心念念地把她的恋人挂在口边，巧妙地运用"杨花"与"杨华"谐音的修辞手法，用"飘荡落南家"隐喻舍她而去的爱人。她在痛苦中寄希望于秋去春还的燕子能为他们传递相思，把杨花即她的情人重新带回到她的"窝"里。全诗想象丰富，用语清新俊逸，意境热烈而凄婉。

【名家评点】

音韵缠绵，令读者忘其秽亵。后人作此题，竟赋杨花，失其旨矣。

——［清］沈德潜《古诗源》

国学经典精神家园丛书

沈　炯

沈炯（503—559年），字礼明，一作初明，陈吴兴武康（今浙江德清）人。梁武帝时，官至吴令。后入梁将王僧辩幕府，羽檄表书皆出其手。及江陵陷，俘入魏，授仪同三司。以母在南，上表陈情，获准归。入陈，加通直散骑常侍，参谋军国大政。后表求回乡，收授生徒，寻卒。明人辑有《沈侍中集》，现存诗十九首。

长安还至方山怆然自伤

秦军坑赵卒[1]，遂有一人生。
虽还旧乡里，危心[2]曾未平。
淮源比桐柏，方山似削成[3]。
犹疑屯虏骑，尚畏值胡兵。
空村余拱木，废邑有颓城。
旧识既已尽，新知皆异名。
百年三万日，处处此伤情。

【注释】

〔1〕"秦军"句：公元前260年，秦赵大战于长平。赵败，秦将白起坑杀赵降兵四十万。

〔2〕危心：心存戒惧、心有余悸的意思。

〔3〕"淮源"二句：意谓淮河与桐柏山水相连，自己还在从长安到方山的途中。淮河源出河南桐柏县西南的桐柏山，流经河南、安徽等省，到江苏入洪泽湖。方山：又名天印山，在今南京市东南。四面等方，孤绝耸立，故名。六朝时为交通要道。

【赏析】

梁元帝承圣三年（554年）冬，江陵陷落，沈炯被西魏俘虏，两年后放还回建康（今南京市）。此诗是作者在由长安行近故国京城建康时作。

开篇诗人用秦将白起坑杀赵卒事，借指西魏攻入江陵时的残暴屠城，所幸自己大难不死，得以幸存，然而惊惧之心历久犹存。"犹疑""尚畏"说明曾经有过的惊悸何其恐怖。归来的所见所闻使诗人伤心欲绝。原来诗人未被俘掠时，江淮一带已经战乱叠起，先是侯景攻杀建康，南梁一片焦土；随后东魏尽取淮南，北齐取代东魏后，多次兴兵挑起战乱；诗人身陷西魏的次年，梁朝降将徐嗣徽再次进攻建康，北齐过江助战；又次年，萧轨等军阀率兵十万进迫江南……不难想象，如此频繁的战乱，城镇村邑能不荒芜颓废，白骨蔽野？因此作者在最后大声发出伤痛之至的呼喊，就完全情理中有事了。

全诗感情真挚，沉痛至极，用写意笔法对战乱给国土家园造成的重创描述如画，真是惊心动魄，至今读之令人战栗。

咏老马

昔日从戎阵，流汗几东西。
一日驰千里，三丈拔深泥。
渡水频伤骨，翻霜屡损蹄。
勿言年齿暮，寻途尚不迷。

【赏析】

诗题名曰咏马，实则借马写人。读后会让人由这匹曾驰骋沙场、屡建战功的骏马而想到保家卫国、身经百战的将士。作者发出切勿蔑视这些曾经叱咤风云的斗士，他们虽然垂垂老矣，但是他们老骥伏枥，永远不会迷失方向。

沈炯是首次以时俗入诗的诗人，这些创作虽为诗歌之边缘，亦觉新奇，如其《十二属》："鼠迹生尘案，牛关暮下来。虎啸坐空谷，兔月向窗开。龙隰远青翠，蛇柳近徘徊。马兰方远摘，羊负始春栽。猴栗羞芳果，鸡跖引清杯。狗其怀物外，猪蠡窅悠哉。"

萧子显

萧子显（？—537年），字景畅，梁南兰陵（今江苏武进）人。南齐宗室，梁立，历官中书郎、吏部尚书、吴兴太守等职。著《南齐书》传世，为二十四史之一。其余著述皆佚。今人辑得其诗十八首。

春　别　（四首选一）

衔悲揽涕别心知，桃花李花任风吹。
本知人心不似树，何意人别似花离？

【赏析】

离别之苦本是历代诗歌中瞩目的一个题目，但这一首写得别出心裁，值得玩味。诗中所写春天离别之人是男是女，不得而知。但人同此心，心同此理，无论男女，离情别绪大体相当。因此诗文说，"衔悲揽涕"，只有深切感受离别之苦的心才会知晓。

结尾一句一转：原本知道人心不像树那样无情地将落花永远抛弃，彼此还会想念的。可事实是虽然内心不会忘却，但眼前的别离如花之离树一样，怎么会想到是这样呢？

【名家评点】

绝句之法，要婉曲回环，删芜就简，句绝而意不绝。

——［元］杨载《诗法家数》

萧　综

萧综（502—528年），字世谦，北魏南兰陵（今江苏武进）人。梁武帝次子。梁时，封豫章王，曾任南徐州、郢刺史、丹阳尹。其母吴淑媛本齐废帝东昏侯宫人，为梁武帝所纳，七月而生综，综因而自疑为东昏侯遗腹。武帝普通六年（525年）由南兖州刺史任上出奔北魏，改名缵。北魏封之为丹阳王，历任司徒、太尉，尚帝姊寿阳公主。后因谋反被杀。今存诗二首。

悲落叶

悲落叶，联翩下重叠。
重叠落且飞，纵横去不归。

长枝交荫昔何密，黄鸟关关动相失。
夕蕊杂凝露，朝花翻乱日。
乱春日，起春风，春风春日此时同。
一霜两霜犹可当，五晨六旦已飒黄[1]。
乍逐惊风举，高下任飘扬。
悲落叶，落叶何时还？
夙昔共根本，无复一相关。
各随灰土去，高枝难重攀。

【注释】

〔1〕飒黄：衰败的枯黄。

【赏析】

　　萧综的母亲是齐东昏侯萧宝卷宠妃。齐灭，为梁武帝萧衍所得，不久生萧综，宫中甚是怀疑。后来萧综私发东昏侯墓，滴血认亲，自认是东昏侯遗腹子，从此以后，视梁为仇敌，常怀异心，伺机发难，郁郁不得志。这首诗便是他于萧萧秋风扫落叶之时，抒写自己的悲情，以申其志。

　　梁衍代齐而立之际，齐王室多数死于非命，有如肃杀秋风中纷纷凋零的落叶。昔日还是黄鸟欢鸣其间的繁枝茂叶，顷刻之间失去依托；昔日也曾于春光融融之时，花蕊凝露，朝花映日，叶绿花红，欣欣向荣。往昔的南齐，也曾有过兴旺发达的美好时光啊！"乍惊"以下由落叶的群体转向对个体的悲叹，这更贴近作者的自况。从前枝叶相连，如今各自四散飘零。所有南齐皇室子孙，树倒猢狲散，各个随尘离散，两无相干。企图恢复往日的繁荣昌盛的一体，纯然是春梦一场了。

　　诗用顶真修辞法（联翩下重叠，重叠落且飞；悲落叶，落叶何时还），句式长短错落，婉转流动，这种艺术手法加强了诗作之思绪起伏、绵延不绝的感情色彩。

萧 纲

　　萧纲（503—551年），字世缵，小字六通，南兰陵（今江苏武进）人。梁武帝第三子。萧纲幼年聪慧敏睿，识悟过人，六岁便能属文。初封晋安王，历任中原各州刺史。

侯景之乱，武帝幽囚死，侯立之为简文帝，后被废遇害。萧纲为梁宫体诗代表人物，主张"立身之道与文章异，立身先须谨慎，文章且须放荡"。诗文作品多以上层安乐颓废生活为题材。有《梁简文帝集》传世。

美女篇

佳丽尽关情，风流最有名。
约黄能效月，裁金巧作星〔1〕。
粉光胜玉靓，衫薄拟蝉轻〔2〕。
密态随流脸〔3〕，娇歌逐软声。
朱颜半已醉，微笑隐香屏。

【注释】

〔1〕"约黄"二句：约黄：古代妇女涂黄于额作圆月状以为妆饰。裁金：裁剪金色纸或绢如星状妆饰在发髻上。

〔2〕"粉光"二句：意谓美女粉面光润胜似白玉，薄透的罗衫如蝉翼般透明。

〔3〕"密态"二句：密态指舞蹈时美女的体态绰约柔媚。流脸指生动的面部表情。

【赏析】

在这首歌咏美女的诗作中，诗人坦率地赞美了歌妓的娇声艳色，绰约风姿。起首二句，是作者对何谓美女的定义：姿容秀丽，令人不由自主销魂动情，当然可以称之为美女了，但秀拔俊逸、流光溢彩的女子更会芳名远播。作者为了对美女的定义给出形象化的描述，首先从头部的妆饰写起，下面自然是对容貌和衣饰的描写：姿容香粉光洁，胜似白玉；衣裙宛若蝉翼；绰约的身姿随着眉目如画的动人表情舞动，甜美的歌声娇媚入骨……"朱颜"既是舞女也是观众的表情。美人轻歌曼舞之后退隐屏风的收束，深得含蓄之妙，最后一闪的"微笑"，余味无穷地把美丽的印象留在了观众的心中。

夜望单飞雁

天霜河白夜星稀[1]，一雁声嘶何处归。
早知半路应[2]相失，不如从来本独飞。

【注释】

〔1〕"天霜"句：意谓夜空蓝而高远，月色如霜，银河泛着白光，稀疏的星星闪着微光。

〔2〕应：本该、应当。

【赏析】

萧纲自幼生活宫中，享尽荣华富贵。父皇萧衍与兄弟数人都对琴棋书画无一不精，常以诗画酬和，生活十分安逸。太清二年（548年）侯景叛乱，城破国亡后，做了两年傀儡皇帝的萧纲又在子侄二十余人被屠杀的血泊中被逼逊位，囚禁不久被侯景用土囊压杀，年仅四十九岁。萧纲在囚室中无纸作诗，常常刻诗于壁，这首《夜望单飞雁》和下面的《被幽述志》就是在这种情境下写的。诗中那只在茫茫夜空中挣扎飞行的失群孤雁，完全是诗人自身的真实写照。

被幽述志

恍忽烟霞散，飕飗[1]松柏阴。
幽山白杨古，野路黄尘深[2]。
终无千月命，安用九丹金[3]。
阙里[4]长芜没，苍天空照心。

【注释】

〔1〕飕飗：凄凉的风声。

〔2〕"幽山"二句：前句指墓地，后句指通向墓地的路。松柏白杨都是古代坟墓前常植的树木。

〔3〕"终无"二句：意谓我本来连寿终天年的命都没有，又何必去求长生不老的仙

丹！千月犹百年。九丹金：道家所言九种丹药，服后可长生成仙。

〔4〕阙里：孔子故里。在今山东曲阜城孔庙东墙外的阙里街。因有两石阙，故名。孔子曾在此讲学。

【赏析】

　　诗前半部分，诗人想象临死时和死后的情景。命终前诗人回顾一生，那五色斑斓的大千世界，如今虽或清晰或模糊地留存在记忆中，然而却像飘渺的轻烟，变幻的云霞，恍惚漂流，倏忽万变，自己的生命也将烟消云散。萧纲父子虔诚信佛，他曾作《十空诗》六首，用诗题将世事人生比作水月、镜像、如梦、如响……当大限在即之时，这种"六尘俱不实""终归一亡有"自然会在心中浮现。他在恍惚之中，看见松柏幽深，听到阴风飔飔，感觉到通往墓地的道路是那么幽凄荒凉。后半部分直抒胸臆：我本来连寿终正寝的命都没有，又何以去求长生！连孔圣人的故里都已荒芜，苍天三光如今即便知道我有仁爱之心，也是枉然。

徐　陵

　　徐陵（507—583年），字孝穆，陈东海郯（今山东郯城）人。幼年早慧，八岁能文。及长，博涉史籍，卓有辩才。梁时即在朝为官，曾出使东魏，值侯景乱，羁留七年。后归陈，累官贞威将军、尚书左丞，又出使北齐，还任秘书监。陈后主时加左光禄大夫、太子少傅。徐陵为官清正，生活肃简。他的诗文辑裁巧密，多有新意。所拟宫体诗轻艳绮靡，与庾信并称，号"徐庾"。徐陵对诗歌向格律化发展多有贡献。徐陵在文学史上的重要功绩是他选编了十卷集的《玉台新咏》。这是继《诗经》《楚辞》之后我国又一部古代诗歌总集。他的诗文大多已佚，后人辑有《徐孝穆集》。今存诗四十二首。

关山月（二首选一）

关山三五月，客子忆秦川〔1〕。
思妇高楼上，当窗应未眠。
星旗映疏勒〔2〕，云阵上祁连。

战气今如此，从军复几年[3]？

【注释】

〔1〕秦川：指陇山东至函谷关一带，即关中。

〔2〕"星旗"句：旗：星名。《史记·天官书》："房心东北曲十二星曰旗。"据占星术言，此星动静与战事有关。疏勒：汉西域诸国之一，都城疏勒在今新疆维吾尔自治区疏勒县。

〔3〕"战气"二句：意谓战争气氛依然浓厚，不知还要在军中待多久。

【赏析】

徐陵虽为宫体诗人，但此诗开边塞诗风气之先，值得一读。"忆"字点出远在祁连边地戍边的征人对秦川故里妻子的思念，想象她此时大概正在高楼上当窗望月、想着自己吧？作者通过对星象和云气的描述，说明战事正紧，归期遥遥，因此发出深沉叹息：还要征战多少年呢？

长相思（二首选一）

长相思，望归难，传闻奉诏戍楼兰[1]。
龙城[2]远，雁门寒，愁来瘦转剧[3]，衣带自然宽。
念君今不见，谁为抱腰看？

【注释】

〔1〕楼兰：西域古国名，曾为丝绸之路必经之地，现只剩遗迹，地处新疆巴音郭楞蒙古自治州若羌县北境，罗布泊西北、孔雀河南。

〔2〕龙城：古代龙城有多处，一说是匈奴祭天之处，故址在今蒙古国鄂尔浑河西侧的和硕柴达木湖附近；一说即卢龙城，在今河北省喜峰口附近一带，为汉代右北平郡所在地。从诗意看，当为后者。

〔3〕剧：更严重的意思。

【赏析】

语言自然流畅，歌词式的吟唱极易激活读者的想象力。结句虽然略显轻佻，但这也完全是征夫思妇互相思念时的应有之意。只因类似的构思造句，宫体诗自来备受非议，似乎有失公正。

萧 绎

萧绎（508—555年），字世诚，小字七符，南兰陵（今江苏武进）人。梁武帝第七子，封湘东王。曾任会稽太守、丹阳尹、江州刺史。后为荆州刺史，镇江陵。及侯景反，武帝死，遂承制于江陵，派王僧辩、陈霸先灭景，即位称帝，都江陵。承圣三年（555年），西魏伐陷江陵，绎死。萧绎一目盲，嗜读书，藏书十四万卷，城破时亲手悉数焚毁。诗赋轻艳绮丽，风骨与其兄萧纲相近。著述三百余卷，均佚。明人辑有《梁元帝集》，又有《金楼子》残本存世。现存诗百余首。

折杨柳

巫山巫峡长，垂柳复垂杨。
同心且同折，故人怀故乡。
出似莲花艳，流如明月光。
寒夜猿声彻，游子泪沾裳。

【赏析】

《折杨柳》是古横吹曲，最初多写征战，多哀苦；后转为抒写别愁思乡，诗情也随之凄婉。萧绎此作构思立意也是这样。古有渔歌曰："巴东三峡巫峡长，猿鸣三声泪沾裳。"萧绎将巫山巫峡的奇丽与杨柳离情联系起来，借以表达离愁别绪与怀乡思亲，从而使此诗具有强烈的感染力和抒情性。

【名家评点】

此种音节，竟是五言近体矣。古诗之亡，亡于齐梁之间。唐陈射洪起而廓清之，文得昌黎，诗得射洪，挽回之功不小。

——［清］沈德潜《古诗源》

咏细雨

风轻不动叶，雨细未沾衣。
入楼如雾上，拂马似尘飞。

【赏析】

一开始以直笔着意刻画雨之"细"，后两句改用曲笔，借助比喻，更深一层观照。细雨迷雾，天地苍茫，登楼似觉身在云山雾海之中。牛毛细雨落在马身上，乍看似无，用手轻拂，雨珠弹飞，恍若飞尘。阅读如此佳作的同时，你不得不慨叹诗人观察自然和生活现象的精致以及想象力之丰富细腻。

咏　梅

梅含今春树，还临先日池。
人怀前岁忆，花发故年枝。

【赏析】

短短二十个字，有今有昔，有人有景，有感叹有回忆，令人浮想联翩……不自觉地被四个表示时间的词——今、先、前、故——所感动。如此高明的构思，如此奇妙的意境，能不令人慨叹！

咏萤火

著人疑不热，集草讶无烟。
到来灯下暗，翻往雨中然。

【赏析】

　　对萤火虫的观察、形容、描绘可谓贴切到了极致。后两句尤其奇妙，萤火虫仿佛成了有知觉有感情的精灵。它在灯下，不情愿与之争光，反而飞到雨中燃烧起来。这样一来，你不知不觉要对这种能给人飘渺希望和无穷遐想的小生命产生缕缕柔情了。

　　萧绎可以说是吟咏诗的高手，除自然景物，他还作了歌咏各类事物名称的诗，如草树名、鸟兽名、车船名等，甚至连针灸穴位名都成了他的题材，其中亦不乏可玩味者，如其《草名诗》："胡王迎娉主，途经蒯北游。金钱买含笑，银缸影梳头。初控游龙马，仍移卷柏舟。中江离思切，蓬藟不堪秋。况度菖蒲海，落月似悬钩。"

刘孝先

　　梁彭城（今江苏徐州）人。刘绘子，刘孝威弟。初为武陵王萧纪幕府官，随入益州。闻侯景陷建康，萧纪称帝于蜀，出蜀伐萧绎，孝先随之。及纪败，孝先至江陵，绎任之为黄门侍郎，迁侍中。今存诗六首。

咏　竹

竹生荒野外，梢云耸百寻^{〔1〕}。
无人赏高节，徒自抱贞心。
耻染湘妃泪^{〔2〕}，羞入上宫琴^{〔3〕}。
谁能制长笛，当为吐龙吟^{〔4〕}？

【注释】

　　〔1〕寻：古代长度单位，八尺为一寻。

　　〔2〕湘妃泪：语出张华《博物志》。

　　〔3〕"羞入"句：上宫是宫殿名，借指楼堂馆榭。联系前句，意谓如此优良的野竹，羞于作达官贵人娱乐消遣的工具。

　　〔4〕龙吟：语出后汉马融《长笛赋》："龙鸣水中不见已，截竹吹之声相似。"意谓以优质之竹制长笛，必发龙吟虎啸之声。

【赏析】

　　作者耻于折腰高官显贵，不愿沾染靡靡之风，把自己比作贞洁高节、凤凰栖食的翠竹，有着龙一样气势凌云的品德。翠竹虽然生长在荒野，实乃形如"卧龙"的俊杰之士，一旦风云际会，定然呼风唤雨。结尾收束得急切而诚恳，把作者渴望得遇明主、施展抱负的热情宣泄得淋漓尽致。这首诗借物言志，寄托深远，确为咏物诗中的上乘之作。

【名家评点】

　　诗难于咏物……体认稍真，则拘而不畅；模写差远，则晦而不明。

——［宋］张炎《词源》

王　褒

　　王褒（512—576年），字子渊，北周琅琊临沂人。梁武帝时，为秘书郎，累迁安成太守。侯景乱，萧绎承制，以褒为南平内史。及绎称帝，拜侍中，累迁吏部尚书、左仆射。江陵陷，入西魏，授车骑大将军、仪同三司。北周初封石泉县，加开府仪同三司，历官内史中大夫、太子少保、小司空，出为宣州刺史。北周武帝建德年间卒于官，年六十四。王褒本为梁宫体诗名家，入北朝后，诗风转为苍劲悲凉，多写故国之思与边塞风情。文集已佚，明人辑有《王司空集》。现存诗四十八首。

高句丽

萧萧易水生波，燕赵佳人自多。
倾杯覆碗滟滟[1]，垂手奋袖婆娑。
不惜黄金散尽，只畏白日蹉跎。

【注释】

　　〔1〕滟滟：涕泪齐下的样子。

【赏析】

　　生命之短暂，自来很容易使人产生两种截然不同的人生观：一是激发建功立业的壮志，一是及时行乐的享受。作者却想在这首短诗中同时包容这两种悖逆的人生观，读之倒也颇耐玩味。诗人一开篇便将悲壮刚猛的英雄荆轲与能歌善舞的燕赵佳人放在一起，让阳刚与阴柔并呈，悲怆与欢乐同处，然后用挥金如土、力挽时光的率性侠情张扬人性的自由意志。诗人充分发挥了六言诗的特点，通篇双声叠韵，音节嘹亮，乐感极强。

燕歌行

初春丽景莺欲娇，桃花流水没河桥。
蔷薇花开百重叶，杨柳拂地数千条。
陇西将军号都护[1]，楼兰校尉[2]称嫖姚。
自从昔别春燕分，经年一去不相开。
无复汉地关山月，唯有漠北蓟城云。
淮南桂中明月影，流黄机上织成文[3]。
充国行军屡筑营[4]，阳史讨虏陷平城[5]。
城下风多能却阵，沙中雪浅讵停兵？
属国小妇犹年少，羽林轻骑数征行。
遥闻陌头采桑曲，犹胜边地胡笳声。
胡笳向暮使人泣，长望闺中空伫立。
桃花落地杏花舒，桐生井底寒叶疏[6]。
试为来看上林雁[7]，应有遥寄陇头书[8]。

【注释】

　　〔1〕"陇西"句：陇西将军：指西汉名将李广，他是陇西成纪人。都护：汉魏时统率诸将的大元帅。

　　〔2〕校尉：汉代地位次于将军的统领。

　　〔3〕"流黄"句：巧用苏若兰织锦回文典故。流黄：华美的丝绢。

　　〔4〕"充国"句：指西汉大将赵充国在西北屯田戍边事。

　　〔5〕"阳史"句：指汉初阳史陷入匈奴重围，困于平城事。

〔6〕"桐生"句：意谓思妇久等丈夫却音讯全无，觉得自己如植于井底的孤桐，孤苦寂寞之至。

〔7〕上林雁：语出《汉书·李广苏武传》，汉室要招还苏武，汉使者诡称汉天子射猎上林，得雁，足系帛书，言苏武等在某泽中。单于这才不得不遣还苏武。

〔8〕陇头书：指陆凯从江南给好友寄梅事。此处泛指书信。

【赏析】

自曹丕首创七言乐府《燕歌行》后，魏晋南北朝的诗人群起效仿，几乎都作有《燕歌行》。王褒亦然。开篇四句以轻快的节奏热情讴歌早春景象，以下是闺中少妇思念远征亲人时的各种想象和心理活动。整首诗从构思到语言都很成功，因此有诗论家说："从曹丕开始，到唐代高适的总结性同题大作，中间有两个里程碑，那就是王褒和庾信的《燕歌行》。"

【名家评点】

褒作燕歌，妙尽塞北苦寒之言，元帝及诸文士和之，而竟为凄切。及江陵为魏师所破，元帝出降，方验焉。

——〔唐〕李延寿《北史》

庾　信

庾信（513—581年），字子山，北周南阳新野（今属河南）人。庾肩吾子。他幼而俊迈，聪敏绝伦。早年曾随其父出入梁太子宫中，为抄撰学士，与徐陵等人均为当时宫体诗人，世称"徐庾体"。后任湘东王萧绎国常侍、安南参军，迁尚书度支郎中。出使东魏，文章为邺都人士赞赏。还朝任东宫学士，领建康令。侯景乱，建康陷，出奔江陵，萧绎任其为御史中丞。绎承制，任右卫将军，封武康县侯，出使西魏。值西魏兵攻陷江陵，梁元帝被俘，庾信遂留长安，被迫仕，拜抚军将军、右金紫光禄大夫、大都督，不久进车骑大将军、仪同三司。入北周，官司水下大夫，出为弘农郡守。还朝，迁骠骑大将军、开府仪同三司，世称"庾开府"。他官位虽高，心里却非常痛苦，常常想念故国。后来陈朝请求北周放他回国，北周因爱惜他的文才，不肯答应，庾信因而终老于北方。庾信文才出众，艺术造诣较高，其诗五言七言并用，长于用典，讲究形象，是南北朝最后一位优秀诗人。

他既是六朝集大成的作家，也是开唐代近体诗先河的前驱。杜甫有诗云："庾信平生归萧瑟，暮年诗赋动江关。"诗人有集二十卷，已散佚，明人辑有《庾开府集》，清人有《庾子山集注》。

拟咏怀（二十七首选二）

榆关^{〔1〕}断音信，汉使绝经过。
胡笳落泪曲，羌笛断肠歌。
纤腰减束素，别泪损横波。
恨心终不歇，红颜无复多。
枯木期填海，青山望断河^{〔2〕}。

摇落秋为气，凄凉多怨情。
啼枯湘水竹，哭坏杞梁城^{〔3〕}。
天亡遭愤战，日蹙值愁兵^{〔4〕}。
直虹朝映垒，长星夜落营^{〔5〕}。
楚歌饶恨曲，南风多死声^{〔6〕}。
眼前一杯酒，谁论身后名。

【注释】

〔1〕榆关：山海关。这里泛指边地关塞。

〔2〕"枯木"二句：此两句暗喻自己仍然抱有返回南朝的愿望，即使这仅仅是一种空想亦无妨。

〔3〕"啼枯"二句：用舜二妃泪洒湘竹与孟姜女哭长城之典，比喻自己悲哀极其深重。

〔4〕"天亡"二句：项羽自尽前曾对乌江亭长说："天之亡我，我何渡为？"此处是说，梁元帝亡于西魏，元帝出降被杀，如西楚霸王一样，是出于天意。蹙：促迫，意谓国土一天天缩减。"愤"和"愁"都是形容当时战争的气氛。

〔5〕"直虹"二句：古代认为长虹映照军垒为兵败之兆。次句指诸葛亮伐魏驻军五丈原，临死前有长星赤而落营中。据说这是主将阵亡之兆。二句皆言有种种征兆预示天意

将亡梁。

〔6〕"楚歌"二句：首用项羽兵败垓下之事，次用师旷预言楚伐晋事。

【赏析】

《拟咏怀》共二十七首，皆抒发作者家国之思，为后期仕周期间的作品。首章写家国之思，把身处异国的孤独、苦闷渲染得淋漓尽致。后四句写虽知归国无望，却始终不能放下心头的怀恋，表达了诗人极为复杂而沉痛的心情。"纤腰"四句是以男女喻君臣。全篇塑造了一个被迫远离旧国而折磨得消瘦憔悴、悲痛的抒情主人公形象，感情凄楚婉转，风格苍凉而又绮丽，宋诗家杨慎赞赏此诗"绮而有质，艳而有骨，清而不薄，新而不尖"。次章全用典故隐喻史实，描述了江陵沦陷时血流遍地、哭声振野的悲惨景象。尽管西魏攻陷江陵时，庾信已羁留长安，没有目睹当时的场面，然而因为他本人一生的不幸正是由于这次战乱所致，又亲眼看到梁朝臣民被掳到长安沦为奴婢的情景，因而以沉痛的笔墨记下了这段真实的历史，写下了这首珍贵的史诗。

【名家评点】

无穷孤愤，倾吐而出，工拙都忘，不专拟阮。

——［清］沈德潜《古诗源》

寄王琳〔1〕

玉关〔2〕道路远，金陵信使疏。
独下千行泪，开君万里书。

【注释】

〔1〕王琳：字子珩，平侯景有功，为梁室救孤之臣。

〔2〕玉关：玉门关，此处指长安，因当时长安已为异国，对江南故国而言，自己在长安有如远在玉门关外。

【赏析】

王琳原为梁朝武将。梁亡后，王琳在郢城练兵，志在为梁雪耻，作书与庾信。庾信感慨不已，作此诗回复。前二句言南北道远，音讯疏隔，信使不通，居然接到故人书信，惊喜激动的心情可想而知。王琳怀雪耻之志，可以想象信中慷慨悲壮之词，诗人能不喜极而泣？这眼泪既是为故人万里寄书的情谊所感动，也是因为触动的悠悠乡思，更是感慨于故人的忠烈，羞惭自己的苟全。只有"千行泪"才能表达他无以言喻的万千感慨吧！

"独下千行泪，开君万里书"二句，值得千古传诵！

重别周尚书〔1〕（二首选一）

阳关〔2〕万里道，不见一人归。
唯有河边雁，秋来南向飞。

【注释】

〔1〕周尚书：名弘正，字思行。弘正自陈聘周，南归时庾信以诗赠别。

〔2〕阳关：在今甘肃敦煌市西南百三十里，玉门关在北。两处皆为出塞必经之地。

【赏析】

江陵失陷之日，大批江南名士如王褒、王克、沈炯等，都被俘至长安。第二年三月，王克、沈炯等获遣东归。后周、陈南北通好，陈要求北周放还王褒、庾信等人，别人都陆续遣归了，只有王褒、庾信羁留不遣。诗开头即直抒其绝望沉痛之情。据史书记载，周弘正南归是在春季，因此诗中所言秋雁南飞，实乃诗人虚设之景。诗人由人不得归而想到来去自由的雁，不禁生出艳美之情。人和雁形成鲜明对比，愈发见出诗人内心的悲怆。

此诗情辞深婉，气格高古，虽然只有短短二十字，却写得笔墨淋漓，意境深邃。

【名家评点】

从子山时势地位想之，愈见可悲。

——〔清〕沈德潜《古诗源》

代人伤往（二首选一）

青田〔1〕松上一黄鹤，相思树下两鸳鸯。
无事交渠更相失〔2〕，不及从来莫作双。

【注释】

〔1〕青田：长有青苗的农田。

〔2〕"无事"句：意谓无缘无故与他交往，结果反而失去了对方。交渠：与他交好。渠在这里是指示代词，是"他"的意思。

【赏析】

　　松上黄鹤显然是作者自比，两鸳鸯与孤独站立在田野树上的黄鹤形成鲜明对比。无意中相交的朋友终于失去了彼此的音讯，失望之余反怨一句，更见出其幽怨之深。

　　西魏灭梁时，大肆杀戮，把江陵府库劫掠一空，并捕获王公百官及居民数万带回长安，分赏魏军作奴婢，庾信的老母妻子也在其中。这种惨烈的亡国之痛，骨肉分离，必然令诗人刻骨铭心。如今羁留于异国他乡，往事却历历在目，能不发出如此的呼号！

江　总

　　江总（519—594年），字总持，济阳考城（今河南兰考）人。梁武帝时官至太常卿。侯景之乱起，流寓于会稽、广州。陈文帝时，还建康，官中书侍郎，累迁太常卿。陈后主即位，历官吏部尚书、尚书令。不持政务，唯与后主游宴后宫，作艳诗，被称作"狎客"。陈亡入隋，授上开府。后归江南，卒于江都。文集已佚，明人辑有《江令君集》。存诗百余首。

哭鲁广达〔1〕

黄泉虽抱恨，白日自留名。

悲君感义死，不作负恩生。

【注释】

〔1〕鲁广达：为韩擒虎所执遇害者。《南史》记：广达，陈之良将也。至德二年为侍中领军。贺若弼进军钟山，广达力战。及韩擒虎乘胜破宫城，广达被执。入隋，以愤慨卒。江总抚枢恸哭，题其棺云云。

【赏析】

故人痛悼故国，愤慨而卒，昔日曾同朝为官的诗人能不感慨万端、痛彻心扉？诗人抚棺恸哭之后，首先颂扬鲁广达为国捐躯，虽死犹生。他虽抱恨九泉之下，但他的壮烈和高尚将与日月争辉，与天地共存。诗作感情沉痛，语言平实，不加雕饰，脱口吟出，声调悲壮。

梅花落

腊月正月早惊春，众花未发梅花新。
可怜芬芳临玉台〔1〕，朝攀晚折还复开。
长安少年多轻薄，两两共唱梅花落。
满酌金卮催玉柱〔2〕，落梅树下宜歌舞。
金谷万株连绮翼，梅花密处藏娇莺〔3〕。
桃李佳人欲相照，摘蕊牵花来并笑。
杨柳条青楼上轻，梅花色白雪中明。
横笛短箫凄复切〔4〕，谁知柏梁声不绝。

【注释】

〔1〕玉台：这里意同金闺，即女子住处。

〔2〕催玉柱：即弹筝。此处泛指奏曲。

〔3〕"金谷"二句：意谓富人园林万株梅林里藏有许多佳人。金谷：晋石崇的园林。藏娇莺：语意双关，暗示佳人欢会。

〔4〕凄复切：意谓笛箫乐声十分动人。

【赏析】

诗写赏梅游宴的美艳快意。先写梅花在早春季节的怒放,因此少年与舞伎欢聚在梅林里载歌载舞,尽情欢乐。杨柳青青,梅花雪白;箫笛齐奏,余音绕梁。这可真是人生之盛宴啊!

诗当作于陈后主同群臣狎游的岁月,虽不免浮艳,但写出了乐游赏梅的真实情景。作者善于将咏梅与欢宴等情事融为一体,这种艺术手法对后世七言诗创作产生了一定的影响。

【名家评点】

于五言七言尤善,然伤于浮艳,故为后主所爱幸。

——〔唐〕姚思廉《陈书》

闺怨篇

寂寂青楼大道边,纷纷白雪绮窗前。
池上鸳鸯不独自,帐中苏合还空然[1]。
屏风有意障明月,灯火无情照独眠。
辽西水冻春应少,蓟北鸿来路几千。
愿君关山及早度,念妾桃李片时妍。

【注释】

〔1〕"帐中"句:苏合:苏合香。用苏合香树的树干渗出的香树脂加工制而成。然同"燃"。

【赏析】

写深闺怨思,意境清丽凄楚,情感婉曲含蓄,如一幅美人深闺独卧图。写作上以拟人手法塑造出"屏风""灯火"两个各具风貌的形象,观察细腻,传情独特。屏风障月,似乎深知人意;灯火独照,更添一层孤独。写景全是闺中少妇所见所感,情景交融,形神兼备。风格婉约妩媚,缠绵悱恻,已开唐人排律之先河。诗句对仗工整,句法新颖。

江　晖

生平未详。

雨雪曲

边城风雪至，游子自心悲。
风哀笳弄断，雪暗马行迟。
轻生本为国，重气不关私。
恐君犹不信，抚剑一扬眉。

【赏析】

前半部分将读者带入冰天雪地的战场，战事在即，展现了游子雄心顿起的悲凉境地；后四句豪侠之气昂扬激越，令人热血沸腾，特别是"抚剑一扬眉"，读之不禁让人意欲与作者共赴国危。

贾冯吉

生平不详。

自君之出矣

自君之出矣，红颜转憔悴。
思君如明烛，煎心且衔泪。

【赏析】

相思之作在古典诗词中俯拾皆是。这首小诗妙在结句以蜡烛比喻相思之苦。杜牧的名句"蜡烛有心还惜别，替人垂泪到天明"显然脱胎于此。

颜之推

颜之推（531—约590年），字介，琅琊临沂人。梁时，为湘东王萧绎幕府官，及绎称帝于江陵，任散骑常侍。江陵陷，被西魏所俘。后逃入北齐，官至黄门侍郎、平原太守，主编《修文殿御览》。北齐亡，入北周，仕至御史上士，与魏澹等重修《魏书》。周亡，隋文帝开皇年间，被太子召为学士，寻卒。著述三十卷，已佚。传世之《颜氏家训》是我国家教专著名作。存诗仅五首。

古　意（二首选一）

十五好诗书，二十弹冠仕[1]。
楚王赐颜色，出入章华里[2]。
作赋凌屈原，读书夸左史[3]。
数从明月宴，或侍朝云祀[4]。
登山摘紫芝，泛江采绿芷。
歌舞未终曲，风尘暗天起。
吴师破九龙[5]，秦兵割千里。
狐兔穴宗庙，霜露沾朝市。
璧入邯郸宫，剑去襄城水[6]。
未获殉陵墓，独生良足耻。
悯悯思旧都，恻恻怀君子[7]。
白发窥明镜，忧伤没余齿[8]。

【注释】

〔1〕弹冠仕：意谓将入仕而拂去冠上的尘埃。

〔2〕"楚王"二句：言曾为梁元帝之臣。元帝都江陵，本是古楚国领地，故借楚王指萧绎。章华：楚灵王所建台名。

〔3〕左史：春秋时楚国博学的史官倚相，因能读《三坟》《五典》等古籍而闻名。

〔4〕"数从"二句：明月宴：梁元帝在江陵筑有明月楼，故云。朝云祀：楚王梦游高唐，见神女，因而筑庙号"朝云"。

〔5〕九龙：楚国之代称。典出《淮南子》："阖闾伐楚，破九龙之钟。"

〔6〕"璧入"二句：璧入邯郸：指楚用和氏璧为赵惠文王所得故事。剑去襄城：典出雷次宗《豫章记》："孔章掘得二剑，留其一，匣而进之张华。后张遇害，此剑飞入襄城水中。"以上四句言江陵被破，宫室残毁，文物四散。

〔7〕君子：指梁元帝萧绎。

〔8〕没余齿：聊度余年的意思。

【赏析】

西魏灭梁，江陵男女十余万被掳北上，分赏西魏将士。颜之推在这场战乱中投奔北齐。这首诗便是他对这段经历的沉痛追忆，也是对自己一生的总结，真实地反映了那段战乱频仍、民生涂炭的历史，内涵丰富，立意深远。沈德潜赞赏此诗曰："直述中怀，转见古质。"凡诗文，只要发自心声，自然感人至深。

韦　鼎

生卒年不详，字超盛，京兆杜陵（今陕西西安东南）人。历仕梁、陈、隋三朝。陈亡入隋，授上仪同三司。仅存诗一首。

长安听百舌〔1〕

万里风烟异，一鸟忽相惊。
那能对远客，还作故乡声！

【注释】

〔1〕百舌：鸟名，其啼叫声富于变化，犹如百鸟，故名。

【赏析】

诗人为官，居住陈朝都城建康，与出使之地北周的京城长安，相距万里，风土人情宛如两个世界，故言"风烟异"。鸟鸣"相惊"，既是诗人对小鸟的惊动，更是百舌对诗人的惊动，因为诗人仿佛听到了故乡的鸟鸣。因此诗人的思乡之情犹如雪崩，顷刻而下，不能自已。从异地类似故乡之鸟鸣声扩展为乡思的汹涌波涛，新颖贴切，委婉有趣，从而获得了鲜明的艺术个性和独特的审美价值。

陈叔宝

　　陈叔宝（553—604年），字元秀，小字黄奴，吴兴长城（今属浙江）人。陈宣帝陈顼嫡长子，嗣立在位七年，国亡于隋，被迁至长安终老。后主在位时，不恤政事，荒于酒色，日与妃嫔文臣游宴，制作宫诗。其诗绮丽恻艳，俊俏飘逸，颇有文采。有集三十九卷，已佚。明人辑有《陈后主集》。今存诗九十余首。

自君之出矣（六首选一）

　　自君之出矣，霜晖当夜明。
　　思君若风影，来去不曾停。

【赏析】

　　其余五首连用"……如昼烛，怀心不见明""……若寒草，零落故心生""……如落日，无有暂还停""……如夜烛，垂泪著鸡鸣""……如蘖条，夜夜只交苦"，比喻相思之殷切，颇为生动。

玉树后庭花

　　丽宇芳林对高阁，新妆艳质本倾城。
　　映户凝娇乍不进[1]，出帷含态笑相迎。
　　妖姬[2]脸似花含露，玉树流光照后庭。

国学经典精神家园丛书

【注释】

〔1〕乍不进：欲进又止貌。此句是描写嫔妃们应召而至时的娇羞情态。

〔2〕妖姬：指美丽妖媚的女子。

【赏析】

后庭花本为花名，因是在庭院中栽培，故称"后庭花"。有红白两色，开白花者，盛开之时树冠如玉，故又有"玉树后庭花"之称。乐府民歌以花为曲名，陈后主填入新词，不想倒成了历史上有名的亡国之音。

陈叔宝穷奢极欲，沉湎声色，是一个典型的昏君。当时，隋军已准备渡江南下，南朝这个最后的小王朝已经山雨欲来，可陈后主却整天与众嫔妃饮酒嬉戏，作诗唱和。又建临春、结绮、望仙三阁，高耸入云，窗牖皆用沉香檀木制作，极尽侈靡。不过陈后主的荒淫奢华就像玉树后庭花一样短暂，被隋军俘虏。

抛开这段历史不谈，仅就诗而言，《玉树后庭花》在艺术表现上，却有着较高的审美价值。

首句写一群后宫美人的生活环境，再用"倾国倾城"形容她们的绝世姿容。华丽的殿宇掩隐在花丛之中。美人生就美丽，再经刻意妆点，姿色更加艳丽无比。中联写嫔妃们迎接皇帝时的仪态万千，风情万种。无论是应召时的"乍不进"，还是接驾时的"笑相迎"，都让后主心花怒放，神魂颠倒。收尾紧扣题旨，用浓墨重彩描绘嫔妃们的体态妖美。由此看来，这首诗着意刻画女性之美，无所谓对错，关键是要看有没有审美趣味。陈后主从诗人的角度描写美人时，力求略去其形，而求其神，立意用笔都清新俊逸，毫无低级趣味之嫌。可以公正地说，这首宫体诗算得上是这一流派的代表之作，也是压轴之作。

独酌谣（四首选二）

独酌谣，独酌且独谣。
一酌岂陶暑〔1〕，二酌断风飚；
三酌意不畅，四酌情无聊；
五酌盂〔2〕易覆，六酌欢欲调；
七酌累心去，八酌高志超；
九酌忘物我，十酌忽凌霄。

凌霄异羽翼，任致得飘飘。
宁学世人醉，扬波去我遥。
尔非浮丘伯，安见王子乔[3]？

独酌谣，独酌起中宵。
中宵照春月，初花发春朝。
春花春月正徘徊，一尊一弦当夜开。
聊奏孙登曲，仍斟毕卓杯[4]。
罗绮徒纷乱，金翠[5]转迟回。
中心本如水，凝志更同灰。
逍遥自可乐，世语世情哉[6]。

【注释】

〔1〕陶暑：解暑，消暑。

〔2〕盂：即酒杯。

〔3〕"尔非"二句：浮丘伯即浮丘公，同王子乔皆为古代传说中的仙人。

〔4〕"聊奏"二句：意谓一会儿觉得自己是三国时的隐士孙登，正在山中弹曲或长啸；一会儿又觉得是晋代酒痴毕卓。

〔5〕金翠：黄金、翡翠之类的佩饰。

〔6〕"世语"句：意谓这是人之常情啊！

【赏析】

如果说《玉树后庭花》暴露的是作者以色误国，那么《独酌谣》则是典型的以酒误国了。首章大谈特谈饮酒的十个层次，即十种"境界"。作者说，只有到了"十酌"之后，方可得见仙人。次章是醉态中的狂想、幻觉。

据说当年隋将贺若弼攻占京口（今江苏镇江），陈人以"密启"向朝廷告急时，陈后主正在这样的"独酌"中醉得人事不省。其醉生梦死一至于此，哪有不亡国之理。

陈后主的这组乐府共四首，此选二章。《独酌谣》并非陈后主首创，此前，其朝臣沈炯即有《独酌谣》一曲："独酌谣，独酌独长谣。智者不我顾，愚夫余未要。不愚复不智，谁当余见招？所以成独酌，一酌倾一瓢。生涯本漫漫，神理暂超超。再酌矜许史，三酌傲松乔。频烦四五酌，不觉凌丹霄。倏尔厌五鼎，俄然贱九韶。鼓鬯无异葬，夷蹈可同朝。龙蠖非不屈，鹏鷃但逍遥。寄语号呶侣，无乃太尘嚣！"

戏赠沈后

留人不留人？不留人也去。
此处不留人，自有留人处。

【赏析】

　　沈后是陈叔宝的皇后沈婺华。这首诗描述闺房之乐，所以是"戏赠"。诗写得明白如话，从宫里传出后，随即广为传颂，传至现代，成了妇孺皆知的顺口溜。陈叔宝与沈后有合集十卷，沈后《答后主》诗云："谁言不相忆，见罢倒成羞。情知不肯住，教我若为留？"

徐德言

　　生平不详。陈时官太子舍人。陈亡入隋，后卒于江南。《本事诗》存其诗一首。

破镜诗

镜与人俱去，镜归人未归。
无复姮娥影，空留明月辉。

乐昌公主

　　陈宣帝之女，陈叔宝之妹。

饯别诗

今日何迁次^[1]，新官对旧官。
笑啼俱不敢，方验作人难。

【注释】

〔1〕迁次：变化、变迁。

【赏析】

　　破镜重圆这一成语，尽人皆知。不过成语源自一个真实感人的故事。上首诗《破镜诗》与此诗讲述了南朝徐德言、乐昌公主悲欢离合的故事。诗中之姮娥喻德言之妻乐昌公主，月喻镜。自古月圆是爱情的象征，圆镜是夫妻之信物。当破镜重圆，爱妻所执半镜去而复归，月虽已圆，人却不见，徒使人睹物思人，倍感伤惨而已。

　　乐昌公主告别"新官"之诗也非等闲之作。得到她充作姬妾的杨素是隋朝的开国元勋，因功封越国公，后又为隋炀帝杨广谋夺皇位，进太子太师、司徒，可谓权倾朝野。德言夫妇当时既渴望团圆，又担心得罪杨素，弄不好不但团圆无望，还有性命之忧，"涕泣不食"足见其进退两难。好在杨素是一个文韬武略、心胸豁达的一代雄豪，得知其情后，"怆然改容"，非常同情他们夫妇的遭遇，成全了他们。当然这与乐昌公主善于以诗言志，恰当得体地表明心迹也有很大关系。

薛道衡

　　薛道衡（540—609年），字玄卿，河东汾阳（今山西万荣）人。六岁即孤，专精好学，少有才名。曾仕北齐、北周，入隋任内史侍郎，后进位上开府。因受猜忌，为杨广所杀。道衡诗文绮丽妩媚，细腻生动，含蓄委婉。文集已佚，明人辑有《薛司隶集》，今存诗二十一首。

人日〔1〕思归

入春才七日，离家已二年。
人归落雁后，思发在花前〔2〕。

【注释】

〔1〕人日：古代以农历正月初七为人日。

〔2〕"人归"二句：意谓归家的日子要落在春回大地南来的雁群之后，可回乡的想法却在花开之前就萌发了。

【赏析】

本诗是诗人出使南陈时所作，诗人以平淡质朴的话语道出了度日如年的思乡之情。在春天到来之前，他就盘算着回乡了，可现在春草将绿，春花将开，成队的鸿雁从头顶掠过，飞向北方，他还没有归乡。"七日"与"二年"淡淡说出，似乎不带什么感情，然而低吟数遍，就会感觉到一股苦涩的思乡之情弥漫在字里行间。开篇与收尾全用对比，更见出诗人的思乡之苦。

杨 广

杨广（569—618年），一名英。弘农华阴（今陕西华阴）人。隋文帝杨坚二子，初封晋王。曾统军灭陈，后阴谋夺位，在位十四年，多行暴政，致天下大乱。后被部将宇文化及缢死于江都（今扬州市）。文集已佚，明人辑有《隋炀帝集》。今存诗四十三首。

春江花月夜（二首选一）

暮江平不动，春花满正开〔1〕。
流波将月去，潮水带星来。

【注释】

〔1〕满正开：春花饱满地绽放。

【赏析】

隋炀帝虽然为政荒唐，但有非凡的审美天赋。喜欢诗词的读者，都知道张若虚的《春江花月夜》，很少人知道隋炀帝在张之前就写有《春江花月夜》。诗题原本为陈后主陈叔宝所创，陈词已失传。据记载，隋炀帝曾制作过许多新声乐府，"辞极淫绮"，但这首诗并不浓艳，而是雅辞正声。如果抛开隋末唐初的时政风云，单纯欣赏此诗，那么我们自然而然会被那明净的美感所打动。日暮潮平，春花绽放，这本来就已经很美了。更美的是在这波平浪静、桃李芬芳之际，星光月色在来去汹涌的潮水中忽生忽灭，生生不息。短短二十字，就表现了如此美妙空明的景象，使人不能不为这位堪称诗才的昏君感到惊叹，感到惋惜。

凤艒〔1〕歌

三月三日向红头，正见鲤鱼波上游。
意欲垂钓往撩取，恐是蛟龙还复休。

【注释】

〔1〕凤艒（mù）：雕刻着凤凰图案的小船。

【赏析】

三月初三不但是汉族的节日，也是许多少数民族的传统节日。相传三月初三是黄帝的诞辰，因此相沿为习，成了祭奠黄帝的节日，亦为情人节。魏晋以后，上巳节改为三月初三，后来逐渐演变成在水边饮宴，郊外游春，祈福祓禊。这首诗写的就是在此传统的游春之日，皇帝和群妃们乘凤舟玩赏的情景，可是后来却被附会为唐兴隋亡之征兆。

苏蝉翼

隋时女子，余不详。《古诗纪》存其诗一首。

因故人归作

郎去何太速，郎来何太迟？
欲借一尊[1]酒，共叙十年悲。

【注释】

〔1〕尊：同“樽”。

【赏析】

首句“太速”与“太迟”的对比，倾吐了女子积压心头的多少幽怨！结句看似平常，实为古诗中难得的妙语。试想，这酒虽说只有“一樽”，然而却承载着“十年”之久的悲苦。酒后是何情景，为读者留下了发挥想象的空间。

张碧兰

隋时女子，余不详。《古诗纪》存其诗一首。

寄阮郎

郎如洛阳花，妾似武昌柳。
两地惜春风，何时一携手？

【赏析】

寥寥数语，便令人把玩不已。读者如见其女亦似那婀娜多姿、随风摇曳、不胜其情的杨柳，依依柔情、脉脉企盼之状不难想见。此诗儿女情长，似为初恋即已分手之作。

侯夫人

隋炀帝宫女。以处女之身久居隋炀帝之楼，自缢宫中以示抗议。现存诗七首。

自　感（三首选一）

春阴正无际〔1〕，独步意如何？
不及闲花草，翻〔2〕承雨露多。

【注释】

〔1〕"春阴"句：暗喻后宫无穷无尽的争宠邀幸。

〔2〕翻：反而、反倒。

【赏析】

正当春意盎然、百花争艳的美好时节，她为什么要形单影只地"独步"？那无边无际的茂密花草的阴影，那散落在草地上的闲花野草，已经为我们做出了回答。本诗句句写景，句句有情，而无限深情自然融化在眼前的所有景象中。

春日看梅二首

砌〔1〕雪无消日，卷帘时自颦。
庭梅对我有怜意，先露枝头一点春。

香清寒艳好，谁惜是天真。
玉梅谢后阳和至，散与群芳自在春〔2〕。

【注释】

〔1〕砌：台阶。

〔2〕"玉梅"二句：意思是说，梅花不与群芳争艳，谢落之后，却把它的清香散予纷纷绽放的春花，渲染出一个自由自在、姹紫嫣红的春天。

【赏析】

诗人因孤寂，才会觉得庭中的梅花仿佛是她的知心朋友一样，同情她，理解她，特意在枝头先向她透露一点春光。诗人先写似通人性的梅花，接着写真正懂得梅花神髓的自己，最后人和花融为一体，透露出了诗人希望借助于梅花的天然本性，回到春色烂漫的大自然中的渴望之情。

妆　成

妆成多自惜，梦好却成悲〔1〕。
不及杨花意，春来到处飞。

【注释】

〔1〕"妆成"二句：意谓宫妆初罢，揽镜自照，对自己的美貌不禁自叹自赞。因幻想承宠而成好梦，然而梦醒之后，孤独依旧。

【赏析】

古人云：至哀无文。意思是说，极度悲哀的人，出语为声，着墨为文，都不会雕琢辞句。侯夫人的这首绝命诗正好应了这句话。美到了自己都深感惊诧，然而希冀宠幸只不过是春梦一场。正是在这梦幻与现实、企盼与绝望的煎熬中，她脱口而出：自己都不如那自由自在满天飞舞的杨花。这最后的呼唤，已经表明侯夫人开始觉醒，希望挣脱深宫的牢笼，渴望自由飞翔了。然而这是不可能的，于是她勇敢地选择了唯一能走的反抗之路——死。

无名氏

送　别

杨柳青青著地垂，杨花漫漫搅天飞。
柳条折尽花飞尽，借问行人归不归？

【赏析】

　　崔琼《东虚记》说隋炀帝巡游无度而使民困国贫，民间因作此诗，望其返国。其实这只是一首送别诗。

　　"柳""留"谐音。早在汉代便有折柳送别，暗喻挽留之意。隋唐两宋更盛。唐裴说有《柳》诗云："高拂危楼低拂尘，灞桥攀折一何频。思量却是无情树，不解迎人只送人。"明怨柳树无情，实怨离人无情。古诗词中常常杨柳并称。这不仅是因为飘摇的枝条极易勾起人们对柔情蜜意的联想，更在于柳絮杨花容易惹人产生无限情愫。"搅"字不仅传神地写出了杨花飞舞之状，也搅动了离别的情肠。杨花柳枝象征春天，时光如此美好，自然会产生对游子的追问：难道还不回来？不论作者所问之人是情人还是朋友，其意境的高远、情意的真挚，都会引起读者的共鸣。情韵悠扬，趣味隽永，情景交融，的确为上乘之作。

南北朝乐府民歌

　　南北朝乐府民歌又称"新乐府民歌"，这是继先秦民歌和汉乐府民歌之后，以比较集中的形式出现的又一批民间口头创作，是我国诗歌史上又一次新的发展。它不仅反映了新的社会现实，而且创造了新的艺术形式和风格。

　　这个时期由于南北对峙的政治局面以及地理环境、民情风俗的不同，民间创作也表现出不同的特色。南方，自东晋偏安江左，定都建业，经济生活和文化氛围都有较大的发展，民间歌谣的创作和演唱十分活跃。其内容大多是爱情题材，风格艳丽缠绵，纤弱柔媚。南歌以吴声歌曲为主，如《子夜歌》《读曲歌》《西曲歌》等皆是。而北方由于战乱频仍，环境严峻，民风尚武彪悍，其歌谣创作风格也显得粗犷豪迈，刚健雄浑。北歌以清商曲辞、横吹曲辞为主，如《陇头歌》《折杨柳》等皆是。南歌的抒情长诗《西洲曲》和北歌的叙事长诗《木兰诗》尤为卓绝千古。

子夜歌（四十二首选四）

宿昔[1]不梳头，丝发被两肩。
婉伸[2]郎膝下，何处不可怜。

年少当及时，蹉跎日就老。
若不信侬[3]语，但看霜下草。

侬作北辰星，千年无转移。
欢[4]行白日心，朝东暮还西。

恃爱如欲进，含羞未肯前。
朱口发艳歌，玉指弄娇弦。

【注释】

〔1〕宿昔：犹昨夜。

〔2〕婉伸：意同屈伸。

〔3〕侬：吴地方言，称我为侬。有时又指你、他或人，视文章内容而不同。

〔4〕欢：相爱男女的互称。

【赏析】

明清前，编注者皆以《子夜歌》为晋时名叫子夜的女子所作。《唐书·乐志》云，《子夜歌》者，晋曲也。晋有女子名子夜，造此声。声过哀苦。《乐府》解题曰，后人更为四时行乐之词，谓之《子夜四时歌》。又有《大子夜歌》《子夜警歌》《子夜变歌》，皆曲之变也。《乐府诗集》将《子夜歌》归入《清商曲辞》类。吴声歌曲是产生在吴地民歌的总名，其中曲调甚多。《子夜歌》皆为情歌。

所选第一首描写相爱情人缠绵调情时，女子的娇柔情态；次篇是劝告对方及时享受爱情带来的快乐，劝告者可能是男子，也可能是女子；第三首以自己对爱情的坚贞不渝，指责爱人的朝三暮四；最后一首写一个女子想亲近所欢，却因含羞，不敢冒失，于是借情歌和琴声来表达自己的心愿。统而言之，这些情歌大体上是围绕两方面的内容展开：一是离别之相思，一是相会之欣喜。写离别，奇思妙想地倾诉相思之苦；写欢聚，花样百出地形容怜爱之乐。既然是情歌，歌者倾心尽力在"情"上用足精神，字里行间流溢着《红楼梦》所谓的"意淫"。在语言风格上，大量采用谐音、双关、隐喻、夸张等修辞手法，生动活泼，大胆热烈。无论内容还是形式，都与文人诗有着明显的区别。

【名家评点】

在山明水秀的江南，产生这样漂亮的情歌并不足惊奇。所可惊奇的是……只有深情绮腻，而没有一点粗犷之气；只有绮思柔语，没有一句下流卑污的话。不像《山歌》《挂枝儿》等，有的地方甚且在赤裸裸地描写性欲。这里是只有温柔而没有挑拨，只有羞却与怀念而没有过分大胆的沉醉。故她们和后来的许多民歌不同，她们是绮靡而不淫荡的。

——郑振铎《中国俗文学史》

团扇郎（七首选三）

七宝[1]画团扇，灿烂明月光。
与郎却暄暑[2]，相忆莫相忘。

青青林中竹，可作白团扇。
动摇郎玉手，因风托方便。

团扇复团扇，持许自遮面。
憔悴无复理，羞与郎相见。

【注释】

〔1〕七宝：指扇上镶嵌的各种珍宝。
〔2〕暄暑：犹言酷暑。

国学经典精神家园丛书

【赏析】

　　这组歌谣来源于一个动人的故事，表现了南朝贵族文人的风流倜傥。她将白团扇赠予情郎，希望他不要忘记他们的恋情或者希望团扇摇起的清风将她的思念带给情郎。第三首对微妙复杂心情的表达尤为细腻，本来渴望与情人相会，因相思而使容颜憔悴，故此害怕见面；如果不得已非要相会，只好用团扇遮面。

青溪小姑〔1〕曲

开门白水，侧近桥梁。
小姑所居，独处无郎。

【注释】

　　〔1〕青溪：水名，源出南京钟山。青溪小姑是青溪女神。

【赏析】

　　这是一首类似《楚辞·九歌》的祀神曲。晋时祀神，多用"有国色，善歌舞"的女巫，这首短曲就是女巫祭祀时所唱。"开门"两句点出青溪小姑的居所，可是歌曲出人意料地以"独处无郎"结尾，一下子便唤起读者的诸多遐想。只有四句十六个字的一首小诗，竟然有景有情，有神有人，我们不能不为古代民歌高度凝练的创作技巧击节叹赏。

　　这首歌曲对后世诗人有明显影响，首先是李商隐，他的一首《无题》就有这样的诗句："神女生涯原是梦，小姑居处本无郎。"还有苏东坡的"舟中贾客莫漫狂，小姑前年嫁彭郎"。

　　附带说明一下，青溪小姑的传说来自干宝《搜神记》。《续齐谐记》所记《青溪小姑歌》二首与此有别。其诗云："日暮风吹，叶落依枝。丹心寸意，愁君未知。""歌阕夜已久，繁霜侵晓幕。何意空相守，坐待繁霜落？"这很可能是因各地祭祀唱词不同所致。

同生曲（二首选一）

人生不满百，常怀千岁忧。

早知人命促，秉烛夜行游。

【赏析】

首联已成后世尽人皆知的口头语。诗的主旨依然是流行于魏晋南北朝的人生苦短，不如及时行乐的消极思想。

西曲歌·三洲歌

送欢板桥湾，相待三山头[1]。
遥见千幅帆，知是逐风流[2]。

风流不暂停，三山隐行舟。
愿作比目鱼，随欢千里游。

【注释】

〔1〕"送欢"二句：欢：这里是指丈夫。板桥、三山：皆为南京地名。三江指长江、湘江、沅江。

〔2〕逐风流：意谓江船追风扬帆远去。

【赏析】

诗以商人口吻说出。第一首写相送。"风流"在这里有双关意味，明面是说疾风和流水，暗示寻欢作乐的风流韵事。很明显，这位妇人在送别丈夫、依依不舍的同时，隐隐担心外出经商的夫婿会在外面寻花问柳。第二首写送别时的遐想。所以是比目鱼，显然是因奔流的江水而产生的自然而然的想象。

李白受这首民歌的启发，也曾作有一篇反映商妇的诗《江夏行》，仿佛是要特意为此诗作注脚。其诗云："忆昔娇小姿，春心亦自持。为言嫁夫婿，得免长相思。谁知嫁商贾，令人却愁苦。自从为夫妻，何曾在乡土。去年下扬州，相送黄鹤楼。眼看帆去远，心逐江水流。只言期一载，谁谓历三秋。使妾肠欲断，恨君情悠悠。东家西舍同时发，北去南来不逾月。未知行李游何方，作个音书能断绝。适来往南浦，欲问西江船。正见当垆女，红妆二八年。一种为人妻，独自多悲凄。对镜便垂泪，逢人只欲啼。不如轻薄儿，旦暮长相随。悔作商人妇，青春长别离。如今正好同欢乐，君去容华谁得知。"

西曲歌·来罗

郁金黄花标[1]，下有同心草。
草生日已长，人生日就老。

【注释】

〔1〕"郁金"句：意谓郁金香灿烂的花朵蓬勃绽放。标：方言，喷出的意思。

【赏析】

《西曲歌》是南朝民歌的总名，郭茂倩《乐府诗集》将其归入"清商曲辞"类，共收入不同地区不同内容的诗目有三十多篇。这是其中之一，和其他歌咏男欢女爱的辞曲有着明显区别，这首诗阐述的是人生哲理和处世之道。

歌者首先热情歌唱了郁金香的蓬勃绽放，为读者展现了一派充满活力的景象。这样做的目的是为引出下面的"同心草"。自然界其实并没有这种植物，作者虚拟了这样的草木，真实用意是要塑造一个与郁金香情投意合的柔弱形象。然后用花草的迅速生长，告诫对方人生如同草木，转瞬即衰，因此应当抓紧时机享受青春的快乐。这首诗所表述的同心终老的意愿，固然也是相爱到永远的意思，但和《子夜歌》那样热烈坦率的情歌比起来，明显冷静理性得多了。结句的哲理更是不言而喻：作为真正的君子，既要防患于未然，更要避嫌远祸。

西洲曲

忆梅下西洲，折梅寄江北[1]。
单衫杏子红，双鬓鸦雏色[2]。
西洲在何处？两桨桥头渡。
日暮伯劳飞，风吹乌臼树[3]。
树下即门前，门中露翠钿[4]。

开门郎不至，出门采红莲。

采莲南塘秋，莲花过人头。

低头弄莲子，莲子〔5〕青如水。

置莲怀袖中，莲心〔6〕彻底红。

忆郎郎不至，仰首望飞鸿。

鸿飞满西洲，望郎上青楼。

楼高望不见，尽日栏杆头。

栏杆十二曲，垂手明如玉。

卷帘天自高，海水摇空绿。

海水梦悠悠，君愁我亦愁。

南风知我意，吹梦到西洲。

【注释】

〔1〕"忆梅"二句：西洲：指女子住所。江北：当为男子所在的地方。

〔2〕鸦雏色：言其乌黑发亮。

〔3〕"日暮"二句：伯劳：鸟名，仲夏始鸣，喜独栖。这里既喻季节，亦喻女子孤单的处境。乌白树：落叶乔木，夏月开花。

〔4〕翠钿：用翠玉镶嵌的首饰。

〔5〕莲子：隐怜子。

〔6〕莲心：隐怜心，亦即爱怜之心。

【赏析】

这是一首绝美的长篇抒情诗，钟惺、谭元春的《古诗归》说它"声情摇曳而纡回"；沈德潜的《古诗源》说它"续续相生，连跗接萼，摇曳无穷，情味愈出"；陈祚明说它"语语相承，段段相绾，应心而出，触绪而歌，并极缠绵，俱成哀怨"，是"言情之绝唱"。此诗在叙述形式上不遵循文人诗随情感的发展单线形营构的手法，而是通过顶真、接字、勾连、重复等修辞手段，比较随意地展开抒情叙事视野，而每一条线索又像绘画似的晕染出诸多诗意和细节，但又不影响诗的主题，即怀春男女的相思之情。

诗章首先是环境景物的彩绘，对西洲、自家和自己的容貌写得鲜明生动。接着写开门不见情人归来，出门采莲的情景。弄莲、怀莲、叹莲，处处写景，处处双关，思情之深可谓至矣。即便如此，所怀之人依然不至，于是登楼望鸿，希求有鸿雁捎书。直至夕阳收尽余光，回房卷帘眺望北方，夜空苍苍，江水茫茫，这碧海青天，如同梦境，江南江北，情同此心，心同此景，故而说"君愁我亦愁"。结尾两句是在万般无奈之下的如泣如诉地祈祷，微茫但至诚，几近绝望但绝不言弃。歌曲之艺术品位、审美情趣能如此纯粹精绝，当为南朝民歌的巅峰之作。

上述是对这首民歌的最一般的解读。倘若深入分析，不难发现诗句中有多处在情理和逻辑上存在无法圆融的矛盾。因此历来虽评述甚多，不少学者如余冠英、游国恩等人各抒己见，然歧义纷呈，莫衷一是。争论主要集中在三点上：第一，诗中反复提到的"西洲"到底在何处？第二，诗中的主人公到底是男是女？第三，"忆梅下西洲"中的"梅"是女子的姓名，还是指梅花盛开的季节？

【名家评点】

古乐府《西洲曲》写男"下西洲"，拟想女在"江北"之念己望己："单衫杏子红""垂手明如玉"者，男心目中女之容饰；"君愁我亦愁""吹梦到西洲"者，男意计中女之情思。据实构虚，以想象与怀忆融会而造诗境，无异乎《陟岵》焉。

——钱钟书《管锥编》

休洗红

休洗红，洗多红色淡。
不惜故缝衣，记得初按茜[1]。
人寿百年能几何？后来新妇今为婆。

休洗红，洗多红在水。
新红[2]裁作衣，旧红翻作里。
回黄转绿无定期[3]，世事反复君所知。

【注释】

〔1〕茜：草名，可作红色染料。

〔2〕新红：指准备制衣的新料。

〔3〕"回黄"句：意谓变化无常。

【赏析】

  首章慨叹人寿有限，次叹世事无常。皆以颜色的新旧变化比喻人生的变幻无常。考虑到炎黄子孙对红色的特殊情结，这首民歌似乎有着更深层次的意蕴。

华山畿（二十五首选一）

  华山畿，君既为侬死，独活为谁施[1]？
  欢若见怜时，棺木为侬开。

【注释】

  〔1〕"华山"三句：华山在今江苏句容县北，非陕西之华山。畿：山边。侬：吴方言称我为侬。为谁施：为谁而活的意思。

【赏析】

  首句呼告华山神灵，然后表述少女的誓言和心愿。这是一个动人的故事，也是一首震撼人心的殉情绝唱。措辞直吐胸臆，在柔媚委婉的南朝民歌中，别具一格，风格奇特。歌曲的结局依稀可见《梁祝》化蝶的影子。

读曲歌（八十九首选四）

  柳树得春风，一低复一昂。
  谁能空相忆，独眠度三阳[1]。

  芳萱[2]初生时，知是无忧草。
  双眉画未成，那能就郎抱？

  五鼓起开门，正见欢子度[3]。
  何处宿行还？衣被有霜露。

打杀长鸣鸡，弹去乌臼鸟〔4〕。
愿得连冥不复曙，一年都一晓。

【注释】

〔1〕三阳：三春，春季的三个月。

〔2〕萱：萱草。古人以为萱草可以忘忧，故称之为忘忧草、无忧草。

〔3〕度：徘徊、踟蹰的意思。

〔4〕乌臼鸟：一名黎雀，北方又称之为鸦舅。天将明时，先鸡而啼，也是一种报晓之禽。

【赏析】

首章写少妇坦率明言：在令人情思荡漾的阳春三月，自己无法忍受独守空房的寂寞。次章更有情趣，少妇以无忧草起兴，然后以反问句说出为什么不让性急的情郎拥抱。

从第三首我们看到少妇是一位多么细心的女子，天亮时分她去开门，发现"欢子"即爱人正在门前踱来踱去，身上沾满霜露，就知道他没干好事。整夜未归，还不是到别处寻花问柳？但她没有呼天抢地地哭闹，而是轻描淡写地问道：你到什么地方过夜啦？为什么衣服上披满霜露？少妇温柔体贴的善良本性立即显露无遗，同时又禁不住为那个不知好歹的丈夫汗颜。

最后一首写少女因贪欢而嫌夜短，企盼一夜有一年之久而不要天亮，为此恨不得打杀报晓的雄鸡和鸦雀。妙在无一字从正面着墨，却句句都在表其心迹。抒写的感情炽热如火，却又曲折蕴藉，构思精巧，新颖别致，确是乐府中的上乘之作。

苏小小歌

妾乘油壁车〔1〕，郎骑青骢马〔2〕。
何处结同心，西陵〔3〕松柏下。

【注释】

〔1〕油壁车：小型油布篷车，一说是在车壁上涂有油漆的车。

〔2〕青骢马：毛色青白的马。

〔3〕西陵：西陵即西泠、西林、西村，在西湖孤山西北侧。古代西陵是渡口，从北山一带到孤山要在这里摆渡。后建西泠桥相通。

【赏析】

《乐府广题》曰："苏小小，钱塘名倡也。盖南齐时人。西陵在钱塘江西。歌云'西陵松柏下'是也。"或云苏小小一名简简，钱塘名妓。宋司马槱梦小小牵帷作歌。后苏东坡出游西陵，寻其墓，在西陵山下，立碑记焉。

歌曲以第一人称的口吻写出。当时小小正坐着油壁车，情郎骑着马，在湖光山色中行进，陶醉在爱情的喜悦中，情不自禁唱出这首甜蜜的情歌。她何以如此欢欣鼓舞呢？因为这不是一次单纯的游览探胜，而是要去私订终身的地方：西陵松柏下。那里僻静幽洁，苍翠繁茂的松柏又象征着经寒犹翠、坚贞不渝。

不要忘记，小小的身份是个妓女。可以相见，情郎和她一同做出如此大胆的举动，确实是件惊世骇俗的大事。正因为在小小身上焕发出来的这种人性的光辉和要求解放的精神如此动人，所以后世文人墨客对她歌咏不断，赞美备至。再后来，人们在西陵桥头筑慕才亭一座，上题楹联"千载芳名留古迹，六朝韵事著西泠"。苏小小的传奇故事也成了西湖历史文化的组成部分。

杨叛儿（八首选一）

欢欲见莲时，移湖安屋里。
芙蓉绕床生，眠卧抱莲子。

【赏析】

此诗表现的虽然是女主人公的娇羞，但鲜活可爱，读之让人不禁莞尔一笑。表现手法主要是用谐音双关：莲谐怜，即爱恋之意；莲子即怜子，意思是爱你；芙蓉谐"夫容"，代指情郎。如单从直接描述而言，此女子是说：你想方便地随时赏花，就把荷花池搬到家里来，荷花开在床铺四周，躺下即可抱着莲蓬睡觉。如用谐音双关语来解读的话，那意思就变成了：你想要被爱怜的话，那就主动到我屋里来欢会吧，那样我就能每时每刻见到你，日夜和你相拥而眠了。然而倘若如此直白，那就不叫诗了。这首歌曲的韵味，恰恰在于这隐隐忽忽、似是而非之间。

陇头歌辞（三首选一）

陇头^[1]流水，鸣声幽咽。
遥望秦川，心肠断绝。

【注释】

〔1〕陇头：即陇山，亦名陇坡、陇坻，在今陕西省陇县西北。

【赏析】

陇头高山流水无定所，自然要使行人想到人在旷野中的飘荡无依；山水四处漂流，不由自主，不是也和自己一样吗？登高望远，家乡不见，能不涕泪如雨心肠断绝吗？

地驱歌乐辞（四首选一）

侧侧力力^[1]，念君无极。
枕郎左臂，随郎转侧。

【注释】

〔1〕侧侧力力：叹息声。

【赏析】

从久别的无尽思念，到重逢时的激情迸发，只用短短十六个字，便成功地塑造出一个热恋中的痴情女性形象，不能不令人惊叹。

木兰诗

唧唧复唧唧^[1]，木兰当户织。不闻机杼声，惟闻女叹息。问女何所思，问女何所忆。女亦无所思，女亦无所忆。昨夜见军帖^[2]，可汗大点兵。军书十二卷，卷卷有爷名。阿爷无大儿，木兰无长兄。愿为市[3]鞍马，从此替爷征。

东市买骏马，西市买鞍鞯[4]，南市买辔头[5]，北市买长鞭。旦辞爷娘去，暮宿黄河边。不闻爷娘唤女声，但闻黄河流水鸣溅溅。旦辞黄河去，暮至黑山[6]头。不闻爷娘唤女声，但闻燕山[7]胡骑鸣溅溅。

万里赴戎机[8]，关山度若飞。朔气传金柝[9]，寒光照铁衣。将军百战死，壮士十年归。

归来见天子，天子坐明堂[10]。策勋十二转，赏赐百千强[11]。可汗问所欲，木兰不用尚书郎。愿驰千里足，送儿还故乡。

爷娘闻女来，出郭相扶将[12]。阿妹闻姊来，当户理红妆。小弟闻姊来，磨刀霍霍向猪羊。开我东阁门，坐我西阁床。脱我战时袍，著我旧时裳。当窗理云鬓，对镜帖花黄[13]。出门看火伴，火伴皆惊惶。同行十二年，不知木兰是女郎！

雄兔脚扑朔，雌兔眼迷离。双兔傍地走，安能辨我是雄雌[14]？

【注释】

〔1〕唧唧：叹息声。

〔2〕军帖：征兵的文书。

〔3〕市：购买。

〔4〕鞍鞯：马鞍下的垫子。

〔5〕辔头：马嚼、笼头等。

〔6〕黑山：即杀虎山，在今内蒙古自治区呼和浩特市东南。

〔7〕燕山：燕然山，即今蒙古国境内杭爱山。

〔8〕戎机：军机，指战争。

〔9〕金柝：即刁斗，古代军器，形如锅，昼用以烧饭，夜用以打更。

国学经典精神家园丛书

〔10〕明堂：皇帝祭祀、谒见诸侯或选用人才的殿堂。

〔11〕"策勋"二句：策勋指记功行赏。十二转：当时将勋位分成若干等，每升一等叫一转。十二泛言其多，非确数。百千：亦形容其多。强：有余。

〔12〕扶将：互相扶持。

〔13〕帖花黄：古时妇女将金黄色的纸剪成星月或花鸟状贴在额上，或在额上涂抹黄色。

〔14〕"雄兔"四句：扑朔为跳跃貌，迷离为不明貌。通过兔子在奔跑时不能区别雌雄的比喻，对木兰的才能和智慧予以赞扬。

【赏析】

　　《木兰诗》实乃北朝民歌之绝唱，她与南朝民歌《孔雀东南飞》被誉为乐府"双璧"。一千多年来，木兰代父从军的故事家喻户晓，木兰的形象一直深受喜爱。在唐代，木兰甚至被追封为孝烈将军，安徽亳州、河南商丘等地还曾立庙以纪之。

　　全诗热情歌颂了这位奇女子勤劳善良的品质，保家卫国的热情，英勇战斗的精神以及端庄从容的风姿，不仅反映出北方游牧民族普遍的尚武风气，更主要的是表现了北方人民憎恶长期割据战乱，渴望和平的意愿，对木兰的讴歌也冲击了重男轻女的偏见。

　　全诗以"木兰是女郎"构思这篇传奇故事，繁简安排极具匠心，虽然写的是战争题材，但着墨更多的是生活场景和儿女情态，极富生活气息。

　　诗可分为六大自然段。首段说明木兰为何要代父从军；次写准备出征和奔赴战场；第三段概写木兰十年的征战生活以及战争的旷日持久，战斗的激烈悲壮；四段写木兰还朝辞官；五段写木兰与亲人团聚，木兰的儿女情态和回家后情不自禁的喜悦。最后作为故事的结局和全诗的高潮，是恢复女儿装束的木兰与伙伴相见的喜剧场面。收尾以双兔在一起奔跑，难辨雌雄的隐喻，对木兰女扮男装多年未被发现的奥秘巧妙作答，妙趣横生而又耐人回味。

　　至于对诗作产生的时代，向来众说纷纭。但从故事中对地理环境的描述，可以判定战事当发生在后魏与柔然之间。柔然是北方游牧民族大国，与北魏、东魏、北齐曾发生过多次战争，其主要战场正是在黑山和燕然山一带。

　　《木兰诗》最初出现于民间，在长期流传过程中，曾屡经文人润色，但基本上还是保存了民歌易记易诵的特色。

【名家评点】

　　事奇诗奇。卑靡时得此，如凤凰鸣、庆云见，为之快绝。唐人韦无甫有《拟木兰诗》

一篇，后人并以此篇为韦作，非也。韦系中唐人。杜少陵《草堂》一篇，后半全用此诗章法矣。

——［清］沈德潜《古诗源》

敕勒川

敕勒川，阴山下^{〔1〕}，
天似穹庐，笼盖四野。
天苍苍，野茫茫，
风吹草底见牛羊。

【注释】

〔1〕"敕勒"二句：敕勒川：阴山南麓的土默川平原。阴山：即大青山。

【赏析】

这首民歌源自敕勒族牧人的唱词。敕勒是古代北方少数民族的一个部落，其后裔现已融入维吾尔族。但北朝时敕勒族活动的区域不在现今的新疆，而是在内蒙古大草原上。据说，在公元546年，统治北方的东魏和西魏发生过一场大战，东魏大败，军心涣散，主师高欢为安定军心，在一次宴会上命大将斛律金唱《敕勒歌》，群情为之一振。又据史书记载，其歌辞原为鲜卑语，斛律金是敕勒族人，他当时应该会用敕勒语唱，但因东魏贵族多为鲜卑人，他才改用鲜卑语演唱。这就是说，这首古老的民歌，是由敕勒语或鲜卑语翻译过来的。

古人云："书不尽言，言不尽意。"诗论家无力将自己的所有理解或感受表述罄尽，而读者因各自的阅历不同，文化素养不同，审美趣味不同，所处生活环境的风尚不同等多方面的差别，对同样一件艺术品的理解和感知必然是千差万别的。